第 7 辑

周启超 主编

中国社会科学院
外国文学研究所理论室 著

跨文化的文学理论研究

知识产权出版社
全国百佳图书出版单位

图书在版编目（CIP）数据

跨文化的文学理论研究. 第7辑/周启超主编. —北京：知识产权出版社，2015.6
ISBN 978-7-5130-3237-7

Ⅰ. ①跨… Ⅱ. ①周… Ⅲ. ①比较文学—文学理论—文集 Ⅳ. ①I0-03

中国版本图书馆 CIP 数据核字（2014）第 291801 号

责任编辑：刘 睿 徐 浩　　　责任校对：孙婷婷
文字编辑：徐 浩　　　　　　　责任出版：刘译文

跨文化的文学理论研究（第7辑）
Kuawenhua de Wenxue Lilun Yanjiu (Di Qi Ji)

周启超　主编

出版发行：知识产权出版社 有限责任公司	网　　址：http://www.ipph.cn
社　　址：北京市海淀区马甸南村1号	邮　　编：100088
责编电话：010-82000860 转8113	责编邮箱：liurui@cnipr.com
发行电话：010-82000860 转8101/8102	发行传真：010-82000893/82005070/82000270
印　　刷：保定市中画美凯印刷有限公司	经　　销：各大网上书店、新华书店及相关专业书店
开　　本：720mm×960mm 1/16	印　　张：19.25
版　　次：2015年6月第一版	印　　次：2015年6月第一次印刷
字　　数：293千字	定　　价：50.00元
ISBN 978-7-5130-3237-7	

出版权专有　侵权必究
如有印装质量问题，本社负责调换。

卷首语

■ 周启超

这些年来，随着文论界学者向文化批评、文化研究或文化学的大举拓展，文学理论在日益扩张中大有走向无边无涯而无所不包之势。相对于以意识形态批评为己任而"替天行道"的"大文论"的风行，以作家、作品、读者为基本对象的"文学本位"研究似乎走到了尽头。于是，"理论终结"或"文论死亡"之"新说"应运而生。甚至于有急先锋向"文学理论"这一学科本身发难，质疑它作为一门人文学科存在的合法性，怀疑它的身份。于是，"文学理论的边界""文论研究的空间"成为文论界同行十分关心、热烈争鸣的一个话题。文学理论是否真的已经死亡？文论研究是否真的已然终结？

在对这个问题加以讨论之际，我们仍然有必要冷静地放眼世界。这并不是要迎合"全球化"大潮，与洋人"接轨"——经济的"全球化"并不能也不应该导致文化上的"一体化"；这也不是为了什么"走向世界"——我们本来就在这世界上。问题是，在这个世界上，不同民族、不同国别、不同文化圈里的文学的发育运行在差异中还有没有相通之处？在不同民族、不同国别、不同文化圈里发育运行的文学理论在差异中还有没有相通之处？

事实上，今天的文学理论已然在跨文化。

今天的文学理论研究也应当具有"跨文化"的视界。

以"跨文化"的视界来检阅现代国外文论，就应当看到其差异性与多形态性、其互动性与共通性。所谓国外文论，就不仅仅是"西方文论"。所谓"西方文论"，也不等于"欧美文论"；所谓"欧美文论"，也并不是铁板一块，而应有"欧陆文论""英美文论""斯拉夫文论"或"西欧文论、东欧文论、北美文论"之分别。跨文化的文学理论研究要求我们努力面对理论的

"复数"形态、尽力倾听理论的"多声部"奏鸣、极力取得"多方位"参照。多方位的借鉴、多元素的吸纳,才有可能避免偏食与偏执。这对我们的文学理论学科建设与深化,尤为需要。

新世纪伊始,中国社会科学院外国文学研究所文艺理论研究室及"外国文艺理论学科"同仁就积极面对当代国外文论发育的多声部性与多形态性,积极面对当下国内文论发育的生态失衡——我们在国外文论的研究上往往驻足于思潮的"跟踪"、时尚的"接轨",在国外文论的借鉴上时不时地就失之于"偏食"甚至"偏执"这一理论现状,而以其对国外文学理论展开多语种检阅与跨文化研究的视界,以其多方位参照深度开采、吸纳精华的宗旨,启动"比较诗学研究"及"跨文化的文学理论"这两个项目。前者为国家社科基金"十五"规划重点项目,由周启超主持,刘象愚、史忠义、周启超、金惠敏承担;后者由周启超、郭宏安主持,郭宏安、史忠义、董小英、周启超、吴晓都、程巍、任昕承担。

我们的基本理念是:现代文学理论是在"跨文化"的状态中发育起来的,具有"跨文化"的品格;今日文学理论研究也应当自觉地具有"跨文化"的视界。"跨文化"的文学理论研究,不仅是一种可能,而且是一种必要;文学理论研究要突破单一国别甚或单一区域的局限。在不同国别甚至不同文化之间的文学理论比较,将有助于"理论诗学"的建构。

"跨文化的文学理论"研究落点还是文学理论。

比较,以跨文化视界来进行,还是要落实到文学理论本身。

观照视野的开阔,是为了文论研究的深化。要恪守"文学/文论本位"。不能将这种比较泛化成"跨文学/跨文论的文化研究"。诚然,今日的文学/文论其内涵、其界面已大大拓展,非昔日所能比,但核心命题并未消失。作家、作品、读者,仍然是从"文学性"到"文学场"的种种文论研究难以回避的基本话题。比较,要考虑"可比性"。分子水平上的"比较",也许可以保障这种"可比性"。驻足于各种思潮的更迭、各种主义的较量,很难进入深层的、有可能以互证互识而达至"会通"的比较,很难进入彼此并无影响可言也谈不上什么平行但却有精神理念上契合会通的"类型学"比较。对于一个比较学者而言，最具有诱惑力、最具有价值的，也许正是这种比较，这种有可能去发现"隐于针锋粟颗，放而成山河大地"的诗学"通律"的比较。自然，最具有诱惑力的，也是最具有挑战性的。

比较并不是理由。比较诗学本身也并不是研究目标。为比较而比较没有多大学术价值。比较诗学应当是一种路径。通过它，可以走向理论诗学的深化；理论诗学建设可以也必须在比较诗学中进行。世界文学的多元格局与互动机制，决定了理论诗学的建构可以也必须在不同的诗学思想体系的对话与会通之中展开。

所谓理论诗学，就是以比较开阔的文化视界，就文学发育本身的、基本环节上的理论展开理论性反思：以文学作品的结构、肌理、神韵，以作家与读者的主体能量、审美姿态、创造机制、接受方式，以文学性与文学场的生成机理与互动形态这样一些诗学的核心命题上的理论积累，作为批判性审视的对象；对各种范式的文论所关注的基本课题加以清理，在理论抽象的层面上来寻求客观存在的、各民族文学所内在地共通的"诗心"与"文心"。

这样的研究，是面对"大文论"的冲击而守护文学本位、而坚持文学本体研究，又是针对"小文论"的封闭而开拓理论空间、而开放理论视野；探索突破时间、地域、语言、文化之局限的文学理论，探索超越单个文化体系之上而具有一种世界性普遍解释力的文学理论。

在"反本质主义者"看来，这样的构想也许不过又是一种"乌托邦"。但我们以为，文学学园地的耕耘，还是需要有"乌托邦"情怀，需要一批有所开放而又有所恪守、有所解构而又有所建构的"乌托邦主义者"。

目 录

卷首语 ………………………………………………… 周启超（1）

"文化与社会" ………………………………………… 段吉方（1）
　　——20世纪英国马克思主义文学批评的思想语境与理论生成

后马克思主义的建构主义文学和文化理论概述 ……… 范永康（21）

"我不解释，我只探索" ……………………………… 李昕揆（39）
　　——麦克卢汉的媒介方法论

无边界的征用与有深度的开采 ……………………… 周启超（52）
　　——新世纪以来国际"巴赫金学"新状态

克里斯特瓦学术思想在中国的传播 ………… 刘 斐 殷祯岑（83）

"非对象化"诗学 ……………………………………… 张文初（96）
　　——海德格尔、梅洛-庞蒂、巴尔特的演绎

存在的道说与寂静之音 ……………………………… 任 昕（111）
　　——海德格尔语言思想的诗性轨迹

实证性：阿甘本论福柯的"机器" …………………… 张 锦（129）

维兰德首创"世界文学"概念 ………………………… 贺 骥（144）

逃离现实主义 ………………………………………… 杜常婧（156）
　　——论小说之"真"

俄罗斯形式主义、捷克结构主义和苏联符号学派之延续与
　　变化 ……………………………………… ［荷］D. 佛克马（167）

匈牙利当代民俗学对普罗普学术思想的师承
....[匈] 安格林卡·莫尔纳尔（207）
早期鲍·米·艾亨鲍姆：在通往形式论的路途上
....[俄] Л.И. 萨佐诺娃　М.А. 罗宾逊（218）
"诗功能"与现代主义激进美学 ....杨建国（231）
论功能 ....[德] 汉斯·君特（244）

《玛莉雅·玛格达莲娜》前言 ....[德] 弗里德里希·赫贝尔（251）
　　——戏剧艺术与时代的关系及其他相关的几个问题

外国文艺理论重点学科结项报告 ....任　昕（273）
"当代外国文论及其跨文化旅行"学术研讨会暨第七届全国"外国文论
　与比较诗学研究会"年会综述 ....赵渭绒　戴　珂（287）

"文化与社会"*

——20世纪英国马克思主义文学批评的思想语境与理论生成

■ 段吉方**

20世纪英国马克思主义文学批评理论的发展既是考德威尔、雷蒙·威廉斯、E.P.汤普森、理查德·霍加特、斯图亚特·霍尔、特里·伊格尔顿、托尼·本尼特等文学理论家吸收马克思主义哲学观念，积极将马克思主义理论观念和理论模式应用于文化分析与文学批评领域的结果，同时又是他们充分重视20世纪以来英国社会变革、进展中的大众文化经验与审美意识形态现实，将马克思主义理论与英国本土的文化研究经验、文学批评传统有效结合所展现出来的理论成就。从发生学的视野来看，20世纪英国马克思主义文学批评的起源与发展，离不开20世纪英国独特的文化与社会语境的影响，"文化与社会"的视角构成了20世纪英国马克思主义文学批评理论的思想视野及其阐释路径。这种理论阐释方式不完全是理论思辨的结果，其理论模式也不完全是哲学化的和理论化的，而更多地注重从文化分析与经验构成的角度揭示某种既定历史时期的文学理论问题，并进而反思社会整体文化的发展历程。

---

* 本文系2010年度国家社科基金项目（10CZW006）、广东省2010年度高等院校学科建设专项资金项目（10WYXM041）"20世纪英国马克思主义文学批评理论范式与经验研究"的阶段性成果。

** 段吉方，华南师范大学文学院教授，博士生导师，主要从事文学理论、马克思主义美学研究。

一、工人阶级文化经验与20世纪英国马克思主义文学批评的思想语境

20世纪英国马克思主义文学批评理论的发生与20世纪以来英国工人阶级文化经验的发展有着紧密的联系，现代英国工人阶级的成长史以及在他们成长中所包含的审美文化经验的嬗变过程，不仅仅是一种体现了工人阶级生活方式的文化，而且是一种影响社会文化结构和审美交流形式的重要因素。20世纪英国马克思主义文学批评理论就是在深入总结英国工人阶级文化经验的基础上完善理论形态与思想建构的，因此，工人阶级文化经验也成了20世纪英国马克思主义文学批评理论的一个重要的思想语境。

在西方马克思主义文论的发展中，20世纪英国马克思主义文学批评理论占据了重要的位置，在世界范围内的马克思主义文学批评理论格局中更具有鲜明的理论特征。这除了是雷蒙·威廉斯、E. P. 汤普森、理查德·霍加特、斯图亚特·霍尔、特里·伊格尔顿、托尼·本尼特等人作出了开创性的理论贡献之外，20世纪英国本土社会文化语境的交互影响也是一个重要的因素。对20世纪英国马克思主义文学批评理论的起源语境作出解析本身是一个重要的理论问题。从理论发展历程上看，20世纪英国马克思主义文学批评理论发展的历史跨度较长，20世纪西方社会历史发展及英国社会历史文化的发展变迁也较为复杂，但无论是20世纪早期的英国文学批评家考德威尔、韦斯特，还是处于理论奠基阶段的理查德·霍加特、雷蒙·威廉斯、斯图亚特·霍尔、E. P. 汤普森以及处于晚期资本主义社会阶段的特里·伊格尔顿、托尼·本尼特，他们的文学批评理论研究都不同程度地与20世纪英国社会历史文化发展进程有密切的关系，体现出文学研究与现实审美经验交互影响的特性。这也意味着20世纪英国马克思主义文学批评理论发展到今天，其理论形态的生成并非是天然形成的结果，正像"马克思主义是历史的部分"❶一样，20世纪

---

❶ 弗朗西斯·马尔赫恩：《当代马克思主义文学批评》，刘象愚等译，北京大学出版社2002年版，第2页。

英国马克思主义文学批评理论也处于"历史"之中。

20世纪英国马克思主义文学批评理论经历了20~30年代考德威尔的开端，到50~70年代的雷蒙·威廉斯、E.P.汤普森、理查德·霍加特、斯图亚特·霍尔等人的理论奠基，一直到80~90年代以来的特里·伊格尔顿、托尼·本尼特等人的开创性发展，每一个理论家虽然都有自己独特的理论背景与理论形态——他们各自生活在不同时代，各自面对不同的理论问题——但从整体上看，这些理论家的思想养成及其内在理论特性上存在着一定的文化共性，这种文化共性并非是我们简单地冠之以"马克思主义文学批评家"的标签所把握的。在他们漫长而丰富的理论探索中，存有英国独特的社会语境和历史文化传统的集体熏染与思想磨砺，在某种程度上，这也正是他们的文学批评理论之为"英国"的原因。

从起源语境上看，就像20世纪以来整个西方马克思主义文论存在一个明显而重要的现代性语境特征一样，20世纪英国马克思主义文论同样展示出了文学批评理论与一定社会历史中的现代化进程之间共生与互动的影响关系，同时更面临着一个整体的西方现代性社会发展变迁的历史语境。美国学者马歇尔·伯曼在他的著作《一切坚固的东西都烟消云散了》中，曾经简要概括西方现代性社会发展的历史与文化表征形式，包括：物理科学的伟大发现改变了我们对宇宙以及我们在宇宙中的位置的看法；工业化的生产将科学知识转化为技术，创造了新环境，改变了旧环境，加快了生活的整体速度，产生了新的社会生产组织形式；人口的剧烈增长带来了新的社会发展的危机；伴随着工业化进程的发展，社会的都市化程度不断加深，扩大了社会现代化的进程；大众传媒发展导致了现代生活模式的改变；资本主义市场化及其辐射性影响带来了整个社会资本运作逻辑的变化以及社会生产方式的巨大变革，等等。这些既是现代西方已经经历过的历史变革，也是目前为止人们回望西方现代性社会历史变迁过程能够把握到的社会历史发展的镜像。英国社会学家安东尼·吉登斯更是直接地认为："在其最简单的形式中，现代性是现代社会或工业文明的缩略语。"❶ 按照这个思路，现代社会特别是工业文明的发展历程完全可以在20世纪英国社会历史的发展变迁中找到它的身影。英国是世界上最早发生工业革命的国家，也是最早发生资产阶级革命的国家。从19世纪上半叶开始，当英国背负着"世界工厂"的盛名进入现代工业文明之际，产业革命所催生的巨大的社会生产力以及所导致的现代社会的经济秩序的变革，不但已经将英国社会历史变革较早地纳入了现代化的轨道，而且成了把握西方现代性社会发展的不可忽略的国家。同样来自英国的著名历史学家霍布斯鲍姆在他的《革命的时代》中也曾说道："不论怎么估计，工业革命无论如何都可能是自农业和城市发明以来，世界历史上最重要的事件。而且，它由英国发端，这显然不是偶然的。"❷ 在很长的一段历史时期，工业革命之后西方社会的革命性变化及其工业社会、后工业社会的生产基础的影响在英国的社会历史中表现得都非常突出。当然，西方现代性社会发展的种种矛盾与危机在现代英国特别是20世纪英国社会的表现也是不同凡响，财富增长与社会发展之间的巨大"不平衡"成了英国产业革命之后最大的后果。❸ 20世纪英国社会的发展被一系列的社会问题所困扰，"从牛身上榨油，从人身上赚钱"的资本主义社会中的"贪婪哲学"❹也成了20世纪英国社会发展的重要的现代性矛盾，这也意味着被称为"从这污秽的阴沟里泛出了人类最伟大的工业溪流，肥沃了整个世界"❺的英国工业革命是有理由被纳入现代性社会发展的历史视野之中的。

现代西方资本主义社会的历史发展对20世纪英国马克思主义文学批评理论的发生具有重要的影响，同时也从整体上构成了它重要的理论背景与文化基础。霍布斯鲍姆曾经谈到，大约在1830年以前，英国以外的地区还不曾感受到工业革命的影响，而文艺作品要到19世纪30年代才开始明显地梦魂萦

---

❶ 安东尼·吉登斯：《现代性：吉登斯访谈录》，尹宏毅译，新华出版社2001年版，第69页。
❷ 艾瑞克·霍布斯鲍姆：《革命的年代》，王章辉等译，江苏人民出版社1999年版，第35页。
❸ 钱乘旦等：《在传统与变革之间——英国文化模式溯源》，浙江人民出版社1996年版，第75页。
❹ 马克斯·韦伯：《新教伦理与资本主义精神》，陈维纲译，陕西师范大学出版社2002年版，第23页。
❺ 艾瑞克·霍布斯鲍姆：《革命的年代》，王章辉等译，江苏人民出版社1999年版，第32页。

绕于资本主义社会的兴起，这其中就包括巴尔扎克的《人间喜剧》与《英国工人阶级状况》。❶ 在某种程度上，20世纪英国马克思主义文学批评理论的发生发展在深层次上正是呼应了资本主义社会兴起的主题，考德威尔、理查德·霍加特、雷蒙·威廉斯、E.P. 汤普森、斯图亚特·霍尔、特里·伊格尔顿等理论家不但在理论上经常反思批判现代资本主义历史条件下的社会生产方式、社会政治文化的组织形式以及人们的日常生活方式、情感体验方式的特征，而且以自身的理论研究表征了现代资本主义社会的意识形态现实与"情感结构"特征。特别是在20世纪60年代以来的英国马克思主义文学批评理论的奠基时刻，像理查德·霍加特的《识字的用途》、雷蒙·威廉斯的《文化与社会》、E.P. 汤普森的《英国工人阶级的形成》等理论著作，既鲜明地带有社会历史发展与意识形态演变的印迹，同时也以他们的理论方式构成了一个现代性的问题，那就是马克思主义文学批评在英国是如何在一种现代性的社会语境中形成自身的理论传统，同时又以这个文化传统构成了西方现代性社会发展中的基本问题的。这也正是20世纪英国马克思主义文学批评理论发展中的核心问题。在《英国工人阶级的形成》中，E.P. 汤普逊试图阐明："不管怎么说，我们自己也不是在社会进步的最终点上，工业革命时期，人们失败了的某些事业，也许能够让我们看清至今仍须整治的某些社会弊病。"❷这种思考也让我们在审视20世纪英国马克思主义文学批评理论的发展中多了一份实实在在的批判眼光，也正像伊格尔顿说的那样，在如今这样一个"关于差异、多样性和多变性的异国故事层出不穷的时代"，❸ 20世纪英国马克思主义文学批评理论带给我们的也将是一种差异性的理论图景，这也正是现代性西方社会历史文化发展给文学批评理论的必然影响。

---

❶ 艾瑞克·霍布斯鲍姆：《革命的年代》，王章辉等译，江苏人民出版社1999年版，第33页。
❷ E.P. 汤普森：《英国工人阶级的形成·前言》，钱乘旦等译，译林出版社2006年版，第4页。
❸ 特里·伊格尔顿：《历史中的政治、哲学、爱欲》，马海良译，中国社会科学出版社1999年版，第102页。

二、20世纪英国马克思主义文学批评理论的观察视角

从起源语境上看,包括英国在内的西方现代资本主义的现代性发展构成了20世纪英国马克思主义文学批评理论独特的社会历史语境,同时也构成了它的文化基础与理论背景,这是我们把握20世纪英国马克思主义文学批评理论思想内涵与理论特征的一个不可回避的因素。正是在这样的历史语境中,理查德·霍加特、雷蒙·威廉斯、E. P. 汤普森、斯图亚特·霍尔、特里·伊格尔顿等20世纪英国马克思主义文学理论家在他们理论孕育的过程中抓住了文化与社会的新变局,特别是重点关注20世纪以来英国社会文化发展最敏感的工人阶级与大众文化演进的地带,从而展现出了新颖的理论观察视角和理论体验形式。

E. P. 汤普森的《英国工人阶级的形成》以现代英国工人的阶级与文化意识的觉醒为基础描述现代英国工人阶级的文化成长,这并非偶然。汤普森曾经提出,在1790~1830年这段时期内,工人阶级仍然是以"单数"的形式存在,它表现为阶级意识的成长,即各个不同群体的劳动人民之间的利益认同及它与其他阶级利益对立的意识,以及相应形式的政治和工业组织的成长。一直到了1832年左右,才形成了基础雄厚的、自觉的工人阶级的社会事业机构,特别是形成了工人阶级的知识传统、各种工人阶级群体社的形式和工人阶级的情感。❶汤普森也非常看重工人阶级的群体形式,特别是工人阶级情感的确立,因为它是工人阶级意识形成的基础,也是工人阶级文化的基础。从19世纪初开始,由于工业革命的爆发性影响,英国一直以来就是工人阶级文化经验最为突出的国家,工人阶级的数量、工业组织机构的队伍乃至组织形式都比较发达。19世纪30年代以来,欧洲国际共产主义运动风起云涌,更对工人阶级意识的发展与工人阶级文化经验的成长起到了巨大的催生作用。在这个过程中,英国社会的工人阶级文化的兴起也是非常突出的。在西欧19世

---

❶ E. P. 汤普森:《英国工人阶级的形成·前言》,钱乘旦等译,译林出版社2006年版,第4页。

纪30~40年代发生的三大工人起义之后,英国工人阶级的表现非常积极,特别是在著名的"宪章运动"中,英国工人阶级不但以巨大的政治力量发挥了重大的影响,而且表现出了重要的文化与美学特质。此后,19世纪60年代,英国工人阶级发动了争取普选权的斗争;1973年欧洲爆发了石油危机,英国无法幸免,英国煤矿工人为了要求增加工资举行了罢工行动,一度迫使政府宣布全国处于"紧急状态";1976年,在经济危机的背景下,为反对詹姆斯·卡拉汉政府,英国工人罢工迭起,劳资冲突加剧;在撒切尔夫人执政阶段,甚至是在20世纪90年代,仍然可见英国工人阶级的斗争。可以说,正是这些"革命性"事件,才锻炼了英国工人阶级的文化意识与阶级观念,也使得工人阶级的生活方式、情感认同、组织形式以及群体意识得到了发展;不但对资本主义的社会发展产生重要影响,更为20世纪英国马克思主义文学批评理论的发展创造了条件。

20世纪英国马克思主义文学批评理论最主要的特色是在积极把握工人阶级审美文化经验的过程中完成了理论思考。早在20世纪30年代,英国马克思主义文学批评理论的"先行者"考德威尔就已经注意到了工人阶级意识与当时社会审美文化发展的关系;他的《论垂死的文化》《幻象与现实》等文学理论批评著作已经注意到了当时英国社会工人阶级的审美经验,特别是注意到了当时出现的消费文化与大众文化的特征,对资产阶级文化也有一定程度的批判。考德威尔也是较早地将马克思主义唯物辩证法的方法论立场和唯物史观应用于英国文学之解析的理论家。在《传奇与现实主义》中,考德威尔深刻地批评了主客对立的二元论文学观念,认为:"主观和客观并不是互相排斥、严格对立的。事实上,完全的客观性把我们带回到完全的主观性,反之亦然。"[1] 其中展现了统摄自然与社会、主观与客观、理论与实践的批评观念以及集体幻象与文学现实相统一的理论批评观念。虽然在当时,马克思主义理论在英国还没有获得深入的理论研究,考德威尔对文学与社会的看法也比较机械,但他的理论探索对20世纪英国马克思主义文学批评仍然有理论开

---

[1] 克里斯托弗·考德威尔:《考德威尔文学论文集》,陆建德等译,百花洲文艺出版社1995年版,第333页。

拓之功，所以有的研究者认为他是"战前英国唯一真正最早的马克思主义者"，❶ 也不完全是溢美之词。在 20 世纪 50 年代英国马克思主义文学批评理论的奠基阶段，工人阶级文化经验更成为它最重要的理论体验方式。1957 年，理查德·霍加特发表了重要著作《识字的用途》，对 20 世纪 30～50 年代英国工人阶级的社会现实与生活现状进行了细致的描写，其中涉及工人阶级的教育、文化、宗教、娱乐、家庭生活等各个方面。霍加特试图将工人阶级的文化描写成"来自日常生活细节的兴趣"。❷ 在他的笔下，英国工人阶级的生活与文化没有因为工业革命而受到影响，反而仍保持着类似工业革命前的那种有机社会的悠游的态度：工人们可以坐车郊游、喝啤酒、吃冰激凌，还可以旁若无人地大笑打闹。霍加特没有将工人描写成群氓，他的前辈马修·阿诺德和利维斯笔下的那一群无政府主义者的混乱生活不但全然不见，而且四处蔓延的是工人阶级浪漫化的生活点缀以及日常生活气息渲染出的文化的乡愁意味。

有的研究者也指出，霍加特具有明显的"左派利维斯主义"的倾向："两者都认识到了文化的衰落；都把教育看作是抵制大众文化诱惑的手段。然而，他的研究与利维斯派不同的地方是他对工人阶级文化细致入微的关注。"❸ 这也正指出了霍加特独特的研究角度与切入问题的方式，他在文本中强化的是对工人阶级的身份与阶级意识的认同。尽管有的研究者认为后来霍加特脱离了他的工人阶级文化立场而转向了精英主义的文化态度，❹ 但至少在《识字的用途》的阶段，也就是在 20 世纪英国马克思主义文学批评的理论奠基阶段，霍加特的研究方式是那种观察式的，从文化体验与经验构成的角来把握工人阶级文化与日常实践，他的 20 世纪英国马克思主义文学批评理论的奠基身份也是从这里开始体现出来的。

---

❶ 戴维·麦克莱伦：《马克思以后的马克思主义》，林春等译，东方出版社 1986 年版，第 333 页。
❷ Richard Hoggart, *The uses of literacy*: *aspects of working-class life*, England: Penguin, Harmondsworth, 1958, p. 147.
❸ 约翰·斯道雷：《文化理论与通俗文化导论》，杨竹山等译，南京大学出版社 2001 年版，第 73 页。
❹ 张华：《伯明翰文化学派领军人物述评》，山东大学出版社 2008 年版，第 22 页。

在理查德·霍加特写作他的《识字的用途》时，雷蒙·威廉斯正在创作他著名的《文化与社会》。根据美国学者丹尼斯·德沃金的考察，在他们各自写作自己的理论著述时，他们并没有见过面，一直到20世纪50年代他们才仅仅通过12封信。❶ 他们是出于大略相侔的理论立场把关于工人阶级文化与经验的讨论引入文学批评研究领域的，选取的仍然是"文化与社会"的视角。雷蒙·威廉斯的《文化与社会》出版于1958年，这部著作的出版曾被誉为"英国战后知识分子生活的一个创新事件"，❷ 因为它开创了一个新的理论研究传统。在《文化与社会》中，威廉斯"从个人对文本的阅读，转进到整个社会的运动，寻找特定再现实践如何连接到整个文化的观看方式"。❸ 所以，威廉斯不但和霍加特一起为20世纪英国马克思主义文学批评奠定了理论基础，而且丰富了英国马克思主义文学批评的理论空间和社会视野，当然也为20世纪英国马克思主义文学批评研究中的"文化与社会"传统的建立作出了重要的贡献。

在20世纪英国马克思主义文学批评理论发展中，关于工人阶级文化经验的理论观察视角，不能不重提E. P. 汤普森。他的《英国工人阶级的形成》虽然不是专门研究文学问题，但它对英国工人阶级文化经验与阶级意识产生过程的系统研究对英国马克思主义的理论兴起、对20世纪英国马克思主义文学批评的理论发展都具有非凡的意义。在《英国工人阶级的形成》中，汤普森完整地阐述了英国的工业革命与英国工人阶级文化经验形成的关系。在汤普森看来，英国工业革命的历史造成了被剥削者的一种社会和文化上的汇合；工业革命以来，人民要同时从属于两种无法忍受的关系，一种是经济剥削的加强，另一种是政治压迫关系的加强。这种经济的与政治的双重关系，使英国工人阶级成了一种独特的存在。汤普森向我们说明，在英国，工人阶级的

---

❶ 丹尼斯·德沃金：《文化马克思主义在战后英国》，李凤丹译，人民出版社2008年版，第133页。
❷ 约翰·斯道雷：《文化理论与通俗文化导论》，杨竹山等译，南京大学出版社2001年版，第80页。
❸ 格雷姆·特纳：《英国文化研究导论》，唐维敏译，（台北）亚太图书出版社2000年版，第55页。

产生不仅仅是工资收入、生活状况等可度量的经济生活的产物，更多的是一种"社会和文化的构成"。❶ 以往的经济学家以统计数字为基础，把工人阶级看成是劳动力，看成是移民，看成是一系列原始材料，还有的研究者把工人阶级看成是"福利国家的先驱""社会共和国的前辈""理性工业关系的早期实例"，这些看法其实都是从工人阶级已然生成的角度出发，而忽视了作为一个阶级的工人阶级生成过程中的"天路历程"。所以汤普森说他的目的是：

> 我想把那些穷苦的织袜工、卢德派的剪绒工、"落伍的"手织工、"乌托邦式"的手艺人，乃至受骗上当而跟着乔安娜·索斯科特跑的人都从后世的不屑一顾中解救出来。他们的手艺与传统也许已经消失，他们对新出现的工业社会持敌对态度。这看起来很落后，他们的集体主义理想也许只是空想，他们的造反密谋也许是有勇无谋；然而，是他们生活在那个社会剧烈动荡的时代，而不是我们；他们的愿望符合他们自身的经历。如果说他们是历史的牺牲品，那么他们现在还是牺牲品，他们在世时就一直受人诅咒。❷

汤普森无疑为我们理解英国工人阶级文化经验的发展提供了一个很好的视角，也是一个很重要的理解方式："阶级是一种关系，而不是一种东西"，"它之所以存在，既没有典型化的利益与觉悟，也不像病人躺在整形医生的手术台上那样让人随意塑造。"❸ 汤普森的理论启发性在于深刻地呈现了工人阶级文化经验的历史性，他强调的是工人阶级作为一个群体的组织形式、情感经验与文化构成，包括他们的阶级意识与情感态度、他们的身份意识与文化认同以及价值体系、观念和习俗等是如何历史地形成的。正是以这种理论研究方式，汤普森既为马克思主义在英国的形成与发展做出了重要的理论奠基贡献，同时也与霍加特、威廉斯等人一道为完善马克思主义文学批评理论提供了重要的实践参照。

---

❶ E. P. 汤普森：《英国工人阶级的形成·前言》，钱乘旦等译，译林出版社2006年版，第4页。
❷ 同上书，第5页。
❸ 同上书，第4页。

三、理论与经验：20世纪英国马克思主义文学批评的理论把握方式

可以说，在马克思主义文学批评的理论视野中，没有哪一个国家和区域的理论家像20世纪英国马克思主义文学批评家们那样与作为一种文化形式的"工人阶级文化"有着密切的联系。20世纪英国马克思主义文学批评研究中的很多理论家都与工人阶级的生活和成长有着非常亲密的体验联系，他们的理论思考与工人阶级文化也有着一衣带水的联系。雷蒙·威廉斯、理查德·霍加特、斯图亚特·霍尔、特里·伊格尔顿等人都有工人阶级出身的文化和背景，在他们的研究中，工人阶级的审美经验构成了理论展开的思想视域和经验内容。理查德·霍加特出身于里兹的工人阶级家庭，他的著名的《识字的用途》对工人阶级某些想法和观念正是出于"一种属于个人的、局部的观察角度"。❶ 雷蒙·威廉斯是出身于威尔士工人阶级的"平民理论家"，从20世纪60年代开始马克思主义文学批评研究以来，他的美学研究长期都关注工人阶级的文化经验，这种天然的情感联系甚至让他很长时间在剑桥大学的学术生涯显得与资产阶级上流文化格格不入。❷ 特里·伊格尔顿也出身于工人阶级家庭，并且一直以来都非常在意他的工人阶级文化出身和文化身份。斯特亚特·霍尔虽然出身于中产阶级家庭，但长期的流散经历使这位牙买加后裔更深刻地体察了英国那种所谓的"同质"的社会的变迁与矛盾。至于E. P. 汤普森，他也是一位出身于早期工人阶级的马克思主义历史学家，美国学者丹尼斯·德沃金甚至认为汤普森曾经尖锐批评过的雷蒙·威廉斯的著名的《文化与社会》中描写的思想传统其实与他的家庭背景比较接近。❸

---

❶ 格雷姆·特纳：《英国文化研究导论》，唐维敏译，（台北）亚太图书出版社2000年版，第49页。
❷ 特里·伊格尔顿：《历史中的政治、哲学、爱欲》，马海良译，中国社会科学出版社1999年版，第255页。
❸ 丹尼斯·德沃金：《文化马克思主义在战后英国》，李凤丹译，人民出版社2008年版，第142页。

20世纪英国马克思主义文学批评理论家不但与工人阶级文化体验有着非常亲密的关系,而且,在他们从事学术研究的过程中很多都与成人教育有直接的关系。这一点,也是值得我们认真思考的内容。雷蒙·威廉斯曾经在"牛津远程教育代表团"从事了十多年的成人教育工作,在很长的一段时间内,他基本上是白天从事写作与研究,晚上则对成人进行培训。在成人教育工作中,威廉斯讲授过公共写作、公共演讲等课程,他还培训学生很多与他们工作有关的技能,比如如何写作报告、备忘录、契约书以及进行委托发言和口头报告等,他甚至还教给一些家庭主妇如何阅读文学作品。[1] 理查德·霍加特在1946~1959年的十多年时间里担任的是赫尔大学成人教育课程的讲师。斯图亚特·霍尔在进入伯明翰大学当代文化研究中心之前曾经担任过高中的代课教师。威廉斯和霍加特从事成人教育工作时所教授的学生大部分是工人,他们由于种种原因不能接受高等教育,但在威廉斯看来,他们的学习态度是认真的。威廉斯也正是在最初的、从事成人教育的阶段才对英国的教育体制、文化体制有了非常深刻的认识,这一时期的工作体验与经历也对他后来的文学与政治的研究益处颇多。[2] 他的著名的《文化与社会》就是他1949年教授成人教育课程的一部分。[3] 而对于霍加特而言,他的成人教育的学生不但是他后来《识字的用途》最初的阅、听对象,而且对他后来的文化定义与文化研究产生了深远影响。[4] 虽然我们也不应该过分夸大这种家庭背景对他们后来的马克思主义文学批评研究的决定作用,但这种一衣带水的情感联系是不能回避的:从他们后来的理论研究与文化实践来看,这种天然的情感联系正是一条看不见的思想血脉,影响着他们理论思考的方向与切入现实的角度。正是因为理查德·霍加特、雷蒙·威廉斯、E. P. 汤普森等人重视工人阶级的生活方式、价值立场和审美经验,他们的文学批评理论才能够在文

---

[1] 雷蒙·威廉斯:《政治与文学》,樊柯等译,河南大学出版社2010年版,第62页。
[2] 同上。
[3] 丹尼斯·德沃金:《文化马克思主义在战后英国》,李凤丹译,人民出版社2008年版,第122页。
[4] 格雷姆·特纳:《英国文化研究导论》,唐维敏译,(台北)亚太图书出版社2000年版,第49页。

学与社会、文化与历史、文本与经验的张力分析中完成深刻的理论建构,从而构成了20世纪英国马克思主义文学批评主要的理论策源地,这也构成了它的主要的理论把握方式。他们对工人阶级文化经验的重视不仅仅是从情感和认同出发展现工人阶级的生产方式、组织方式、情感态度,而且更从学理层面上总结工人阶级文化经验的发展脉络,把握工业革命后的英国社会文化现实的发展趋向,特别是把握当代资本主义社会的历史与文化走向,从而体现出理论与经验交相呼应的特征。

20世纪70年代以来,随着西方资本主义社会政治、经济和意识形态的复杂发展、变化,特别是经历了1968年"五月风暴"以及"撒切尔主义"的"新经济政策",英国社会商品化进程进一步加剧,危机与矛盾也不断上升。到了1975年左右,英国再次笼罩在世界性经济危机之中,失业人数增至70万,通货膨胀率高达24%,经济陷于停滞。在这种情形下,工人阶级的文化经验与文化意识在整个社会文化系统中出现了很多更加复杂的情况。以理查德·霍加特、斯图亚特·霍尔、理查德·约翰逊为代表的"伯明翰学派"的文化研究敏锐地把握当时社会发展的新变局,**重视边缘文化和亚文化、大众文化的研究**,更加密切关注工人阶级文化经验的发展变化——无论是从理论传统上,还是从理论观念上都对20世纪英国马克思主义文学批评理论的完善起到了重要作用。"伯明翰学派"的理论研究有效地呼应了新的历史语境下英国工人阶级的阶级意识和文化意识的发展,特别重视大众传媒文化兴起的影响。在他们的理论研究中,工人阶级的文化经验不但日益成为当时兴起的大众文化的重要内容,而且成为表征现代社会生活与文化交流过程的重要形式。这一时期,20世纪英国马克思主义文学批评理论的变化也是巨大的,不但包括英国文化左派在内的理论传统发生了重要转折,而且有效吸收了外来理论资源,特别是葛兰西的理论思想,并引发了20世纪英国马克思主义文学批评理论的"葛兰西转向"问题。后来,霍尔在他的《艰难的复兴之路:撒切尔主义与左派的危机》中也曾提出,由于"撒切尔新政"的影响以及特殊的文化构成,英国的社会文化发展格局仍然表现出了与众不同之处。简而言之,如果说可以从英国的文化研究中学习什么东西的话,那就是始终坚持在不同的语境中把握文化与权力的关联和组合的方式。我们可以看到，到了20世纪八九十年代以来，特里·伊格尔顿、托尼·本尼特等英国马克思文论家仍然在某方面行进中这个的理论路径上。伊格尔顿对当代西方文学的政治批评，托尼·本尼特的文化研究与文化治理观念，虽然在此时，工人阶级的文化经验已经不再具有雷蒙·威廉斯、理查德·霍加特等人在五六十年代面临的那种历史图景，但面对当代资本主义生产方式的变化以及后现代哲学语境的影响，他们的理论研究仍然与文化、政治有很大的关系，也折射出了作为一个整体理论形态的20世纪英国马克思主义文学批评理论所面临的"情感结构"，那种一衣带水的工人阶级文化经验与情感更多地被后现代主义文化政治的差异性景观所淹没。他们对媒体、政治和意识形态关系的思考，对大众文化与日常生活的意识形态的研究不但拓展了20世纪英国马克思主义文学批评的理论空间，而且重新以传媒与大众文化的为起点，充分运用了葛兰西的文化领导权理论，深入细致地考察了西方资本主义社会中生产方式变革与文化构成，其理论影响至今仍然鲜明可见。

20世纪英国马克思主义文学批评理论经历了20～30年代的考德威尔的开端，到50～70年代的雷蒙·威廉斯、E.P.汤普森、理查德·霍加特、斯图亚特·霍尔等人的理论奠基，一直到80～90年代以来的特里·伊格尔顿、托尼·本尼特等人的开创性发展，每一个理论家虽然都有自己独特的理论背景与理论形态，生活在不同时代，面对不同的理论问题，但从整体上看，这些理论家的思想养成及其内在理论特性上存在一定的文化共性，这种文化共性并非是我们简单地冠之以"马克思主义文学批评家"的标签所能把握的。在他们漫长而丰富的理论探索中，存有英国独特的社会语境和历史文化传统的集体熏染与思想磨砺，在某种程度上，这也正是他们的文学批评理论之为"英国"的原因。在工人阶级与大众文化经验书写的历史语境中，20世纪英国马克思主义文学批评理论展现出了宽广的文化视野、深刻的文化体认以及深厚的文化基础。雷蒙·威廉斯、E.P.汤普森、理查德·霍加特、斯图亚特·霍尔等20世纪英国马克思主义文学批评家在文本分析与文学实践中高度呼应英国社会历史文化发展以及工人阶级文化经验，深刻地展现了他们对工人阶级意识的生成以及资本主义文化制度的影响——所展现出来的精神追求不仅是情感上的，更是理智上的。理论带有经验的成分，经验让他们的理论思考更真实，让他们的理论思考拥有了情感上的支撑和归宿，而那种恰当的定位同时则让他们的理论研究展现出了理智上的深刻，也能够较为准确地找到他们的理论位置。

四、马克思主义传统与 20 世纪英国马克思主义文学批评的理论生成

20 世纪英国马克思主义文学批评研究直接面对工人阶级与大众文化经验，英国工人阶级文化经验与大众文化的土壤是它主要的起源语境，这是我们考察 20 世纪英国马克思主义文学批评理论时首先考虑到的。但是，也应该看到，这个过程也是复杂的。正像 E. P. 汤普森说的那样，工人阶级的形成"不是工厂制的自发产物，也不应当想象有某种外部力量（即'工业革命'）作用于某种难以形容的、混沌的人类原料，从而在另一端生产出一种'新人类'"。[1] 工人阶级文化经验的养成与表现也是复杂的，它不是简单的阶级利益博弈的过程，也不是直接地在社会层面上发生的，而是阶级意识与社会生活方式在社会文化历史层面上的深层次的交融而形成的，这构成了 20 世纪英国马克思主义文学批评理论的经验性成分。但作为一种理论形态而言，20 世纪英国马克思主义文学批评理论在英国的生成和发展也有着一个与本土文化和文学批评传统相调适的过程，这个传统就是 19 世纪以来在英国文学批评中存在的"英文研究"传统。英国文学批评的学术传统对 20 世纪英国马克思主义文学批评的理论生成起到了重要影响。无论是理查德·霍加特还是雷蒙·威廉斯，其实都继承了这种传统，进而又"走出"这种传统的。托尼·本尼特曾经指出，在雷蒙·威廉斯身上，存在着"历史唯物主义传统"与"社会

---

[1] E. P. 汤普森：《英国工人阶级的形成》，钱乘旦等译，译林出版社 2006 年版，第 211 页。

批判中的浪漫主义和其他道德派系"的两难。❶ 威廉斯在写作《文化与社会》的过程中,仍然没有摆脱"利维斯主义"的批评传统;在一次访谈中,霍加特也曾说,《识字的用途》受 F. R. 利维斯和 Q. D. 利维斯的影响很深。❷ 所以,在某种程度上,尽管后来他们接受了马克思主义理论,并在文学批评中不再坚持英国文学批评原有的学术传统,但"英文研究"传统对这些理论家仍然具有重要的理论启发。他们正是从"英文研究"中直接承续了英国文学批评传统中的文化养分,才在日后的理论研究中完成了将文化经验与审美分析融入理智思考的过程。

从 20 世纪英国马克思主义文学批评理论的发展来看,虽然雷蒙·威廉斯、理查德·霍加特、斯图亚特·霍尔以及后来的特里·伊格尔顿等人长期以来无法适应英国文学批评中的"英文研究"传统,但雷蒙·威廉斯、理查德·霍加特等人也正是在这种理论传统的内部走向马克思主义文学批评的理论建构的。从这个意义上说,"英文研究"传统对 20 世纪英国马克思主义文学批评而言不仅仅是一个需要被超越的"哈姆雷特的幽灵",❸ 而正是一种传统的再生产。理查德·霍加特、雷蒙·威廉斯等 20 世纪英国马克思主义文学批评家都曾先后对英国文学批评中的"英文研究"传统有过理论上的批判,这种批判不能理解为单方面的思想抗拒,而是一种深层次的理论超越。这也正体现了文化研究"英国特性"中那种特殊性,在英国马克思主义文学批评与英国文学批评传统之间,传统的再生产充满了丰富的理论张力。

20 世纪英国马克思主义文学批评中的重要理论代表如理查德·霍加特、雷蒙·威廉斯、特里·伊格尔顿、托尼·本尼特,不但以其自身的理论探索丰富了马克思主义理论研究的阵地,而且以鲜明的理论特征发展了不同

---

❶ 弗朗西斯·马尔赫恩:《当代马克思主义文学批评》,刘象愚等译,北京大学出版社 2002 年版,第 13 页。

❷ 理查德·霍加特:"文化研究四十年——霍加特访谈录",胡谱中译,载《现代传播》2002 年第 5 期。

❸ 托尼·本尼特:《本尼特:文化与社会》,王杰等译,广西师范大学出版社 2007 年版,第 14 页。

于欧美其他国家的马克思主义文学批评理论。这一点，也让20世纪英国马克思主义文学批评理论在世界马克思主义理论研究中独树一帜。首先，从理论起源来看，马克思主义理论传统在英国的发生也正是英国马克思主义文学批评的萌芽时期。从时间上，马克思主义在英国最早的理论影响是从20世纪20年代发生的。1920年英国共产党诞生，英国马克思主义获得了初步发展，英国马克思主义文学批评也正是在这个时期经由考德威尔、韦斯特等人得以初步发展——马克思主义的理论传统与20世纪英国马克思主义文学批评的理论生成有着历史起源上的同一性。其次，从理论生成的角度看，英国马克思主义传统的发展与英国马克思主义文学批评的理论成熟有着深刻的思想渊源。在20年代，无论是从对马克思主义的理解来看，还是就马克思主义文学批评的理论研究而言，英国马克思主义的发展都是稚嫩的，考德威尔等人的马克思主义文学批评更存在明显的简单化的缺陷。但是经过了40年代"考德威尔论争"中英国马克思主义理论的发展，特别是经过40年代"共产党历史学家小组"的努力，在50年代，英国马克思主义的理论传统获得了深入发展。E. P. 汤普森、霍布斯鲍姆、希尔、多布、哈里森等一批充满活力的英国"共产党历史学家小组"成员不但接受了马克思主义理论传统，而且从马克思主义理论出发对马克思主义历史编纂学做了深入的研究，他们的理论工作对马克思主义在英国的传播与发展起到了重要作用。这时，马克思主义在欧洲开始受到较多关注，马克思主义立场和观念开始对人文社会、学术研究产生影响。也正是在这个时刻，雷蒙·威廉斯、理查德·霍加特等英国马克思主义文学批评家也在他们的理论研究中更多地走向马克思主义。他们注重马克思主义与文化理论的关系，并把马克思主义引进了文化分析过程，促进了20世纪英国马克思主义文学批评的理论发展。最后，从思想精髓上看，英国马克思主义理论传统的兴起也是雷蒙·威廉斯、理查德·霍加特等完善马克思文学批评理论思考的重要思想源泉，马克思主义的理论观念是他们进行马克思主义文学批评实践的重要思想观念和理论原则，20世纪英国马克思主义文学批评的理论生成是在英国马克思主义传统的兴起和发展的深层次理论启发下完成的。

20世纪50年代以来，正是在马克思主义理论的启发下，雷蒙·威廉斯、理查德·霍加特等人在批评考德威尔、韦斯特等英国早期马克思主义批评家机械和僵化观念的同时，注重从个体生活的角度统摄社会结构的特征，并关注社会经济生活和社会精神之间的复杂关系，从而实现了20世纪英国马克思主义文学批评理论的跨越式发展。从这个意义上说，英国马克思主义理论传统的发生既是英国马克思主义文学批评传统兴起的问题性之源，又是其理论生成的重要的思想策动。

马克思主义理论传统的兴起为20世纪英国马克思主义文学批评理论的生成提供了重要的思想路径及理论启发，从20世纪20年代开始，考德威尔、韦斯特等人开启了英国马克思主义文学批评的理论历程。20世纪英国马克思主义文学批评理论的成熟，是在50年代以后理查德·霍加特、雷蒙·威廉斯等人的理论研究上发展而来的；50年代以后，马克思主义理论传统在英国的传播与发展促进了英国"左派文化"的发展，而英国"左派文化"的产生特别是工人阶级文化的发展，也为后来的"伯明翰学派"的文化研究起到了重要的推动作用。但是这个过程也是复杂的，在50年代英国马克思主义文学批评的理论奠基乃至此后的很长一段时间，英国马克思主义文学批评家对待马克思主义理论的态度都经过了一个复杂的过程。这也意味着作为一种美学形态的理论建构，英国马克思主义文学批评理论在英国生成也并非是与马克思主义传统的发生具有完全的同步性；英国马克思主义文学批评的理论生成与马克思主义理论传统之间仍然存在一个复杂的理论交融与发展的过程，甚至很多理论家对马克思主义都有不同的理解。雷蒙·威廉斯曾在《文化与社会》中不满马克思主义的经济决定论。在1977年的《马克思主义与文学》中，威廉斯在回顾这段历史时仍然表达出他对考德威尔、韦斯特等英国早期马克思主义美学家的机械和僵化观念的不满。❶ 理查德·霍加特1964年任伯明翰大学当代文化研究中心主任，一直到1968年转往联合国教科文组织任职，这段时间他对马克思主义的关系是比较模糊的。斯图亚特·霍尔在20世纪50年

---

❶ 雷蒙·威廉斯：《文化与社会》，吴松江等译，北京大学出版社1991年版，第355~356页。

代进入马克思主义视域的同时仍然存在着与马克思主义"不完全统一的时刻"。❶ 这也说明20世纪英国马克思主义文学批评理论并非简单地复述马克思主义的固有观念，而是在文学研究的具体过程中实践马克思主义的理论原则并进而走向马克思主义理论的超越。

20世纪英国马克思主义文学批评理论的生成同样是一个理论超越与回归的过程。霍尔曾经指出"英国文化研究"与马克思主义理论的关系是："在马克思主义周围进行研究，研究马克思主义，反对马克思主义，用马克思主义进行研究，试图进行、发展马克思主义研究。"❷ 这一点也确实是20世纪英国马克思主义文学批评理论的特殊之处，特别是在50年代，理查德·霍加特、雷蒙·威廉斯正是从马克思主义那里获得了深入的文化实践的思想原动力与理论的实践性。在与那种传统的、机械的马克思主义划清界限之时，英国马克思主义文学批评家从马克思主义的广泛的预见性与深刻的把握审美文化现实的实践性中获得了思想掘进与理论掘进的启发，也正是在向马克思主义回归的时刻，20世纪英国马克思主义文学批评展现出了最丰富的理论图景。在这一时期，雷蒙·威廉斯的《文化与社会》《关键词》《漫长的革命》是英国马克思主义文学批评理论的宣言式作品，理查德·霍加特的《识字的用途》与E. P. 汤普森的《英国工人阶级的形成》等向来在马克思主义理论研究中有重要的位置。相对于英国早期的马克思主义者考德威尔来说，他们的研究使英国马克思主义文学批评理论研究开始走出蜗居于象牙塔内的学院风格，在文化分析中摆脱了基础/上层建筑模式的僵化分析，使马克思主义的理论研究与文化研究在作为理想价值的文化和作为可实现的生活方式的文化之间找到了融合的基点，而这种理论活力也为后来的英国马克思主义理论家所继承。它不但奠定了以后英国马克思主义文学批评的理论基础，而且使马克思主义文学批评开始摆脱了基础/上层建筑模式的僵化分析方式，更多地关注社会生活方式的整体生成与社会文化观念的现实演变。以后的马克思主义文学批评

---

❶ 武桂杰：《霍尔与文化研究》，中央编译出版社2009年版，第65页。
❷ 丹尼斯·德沃金：《文化马克思主义在战后英国》，李凤丹译，人民出版社2008年版，第5页。

者都不可避免地要从这里吸收理论滋养,其中就包括特里·伊格尔顿、托尼·本尼特等英国马克思主义文学批评家。正是在马克思主义理论传统的启发下,20世纪英国马克思主义文学批评实现了理论生成,威廉斯等20世纪英国马克思主义文学理论家也创造了一种泽被后世的思想遗产和马克思主义文学批评的理论范式,在奠定了20世纪英国马克思主义文学批评观念的同时,也为文学理论研究提供了超越性的启发。

后马克思主义的建构主义文学和文化理论概述*

■ 范永康**

"后马克思主义"(post-Marxism)是一个歧义迭出的概念,最广义的后马克思主义指的是马克思、恩格斯之后的各种马克思主义;较为广义的后马克思主义是指兴起于后现代社会的各种新马克思主义,可称之为"后现代马克思主义"。本文所使用的"后马克思主义"概念,则是狭义的后马克思主义,指的是晚期资本主义社会出现的、建立在后结构主义哲学基础上的、以拉克劳和墨菲为主要代表的、具有鲜明的解构主义特征的马克思主义,也可称之为"后结构主义马克思主义"(poststructuralist Marxism)。但本文的研究对象并不是后马克思主义政治、社会、历史、经济理论,而是后马克思主义的文学和文化理论,涉及斯图亚特·霍尔、劳伦斯·格罗斯伯格、安吉拉·麦克罗比、保罗·格罗伊、保罗·杜盖伊、朱迪斯·巴特勒、托尼·本尼特、约翰·弗娄等一大批后马克思主义文化学者的论著。

与传统马克思主义的文学和文化理论相比,后马克思主义的文学和文化理论的特质何在?笔者认为,后马克思主义文论带有鲜明的建构主义特色。20世纪80年代以来,"建构主义"(constructivism)在哲学、教育学、心理学、政治学、历史学、社会学、文学、艺术学等领域已经成为热点问题。总

---

* 基金项目:教育部人文社科规划项目"后马克思主义文论研究"(13YJA751011);2012年云南省哲学社会科学创新团队建设资助项目。

** 范永康(1972~),男,安徽芜湖人,文学博士,曲靖师范学院人文学院教授,主要从事文艺学研究。

的看来，建构主义以后现代哲学思想和后结构主义为理论基础，反对本质主义、绝对主义、客观主义、实证主义等传统思维方式，具有反本质主义、相对主义、约定主义、构成主义等理论特质。建构主义已经全面渗透到女性主义、后殖民主义、新历史主义、后马克思主义等批评理论和批评实践之中。当然，建构主义对后马克思主义的文学和文化理论的影响略有差异，后马克思主义文化理论侧重于构成主义，后马克思主义文学理论侧重于反本质主义。

一、"语言建构主义"：后马克思主义的哲学基础

保罗·鲍曼指出，后马克思主义是这样一种理论视角，它将历史、文化、社会和政治都视为不可还原的"话语性的"东西。[1] 他准确地揭示出后马克思主义的符号学模式。笔者认为，后马克思主义的哲学基础正是"语言建构主义"。

简言之，实证主义语言观认为语言是对客观事实的反映，而建构主义语言观则认为社会、世界是由语言建构而成的"语言构成物"。前者的哲学基础是"给定实在论"，即认为存在先于、独立于语言符号系统之外的社会现实，语言、文化或知识要正确地表现或反映这些客观现实。后者的哲学基础是"语言实在论"，认为并不存在先于、独立于语言符号系统之外的社会现实，社会现实其实就是由我们的语言符号系统建构起来的"文本"而已；所以，反映论在语言建构主义这里是没有意义的，起建构作用的符号系统及其运行机制和运作过程才是其研究重点。

细究起来，建构主义语言观是由索绪尔奠基的。索绪尔认为，语言符号联结的不是能指（音响形象）与现实中的事物，而是能指与所指（概念），而且，符号的意义只能来自于与其他符号之间的差异关系。这就是说，语言符号的意义只能在语言结构或语言系统内部得以建构，并不是对外在现实的反映。福柯对索绪尔的建构主义语言观做出了重要推进，他的"话语建构观"

---

[1] Paul Bowman, *Post-Marxism Versus Cultural Studies*, Edinburgh: Edinburgh University Press, 2007, p. xi.

克服了索绪尔专注于封闭式语言系统研究的弊病。福柯指出，话语是指"一个用来理解世界的框架"或"一个知识领域"的规则系统，我们对社会现实的把握离不开话语系统的意义设定；他由此强调了话语系统对知识、权力、社会、主体的建构功能，"它涉及将话语看做是从各个方面积极地构筑或积极地建构社会的过程：话语构建知识客体、社会主体和自我'形式'，构建社会关系和概念框架"。❶ 在福柯看来，话语系统建构了社会系统，但两者毕竟不是一个东西，一个属于意义系统，另一个属于物质系统（即非话语存在物）。但是，拉克劳和墨菲则进一步取消了话语与非话语实践之间的区别。❷ 他们认为，意义系统与物质系统、话语系统与社会系统其实是同一的，话语构形与社会构形的过程是同步的，"社会与话语之间是完全等同的"，即使是自然事实也是话语事实。❸ 霍尔提出的"社会像语言一样运作"正可以作如是解。后马克思主义由此走出了将社会现实文本化的关键一步。鲍曼对此总结道："这样看来，现实既是物质性的也是文本性的，正像霍尔所暗示的，也像拉克劳和墨菲所明确宣称的，是话语性的：既是用物质的方式构建起来的，也是用文本的方式构建起来的。"❹

这个话语系统实际上就是人类创构的语言、文化、社会、意识形态等符号体系。与索绪尔抽象的、稳定的、本质主义的语言结构系统不同，拉克劳等人所言的话语系统其实是多元的、可变的、反本质主义的，这一点深受德里达解构主义的影响。德里达解构了能指与所指之间的统一关系，符号的意义只能在无穷的能指链中滑行，在无休止的差异游戏中被推移、延宕和悬置了。在拉克劳看来，话语系统最好称之为"话语的领域"——"这个术语指出了它与每个具体话语的关系形式：它同时决定着任何客体必然的话语特征

---

❶ Norman Faireloogh, *Discourse and Social Change*, Cambridge：Polity Press, 1992, p. 39.

❷ Ernesto Laclau and Chantal Mouffe, *Hegemony and Socialist Strategy*, London and New York：Verso, 2001, pp. 107 – 108.

❸ 恩斯特·拉克劳：《我们时代革命的新反思》，孔明安等译，黑龙江人民出版社2006年版，第124页。

❹ Paul Bowman, *Post-Marxism Versus Cultural Studies*, Edinburgh：Edinburgh University Press, 2007, p. 33.

以及任何特定话语进行最后缝合的不可能性"。❶ 话语领域是无中心的、充满差异的、只具有短暂构形功能的符号体系，具有多元性、偶然性、不确定性、建构性等特点。那么，由话语建构起来的历史、文化、社会和政治也就不再具有客观性、必然性、总体性和确定性了。由此可知，后马克思主义建构主义的底色实际上就是解构主义，它必然会对传统马克思主义进行解构。

在后马克思主义者眼中，传统马克思主义的唯物主义是一种忽略了语言建构维度的本质主义的"给定实在论"，而社会现实其实是一元化的"语言构成物"。传统马克思主义预设了所谓的客观存在物作为世界的本体，这种客观存在物外在于我们所使用的话语或符号系统，由此构成了二元对立的等级制的决定论模式，即经济基础决定上层建筑，社会现实决定社会意识。❷ 这在文学和文化理论方面造成的后果就是，文学和文化只能被视为一种附属性的上层建筑，一种被经济基础决定的"副现象"。文学和文化作为主要的话语系统或符号体系，它对历史、社会、主体和意识形态的建构功能被严重地忽略了。后马克思主义的一个重要举措就是建立起建构主义的文学和文化观，以解构传统马克思主义反映论的文学和文化观，进而解构其社会和政治理论。

二、后马克思主义的建构主义文化理论

在后马克思主义这里，曾经被视为仅仅是反映经济基础的上层建筑形式之一的"文化"，获得了前所未有的独立性、能动性、物质性、政治性、社会性，文化不再被还原为经济关系的反映，总体上受制于阶级根源和生产方式。在后马克思主义这里，"文化已经被构想成为一个首要的或'建构'的过程，在形成各种社会问题和历史事件方面，其重要性不亚于经济和物质'基础'，

---

❶ Ernesto Laclau and Chantal Mouffe, *Hegemony and Socialist Strategy*, London and New York: Verso, 2001, p. 111.

❷ John Frow, *Marxism and Literary History*, Cambridge and Massachusetts: Harvard University Press, 1986, p. 6.

它已不再单纯是事件发生以后对世界的反映。"❶ 总的看来，将反映论的文化观推进到建构论的文化观正是后马克思主义的文化逻辑。

(一) 文化建构社会现实

立足于语言建构主义的哲学基础，后马克思主义对"文化"的定义也表现出鲜明的语言学或符号学特点。在他们看来，文化不是对现实社会关系的反映，不是"被思考和谈论过的最好的东西"，也不是"整体的生活方式"；究其本质，乃是借助符号来传达意义的人类行为，其核心内涵就是意义的创造、交往、理解和解释。霍尔将文化当做一种"表征"行为。所谓表征，就是通过语言生产或建构意义——"表征意味着用语言向他人就这个世界说出某种有意义的话来，或有意义地表述这个世界"。❷ 重要的是，"文化意义不只'在头脑中'。它们组织和规范社会实践，影响我们的行为，从而产生真实的、实际的后果"。❸ 这就是说，意义不只是停留于符号系统之内，它还具有实践的指向、功能和效果，是一种"意指实践"。正是文化表征赋予了人、客观事物以及社会事件以意义，正是文化意义组织和规范着我们的社会行为和实践，建立起使社会生活秩序化的各种规则和惯例。因此，可以说，作为意义网络的文化建构了社会现实，语言或符号领域反而在社会实践中起着关键性的作用。"文化不再被视为仅仅是其他进程——经济的或政治的进程——的反映，而被视为与经济或政治的进程同样是现实社会的构成部分。不仅如此，近年来，由于理论家们开始主张所有社会实践都是有意义的实践，因而所有的社会实践基本上都是文化的，'文化'已经被提升到了一个更加重要的地位。"❹

后马克思主义符号学模式的文化理论在霍尔那里，被凝聚为一个核心主张："社会像语言一样运作"。此处的"语言"实际上指的就是"符号"，包

---

❶ Stuart Hall ed., *Representation: Cultural Representations and Signifying Practices*, London: the Open University, 1997, p. 6.
❷ Ibid., p. 15.
❸ Ibid., p. 3.
❹ Paul du Gay etc. eds., *Doing Cultural Studies*, London: SAGE Publications and the Open University, 1997, p. 2.

括声响、词语、音符、音阶、姿势、表情、衣服，等等。社会现实之意义的传达无不借助于这些符号："口语用声响，书面语用词语，音乐语言用调性序列中的音符，身体语言用身体姿势，时装业用制装面料，面部表情语言用调动五官的方式，电视用数码或电子产生荧屏上的色点，交通信号灯用红、绿、黄色来'说话'。"❶ 举凡建筑、雕塑、绘画、文学、音乐、舞蹈、服饰、广告、摄影、影视、体育等文化形式，以及日常礼仪、风俗习惯、家庭生活、商品生产、社会抗争、政治事件等各种社会实践和社会交往活动，其实都可视为表征系统或符号系统，都置身于意义网络之中，又不断地生产、传播、阐释和创造出新的意义。

总之，社会现实不是预先给定的实体，文化表征或话语系统会以"接合"的方式建构出社会现实，这样的社会终究不可能固定为一个本质主义、实证主义的总体，而是具有相对性、偶然性和可变性的意义建构物。

(二) 文化建构意识形态或权力关系

既然社会现实是由文化表征或话语系统以"接合"的方式建构而成的，那么，传统马克思主义对经济基础与上层建筑的划分便难以成立，作为经济基础之反映的"观念的上层建筑"这一意识形态概念便得以瓦解。恢复意识形态的建构功能及其物质性，乃是后马克思主义意识形态理论的必然逻辑。在阿尔都塞、葛兰西、拉克劳、墨菲等人的启发下，霍尔等人不但使意识形态概念摆脱了经济决定论和阶级还原论，还进一步与文化表征相等同。他们认为，意识形态即由语言、概念、范畴、想象和表征系统组合起来的思想框架，❷ 正是通过这些思想框架，我们才能够理解、阐释和践行社会的意义；由此可见，不是社会存在决定着意识形态，而是意识形态建构了社会存在。此举实际上将语言、文化、意识形态和社会存在紧密地联系起来了。因此，詹姆斯·凯瑞才会说："英国的文化研究，毫无疑问且更加准确地应当重新命名

---

❶ Stuart Hall ed., *Representation*: *Cultural Representations and Signifying Practices*, London: the Open University, 1997, pp. 4 – 5.

❷ David Morley and Kuan-Hsing Chen eds., *Stuart Hall*: *Critical Dialogues in Cultural Studies*, London: Routledge, 1996, p. 26.

为意识形态研究,因为它以各种复杂的方式将文化与意识形态画上了等号。或者更确切地说,它将意识形态当成了整个文化的提喻。"[1]

后马克思主义最终又将意识形态概念让位于权力概念,"文化与权力的关系是后马克思主义文化研究所关注的首要议题。"[2] 后马克思主义的重要思想家福柯推动了这种转变。福柯反对传统马克思主义将意识形态定义为对经济基础的反映并以真理自居、来批判所谓的统治阶级的虚假意识,因为福柯坚持认为,"真理"其实是话语—权力的建构物,并没有绝对标准。[3] 至于"权力",福柯并不否认国家层面的宏观权力的存在,但他更关注渗透到社会生活每一个角落的、网状的、微观的权力,并注意到知识与权力之间的共谋关系:"不相应地建构一种知识领域就不可能有权力关系,不同时预设和建构权力关系就不会有任何知识。"[4] 广泛地研究知识、文化与权力之间的关系,显然有利于摆脱意识形态概念造成的经济决定论和阶级本质论的限制,这对后马克思主义文化理论产生了决定性的影响。

彼得·汉密尔顿、亨利埃塔·利奇、肖恩·尼克松、克里斯蒂娜·格莱德希尔等人通过个案深入地研究了文化表征是如何建构权力关系的。彼得·汉密尔顿对貌似写实主义的法国平民主义摄影进行研究后发现,摄影家在题材、主题、构图、着色等各个环节暗含着明确的意识形态意图,即在1944~1950年间法国重建时期,它们有助于把"法国性"建构为一种统一的特性。亨利埃塔·利奇通过对博物馆的研究也认为,博物馆收藏和展览物品,绝不是价值中立的,内里充满了权力的纠葛。肖恩·尼克松和克里斯蒂娜·格莱德希尔分别对广告和肥皂剧进行了研究,发现了文化表征建构性别权力关系的秘密。萨义德等人还研究了小说的叙事权力:"后殖民叙事学批评试图描述

---

[1] 马克·吉布森:《文化与权力:文化研究史》,王加为译,北京大学出版社2012年版,第2页。

[2] John Storey, *Cultural Theory and Popular Culture: an Introduction*, Boston: Pearson Longman, 2009, p. 87.

[3] Michèle Barrett, *The Politics of Truth: from Marx to Foucault*, Cambridge: Polity Press, 1991, p. 123.

[4] 米歇尔·福柯:《规训与惩罚》,刘北成等译,生活·读书·新知三联书店1999年版,第29页。

具体的叙事技巧是如何协助传播东方主义或父权结构的,而叙事又是如何通过对聚焦、情节结构的选择或自由间接话语的使用,有时抵抗这些结构,有时破坏或摧毁这些结构。"[1]

(三) 文化建构"主体位置"或身份/认同

后马克思主义政治理论的一个重要变革就是,从传统马克思主义关注的阶级政治转向对日常生活领域中的非阶级政治的重视,如身体政治、性别政治、种族政治、差异政治、文化政治等,试图发展出一种能够适应"新社会运动"以来的其他社会斗争形式的马克思主义。所以,他们必然会对无产阶级革命及其工人阶级主体进行解构,转而建构反本质主义的多元化的政治主体,如汤非因所说:"后结构主义者和新葛兰西主义理论都关注社会与政治主体身份的建构。"[2] 后马克思主义此举使得身份建构和身份政治成为1990年以来文化研究的一个热点问题。如前所述,由于后马克思主义文化研究者将文化与意识形态或权力紧密地关联起来,意识形态化或权力化的文化便成为建构多元化政治主体的关键性力量。霍尔便指出:"我们不要再以为权力只是简单地存在于政府或军队,权力无处不在,从家庭到性别关系,到体育运动和人际关系,我们自身的身份和主体性也是文化地构成的。"[3]

拉克劳和墨菲消解工人阶级政治主体的哲学依据是,近代以来的实体化的理性主义和经验主义"主体",已经被拉康、阿尔都塞、福柯等后结构主义哲学家的空心化的"主体位置"所取代。具体而言,拉康把弗洛伊德生物性主体转化为社会性主体,主体身份是被"象征界"进行语言切割的结果,即作为"象征界"的人类的法律与文化以语言的形式建构出人的主体位置,人依据这主体位置来发言。阿尔都塞又借鉴了拉康的身份认同理论,将"象征界"替换为"意识形态",个人又成为被意识形态所建构的主体位置。福柯则又将阿尔都塞的意识形态泛化为"话语系统",即赋予现实世界以秩序和规则

---

[1] 詹姆斯·费伦、彼得·J. 拉比诺维茨:《当代叙事理论指南》,申丹等译,北京大学出版社2007年版,第39页。

[2] Jacob Torfing, *New Theories of Discourse*, Oxford: Blackwell, 1999, p. 4.

[3] Stuart Hall and Martin Jacques, "Cultural Revolutions", *New Statement*, Vol. 12 (December 1997), p. 25.

的意义系统或表征体系,是话语系统构建了主体位置。拉克劳和墨菲受此启发,在论著中声明:"我们任何时候在本文中使用'主体'范畴,都是在话语结构中的'主体位置'这个意义上来做的。"❶ 主体位置是由话语系统建构起来的,而话语系统是无中心的、充满差异的、只具有短暂构形功能的符号体系,因此,主体位置不可能固定下来,获得同一的、完整的身份/认同;那么,传统马克思主义的捆绑于经济利益基础之上的阶级政治主体自然得以解构。霍尔进一步将拉康的"象征界"、阿尔都塞的"意识形态"、福柯和拉克劳、墨菲的"话语系统"转化为"文化表征系统",把问题转化为:是"文化表征系统"建构出了各种主体位置或身份/认同。他指出,身份是在文化表征系统中建构而成的,譬如电影,不是反映已经存在物的镜子,而是作为一种表征形式,为我们建构出新的主体类型,提供给我们新的话语空间。❷ 也正如巴克所言:"主体性和身份/认同是某一条件下才会产生的文化产物,也就是说,身份/认同乃是社会建构,不可能独立于文化再现与涵化之外。"❸

后马克思主义时代的身份/认同研究涉及性别认同、族裔认同、民族认同、宗教认同等多个方面。限于篇幅,此处仅以民族认同为例来分析文化表征系统的建构功能。安德森认为,民族的属性以及民族主义,是一种特殊类型的"文化的人造物",是一种"想象的共同体","我们应该将民族主义与大的文化体系,而不是与被有意识信奉的各种政治意识形态联系在一起,才能真正理解民族主义"。❹ 文化对于建立民族身份极其重要:"对这种共同体的想象是一个集体的(或者主体间的)文化过程。它通过对成员及外来者的表征来创造一个民族,这种表征则是通过撰写虚构的故事和历史、创作风景画和静物画、设计游行和庆典来完成的。……文化不是什么后来被'附加'到民族身上的东西;正是文化确定了民族、民族身份和领土这些概念本身的

---

❶ Ernesto Laclau and Chantal Mouffe, *Hegemony and Socialist Strategy*, London and New York: Verso, 2001, p. 115.

❷ Jonathan Rutherford ed., *Identity: Community, Culture, Difference*, London: Lawren & Wishart, 1990, p. 237.

❸ 克利斯·巴克:《文化研究:理论与实践》,罗世宏等译,(台北)五南图书出版公司2004年版,第200页。

❹ Benedict Anderson, *Imaged Communitis*, London and New York: Verso, 1983. p. 12.

意义。"❶ 萨义德对"东方"身份的研究证实了这种看法。他指出，东方是西方文化表征系统的建构物："东方学的意义更多地依赖于西方而不是东方，这一意义直接来源于西方的许多表征技巧，正是这些技巧使东方可见、可感，使东方在关于东方的话语中'存在'。而这些表征依赖的是公共机构、传统、习俗、可以理解的普遍认同的理解代码，而不是一个遥远的、面目不清的东方。"❷

三、后马克思主义的建构主义文学理论

在笔者看来，约翰·弗娄的《马克思主义与文学史》和托尼·本尼特的《文学之外》是两部具有代表性的后马克思主义文学理论著作。弗娄宣称，《马克思主义与文学史》的理论框架和意图是"非正统的马克思主义"，其理论立场"接近于福柯和德里达的后结构主义"。❸ 本尼特也明确承认，《文学之外》主要采取了后结构主义、解构主义、福柯的理论视角。❹ 可见，二人"关于马克思主义与文学和美学理论之间关系的看法在某些方面存在着惊人的相似性"，❺ 他们共同开启了马克思主义文学理论的"后马克思主义转向"。简言之，他们用后结构主义的方法全面颠覆了传统马克思主义的文学反映论、文学本质论、文学意识形态论和文学阅读理论，构建了具有反本质主义、反人文主义、反历史主义等后现代特征的后马克思主义的建构主义文学理论。

（一）重新定义"文学"：从文学本质论到文学体制论

反本质主义是后现代文艺理论的核心主张。伊格尔顿和卡勒都指出，文学并没有先验的、客观存在的、非历史的、永恒不变的本质，而只是后天建构的、受制于特定视角的、历史化、地方化和语境化的、流动的概念。丹托

---

❶ 阿雷恩·鲍尔德温等：《文化研究导论》，陶东风等译，高等教育出版社2004年版，第163页。
❷ Edward W. Said, *Orientalism*, London: Penguin, 2003, p. 22.
❸ John Frow, *Marxism and Literary History*, Harvard University Press, 1986, p. 1.
❹ Tony Bennett, *Outside Literature*, Routledge, 1990, p. viii.
❺ 托尼·本尼特：《文化与社会》，王杰等译，广西师范大学出版社2007年版，第23页。

和迪基也认为，不存在形而上的艺术概念，艺术与非艺术的区别仅仅取决于某种授予它们身份的社会体制，这种体制就是由艺术家、批评家、馆长、赞助人、代理商、经销商和收藏家组成的"艺术界"。❶ 文艺理论的研究范式也随之发生转换，即从文学艺术的内在美学特质研究转向了外在的社会惯例、社会机制和社会权力关系的研究。正如伊格尔顿所说，真正值得研究的不是文学或文学理论的内部特性，而是建构它们的历史、社会、文化语境，即话语——权力领域："它的视野其实就是整体社会之中的那个话语实践领域，它的特殊兴趣则在于将这些实践作为种种形式的权力和行事加以把握。"❷ 显然，弗娄和本尼特确立的从文学本质论到文学体制论的反本质主义文学观是离不开这个大背景的。

本尼特的反本质主义主要包括反对"美学形而上学"和"文本形而上学"两个内容。众所周知，在马克思和恩格斯那里，文学批评的最高标准是"美学观点"和"历史观点"，两者的关系是辩证统一的。但在本尼特看来，两者却是矛盾的："马克思主义既重视艺术的超验性，又努力根据其特定的社会历史状况来解释它，这是传统的主要矛盾。"❸ 特别是西方马克思主义，如阿道诺、马尔库塞的美学自律理论，与马克思主义的社会的、历史的和唯物主义的原则存在根本的冲突，"把审美当做一种精神与现实之间关系的不变模式来建构，这很难与作为一种旨在对所有的社会和文化现象进行彻底的'历史化'的历史科学的马克思主义概念相协调"，这样只能导致一种"失败的唯物主义"。❹ 他进而指出，马克思主义分析远不是要证实在后康德哲学中被归属于美学的普遍性，应该集中精力探讨在产生一系列不同的文学和审美效果的过程中发挥调节作用的各种社会和历史条件。

同样的道理，像俄国形式主义那样求索文学文本内部所独具的"文学性"也是一种妄想。本尼特指出，文学性并不存在于文本中，而存在于文本内部

---

❶ 奥斯汀·哈灵顿：《艺术与社会理论》，周计武等译，南京大学出版社2010年版，第17页。
❷ 特里·伊格尔顿：《二十世纪西方文学理论》，伍晓明译，北京大学出版社2007年版，第207页。
❸ 托尼·本尼特：《文化与社会》，王杰等译，广西师范大学出版社2007年版，第25页。
❹ 同上书，第14页。

及文本间的互文关系中,最终依赖于文本在主流意识形态母体中所占据的地位。因此,我们要以历史而具体的方式看待"文学",拒斥将文学作为超越历史的抽象概念来理解的"文本形而上学"。❶

总之,本尼特认为,文学更适合被看成特定历史时期、特定体制建构下的文本的使用及其效果。我们应当使用一套新的概念、方法和程序,以一种非美学的方式来重新思考批评的政治学,以一种更加具体和特殊的方式来探讨文学的政治学。❷ 弗娄也指出,"本质主义'文学'的概念应该被它在特殊的历史情境中的概念,即文学的话语构型概念所取代",❸ 应该建构一门"一般诗学",研究文学话语与法律、科学、历史、哲学、道德、宗教乃至日常语言等非美学话语之间的深层关联。❹

(二) 文学话语理论的建构:从文本分析到话语分析

霍尔指出:"社会和文化科学中的'话语转向',是近年发生在我们社会的知识中的最重要的方向转换之一。"❺ 在 20 世纪前半叶,索绪尔强调语言内部的系统和规则,将外部语言学所关注的文化、政治、社会制度、环境等因素排除不顾,给俄国形式主义、捷克布拉格学派、英美新批评和法国结构主义带来的是注重内部研究的"文本分析"法;60 年代之后,福柯等人用"话语"概念恢复了语言的历史性、社会性、政治性、实践性乃至物质性,给女性主义、新历史主义、文化唯物主义、后殖民主义、后马克思主义带来了侧重于外部研究的"话语分析"法。弗娄和本尼特都反对文本形而上学和文本分析法,只不过弗娄更加自觉地引入了"话语转向"的理论成果。

弗娄明确承认,他的话语理论主要受巴赫金、韩礼德、米歇尔·佩肖和福柯等人的启发。❻ 这些话语理论家的一个共同旨趣就是,将结构主义语言学

---

❶ 托尼·本尼特:《形式主义和马克思主义》,曾军等译,河南大学出版社 2011 年版,第 50 页。
❷ Tony Bennett, *Outside Literature*, Routledge, 1990, p. 10.
❸ John Frow, *Marxism and Literary History*, Harvard University Press, 1986, p. 83.
❹ Ibid., pp. 234 – 235.
❺ 斯图亚特·霍尔:《表征:文化表象与意指实践》,徐亮等译,商务印书馆 2003 年版,第 6 页。
❻ John Frow, *Marxism and Literary History*, Harvard University Press, 1986, p. 67.

模式转变为语用学语言模式，重建语言与历史语境、意识形态、社会实践、言说主体之间的联系。巴赫金说："话语是一种独特的意识形态的现象。"❶ 哈利迪指出，"话语类型"乃是掌控着特定社会语境中特定意义的生产、传播和接收的规则系统。❷ 佩奇尤克斯采用"话语"一词来强调语言使用的意识形态性质。❸ 在福柯那里，"话语"是赋予现实世界以秩序和规则的意义系统。"对福柯来说，一个'话语'就是我们可称之为'一个为知识确定可能性的系统'或'一个用来理解世界的框架'或'一个知识领域'的东西"，一套话语作为一系列的"规则"而存在，这些规则决定了陈述的类型，决定了真理的标准，决定了谈论的范围和话题。❹ 因此，话语不但与外部权力相关，其本身也具有一种意义建构的权力。总之，话语的社会功能、话语与意识形态的关系都应该成为"话语分析"的重点。

弗娄直接将文学称为"文学话语"，就是要解除形式主义文论赋予文学的绝缘性，恢复文学文本的社会建构功能及其意识形态性。文学是一种复杂的、历史性的、高度体制化的话语，一方面是特定社会历史语境认可的结果，另一方面，还与道德、法律、宗教、科学等其他话语相互影响，互为话语；因此，文学话语并没有固定的界限和本质。❺ 在弗娄看来，文学具有社会构型作用，统治阶级往往利用文学艺术去维持其社会和政治霸权，并使之合法化。像其他话语类别一样，文学话语在阶级利益的争夺过程中具有一定的政治功能。同样，弗娄也是从话语的角度去理解文学的意识形态性问题的。他认为，意识形态就是"与阶级斗争相关的符号系统或话语的一种状况"，❻ 就是不同话语之间产生的权力关系。所以，文学文本不是固定的给定物，而是在话语冲突的过程中不断被定义；在此期间，文本的意识形态性或得到巩固，或受到挑战，文本的历史性也正由此而生成。

---

❶ M. 巴赫金：《巴赫金全集（第二卷）》，李辉凡等译，河北教育出版社1998年版，第354页。
❷ John Frow, *Marxism and Literary History*, Harvard University Press, 1986, p. viii.
❸ 诺曼·费尔克拉夫：《话语与社会变迁》，殷晓蓉译，华夏出版社2003年版，第3页。
❹ 阿雷恩·鲍尔德温等：《文化研究导论》，陶东风等译，高等教育出版社2004年版，第32页。
❺ John Frow, *Marxism and Literary History*, Harvard University Press, 1986, p. 84.
❻ Ibid., p. 61.

通过重塑文学话语、意识形态、权力等概念，弗娄希望将文学文本置于更加广阔的话语范围之中。他按照文本的特殊历史地位和随着历史变化的意识形态价值来定义文本，发展出一种新的分析模式，这种话语分析的模式不是将文本囿于"文学特殊性"的范围之内，而是能够辨析文学文本各种变化形式之中的权力运动。❶

（三）"阅读构形"理论的创构

艾布拉姆斯指出："自20世纪80年代初以来，作为文学研究强调文化与政治这一普遍倾向的一部分，读者反应批评学家越来越多地尝试将对文本的特定阅读'置于'其历史背景之中，试图说明读者的意识形态及固有的种族、阶级或性别偏见在多大程度上决定了构成文学解释及文学评价的反应。"❷后结构主义以来的阅读理论认为："读者被历史地或社会地建构，不存在抽象或永恒的本质，这必然促使人们从事阅读的政治学和历史学研究。"❸弗娄和本尼特都是阅读政治学的倡导者，主张解构"文本"和"读者"的本质设定，将其置入与社会、政治、历史和文化的永久互动之中。

弗娄明确地指出，我们可以达到"元阐释"的水平："我们不再关注特定阅读的正确或错误，而应该注意阐释的形式的、社会的条件及其前期状况，即关注阅读的政治学和阅读的历史学（共时性和历时性两个层面的阐释的异质性）。"❹根据他的分析，阅读理论的这种转向是积极有效的，这是因为：第一，它激发了差异阅读，认识到不同阅读的政治的和历史的相对有效性；第二，它打开了一条通道，可以将我们自身的政治的、方法论的、历史的情状印刻在阅读对象之上，进而成为其组成部分。本尼特也认为，马克思主义批评的目的不是制造一个审美对象，不是揭示已经先验地构成的文学，而是介入阅读和创作的社会过程。站在文本面前，阐述它的真理，这已经远远不够了。马克思主义批评家必须开始从策略角度思考什么样的批评实践形式才

---

❶ John Frow, *Marxism and Literary History*, Harvard University Press, 1986, p. 102.
❷ M. H. 艾布拉姆斯：《文学术语词典》，吴松江译，北京大学出版社2009年版，第521页。
❸ 安德鲁·本尼特："读者反应批评之后的阅读理论"，李永新、汪正龙译，载《江西社会科学》2010年第1期。
❹ John Frow, *Marxism and Literary History*, Harvard University Press, 1986, p. 186.

能将阅读过程政治化。这可能意味着对不同的读者群应该有不同的批评形式和创作形式。❶

为此,本尼特创建了阅读构形理论。所谓"阅读构形",是指一整套为文本生产出读者、也为读者生产出文本的话语和制度条件。❷ 在我看来,阅读构形理论的主要贡献在于,它打破了本质主义的"文本"和"读者"概念,将阅读研究的重点转向了决定着阅读过程的社会条件、社会体制和意识形态斗争。他说:"阅读过程不是读者与文本作为抽象而相遇的过程,而是文本网络构成的读者与文本网络构成的文本相遇的过程。这种交往从来不是两个未受浸染的实体之间的一种纯交往,而总是一种被文化碎片搅混的过程,这种文化碎片将文本与读者纠缠在构成二者相遇领域的相关文本区域。"❸ 可见,正是阅读构形具体地、历史地构建了文本与读者之间的相互作用,这样的相互作用应该被看成文化激活的文本与文化激活的读者之间的存在;这样的相互作用被物质的、社会的、意识形态的、制度的联系构建而成,文本与读者都不可逃脱地铭记于此种联系之中。弗娄也提出了类似的看法:"文学话语生产的知识形式是文本与读者之间关系的一种功能,但是,文本和读者都不是独立体。他们的地位和功能由他们在文学系统中所处的位置决定。……我们在文本中关注的东西是由我们在意识形态斗争场域中的位置所引导和限制的。"❹ 总之,社会、历史、文化和意识形态不但建构了不同的读者,通过他们建构出不同的文本,还建构了文本——读者之间的复杂关联,这些具有构形作用的社会、历史、文化和意识形态才应该成为阅读研究的落脚点。

---

❶ 弗兰西斯·马尔赫恩:《当代马克思主义文学批评》,刘象愚等译,北京大学出版社2002年版,第222页。
❷ 托尼·本尼特:《文化与社会》,王杰等译,广西师范大学出版社2007年版,第22页。
❸ 同上书,第109页。
❹ John Frow, "Textual Historicities", in *The Journal of the Midwest Modern Language Association*, Vol. 18, No. 1, 1985, p. 30.

四、后马克思主义文论存在的问题

（一）后马克思主义的建构主义文化理论的谬误

首先，后马克思主义的"语言建构主义"哲学基础究其实质乃是一种精致的"语言唯心主义"。拉克劳和墨菲取消了话语与非话语实践之间的区别，提出"实践只不过是一种话语"的观点，将社会现实视为意义系统与物质系统、话语系统与社会系统相统一的一体两面的构成物，似乎并没有否认物质世界的存在，但他们最终还是确定，意义或话语系统是建构物质系统和社会系统的决定性因素，也就是"置语言于实践和制度之上"。❶ 这实际上掩盖了一个重要问题，即起建构作用的意义或话语系统的来源和执行建构行为的行动主体问题。显然，意义或话语系统及其践行者并不是凭空产生的，而是有其物质实践和历史条件的缘由。伊格尔顿就此批评道："话语的范畴被夸大到统治全世界的地步，它消解了思想与物质现实之间的距离。其结果将会削弱意识形态的批判力量——因为如果思想观念和物质现实被浑融为一体，则将无法追问社会观念真正的由来。"❷ 其结果只能是在否定经济决定论之后，走上话语决定论和文化决定论的极端。又由于他们一贯强调话语体系和文化表征系统的差异性和多元性，最终必然会全面解构传统马克思主义的社会和政治理论以及历史唯物主义的基本原理。

其次，后马克思主义对传统马克思主义文化、社会和政治理论的批判，其适用范围主要是苏联的庸俗马克思主义。考茨基和斯大林等人以马克思的《政治经济学批判导言》（1859）的序言为文本依据，构建了一个机械主义、教条主义的经济基础决定上层建筑模式，其中，文化只是物质生产的"反映和回声"，是"副现象"。这种文化观确实具有明显的经济决定论和阶级还原论的缺陷。这才是后马克思主义文化理论批判的主要目标。但是，庸俗马克

---

❶ 道格拉斯·凯尔纳、斯蒂文·贝斯特：《后现代理论：批判性的质疑》，张志斌译，中央编译出版社1999年版，第265页。

❷ Terry Eagleton, *Ideology: An Introduction*, London and New York: Verso, 1991, p. 219.

思主义的文化理论显然不能代表整个传统马克思主义。其一，马克思和恩格斯本人从来都是强调生产力与生产关系、经济基础与上层建筑之间是辩证的、作用与反作用的关系。其二，由卢卡奇、葛兰西开创的西方马克思主义，以及以爱德华·汤普森和雷蒙德·威廉斯为代表的英国文化马克思主义思潮，早就对文化的政治性、意识形态性、物质性和能动性进行过深入的研究，机械论的经济基础决定上层建筑模式已经得到相当程度地批判和修正。因此，后马克思主义对马克思主义文化理论的理解是非常片面的。

（二）后马克思主义的建构主义文学理论的缺陷

第一，它回避了文学的内部研究，具有反美学倾向。韦勒克早就指出，知识社会学受历史主义之害而走向怀疑论，忽视了文学的内部问题："文学作品最直接的背景就是它语言上和文学上的传统……一般来说，文学与具体的经济、政治和社会状况之间的联系是远为间接的。"❶ 哈罗德·布鲁姆也指出，文学有着自身的美学传统和内在的发展逻辑，审美价值更多地产生于艺术家之间的交流而非社会冲突，它是相对于文学传统的陌生性和原创性。❷ 由此可知，后马克思主义文论实际上具有鲜明的反美学倾向，他们将文学研究简化为文学的社会学研究，简化为对影响文学的社会机制和社会权力关系的研究，这种做法存在一个根本的缺陷，即"社会理论不能从社会事实推出艺术品的价值，社会理论本身不能产生艺术品的审美判断"。❸ 其结果只能是将审美价值问题等同于政治价值问题，而无法严肃地对待文学艺术内在的审美特质研究。与比较重视审美自律的西方马克思主义美学相比，这是一种倒退。

第二，它是反人文主义的。后马克思主义文论的学理依据是结构主义符号学和后结构主义的话语理论，而结构主义和后结构主义的共同点之一便是对人类主体的批判,❹ 即反人文主义。例如，索绪尔创立的建构主义表征模式

---

❶ 勒内·韦勒克、奥斯汀·沃伦：《文学理论》，刘象愚等译，江苏教育出版社2005年版，第115页。
❷ 哈罗德·布鲁姆：《西方正典》，江宁康译，译林出版社2005年版，第17页。
❸ 奥斯汀·哈灵顿：《艺术与社会理论》，周计武等译，南京大学出版社2010年版，第4页。
❹ Madan Sarup, *An Introductory Guide to Post-Structuralism and Postmodernism*, London and New York: Harvester Wheatsheaf, 1993, p.1.

用"符号系统"替换了"作者"而成为意义之源;福柯的话语与社会机制达成同谋,不但摒弃了主体性的人,还将其当做权力网络中的"位置"加以规训,因此,文学的一些核心要素——人文性、情感性、体验性和超越性——被遮蔽了。在这一方面,后马克思主义文论远远逊色于经典马克思主义文论。因为经典马克思主义文论不但保持了对文学的人文性、情感性、想象性和艺术性的关注,更重要的是,经典马克思主义文论还将"人的解放",即人的感觉和人的生命的解放作为审美理想的价值论指向,体现出对于人类的本体论的终极关怀,这样的理论境界是后马克思主义文论所无法比拟的。

"我不解释，我只探索"
——麦克卢汉的媒介方法论

■ 李昕揆*

"我不解释，我只探索"，20世纪西方著名媒介理论家麦克卢汉（Marshall McLuhan）以如此简洁的语言对其媒介研究方法做了极为凝练的概括。媒介研究方法在麦克卢汉的整个思想谱系中占据着重要地位，在某种意义上，麦克卢汉整个媒介思想大厦的架构，均得益于他不同于西方传统传播学主流方法——内容分析法和批判方法——的独特研究方法。对于研究方法在麦克卢汉媒介体系中的重要位置，国内外学者曾提出过相当精辟的见解。法国社会学家德莫特指出："麦克卢汉将我们提升至某种特定的状态，其中方法便是一切。离开了其方法，我们也就失去了麦克卢汉。"❶ 美国社会文化批评家波兹曼认为："麦克卢汉为我们指明了一种思考媒介的方法。与其说是'媒介即信息'，不如说是'方法即信息'。"❷ 麦克卢汉传记作者切特罗姆强调，麦克卢汉为我们"带来了分析传播媒介的具有根本性意义的新方法"。❸ 国内亦有学者指出："麦克卢汉的最大贡献或许并不是在其传播学研究中发现了多少

---

* 李昕揆，男，河南安阳人，文学博士，中国社会科学院外国文学研究所博士后，主要研究方向为文艺理论与当代文化。

❶ Gerald Stearn ed., *McLuhan: Hot & Cool*, New York: The Dial Press, 1967, p. 282.

❷ Philip Marchand, *Marshall McLuhan: The Medium and the Messenger*, Cambridge: MIT Press, 1998, p. viii.

❸ 丹尼尔·杰·切特罗姆：《传播媒介与美国人的思想：从莫尔斯到麦克卢汉》，曹静生、黄艾禾译，中国广播电视出版社1991年版，第158页。

'实事',而是为传播学研究'发现'了现象学方法。"❶ 然而长期以来,学者们对麦克卢汉的媒介研究方法更多地持批判态度,❷ 以至于到目前,国内外尚无系统探讨麦克卢汉媒介研究方法的有分量之作。另外,"我国的媒介研究多年来一直缺乏强有力的'方法'支撑,研究方法上的薄弱已经成为阻碍我国传播学发展的巨大路障"。❸ 有鉴于此,笔者在细读麦克卢汉文本的基础上,试图对其媒介研究方法做出科学总结和公允评价。在系统评述之前,先来看看麦克卢汉对西方传统传播学的两大主流方法——内容分析法和批判方法——持怎样的态度。

一、对经验学派之"内容分析法"的批判

传播学经验学派主要关注的是媒介内容对使用者和消费者的影响,以定量描述和实证研究为特色的内容分析法是其基本研究方法。贝雷尔森认为,内容分析"是一种客观、系统、能对明确的传播内容进行定量描述的研究方法"。❹ 在罗杰斯那里,内容分析即"通过将信息内容分类以便测度某些变量的途径对传播信息进行研究"。❺ 内容分析法作为西方传播学领域的主流方法之一,发端于18世纪,在两次世界大战期间被大量应用于媒介实践,在20世纪中叶迅速发展并走向成熟。早期使用内容分析法主要是为了找出媒介信息发出者的意图,20世纪三四十年代,内容分析法主要被用于研究新闻、戏剧、广告及娱乐节目是如何反映社会和文化的重大议题、价值观和现象本身的。❻ 被后人誉为传播学"四大先驱"的哈罗德·拉斯韦尔(Harold D. Lasswell)、保罗·F. 拉扎斯菲尔德(Paul F. Lazarsfeld)、库尔特·勒温

---

❶ 范龙:《媒介的直观》,暨南大学出版社2009年版,第121页。拙文的前两各部分在研究思路上受范龙先生启发,特此声明并致谢。
❷ 罗伯特·洛根:《理解新媒介》,何道宽译,复旦大学出版社2012年版,第10页。
❸ 范龙:《媒介的直观》,暨南大学出版社2009年版,第20页。
❹ Bernard Berelson, *Content Analysis in Communication Research*, Glencoe: Free Press, 1952, p. 18.
❺ 罗杰斯:《传播学史:一种传记式的方法》,殷晓蓉译,上海译文出版社2012年版,第218页。
❻ 安德斯·汉森等:《大众传播研究方法》,崔保国等译,新华出版社2004年版,第142页。

（Kurt Lewin）和卡尔·霍夫兰（Karl I. Hovland），推动了可与系统、可控、客观并有预见性的自然研究方法相媲美的内容分析法的发展。❶ 就像拉斯韦尔所说："说明一个传播行为有一个简便的方法，就是回答下列问题：……说什么？……研究'说什么'的专家进行'内容分析'。"❷ 本质而言，内容分析是对传播内容进行系统和量化分析的研究方法，它提供了在系统和可靠的研究范式下如何分析和量化媒体的内容。其缺陷在于，由于它"在很大程度上要依赖销售、民意测验以及实验室研究，因此它实际上排除了涉及社会控制和美学方面的更为广泛的论述，对探索传播与社会秩序之间的关系显得力不从心"。❸ 简单来说，它无法指明内容分析中的具体类别，亦无法解释内容分析中量化指标的更广泛的社会意义，这与麦克卢汉在媒介研究中强调媒介对于人、对于文化以及社会的效应的思想是相悖的。

我们知道，麦克卢汉在媒介研究中实现了从内容分析向媒介自身及其效应研究的范式转型。反对过分关注媒介内容的那种"技术白痴"立场，是麦克卢汉在媒介研究中采取的基本态度。这种态度早在他于曼尼托巴大学读书期间即已显现。当时，麦克卢汉经常同秉持经验主义观点的汤姆·伊斯特布鲁克（Tom Easterbrook）进行辩论，因为后者总是"要求麦克卢汉为自己的观点随时提出证据——这个方法总是激怒麦克卢汉"。❹ 自20世纪中期起，麦克卢汉对"媒介"（形式）的兴趣超越了对"主题"（subjects）/"内容"的兴趣："我们必须用对'媒介本身'的兴趣取代过去对'媒介主题'的兴趣，这是合乎逻辑的回答，因为媒介已经取代了昔日的世界。"按照拉斯韦尔"5W模式"的理解，媒介是传播内容的载体和表现形式，麦克卢汉不同意拉

---

❶ 拉斯韦尔领导了宣传研究，对第一次世界大战的宣传信息进行了内容分析，"并且实际上创建了内容分析的传播研究方法"；拉扎斯菲尔德"通过收集资料的方法提出了调查方法论"；霍夫兰则"既将说服研究引入传播学，又将实验方法引入传播学"。详见罗杰斯：《传播学史：一种传记式的方法》"第二部分 传播学在美国的发展"，殷晓蓉译，上海译文出版社2012年版，第206、318、397页。

❷ 拉斯韦尔："传播在社会中的结构和功能"，谢金文译，见张国良：《二十世纪传播学经典文本》，复旦大学出版社2003年版，第199~200页。

❸ 丹尼尔·杰·切特罗姆：《传播媒介与美国人的思想：从莫尔斯到麦克卢汉》，曹静生、黄艾禾译，中国广播电视出版社1991年版，第132页。

❹ 菲利普·马尔尚：《麦克卢汉》，何道宽译，中国人民大学出版社2003年版，第24页。

斯韦尔的这一看法。在他看来，相对于媒介自身，媒介的内容不再特别重要，因为"从机器如何改变人际关系和人与自身的关系来看，无论机器生产的是玉米片还是凯迪拉克高级轿车，都是无关紧要的"，❶ 因为"无论铁路是在热带还是在北方寒冷的环境中运行，它都引发了这样的变化——加速并扩大人们过去的功能，创造新型的城市、工作以及闲暇。这样的变化与铁路所运输的货物或者说内容是毫无关系的"。❷ 为此，必须"纠正拉斯韦尔的 5W 模式"，因为"他的公式忽略了媒介"。❸ 以此出发，在对媒介效应进行观察时，麦克卢汉反对"用常规的量化测试的观念或假设来进行"。❹ 这种态度在麦克卢汉对施拉姆的《电视对儿童生活的影响》一书的评论中也可清楚看出："施拉姆研究电视用的是研究文献的方法，他没有研究电视形象的具体性质，而偏重于测试电视的'内容'、收看时间和词汇频率。因此，他的报告极为空泛。即使倒回到公元 1500 年，用这样的方法研究印刷书籍对人们生活的影响，他也不可能发现印刷术给个人心理和社会心理带来的变化。'程序'分析和'内容'分析在弄清媒介的魔力与潜力方面，不可能提供任何线索。"❺ 在麦克卢汉看来，媒介的"内容"只是"破门而入的盗贼用来吸引看门狗注意力的滋味鲜美的肉片"，❻ 仅仅通过测定"时间""频率"等量化因素，无助于揭示媒介对于人的影响。或如麦克卢汉之子埃里克（Eric McLuhan）评价其父亲时所用的形象说法所言："渔夫争论的是鱼饵，看它是好是坏，是否吸引鱼。他们开会谈论鱼饵的哲学，而完全忽略了鱼钩。但鱼钩才改变你的生活。"❼ 可以说，正是在对内容分析方法进行批评和拒斥的基础上，麦克卢汉在媒介研究中发展出了一套全新的观察和探索媒介的方法，并以此独特的方

---

❶ Marshall McLuhan, *Understanding Media*, Cambridge, London: The MIT Press, 1994, pp. 7 – 8.
❷ Ibid., p. 8.
❸ 麦克卢汉："理解新媒介研究项目报告书"，何道宽译，见麦克卢汉:《理解媒介（增订评注本）》，译林出版社 2011 年版，附录一。
❹ Marshall McLuhan, *Letters of Marshall McLuhan*, Oxford: Oxford University Press, 1987, p. 438.
❺ Marshall McLuhan, *Essential McLuhan*, eds. E. McLuhan & F. Zingrone, London: Routledge, 1995, p. 160.
❻ Marshall McLuhan, *Understanding Media*, Cambridge, London: The MIT Press, 1994, p. 19.
❼ 郭镇之："关于麦克卢汉的思想：与埃里克博士的一次访谈"，载《现代传播》1999 年第 4 期。

法最终推动实现了西方整个媒介研究中的范式转型。

二、对批判学派之"批判方法"的拒斥

相比而言,麦克卢汉与传播学批判学派的关系不似与美国经验学派那般尖锐对立,这使得国内外一些学者尝试在麦克卢汉与批判学派之间建立关联,有的甚至直接将麦克卢汉归为批判学派。比如,加拿大学者利斯·杰弗里(Liss Jeffrey)、保罗·海耶(Paul Heyer)等就探讨了麦克卢汉与批判学派之间的联系;美国学者保罗·格罗斯威尔(Paul Grosswiler)认为麦克卢汉的方法是辩证的,与批判学派的理论一脉相承。在国内,申凡等把以麦克卢汉为代表的多伦多学派称为"加拿大批判学派中最重要的流派"❶;陈龙将之视为"北美最具影响的一个批判学派"❷;石义彬则提醒人们"不要忽略作为传播学批判学家存在的麦克卢汉的思想"。❸ 事实上,即便麦克卢汉的思想中含有某些批判的成分(突出表现在 40 年代的大众文化批判方面),但在媒介研究方法上,麦克卢汉与批判学派还是有显著区别的。

传播学批判学派的研究方法——我们这里姑且称之为"批判方法"——不如经验学派的实证研究那般明晰和具有操作性,也几乎没有学者像对经验学派的"内容分析法"那样对"批判方法"下过精确定义或做出相对确切的描述。有学者甚至认为:"所谓'批判方法',从来就是一个抽象而模糊的概念。"尽管如此,我们仍可通过对传播学批判学派——特别是以德国"法兰克福学派"为代表的媒介批评——的分析和梳理,对"批判方法"有一个大致的了解。我们知道,由于历史原因,批判学派一般都反对实证主义(特别是其中关于真实的、"实证的"事实可以从观察和试验中获得的信念),并对经验学派中的数据、量化倾向持批判态度。"在任何既定的发展阶段,批判理论的建构性特征都表现为创新的东西。它一开始就不仅仅是记录和综合事实。它的冲动出自它抨击事

---

❶ 申凡、戚海龙:《当代传播学》,华中科技大学出版社 2000 年版,第 45 页。
❷ 陈龙:《现代大众传播学》,苏州大学出版社 2003 年版,第 11 页。
❸ 石义彬:《单向度、超真实、内爆》,武汉大学出版社 2003 年版,第 216 页。

实、与恶劣的事实交锋的那种具有美好潜能的力量。"❶ 不仅仅"记录和综合事实",而是对事实予以"抨击",并与"恶劣的事实"进行"交锋",这体现的恰恰是"批判方法"的独有特性,其中含有强烈的价值和道德评判。也正是在此,麦克卢汉的媒介研究表现出了与传播学批判学派研究方法的不同。麦克卢汉在其著作中一再强调,其媒介研究不对现实好坏做出评价,不做"价值和道德上的评判",而只是通过"探索"和"洞察"去理解现实。就像麦克卢汉的"地球村"理论所宣称的:"我并不是对'地球村'表示满意或赞同,我只是说'我们生活在地球村中'。"❷ 不仅如此,麦克卢汉还曾与批判学派学者有过交锋。当批判学派学者指责他干扰人们的注意力、使大家忽视了媒介的占有与控制问题时,他对这种诘难的回应十分简单:"不知道权力的性质,又想弄懂谁挥舞权力,那是徒劳的。"❸ 从麦克卢汉的回应中,可以清楚地看出麦克卢汉与批判学派的不同:麦克卢汉尝试探索"权力的性质",而批判学派则试着弄懂"谁在挥舞权力"。

传播学批判学派的"批判方法"之所以有着鲜明的价值和道德指向,与批判学派学者在研究中所持守的逻辑推理方法是分不开的。对此,麦克卢汉将"探索方法"置于"逻辑方法"的对立面,通过排除"观点"将批判方法中所谓的"价值"和"道德"评判一并抛弃了:"受过理性教育的文明人期待和喜欢以序列的方式去描绘和分析问题,试着通过追随论据而得出结论。'探索'(exploration)方法和这种方法相对。'逻辑方法'(logical method)对于'探索'是毫无用处的。"❹ 麦克卢汉声称,切斯特顿在《我们世界的问题》一文中所表现出的"直觉"而非"逻辑"的思维对其产生了深刻影响。不仅如此,麦克卢汉在其媒介研究中甚至排除了"观点",因为"观点"仅仅提供理解现实的视角,而不能够取代对现实的理解。这种"不带观点的观

---

❶ 赫伯特·马尔库塞:"哲学与批判理论",李小兵译,见李小兵:《现代文明与人的困境——马尔库塞文集》,生活·读书·新知三联书店出版社 1989 年版,第 185 页。

❷ Terrence Gordan, *McLuhan for Beginners*, Writers and Readers Publishing Inc., 1997, p. 106.

❸ Philip Marchand, *Marshall McLuhan: The Medium and the Messenger*, Cambridge: MIT Press, 1998, p. 155.

❹ Marshall McLuhan, *Essential McLuhan*, eds. E. McLuhan & F. Zingrone, London: Routledge, 1995, p. 354.

察方法"与批判方法的根本差异在于，它作为对概念思维传统的反动，并不依赖于任何学说或理论，而完全以直接经验为根据："作为一名调查者，我没有固定的观点，也不束缚于任何理论——无论我自己的还是别人的。"❶ 或如《麦克卢汉精粹》的编者所言："麦克卢汉不去搞脱离生活环境的、以概念为基础的争辩。……他迫使我们去研究我们的感性生活是如何变化的，以便自己能够对使用的媒介做出回应。……事实上，麦克卢汉探索感性价值的范式迁移的研究方法，在一切批判理论家那里都是找不到的。"❷

三、没有定式的"媒介方法论"

有学者指出："麦克卢汉的著作带有一些按传统学术规范衡量属于'缺陷'的特点：一是藐视实证研究，二是轻视逻辑推理。"❸ 麦克卢汉著作中的这两个"缺陷"，或者说对"实证研究"和"逻辑推理"的藐视、轻视，恰恰反映了其媒介研究方法与"经验学派"的实证研究和"批判学派"以思辨色彩和道德与价值评判为特征的"批判方法"的不同。对此，麦克卢汉有着清晰的自觉。他曾自称其媒介研究方法不同于"两种基本的方法形态"：一是"根据与已知东西的关系提出问题，在已接受的信条的基础上进行加减"，这指的是批判学派思辨的演绎方法；二是"就问题说问题，不参照问题所处的场域，谋求发现圈定范围内的事实和规律"，这指的是经验学派的归纳方法。❹ 也即是说，麦克卢汉在传播学两种主流方法之外独辟蹊径，创制了一套不同于以往传播学研究的研究方法。他运用其独创的方法旨在使人们理解：一切技术皆为媒介，一切媒介皆为延伸。

第一，探索而不做解释。"我不解释，我只探索"，这是麦克卢汉为格拉德·斯特恩编辑的自己的"批评文集"——《麦克卢汉：冷与热》所作序言中

---

❶ Marshall McLuhan, *Essential McLuhan*, eds. E. McLuhan & F. Zingrone, London: Routledge, 1995, p. 225.
❷ Ibid., p. 5.
❸ 张咏华："新形势下对麦克卢汉媒介理论的再认识"，载《现代传播》2000 年第 1 期。
❹ Marshall McLuhan, *Essential McLuhan*, eds. E. McLuhan & F. Zingrone, p. 137.

的一句话。他说:"我只是一个探索者,我就是探索,我没有观点,我绝不驻留于单一立场之上。"❶ 据保罗·莱文森说,这一"经典研究方法"最早是麦克卢汉于1955年在哥伦比亚大学讲演时回答美国资深社会学家罗伯特·默顿(Robert K. Merton)的提问时提出的。❷ 事实上,麦克卢汉的"探索"方法最早来自于他同卡彭特于1953年创办的《探索》杂志。❸ 刊载于《探索》第一期上的《没有读写能力的文化》一文是麦克卢汉转向"探索"方法的标志,他在文中抛弃了之前在《机器新娘》中所持有的价值和道德评判立场。"探索"方法具体体现为以下方面:第一,强调"洞见"而非"观点"。"'洞见'不同于'观点'。我不对任何事情发表'观点'。我感兴趣的只是'模态'和'过程'。好坏、优劣的评判毫无意义且傲慢骄横。"❹ "观点"与"洞见"的不同之处在于,"观点"导致分类,是一种左脑运行机制;"界面"/"洞见"是对相互影响的复杂过程的顿悟,是把各种因素加以并置而有所发现的手段,它导向模式识别,是一种右脑运行机制。第二,注重"观察"而非"实验"。麦克卢汉在《谷腾堡星系》中将其"探索"的方法称之为"观察而不做实验"的方法。他说:"观察就是注意现象而不干扰现象。实验与观察相反,它通过干扰或加入变因来研究现象。"❺ 第三,重视"背景"而非"形象"。通过"背景"而非"形象"进入媒介,是麦克卢汉"探索"方法的另一体现。麦克卢汉说:"我进入传播研究领域的方法是通过'背景'而不是'形象'。在任何格式塔完形中,'背景'是理所当然的事情,它夺走了研究者的全部注意力。'背景'是潜意识的,是结果而非原因的领域。"❻ 另外,麦克卢汉有时又将其"探索"方法比作"水手逃生的方法"或者"保险柜开锁匠的方法"。"水手逃生的方法"是麦克卢汉从爱

---

❶ Marshall McLuhan, "Casting my Perils before Swains", in Gerald E. Stearn ed., *McLuhan: Hot and Cool—A Critical Symposium*, New York: The Dial Press, 1967, p. xiii.

❷ 保罗·莱文森:《数字麦克卢汉》,何道宽译,社会科学文献出版社2001年版,第33页。

❸ 《探索》杂志创办于1953年,创办的目的在于突破传播研究的文学概念,超越内容分析的限制。它的基本前提是,传播中的变革改变了人类的感觉,也改变了人与人之间的关系。当时,作为美国教育和工业基础的印刷术,正处于被电子媒介取代的边缘。麦克卢汉和卡彭特希望通过这份杂志,促使人们认识到印刷和文字在西方社会的形成中所起的作用,并探索电子媒介这一更加新型的传播体的意义。

❹ Marshall McLuhan, *Letters of Marshall McLuhan*, Oxford: Oxford University Press, 1987, p. 300.

❺ Marshall McLuhan, *The Gutenberg Galaxy*, Toronto: University of Toronto Press, 1962, p. 3.

❻ Marshall McLuhan, *Letters of Marshall McLuhan*, Oxford: Oxford University Press, 1987, p. 473.

伦·坡的《身陷漩涡》（*A Descent into the Maelstrom*）中得到的启发。他在《机器新娘》的序言中以此来喻指其媒介探索之法：渔船被卷入漩涡，面对全新境况，水手通过观察漩涡运行方式，顺势而行并最终逃生。❶ "爱伦·坡笔下的水手通过研究漩涡的运行并与之合作而挽救了自己。"❷ 麦克卢汉的研究策略与此类似，他以旁观者的态度观察新媒介的运行，与之合作，并试图找出能够抑制其压倒性影响的策略。水手逃生的例子告诉我们，采取新的感知和推理策略，能够让我们在"旋转的图景中心"❸ 游戏，并与置身于其中的环境实现互动。1969 年，在《花花公子访谈录》中，麦克卢汉又把这种"探索"方法比作开锁匠式的方法："我工作中一个比较好的方面与保险柜工匠的工作类似。我探索、倾听、试验、接受、抛弃。我尝试不同的程序，直到制动栓下落、保险柜的门弹开为止。"❹ 有学者认为，"不能简单地听信麦克卢汉所特别强调的'我不解释，我只探索'"，原因是"在他所谓'探索'的前前后后，以及在他冰冷的表象下面，始终涌动着他那永远炽热的人文主义情怀"。对此，笔者认为，麦克卢汉之所以一再强调"探索"方法，真实意图主要是将媒介研究的聚焦点从过去的内容研究转移到对媒介本身及其感知效应的关注上来。这种着眼于媒介范式转换的意图与他的"媒介人文主义"立场其实是不矛盾的。或如尤金·麦克纳马拉（Eugene McNamara）所述："麦克卢汉在媒介效应方面的探索光彩夺目，但其观察视角和内部景观完全相同，即主要是人文主义的。"❺

第二，由果及因、逆向求解。与批判学派之逻辑方法的由因及果、顺向推导不同，麦克卢汉的媒介研究方法是从结果出发、逆向回溯原因。按照麦克卢汉的说法，这种媒介研究方法是其多年研究象征派艺术的结果。他说："象征派使我懂得，在一切情况下，结果都走在原因之前。了解这个基本原理

---

❶ McLuhan, *The Mechanical Bride: Folklore of Industrial Man*, New York: The Vanguard Press, 1951, pp. v – vi.

❷ Ibid., p. v.

❸ Ibid.

❹ Marshall McLuhan, *Essential McLuhan*, eds. E. McLuhan & F. Zingrone, London: Routledge, 1995, p. 225.

❺ Eugene McNamara, "Preface", in Marshall McLuhan, *The Interior Landscape: The Literary Criticism of Marshall McLuhan*, ed. Eugene McNamara, New York: McGraw-Hill, 1969, p. vi.

之后，我就把媒介的效应作为我的出发点。"❶ 他还说："媒介研究不是始于其用途或其项目，而是始于其效应"，❷ 也即是说，"媒介研究始于对媒介效应的观察"。❸ 对麦克卢汉来说，"效应"属于形式上的因果关系，而形式上的因果关系关注的就是"结果"。可以说，"效应"既是麦克卢汉媒介研究的出发点，也是其媒介研究的独特特点，这种效应研究与过去传播学主流传统特别是传播学批判学派注重研究"概念和理论"是截然不同的。就像麦克卢汉所说："缺乏严格训练的知识分子只研究概念和理论，而不研究效应与后果"，"我的工作则完全是研究技术的潜意识效应。"❹ 麦克卢汉有时也将这种以效应或者说以后果为出发点，一步步回溯原因、逆向求解的方法，等同于怀特海的"发现的方法"（the method of invention）。怀特海在其经典之作《科学与现代世界》中指出："19 世纪最伟大的发现就是'发现的方法'这一全新方法的诞生。要想了解我们这个时代，必须忽视所有改变——比如铁路、电报、广播、纺纱机以及合成染料等的出现——的细节，而将注意力集中在'方法'本身。"❺ 在麦克卢汉看来，怀特海所谓的"发现的方法"其实质即"由果及因、逆向求解"的方法，这种方法的要义，爱伦·坡在其《创作哲学》（The Philosophy of Composition，1846）中已有所阐释。用爱伦·坡的术语表述，这种从答案回溯起点的方法就是"侦探故事的方法"——因为侦探小说通常是将因果关系进行倒置而展开的，或者说是"象征主义的方法"——象征主义总是从效应入手，然后用结果去追溯原因。事实上，麦克卢汉对"由果及因、逆向求解"方法的倡导，或者说对怀特海"发现的方法"、爱伦·坡"侦探故事的方法"以及"象征主义的方法"的提倡，真实目的均在于推动媒介研究范式的转型——从内容研究转向效应研究。这在他致吉尔松的信中可以清楚地看出："研究媒介的时候，我们面对大量的效应，对原因却了解不多，这是因为使用媒介的人均是媒介的'内容'；作为'内容'，我们

---

❶ Marshall McLuhan, *Letters of Marshall McLuhan*, Oxford: Oxford University Press, 1987, p. 479.
❷ Ibid., p. 440.
❸ Ibid., p. 438.
❹ Ibid., p. 507.
❺ A. N. Whitehead, *Science and the Modern World*, New York: Macmillan, 1926, p. 141.

对周围的环境几乎一无所知。……随着象征主义方法的问世，奥维德传统复活了（奥维德关心的也是理解变迁，理解可以编程的变迁）。乔伊斯、庞德、艾略特均借用了奥维德的方法。正是通过对他们的研究，我才认识到：从结果倒过来追寻原因，并去重建心态和动机，这是爱伦·坡到瓦莱里的基本文化模式。"❶ 从奥维德传统到象征主义艺术，它们的共同特点是从结果出发去回溯原因，这种方法不仅启发麦克卢汉开创了媒介研究中的"效应范式"，也使得麦克卢汉的媒介研究具有了深深的"文学根源"。

　　第三，形式主义/结构主义/存在主义的方法。麦克卢汉在媒介研究中采用了"形式主义"（formalist）的研究方法。他有时也将这种方法称作"结构主义"（structuralist）的方法，并将这种探索路径同他所接受的"新批评"训练及象征主义诗歌相关联。麦克卢汉说："我接受的象征主义诗歌与新批评训练使我采用形式主义和结构主义的方法去研究艺术与技术"；❷ "我之所以在巴里和拉美国家受人钦佩，是因为我的方法被恰当地说成是'结构主义'的。这个方法是从乔伊斯、艾略特和象征派学来的。媒介领域只有我冒险使用结构主义的或存在主义的方法，这是一种高雅的方法。"❸ 这里，麦克卢汉又将其"形式主义"的研究方法说成是"存在主义"的。对此应当这样理解：麦克卢汉对媒介形式的考察，就方法论而言，是一种"形而上的"或者说"本体论的"研究。就像他所说的："我的方法是形而上的，而非社会学或辩证法的。我的形而上方法不搞价值判断。……我讲究的是形而上，感兴趣的是形式的生命及其令人惊叹的形态。"❹ 在西方，"形而上"实即一种关乎世界本体存在的思考。法国传播学家麦格雷认为，麦克卢汉对于"媒介作为本体存在"的论证，构成了其媒介理论对传播学的突出贡献。❺ 出于对"形式"的考察，麦克卢汉还借鉴了亚里士多德"四因说"中的"形式因"概念："我

---

❶ Marshall McLuhan, *Letters of Marshall McLuhan*, Oxford: Oxford University Press, 1987, pp. 420–421.
❷ Ibid., p. 491.
❸ Ibid., p. 506.
❹ Ibid., p. 413.
❺ 埃里克·麦格雷：《传播理论史》，刘芳译，中国传媒大学出版社2009年版，第73页。

越来越认识到我研究的是'形式因'（formal causes），即结构。与此相反，关注'质料因'或'动力因'，容易产生道德判断的态度。"❶ "我研究媒介的方法完全是研究'形式因'。因为形式因是隐蔽的，是环境的东西，所以凡是进入它们环境领地的东西，它们都要用间隙和界面的手段施加结构上的压力。因为形式上的原因总是隐蔽的，然而它们推动的东西却是看得见的。"❷ 对于形式因，麦克卢汉解释道："所谓形式因，不是指形式的分类，而是指它们对我们的影响以及它们之间的相互作用。"❸ 可以说，无论是对"形式因"的强调，还是对"形式主义的""结构主义的"或者"存在主义的"研究方法的一再强调，麦克卢汉的最终目的都是为了突出其研究方法的"价值中立"特征。在这一点上，麦克卢汉进一步彰显出其研究方法同传播学批判学派之"批判方法"的不同。

第四，"整体场"（total field）的方法。麦克卢汉的"整体场"方法借自德国现代物理学家、量子力学的主要创始人维尔纳·海森伯（Werner Heisenberg, 1901~1976）的"统一场"（unified field）概念，因此，很多时候他又将其"整体场"称做"统一场"。"统一场"的核心意思是：①统一场中各要素之间的相互作用是即时、同步的；②各要素相互作用的方式是有机的、神经性的；③这种有机性和神经性可以用"感性"来表示。❹ 麦克卢汉常用"听觉空间"来解释海森伯的"统一场"概念："海森伯在《物理学家眼中的自然》中表明，现代物理学家习惯从'场'的角度看待事物……他们扬弃了笛卡尔和牛顿的'视觉空间'，并重新返回到非读写世界的'听觉空间'之中。……'听觉空间'就是一个充满同步关系的'整体场'。"❺ "听觉空间是关系的同步场，关系中空无一物，关系不处于任何之中。听觉空间既无边界又无中心。"❻ 也就是说，声音不像眼睛那样需要聚焦，它可以从各个方向

---

❶ Marshall McLuhan, *Letters of Marshall McLuhan*, Oxford: Oxford University Press, 1987, p. 492.
❷ Ibid., p. 510.
❸ Ibid., p. 259.
❹ 金惠敏："'媒介即信息'与庄子的技术观"，载《江西社会科学》2012年第6期。
❺ Marshall McLuhan, *The Gutenberg Galaxy*, Toronto: University of Toronto Press, 1962, p. 29.
❻ Marshall McLuhan, *Letters of Marshall McLuhan*, Oxford: Oxford University Press, 1987, p. 318.

涌向我们，由此，听觉空间就呈现为"球状的、不连续的、非同质的、共鸣的、动力学的"❶ 世界。对于麦克卢汉"整体场"方法的意义，有学者认为，麦克卢汉在媒介研究中"引入统一场论并突出媒介影响的感性特征，实际上就是将'文学研究范式'引入媒介研究。……或者说，文学研究之奉感性为圭臬也成了他媒介研究的刻意追求"。❷ 这一评价切中了麦克卢汉"整体场"方法的要害。麦克卢汉对"整体场"方法的强调，是其"媒介人本主义"思想的突出表现，这为我们随后从"媒介人文主义"或者说从媒介效应的"感性"特征去把握印刷媒介的特征与后果提供了进一步的验证。

麦克卢汉在对传播学中经验学派之"内容分析法"和批判学派之"批判方法"的拒斥的基础上，创制了一套独特的媒介研究方法——强调探索而不做解释，强调从结果出发去回溯原因，重视形式/结构，突出"整体场"。麦克卢汉在探索过程中并置而不为立论，铺陈而不予归纳，发现而不去评判，显示出他对学院派传统做法的有意疏离。当然，麦克卢汉的目的不只如此，其更深层次的意图在于：通过挖掘剑桥"新批评"派理论和现代派艺术的丰富资源，不仅要在既有的媒介研究中开辟出一条独特的"媒介人文主义"路径，而且要通过对"感知效应"的强调去实现媒介研究的范式转型。这是麦克卢汉一再强调"方法"之重要性的意义所在，也是我们将麦克卢汉的媒介研究方法纳入到考察其"媒介人文主义"和"感知效应范式"之总体框架之中的原因所在。

---

❶ Marshall & Eric McLuhan, *Laws of Media: The New Science*, Toronto: University of Toronto Press, 1988, p. 33.
❷ 金惠敏："'媒介即信息'与庄子的技术观"，载《江西社会科学》2012 年第 6 期。

无边界的征用与有深度的开采
——新世纪以来国际"巴赫金学"新状态

■ 周启超

一

"巴赫金学"(Бахтинология, Бахтинистика, Бахтиноведение; Bakhtinology, Bakhtinistics, Bakhtin Studies),巴赫金研究也。

学术生产中,对于影响甚大的一代大家或读者甚众的一部经典的研究本身已具有偌大规模,已产生广泛影响,而成为一代代学人悉心勘察的对象,成为不同国度的学界长期瞩目的现象,成为学术再生产的一种平台,才可被冠之以"××学"。在外国文学研究界,莎士比亚研究被冠之以"莎学",陀思妥耶夫斯基研究被冠之以"陀学";在中国文学研究界,《红楼梦》研究被冠之以"红学"。在当代外国文论界,巴赫金研究也被冠之以"巴赫金学"。

"巴赫金学"之规模在当代世界人文学界是屈指可数的。截止到2000年,统计到的研究巴赫金的文章与著作数量惊人:用俄文撰写或译成俄文的至少有1 465种,用英文、法文、德文、意大利、西班牙文撰写的至少有1 160种;截止到2009年,用汉语撰写的研究巴赫金的文章与著作至少也有600种。据不完全统计,2001~2008年间,中国期刊上发表的以巴赫金研究为题的文章有308篇,居于德里达研究(295篇)、福柯研究(274篇)之上。

巴赫金研究作为学术生产自有机制,有一群学人,有几份学刊,有定期的学术年会。

1992年，第一份俄文版的以巴赫金为对象、为主题的杂志《对话·狂欢·时空体：研究米·米·巴赫金生平、理论遗产与时代的杂志》（Диалог · Карнавал · Хронотоп: Журнал научный разысканий о биографии теоретическом наследии и эпохе М. М. Бахтина）在白俄罗斯维捷布斯克国立大学面世。该刊由 Н. 潘柯夫（Николай Паньков）主编，后来移至俄罗斯，在莫斯科出版。该刊每年出4期，一直发行到2003年。

1994年，著名巴赫金专家 D. 谢泼德（David Shepherd）在英国谢菲尔德大学建立了"巴赫金中心"，中心于1998年创办了一份英文版的以巴赫金研究为主题的刊物《对话主义：巴赫金研究国际杂志》（"Dialogism", An International Journal of Bakhtin Studies）。该刊已出版4卷，发行到2000年。

国际巴赫金学术年会自1983年启动，每隔两三年举行一届，已经自成传统。每次有100多位巴赫金专家参与其中的这个盛会，会期5天。国际巴赫金年会一直在引领巴赫金理论的跨文化之旅，其旅行路径从北美到南欧、从南欧到中东、从中东到中欧、从中欧到西欧、从西欧到南美、从南美到东欧、从东欧到北美、从北美西欧、从西欧到东欧、从东欧到南美、从南美到北欧、从北欧到北美，从北美再到南欧、从南欧到北欧。巴赫金理论之旅已持续30余年，穿越欧美10多个国家，其覆盖面之大，十分罕见。加拿大、意大利的巴赫金学界表现尤为突出，多次担当国际巴赫金学术年会东道主，与美国、英国、俄罗斯、中国一起成为当代"巴赫金学"的重镇。

红红火火的"巴赫金学"堪称20世纪下半期当代世界人文学界的一道亮丽风景。俄罗斯科学院院士、著名符号学家、语言学家、文学学与人类学学者维亚切斯拉夫·伊凡诺夫观察到，及至20世纪末，巴赫金已成为世界上被阅读最多、被征引最多的一位人文学家。我们在对国际"巴赫金学"的梳理检阅中也注意到，当代国际人文学界的风云人物，诸如法国的克里斯特瓦、托多罗夫、巴尔特，德国的尧斯，意大利的埃科，英国的威廉姆斯、伊格尔顿，美国的德·曼、布斯，更不用说苏联的洛特曼、利哈乔夫、阿韦林采夫等名家，均发表过谈论巴赫金的文章，都曾与巴赫金进行过对话和潜对话。

当代国际人文学界如此红火的"巴赫金热",使得用多种文字(起先用英文、法文、德文、意大利文,后来用俄文、波兰文、捷克文等斯拉夫语)出版的《巴赫金通讯》(*Le Bulletin Bakhtine / The Bakhtin Newslette*, 5)在 1996 年推出主题为"环球巴赫金"(Bakhtin around the World)的特辑;读者在这里可以了解到,《在意大利被阅读的巴赫金》《在法国与在魁北克的巴赫金》《以色列的巴赫金研究》《波兰对巴赫金的接受》《巴赫金在德国之一瞥》《西班牙对巴赫金的评论》《日本对巴赫金的接受》《与另样的世界相沟通……俄罗斯与西方最新的巴赫金研究在狂欢观上的对立》。而在此之前,克雷格·布兰迪斯特(Craig Brandist)于 1995 年已发表《英国巴赫金学概览》。1997 年,在英国,《面对面:巴赫金在俄罗斯与在西方》(*Face to Face: Baktin in Russia and the West*)由曼彻斯特大学"巴赫金中心"推出;同年,在美国,C. 爱默森的(Caryl Emerson)的专著《巴赫金的第一个百年》(*The First Hundred Years of Mikhail Bakhtin*)在普林斯顿大学出版。1998 年,由钱中文主编的中文版 6 卷本《巴赫金全集》在北京问世。1999 年,英语世界里第一部《巴赫金研究文选》(Emorson, C. ed. *Critical Essays on Mikhailt Bakhtin*)作为"世界文学研究丛书"的一种,也在纽约与读者见面。C. 爱默森为这部文选写了一篇导言,其题目引人入胜:巴赫金是谁?巴赫金其实具有多面性与悖论性,无法将他纳入任何一个被严格界定的系统,不论是结构主义、符号学,还是解构论。巴赫金是一个文学学家、语言学家、语文学家?还是一个哲学家、美学家?抑或是一个以文学研究者的角色出场的哲学人类学家?对巴赫金学术身份的定位可谓众说纷纭,至今仍是"巴赫金学"的一个热点话题。

巴赫金理论在其覆盖面甚大、辐射力甚强的跨文化旅行中,已成为深刻影响当代人文学界学术生产与话语实践的一个"震源"。

二

进入 21 世纪之后,"巴赫金学"的状态怎样?新世纪以降这 15 年来,"巴赫金学"有什么新的气象?或者说,经历了持续几十年的开采,巴赫金这

——理论矿藏是不是已经几近枯竭?"巴赫金学"在达到其波峰之后有没有跌入波谷而相对沉寂下来?这些都是巴赫金研究者自然要面对的问题,国际巴赫金学界也及时地进入了对这些问题的反思。

2002年3月1~2日,在美国,在耶鲁大学举行的斯拉夫文论研讨会上,在主题为"巴赫金:赞成与反对"(Bakhtin: Pro and Contre)的分会场,来自普林斯顿大学的凯瑞尔·爱默生的报告是:"走红之后的巴赫金:某些曾经有争议的要素与它们会引向何方?"(Bakhtin after the Boom: Some Contested Moments and Where They Might Lead?);来自谢菲尔德大学的大卫·谢泼德的报告是:"巴赫金在/与危机:长远时间的问题"(Bakhtin in/and Crisis: Problem of Geat Time)。这两个报告出自美英学界多年潜心于"巴赫金学"的学者之手,体现出美英巴赫金研究者直面"巴赫金学"的问题而进入自觉的反思。

2003年,在俄罗斯,《巴赫金术语辞典》以俄罗斯人文大学的期刊《话语》之专辑(2003/11)面世;该辑以 C. H. 布罗伊特曼的文章《巴赫金的学术语言与术语:某些总结》开篇,第一部分为"巴赫金的学术概念之系统性描述辞典材料",第二部分为"美学史与语言哲学史上的巴赫金"。这里对巴赫金"学术概念"的系统性描述,是1997年问世的《巴赫金术语辞典·材料与研究》的续篇。俄罗斯人文大学的巴赫金研究群体,在"巴赫金学"达到波峰状态之际就已开始自觉地反思"巴赫金学"的两种危险:其一,有些谈论巴赫金的文章与著作的作者其实不过是以巴赫金为"话由"而进行自我表现,那些自我表现与巴赫金本人的思想几乎毫无关系;其二,一些巴赫金研究者只是做了巴赫金思想的"主人公",并不能够占据"外在于它而有理据而能应答的"立场。《巴赫金术语辞典》是俄罗斯人文大学巴赫金研究群体持续10年的项目成果。1993年2月1~3日,在该校举行的"巴赫金与人文科学的前景"学术研讨会上曾讨论过这个项目,讨论了"词汇表"。

俄罗斯人文大学的"巴赫金学"成果表明,20世纪启动的巴赫金研究在21世纪还在延续。新世纪以降这15年里,俄罗斯"巴赫金学"至少有10部著作值得关注。

2003年，《对话·狂欢·时空体》发行最后一期（第39/40期）——专辑《世界文化语境中的巴赫金》；之后，该刊主编尼古拉·潘柯夫潜心于专著写作。2010年推出其巴赫金研究总结性著作《巴赫金的生平与学术创作中的问题》。该书聚焦于20世纪30年代末40年代初巴赫金的学术生涯，梳理了巴赫金论拉伯雷一书的写作史，披露了当年巴赫金以这部著作进行学位答辩的过程、苏联学术界知名学者当时对巴赫金的不同评价以及20世纪60年代里巴赫金的几位"发现者"与巴赫金本人的通信。

2011年面世的《巴赫金的〈话语创作美学〉与俄罗斯哲学—语文学传统》，是著名巴赫金专家纳丹·塔马尔钦科在巴赫金学园地耕耘多年的收官之作。作者的观点是，要揭示出巴赫金所写下的文本之原初的涵义，学者本人置于其思想之中的那份理解，只有在这一条件下才有可能：将巴赫金的那些思想作为诗学概念的体系——这些概念形成了一种独一无二而至今尚未得到充分评价的文学理论——来研究。作者驻足于巴赫金的思想与其本土的、欧洲的美学之历史经验的关联性，这些思想与他那个时代的哲学和他之前的哲学在语境上的内接性，以及它们对这一语境之改造性的梳理。巴赫金的学说，作为他那个年代那些标志性的美学理论与文化学理论之强劲的"契合应和的对话"而得以揭示。在这本书里得到呈现的对话的主要参与者——巴赫金与弗洛连斯基，巴赫金与别雷，巴赫金、E. 特鲁别茨科伊与弗拉基米尔·索洛维约夫，巴赫金与罗赞诺夫，巴赫金与布捷波尼亚，巴赫金、梅列日科夫斯基与维亚切·伊凡诺夫，巴赫金与斯卡夫迪莫夫，巴赫金与A. 维谢洛夫斯基，国外的人物是黑格尔、康德、洪堡、尼采、弗洛伊德、维特根斯坦、施宾格勒、卢卡契。这些学者的哲学理论，在这里被置于它们与巴赫金着重于长篇小说形成过程之诗学概念体系相互作用的层面而得到分析。H. 塔马尔钦科这一整串的对比性研究，开采出巴赫金在长篇小说体裁领域的那些发现的多维度性与深度。特别有趣而有意义的是书中讨论白银时代的宗教哲学与文化学的章节，白银时代的长篇小说理论乃是巴赫金的长篇小说学说的先声。

2009年，伊琳娜·波波娃（И. Л. Попова）的专著《巴赫金论弗朗索瓦·拉伯雷一书与其对于文学理论的意义》由俄罗斯科学院世界文学研究所出版。

2007年，亚历山大·卡雷金（А. И. Калыгин）的专著《早期巴赫金：作为伦理学之超越的美学》由俄罗斯人文学会出版。

2005年，弗拉基米尔·阿尔帕托夫（В. М. Алпатов）的专著《沃洛希诺夫、巴赫金与语言学》由斯拉夫文化语言出版社发行。

2013年8月，笔者在莫斯科出席"俄罗斯形式论学派100年国际研讨会"之际，在书店里看到当年刚出的一本新书：《米·米·巴赫金与"巴赫金小组"现象：寻找逝去的时光·重构与解构·圆之方》。该书的主题是对巴赫金与其最为亲近的朋友——В. Н. 沃罗希诺夫与П. Н. 梅德维捷夫（他们之间的友情合作如今已被称之为"巴赫金小组"）——的生平与创作中那些很少受到研究、有些部分已然成为难解之谜的问题加以清理、辨析。该书作者 Н. Л. 瓦西里耶夫生活于巴赫金曾在那里工作多年的萨兰斯克，且就在巴赫金曾在那里多年主持俄罗斯文学与外国文学教研室的国立摩尔多瓦大学执教。该书是作者几十年（1985～2012）来的巴赫金研究成果之汇集。作者对"巴赫金的语言学思想""作为文化史现象的巴赫金主义""苏联（俄罗斯）的巴赫金学现象"进行了阐述，对"有争议的文本"之著作权问题与版本问题、对 В. Н. 沃罗希诺夫的生平、В. Н. 沃罗希诺夫与米·米·巴赫金的关系、同时代人对 В. Н. 沃罗希诺夫的评价进行了考证，尤其是提供了中学教师巴赫金、大学教师巴赫金、巴赫金与其研究生、巴赫金的"萨兰斯克文本"等珍贵史料。

俄文版的这些研究巴赫金的论文与专著之不断面世，是国际巴赫金学在21世纪不断推进的一个缩影。其他文字如英文版、中文版的研究巴赫金的论文与专著，新世纪以来也在不时地与读者见面。限于篇幅，这里不再列举。通过对新世纪以来国际"巴赫金学"重要成果的跟踪与检阅，我们看到的是：巴赫金理论作为学术时尚其风光已然不再，巴赫金理论的跨文化之旅已进入常态。

这种常态，体现为"巴赫金学"的学术交流一如既往。国际巴赫金学术年会以其已自成传统的节奏，定期举行。21世纪以来，不同国度的巴赫金研究者先后相聚于波兰（2001）、巴西（2003）、芬兰（2005）、加拿大（2008）、意大利（2011）、瑞典（2014），6届国际巴赫金学术年会成为新世纪巴赫金理论之旅的驿站；由这一盛会所引领的巴赫金理论的跨文化之旅，在继续播撒其辐射力，在不断拓展其覆盖面。

这种常态，体现为"巴赫金学"的文本建设不断拓展。21世纪以来，巴赫金著作之多个语种的译文以单行本、文集甚至全集的形式在不断面世。2009年，中国著名巴赫金专家钱中文主编的中文版《巴赫金全集》7卷本面世，这是对1998年出版的中文版6卷本《巴赫金文集》的增订。2013年，意大利著名巴赫金专家奥古斯都·蓬佐主编的意俄双语版《巴赫金文集（1919～1929）》问世。2012年，由俄罗斯著名巴赫金专家谢尔盖·鲍恰罗夫（С. Г. Бочаров）担纲的俄罗斯科学院版《巴赫金文集》（6卷7册）这一"巴赫金学"基本建设工程终于竣工。这一工程始于纪念巴赫金百年诞辰的1995年，第一卷出版于1996年，整个文集的编辑出版持续了整整16年！以俄罗斯科学院的巴赫金专家为主体的这个巴赫金研究集群，以十分严谨、执着的治学精神，投入了巴赫金理论遗产之精细的注疏、深度的开采。

这种常态，体现为"巴赫金学"的文献整理进入收获季节。随着巴赫金学的发展，对"巴赫金学"成果的检阅、清理、审视、集成——作为巴赫金研究之研究，自然也成为一项不可或缺的工作。21世纪伊始，俄文版2卷本《巴赫金研究文选》在彼得堡问世；2010年，俄文版1卷本《巴赫金研究文选》也在莫斯科发行。2003年，英文版4卷本《巴赫金研究文选》与英语世界的读者见面了。经过长达5年的编选、翻译、编辑，中文版5卷本《巴赫金研究文选》以《跨文化视界中的巴赫金丛书》为书名，也于2014年的金秋时节呈现在汉语世界的读者面前。

由此，我们至少可以从这三条路径看"巴赫金学"在21世纪这15年来的新进展：从近6届"巴赫金年会"看新世纪以来国际学界对巴赫金理论的解读与征用；从俄文版6卷本《巴赫金文集》看新世纪以来国际学界对巴赫金文本的开采与注疏；从俄文版、英文版、中文版4种《巴赫金研究文选》看新世纪以来国际学界对"巴赫金学"成果的梳理与集成。

三

从"巴赫金年会"看新世纪以来国际学界对巴赫金理论的解读与征用。

21世纪第一届国际巴赫金年会（波兰，格但斯克大学，2001年7月23～27日）会后，波兰著名巴赫金专家鲍古斯拉夫·祖尔科（Boguslaw Zylko）教授编选了这届年会论文选《巴赫金与其学术氛围》（2002）。书中收入22篇论文，以这届年会上几个分组会的主题分成8个单元：第1单元"巴赫金的变体"收入《巴赫金与人文科学的方法论：文本问题》《形象中的时空体》；第2单元"长远语境与当下语境中的巴赫金"收入《"长远时间"观照下巴赫金对话主义的一些根源》《米沙与柯利亚：思考的兄弟/他者》；第3单元"巴赫金与文化研究"收入《巴赫金与小说诗学：一种批评的融合》《巴赫金的"受话性"与早期现代主体的形成》；第4单元"巴赫金语言学的哲学来源"收入《巴赫金对话与言谈理论的哲学根源》《符号、言谈与话语：寻找新的方法论的种种可能》《沃罗希洛夫与卡西尔：论语言与现实的关系》；第5单元"巴赫金与文学批评"收入《巴赫金理论视域的文学原型问题》《尼采、维亚切·伊凡诺夫与巴赫金的"小说与悲剧"问题》；第6单元"巴赫金哲学人类学的伦理与美学"收入《对话与文学作品：它们在巴赫金话语创作美学中的相互关系》《跨文化，跨种族：巴赫金与"文学地看"的独特性》《作为伦理学范畴的复调》。

新世纪第二届国际巴赫金年会（巴西，库里蒂巴，2003年7月21～25日），来自19个国家的184位学者与会，工作语言为葡萄牙语、西班牙语、英语、俄语。加拿大著名巴赫金专家克莱夫·汤姆逊（Clive Thomson）在年会上作了题为《国际巴赫金学年会20年》的报告。巴西年会的一个亮点是语言学。会上重要的报告有：《巴赫金与本维尼斯特》《巴赫金，马尔主义与文化革命的社会语言学》《圣礼的与日常的：巴赫金、本雅明、布伯与维特根斯坦对语言的关注》《巴赫金与梅洛-庞蒂的语言现象学》《巴赫金与索绪尔——超越对立》。与会学者的发言中最为流行的术语是对话与对话主义。

新世纪第三届国际巴赫金年会（芬兰，于韦斯屈莱大学，2005年7月18～22日），来自20个国家的90多位学者与会，工作语言为英语、俄语。这届年会上，与会的俄罗斯学者人数仅次于英国、美国。俄罗斯巴赫金学的主将鲍恰罗夫、马赫林、尼古拉耶夫、瓦西里耶夫、波波娃等11位专家与会。年会上举行了题为"巴赫金学的未来"的圆桌会议。芬兰年会的亮点是当代国际巴赫金学的大腕儿几乎全都与会。谢·鲍恰罗夫的大会报告《作为语文学家的巴赫金：论陀思妥耶夫斯基一书》提出："文学学领域里这么多的成就与其大名相关联的这位学者，就其方法论而言首先是一位哲学家。"弗·扎哈罗夫的报告是《巴赫金"学派"中的体裁问题》，对"Фабула""сюжет""жанр"这几个术语的使用进行了对比分析，认为巴赫金并不是在严格的文学学意义上使用这些术语，他更像是一位哲学家，而不是一位职业语文学家。加拿大学者肯赫施考普（Ken Hirschkop）的报告是《巴赫金、索绪尔与苏联语言学：我们怎样理解"语言社会学"？》，美国学者彼得·希区考克（Peter Hitchcock）的报告是《理论之后的巴赫金》，俄罗斯学者叶萨乌洛夫的报告是《作品艺术整体中作者的"位置"与读者的立场》，芬兰学者米·德·米基耶尔（M де Микиель）的报告是《论巴赫金与翻译哲学》。

新世纪第四届国际巴赫金年会（加拿大，伦敦城，2008年7月28日～8月1日），来自23个国家的100多位学者与会；这届年会的主题是讨论"巴赫金小组"的学术探索。工作语言为英语、俄语、法语。俄罗斯学者H.瓦西里耶夫在会上的报告是《"巴赫金小组"集体创作语境中П.梅德韦捷夫的〈文艺学中的形式主义方法〉一书的语言学内容》。英国学者大卫·谢泼德在会上宣读了Ю.П.梅德韦捷夫与Д.A.梅德韦捷娃合写的论文，该文探讨了"巴赫金小组"的遗产，尤其是П.梅德韦捷夫的学术探索。

新世纪第五届国际巴赫金年会（意大利，贝尔蒂诺罗城，博洛尼亚大学，2011年7月4～8日），来自23个国家的100多位学者与会。时任罗马大学客座教授的美国著名巴赫金学者凯特琳娜·克拉克（Katarina Clark）出席了这届年会。与会学者中，数量上仅次于东道主意大利的是巴西学者，有20多位。这届年会的一个特色是同声翻译全覆盖，同时用三种语言（俄语、意大利语、英文）；大会发言45分钟，分组发言30分钟。有足够的时间提供给听众提问和有效的讨论。年会报告中，研究巴赫金理论本身的相对较少，主要有《巴赫金小组：对这一现象的论证》《尼古拉·巴赫金与米哈伊尔·巴赫金：协和与对位：哲学立场之比较分析》《巴赫金论弗朗索瓦·拉伯雷一书：透过文本史的棱镜来看思想与概念的起源》《巴赫金超语言学之源头》《巴赫金笔下之自己的话语与他人的话语》，等等。年会上更多的是一些"泛巴赫金"层面的报告，且带有哲学的或文化学的偏向。不少发言者对先前的"巴赫金学"建树不甚了了，甚至不了解某一论题的基本文献。巴赫金的大名在不少学者心目中沦为可以就任何论题而进行自我表达的"话由"。

新世纪第六届国际巴赫金年会（瑞典，斯德哥尔摩，皇家艺术学院，2014年7月23~27日）的主题是"作为实践的巴赫金：学术生产，艺术实践，政治激进主义"，来自不同国度的150多位学者与会。会议安排的主旨发言有：美国学者凯瑞尔·爱默森的《巴赫金与演员：主要以莎士比亚为例》，意大利学者奥古斯都·蓬佐（Augusto Ponzio）的《巴赫金论科学、艺术、政治与实践》，英国学者加林·吉哈诺夫（Galin Tihanov）的《"世界文学"历险记：巴赫金与俄罗斯形式主义回顾》。未能与会的俄罗斯学者谢尔盖·鲍恰罗夫为本届年会准备的特别演讲《哲学家巴赫金与语言学家巴赫金》由其女玛尼亚·谢尔盖耶夫娜·卡西扬在会上作了专场宣读。会上设立的"圆桌讨论"有："俄文版6卷本巴赫金文集"（加拿大学者肯·赫施考普主持，英国学者加林·吉哈诺夫和俄罗斯学者伊琳娜·波波娃参与讨论），"对话的自由"，"立场之异同：对人文学科不同领域里的现象进行对话性理解的可能性及视角"（加林·吉哈诺夫主持），"巴赫金小组与尤里·帕甫洛维奇·梅德韦捷夫"（英国学者克莱格·布兰迪斯特主持，加拿大学者肯·赫施考普、克莱夫·汤姆逊、英国学者加林·吉哈诺夫、俄罗斯学者尼古拉·瓦西里耶夫参与讨论）。参加圆桌讨论的学者一半来自不同学科。以吉哈诺夫主持的圆桌会议为例，参加的学者来自哲学、社会学、历史学、文学、设计等多个领域。

这届年会，共收到各类学术论文150余篇，均安排在专题分会上进行发言和交流讨论。为此，大会安排了48场专题分会。这届年会为期5天，每天的研讨会在时间上分为三个单元,在5个平行的分会场同时举行;每天有15场。这些分会的主题有:"巴赫金与神学""巴赫金的学习原理","巴赫金论(民族)政治学","颇成问题的若干巴赫金所用概念","巴赫金与复调:他者的在场","巴赫金对公众性与公共空间的分析","巴赫金的言语体裁理论与文化语用学""巴赫金的言语理论与其研究古典修辞学的方法","'我'与'他者':巴赫金交往语言学核心""巴赫金与文学理论","'南部欧洲'对巴赫金的接受","巴赫金的理论与歪曲、篡改:关于对话论的历史符号学";"巴赫金与语言理论","巴赫金、神学与马克思主义","跨文化学习与语言""异见的政治文化:对狂欢化认同之历史性的细察与异见之语言、音乐与电影中的巴赫金对话主义";"狂欢艺术""巴赫金、当代社会运动与全球民主斗争";"巴赫金与公民教育","巴赫金与哲学问题";"美学理论与实践"(以巴赫金的理论来阅读马列维奇的艺术方案,艺术即兴创作中巴赫金的对话学说与狂欢学说),"以巴赫金学派的理论来进行诗歌阅读与教学","巴赫金与语言研究";"怪诞与对话论:用巴赫金的理论来看艺术","当代艺术与狂欢化"(当代音乐中巴赫金的狂欢化与讽拟),"从前:巴赫金与儿童文学""巴赫金、疗法与呵护"(在音乐治疗领域里、即兴创作中巴赫金的学说"对话与狂欢")、"巴赫金与笑文化"(巴赫金的笑哲学语境中当代乌克兰的幽默文化);"巴赫金、诙谐与怪诞","精神分析实践与巴赫金的理论","巴赫金论所谓下等人","巴赫金与社会批判","巴赫金的政治理论"(作为哈贝马斯的公共领域之选项的巴赫金的公共空间概念),"巴赫金的理论与学校教育实践","巴赫金与本维尼斯特:在有关主体与阐释(意指)概念上可能的交接""巴赫金与本维尼斯特笔下的意指:一个出发点,两个构型""巴赫金与本维尼斯特:关于意指与意思上的交接""巴赫金与维戈茨基:自我与他者之地位"。瑞典年会的议题可谓斑驳杂多。其专题设定上有重叠之处,涉及巴赫金与神学、教育、语言教学、精神分析、心理治疗的分会场专题讨论甚至有好几轮,说明如今的巴赫金研究者对这些论题的兴趣甚为浓厚。

瑞典年会上,国际巴赫金学界五位元老再次发声:俄罗斯的鲍恰罗夫,德国的拉赫曼(Renate Lachmann),意大利的蓬佐,加拿大的汤姆逊,美国的爱默森；五位中年学者十分活跃，引人注目：英国的吉汉诺夫、布兰迪斯特，加拿大的赫施考普，俄罗斯的波波娃，芬兰的拉赫汀马基。老一辈巴赫金研究者仍在耕耘不辍，中年一代的巴赫金学者风头正健。

应大会组委会邀请，中国社会科学院外国文学研究所周启超、复旦大学外文学院汪洪章、南京大学外语学院王加兴、北京师范大学外语学院夏忠宪、中华女子大学陈涛等五位中国学者向瑞典年会提交了论文并参加了此次大会。这是中国大陆学者首次出席国际巴赫金年会。五位中国学者根据个人学术兴趣选择参加了相关圆桌会议及其他专题分会，并于 7 月 25 日下午围绕"巴赫金与当代中国人文科学"主题在会上作了报告。报告的题目分别是：《"复调"、"对话论"及"狂欢化"之后：当代中国巴赫金研究的最新进展》，《巴赫金著作中的读者之地位》，《巴赫金对俄文中间接引语理论所作的贡献》，《〈红楼梦〉与狂欢化及民间幽默诙谐文化之关系》，《凯瑞尔·爱默森论巴赫金的"外位性"：以〈米哈伊尔·巴赫金的第一个百年〉为例》。

瑞典年会上，艺术家和艺术研究家联手举办多场艺术活动，如"微观历史与影像叙事的尝试""狂欢的艺术""当代艺术与狂欢化""从殷红的鲜血到调味番茄酱：赫尔曼·尼彻和保尔·麦卡锡的艺术作品展映"等。这些活动试图将诸多与巴赫金有关的当代艺术理论问题与实践相结合，以现场展示的方式予以对话性探讨，这是本届年会的另一特色。7 月 25 日晚间，由瑞典的巴赫金介绍、研究第一人拉斯·克莱博格改编并导演的"巴赫金同志的论文《现实主义历史中的拉伯雷》答辩会"对 1946 年 11 月 15 日巴赫金在高尔基世界文学研究所的答辩场景进行模拟再现，加林·吉哈诺夫等六位巴赫金学者分别扮演了当年答辩会上的相关角色。

从 6 届巴赫金年会上的议题可以看出，巴赫金的哲学理论、美学理论、文学学理论、语言学理论等"巴赫金学"中的传统论题，现如今继续得到国际巴赫金学者的关注与研究；同时，巴赫金与教育学、心理学、政治学、文化学、与艺术、与医学，甚至与心理保健的关联，也成为今日巴赫金学的话题。国际学界对巴赫金理论的研究既在走向人文研究的纵深层面，也在走向泛文化研究之无边的解读与无界的征用之中。

四

从俄文版《巴赫金文集》看新世纪以来国际学界对巴赫金文本的开采与注疏。

俄罗斯《文学问题》2013年第4期的一则报道称：俄罗斯哲学家与语文学家米哈伊尔·米哈伊洛维奇·巴赫金（1895～1975）的科学院版6卷本文集编辑出版竣工了。在长达16年（1996～2011）里，谢尔盖·鲍恰罗夫领衔的团队——C. 阿韦林采夫（С. С. Аверинцев）、С. 鲍恰罗夫（С. Г. Бочаров）、Л. 戈戈吉什维里（Л. А. Гоготишвили）、Л. 杰留金娜（Л. В. Дерюгина）、В. 柯日诺夫（В. В. Кожинов）、В. 里亚普诺夫（В. В. Ляпунов）、В. 马赫林（В. Л. Махлин）、Л. 梅里霍娃（Л. С. Мелихова）、Н. 尼古拉耶夫（Н. И. Николаев）、Н. 潘科夫（Н. А. Паньков）、И. 波波娃（И. Л. Попова），以其对哲学、语言学、文学学诸学科的穿越，似乎是在为学界不知不觉之中对巴赫金的全部文本进行重读，重新核校、注疏，重新出版。厚重的、大部头的6卷7册编出来了，每一卷都有篇幅甚大的附录。从今往后，不仅可以阅读巴赫金，而且可以真正地研究巴赫金了，也就是说，可以以新的视界去理解、去"运用"——即使读者的人数进而研究者的人数在近20年里大大地减少了。人人竞相征引巴赫金的时髦是不是已经过去了？今天甚至带着比过去的年月里更多的信心来重复谢尔盖·阿韦林采夫几乎是在40年前（1976年）表达的一个思想：巴赫金从来就不曾是一个赶时髦的人，他又哪里会变成不再时兴的呢？

《巴赫金文集》（6卷7册，莫斯科，俄罗斯辞书，斯拉夫文化语言，1996～2012）卷一：《20世纪20年代的哲学美学》（2003，957页；谢·鲍恰罗夫与尼·尼古拉耶夫编）。这一卷是思想家之路的开端，或者，不无遗憾地说，这是流传到我们手中的这位思想家之路的开端。该卷收入巴赫金早年写的、在生前不曾刊发的哲学论著。这些论著在巴赫金去世之后的刊发（1975，1979，1986）在版本学上是不完备的。现在这个版本采用的文本，据手稿进行了核对,增补了一些新的片断。巴赫金早年的3部论著《艺术与应答》《论行为哲学》《审美活动中的作者与主人公》,在这里以修复的版本——实际上是以新的文本得以呈现;这一卷的文本附有详尽的逐页注释。正文237页,注释则有535页!

卷二:《陀思妥耶夫斯基创作问题·论托尔斯泰·俄罗斯文学史讲座笔记》(2000,799页)。这一卷由 С. 鲍恰罗夫、Л. 梅里霍娃编,收录了20世纪20年代巴赫金有关俄罗斯文学的论著:论陀思妥耶夫斯基的专著第一版——《陀思妥耶夫斯基创作问题》(1929);论列夫·托尔斯泰创作的两篇文章——为《列夫·托尔斯泰文学作品全集》撰写的两篇序言——《剧作家托尔斯泰》《列夫·托尔斯泰的思想小说》(1929)。本卷附录里刊发了 Р. М. 米尔金娜当年所作的"巴赫金的俄罗斯文学史讲座"笔记(1922~1927)——涉及19世纪俄罗斯文学与20世纪苏俄文学;还刊发了巴赫金当年为其论陀思妥耶夫斯基那部专著的写作而准备的对德国哲学与语文学著作(M. 舍勒、L. 施皮策)所作的摘录、翻译、注释。

卷三:《长篇小说理论(1930—1961)》(2012,880页)。这一卷由 С. 鲍恰罗夫与 В. 柯日诺夫编。该卷首次全面地收录了20世纪30年代巴赫金所写的长篇小说理论方面的论著,从长篇小说的文体修辞问题到这一体裁的基本哲学问题;收入《长篇小说的文体修辞问题》《长篇小说的话语》《教育小说及其在现实主义历史上的意义》《论情感小说与家庭传记小说》《长篇小说中的时间形式与时空体形式》《小说话语的史前史》《长篇小说的理论问题》《作为文学体裁的长篇小说》《小说理论与小说史问题》。巴赫金论长篇小说的4篇主要论著最早于20世纪六七十年代发表过,现在收录在第3卷里的则是"已知著作的新文本"——这些文本都根据巴赫金文档里的手稿作了核校。这一卷还刊布了与长篇小说这一主题相关的大量文献资料。

卷四:巴赫金论拉伯雷一书及其相关史料,由 Л. 波波娃编。该卷分为两册。

卷四第1册:《现实主义历史上的弗朗索瓦·拉伯雷(1940)·论拉伯雷一书的材料(20世纪30~50年代)·注释与附录》(2008,1120页)。这一册刊布了 20 世纪 30~50 年代的文本与资料：文本与资料各占全书篇幅的一半。文本有两部分：论拉伯雷一书第一个版本《现实主义历史上的弗朗索瓦·拉伯雷》（1940），对第二个版本《拉伯雷的创作与中世纪及文艺复兴时期民间文化问题》的补充与修订（1949~1950）、早期版本的资料（1938~1939）、对《拉伯雷》的补充与修订（1944）、相关的准备性材料与提纲。除了 1944 年的那篇文章，巴赫金的这些文本在这里都是第一次刊布。注释部分有《拉伯雷》的写作史：1930~1950；附录部分有四种：围绕《拉伯雷》的命运 20 世纪 40 年代巴赫金的通信；Б. В. 托马舍夫斯基与 А. А. 斯米尔诺夫当年为巴赫金的《拉伯雷》一书给国家文学出版社写的鉴定意见（1944）；巴赫金当年以《现实主义历史上的拉伯雷》进行学位答辩的材料（1946 年 11 月 15 日）；苏联最高学位委员会对巴赫金学位论文的审查材料（1947~1952）。

卷四第 2 册：《弗朗索瓦·拉伯雷的创作与中世纪以及文艺复兴时期的民间文化·拉伯雷与果戈理（话语艺术与民间笑文化）》（2010，752 页）。第 2 册刊布的是巴赫金论拉伯雷那部书的第 3 版《弗朗索瓦·拉伯雷的创作与中世纪以及文艺复兴时期的民间文化》（1965）；由该书第 1 版结尾所衍生出的文章《拉伯雷与果戈理》（1940，1970）；注释与附录部分有《拉伯雷》在 20 世纪 60 年代的写作史，有对这部书自 20 世纪 30 年代的草稿直至 1965 年的版本中基本思想与概念的历史的梳理；这部书的写作所采用的那些资料，它的"对话化的背景"，它的基本术语（"狂欢""梅尼普""哥特式［怪诞的］现实主义""笑文化"）的起源与意义，在这里均得以重建与复原。

该卷编者 Л. 波波娃提出："不仅是思想史，而且基本概念史都应该透过文本史——从 30 年代里最初的底稿、草稿、手稿到 1965 年版书稿——来加以梳理。"狂欢这一概念是论拉伯雷一书里的中心概念，是建构得最为充分的概念。巴赫金是在狭义与广义两个层面上使用"狂欢"的：狭义的狂欢——节日，大斋前禁止食肉的那一周里的节日；广义的狂欢——这是一个思想—形象体系，其基础是一种特别的生活感与历史感。广义的狂欢之普遍性的形式，是原本意义上的"节庆"生活，那是在其整体上的，在其全部存在之中的，在其各种关联与关系之中的对上帝与人的关系，对空间与时间的关系，对肉体与心灵的关系，对食物与饮料的关系，对笑谑与庄严的关系。在《狂欢思想》的草稿中，"狂欢"这一概念的语义得到了广义的界说。它既涵盖语言、作家的"文体面貌"（作为"话语的狂欢"的拉伯雷的文体面貌），也涵盖现实主义的特征；后来他将这一现实主义称为"哥特式的"，再后来易名为"怪诞的"。"狂欢的现实主义"思想，恰恰是狂欢的、乌托邦的现实主义，是为文艺复兴时代（薄伽丘、莎士比亚、塞万提斯、拉伯雷）所典型的。作为没有框框的景观（广场上与街头的）的狂欢，狂欢的笑，狂放的相对性——乃是对所有历史地形成的形式之相对性、所有的等级关系之相对性的一种特别的感觉，乃是对于从这些形式、这些关系中解放出来的一种特别的感觉，同所有的东西进行游戏——一切皆可游戏的那种感觉——狂欢的自由。狂欢节的"自由与平等"具有乌托邦性。"狂欢的广场"，"狂欢的自由"，"狂欢的任意"，"狂欢的身体"，"对时间之狂欢式的接受"，"对世界之狂欢式的思索"，"对历史之狂欢式的思索"。巴赫金曾一直不停地提醒这些术语自身具有"假定性"："我们的术语——'怪诞'与'狂欢'——之有条件性"。及至1949/1950《拉伯雷》第2稿本里，巴赫金引进"狂欢化"这一概念，它一直保存到1965年论拉伯雷的书稿里，并被吸纳进论陀思妥耶夫斯基诗学那本书里被修订的第四章之中。"意识的狂欢化""世界的狂欢化""思想的狂欢化""话语的狂欢化"，"地狱、炼狱、天堂的狂欢化""言语的狂欢化"，从官方的世界观那种充满敌意的、阴沉的严肃性之中解放出来，同样也从流行的真理与流俗的见解之中解放出来。

卷五：《20世纪40~60年代初论著》（1996，732页）。该卷是最早出版的一卷，由 С. 鲍恰罗夫与 Л. 戈戈吉什维里编；该卷收录了巴赫金的学术生涯中最少为读者所知的一段岁月即20世纪40~60年代初的论著。其中的许多文本在这里首次刊布；之前已经刊发的文章也是以新的文本与新的结构在这里呈现：编者根据巴赫金文档里的手稿，对这些文本进行了校核。整卷堪称文献性的。在这一卷的材料里，巴赫金学术探索的一些基本主题——哲学人类学、语言哲学、人文学科的哲学基础、言语体裁理论、陀思妥耶夫斯基与拉伯雷，还有莎士比亚、果戈理、福楼拜、马雅可夫斯基的诗学，感伤主义问题与讽刺问题，均得以呈现。全书文本378页，注释354页；这里的文本（除了1954年刊发在报纸上的一篇短文《玛尼娅·都铎》）在作者生前均未刊发。其中的一半是作者去世后才刊发的，有两个文本只是片断，12个文本在这里首次刊发。例如，《论人文学科的哲学基础》，之前发表的只是其片断《论人文学科的方法论》，现在这里得以全文刊布；对《文本问题》一文，Л. 戈戈吉什维里所作的注释竟有83条！

卷六：《陀思妥耶夫斯基诗学问题·20世纪60~70年代论著》（2002，800页）。该卷由С. 鲍恰罗夫与Л. 戈戈吉什维里编，收录了巴赫金晚年的论著。其主体是论陀思妥耶夫斯基的那部专著的增订版（1963）与20世纪60~70年代初巴赫金的4本工作笔记。这几本笔记在这里首次得以全部刊发，而在《话语创作美学》里只是刊发了部分相关手稿。这些晚年的笔记，提供了巴赫金一生都在思索的论题的具体语境——在那个对于苏联人文科学是个转折的年月里，巴赫金在哲学与语文学（文学学与语言学）思想之现实的语境中，对这一现实境况的反应，对新的学术趋向与运动（其中包括对苏联最新的结构主义）的反应。这一卷收录的基本材料——一是作者生前发表的，一是作者留下的手稿：1963年那部书的手稿，一则札记的手稿（《谈唯灵论》）；两个已发表的文本的手稿，一是《答〈新世界〉编辑部》的笔谈，对苏联文学学现状的评价，一是（波兰记者对晚年巴赫金的）访谈，谈陀思妥耶夫斯基小说的复调性。

值得特别关注的是，该卷编者С. 鲍恰罗夫在其对《陀思妥耶夫斯基诗学问题》的注释里，披露了这部著作1963年面世时在苏联文艺界所引起的反响的具体细节。鲍恰罗夫指出，《陀思妥耶夫斯基诗学问题》1963年面世后，在学界引起的"震惊"是双重意义上的：一是意识形态上的，一是学术研究上的。А. 迪米什茨的《独白与对话》，И. 瓦西列夫斯卡娅与А. 米亚斯尼科夫针对该文而为新书进行辩护的《让我们来弄清实质》，В. 阿斯穆思、В. 叶尔米诺夫、В. 皮尔佐夫、М. 赫拉普钦科、В. 什克洛夫斯基5人给《文学报》编辑部的联名信，以及А. 迪米什茨对这两篇文章的回应《夸奖还是批评?》，大多是意识形态层面上的"反应"；研究陀思妥耶夫斯基创作的专家们的反应则大多是学术性的。Г. 弗里德连杰尔在《论陀思妥耶夫斯基的几本新书》中指出，复调性长篇小说这一学说本身是"经不起批评的"；Б. 布尔索夫在《回到争鸣上来》一文里指出，巴赫金这本书从其第一页就惹人争议，挑起人家要与之争论，在另一些场合下甚至是对之反击。反击点不再是作者的"形式主义"，而是其总体上对文学史元素的缺失。Ф. 叶甫林在《关于陀思妥耶夫斯基的文体与诗学的几个问题》一文中指出，复调性长篇小说这一学说妨碍了对陀思妥耶夫斯基的遗产进行思想上丰满的、历史上真实可信的研究；Д. 利哈乔夫在《文学作品内容与形式统一的研究中的历史主义原则》里认为，沉醉于自己所做出的发现之中的巴赫金，将"复调主义"摆在"独白主义"之上，这是个错误——没有一个方法可以被置于另一个方法之上。总体而言，巴赫金这部书的基本"纲领"不曾获得最早对它发表评论的这批批评家当中任何一个人的接受，尽管这些人对之予以高调评价。理论家Г. 波斯佩洛夫在其《由于沉醉而夸大》一文里甚至断然指出：复调思想与"艺术创作的基本原理与规律"本身就是不可能兼容的。

巴赫金当年对所有这些批评不曾有什么回应。在其一生最后10年里，他在自己的陀思妥耶夫斯基如是观与复调理论上一往无前地继续思考；他对这一理论不仅没有即便是局部的放弃，且也不曾尝试去寻找与其论敌进行缓和性的妥协。在1971年接受波兰记者波德古热茨的访谈时，巴赫金完全肯定自己的见解。在巴赫金70年代初的笔记里，会发现他对复调说之潜在能量加以尖锐化，会发现其理论的激进主义在晚年更为剧烈，甚至出现有关艺术家—作者笔下的"自身话语""原则上就是缺失的"这一最为激进的提法。1970年8月26日，巴赫金在莫斯科郊外克里莫夫卡小镇敬老院里为波多尔斯基区教师作过一次讲座。鲍恰罗夫出席了这次讲座，他当时作了笔记。这份笔记佐证了巴赫金的这次讲座对其复调理论的坚持。

同样值得我们深思的是，在第六卷里，Л. 戈戈吉什维里在其对巴赫金第3本笔记的注释中，梳理了20世纪六七十年代苏联文学学界对巴赫金的复调说进行批评的具体细节。Л. 戈戈吉什维指出，整体上可以说，及至70年代初,"复调"范畴已被接受且牢固地进入了术语流通,但在那个年月的文学学界,它已失去巴赫金本人赋予"复调"这一范畴之实体性概念的地位,转而进入文学文本之偶然属性的领域。到处开始将"复调主义"作为文学文本的品质之一,但没有什么地方将之作为形式构建的实质性品质。这种降低复调之观念性意义的评价,在Г. 弗里德连捷尔、Б. 梅拉赫、B. 日尔蒙斯基三人合写的文章《巴赫金著作中的诗学与小说理论问题》(1971)中得到了最清晰的体现。这三位作者明确表态:不存在纯粹的"独白小说",也不存在纯粹的"复调小说"。在任何一部小说中——在陀思妥耶夫斯基的小说中则甚至比起许多前辈与同时代人更强烈地响起作者的"声音",甚至在巴赫金之积极的追随者口中,也出现了针对巴赫金之复调性长篇小说中作者的立场学说而提出的批评:巴赫金在"作者"这一术语的使用上有些"不加区别"(柯日诺夫)。巴赫金则在70年代初的笔记里继续思考"复调":它不是这一或那一小说片断的局部性品质——在那种情形下,作者只是出于现时的策略性目标,而将意义的生发源头交到"不同人的手里"(赋予不同的声音);巴赫金的"复调"已成为作者著述之新的体裁样式的学说。这一作者著述之新的对话性体裁样式,并不是倾心于复调性的作者杜撰出来的;它,一如独白性样式,基于原型。这里的新颖之处,并不在于(像当年大多数人对巴赫金理解的那样)作者进入与主人公的对话(这样的对话元素,据独白性小说来看也是十分清楚的,巴赫金本人在其论长篇小说的文章里也写过了),而是相反,在于对话在这里被选定为描写对象。为了去描写这对话,作者作为审美主体,作为作者著述之审美功能的责任载体,就应当走出这对话,而放弃所有直接的与间接的表达自己立场的形式;这一立场,身为作者的功能,是不可能不在作品里占主导的,进而会破坏复调性构思。在第3种笔记里,复调理论已得到更准确的建构:在复调中作者立场之观念性的、体裁上的条件——并不是恰恰以作者身份出场的作者与主人公们的对话(作者只是在功能上被改造之后——作为客体化的人物,才可能进入所描写的对话),而是作者从对话中走出来("自我消除","虚我")而自觉地放弃所有的自身话语样式。

同样精细而到位的注疏,还见之于"外位性"(Л. 戈戈吉什维里)、"构造学"（B. 里亚普诺夫）、"参与性"（应分的参与，有分担的参与、参与而应分的自由，B. 马赫林）等核心话语的注疏。

新一代巴赫金学者在老一代巴赫金专家（鲍恰罗夫、阿韦林采夫、柯日诺夫等）的带领下，以巴赫金文本为据点，致力于重构巴赫金思想所由生成的时代的学术语境，而进入巴赫金学说的思想史、概念史、话语史的建构，使得巴赫金理论遗产的开采与整理进入成果丰硕的收获季。

正是在这个意义上，我们可以理解：《文学问题》的编辑何以怀着兴奋的心情祝贺《巴赫金文集》终于出齐而宣称：从今往后，不仅可以阅读巴赫金，而且可以真正地研究巴赫金了。也就是说，可以新的视界去理解、去"运用"了。

正是在这个意义上，我们才可以理解：多年研究巴赫金的塔玛尔钦科何以在其最后一部书里声称：我们正处于巴赫金遗产研究新阶段的前夕——摆脱过分的评价性与文学学、哲学思想领域里时髦风气的影响，而去"深思熟虑而客观地"考量巴赫金的文本。

显然，俄文版《巴赫金文集》以其对巴赫金文本如此精细的注疏，以其对巴赫金思考的语境如此有深度的开采，会将巴赫金理论的研究推向纵深，会使"巴赫金学"更上一层楼。

耐人寻味的是，在现在书已出齐的这部俄罗斯科学院版 6 卷本《巴赫金文集》中，不再有其著作权"有争议的"那几部著作——《弗洛伊德主义批判》《文学学中的形式主义方法》和《马克思主义与语言哲学》。也许，正是由于不收录这几部著作，原计划出 7 卷的《巴赫金文集》现在且以 6 卷竣工了。

五

从《巴赫金研究文选》看新世纪以来国际学界对"巴赫金学"成果的梳理与集成。

21 世纪伊始，彼得堡"俄罗斯基督教人文学院出版社"在"俄罗斯之路"丛书里推出俄文版二卷本《巴赫金研究文选》:《巴赫金:赞成与反对:俄罗斯与世界人文思想界评价中的巴赫金的个性与创作》(康斯坦丁·伊苏波夫〔Константин Исупов〕编选,2001~2002)。这部文选共有1 264页。

第一卷,《巴赫金:赞成与反对:俄罗斯与世界人文思想界评价中的巴赫金的个性与创作》(2001,552页)。该卷分为三编。第1编,**在志同道合者的圈子里**,收入《Л. В. 蓬皮扬斯基笔记中巴赫金1924~1925年间的讲座与发言》、《不是我们那个年代的人们》(Ю. М. 卡甘)、《艺术的两种追求》(М. И. 卡甘)、《帕乌尔·纳托尔普与文化危机》(М. И. 卡甘)、《涅维尔学派:巴赫金小组》(В. Л. 马赫林)、《离去者之一:尼古拉·巴赫金的生涯与命运》(О. Е. 奥索夫斯基)。第2编,**思想的命运:对话;复调;时空体**,收入《论陀思妥耶夫斯基的"多声部性":由巴赫金的〈陀思妥耶夫斯基创作问题〉谈起》(А. В. 卢纳察尔斯基)、《(评)巴赫金的〈陀思妥耶夫斯基创作问题〉》(Н. Я. 别尔科夫斯基(《星》)、《(评)巴赫金的〈陀思妥耶夫斯基创作问题〉》(П. М. 比兹伊里)、《(评)巴赫金的〈陀思妥耶夫斯基创作问题〉》(А. Л. 贝姆)、《(评)米巴赫金的〈陀思妥耶夫斯基创作问题〉》(Р. В. 普列特涅夫)、以及《陀思妥耶夫斯基笔下的空间与时间》(节选;Г. 沃罗申)、《陀思妥耶夫斯基研究的新课题。1925~1930。第2部分》(节选;В. Л. 柯马罗维奇)、《陀思妥耶夫斯基研究新书》(Д. И. 契热夫斯基)、《巴赫金,话语,对话与小说》(Ю. 克里斯托瓦)、《陀思妥耶夫斯基的诗学与神话思维的远古模式》(В. Н. 托波罗夫)、《巴赫金论符号、表述与对话的思想对于当代符号学的意义》(Вяч. Вс. 伊凡诺夫)、《巴赫金的对话诗学》(К. 汤姆逊)。第3编,**思想的命运:狂欢文化**,收入《世界文学研究所学术委员会会议速记稿:1946年11月15日巴赫金以〈现实主义历史上的拉伯雷〉为题的学位答辩》、《对巴赫金的〈拉伯雷的创作与中世纪及文艺复兴时期的民间文化〉一书的鉴定》(Л. Е. 平斯基)、《庞努尔格的笑与哲学文化》(Л. М. 巴特金)、《弓上的弦·论相似中的不相似·弗朗索瓦·拉伯雷与米·巴赫金的书》(В. Б. 什克洛夫斯基)、《古罗斯的笑》(Д. С. 利哈乔夫)、《巴赫金,笑,基督教文化》(С. С. 阿韦林采夫)。第一卷附录:《米·米·巴赫金的生平与活动编年》（В. И. 拉普图恩编）。

第二卷，《世界文化语境中巴赫金的创作与遗产》（康斯坦丁·伊苏波夫编选，2002，712页）。该卷收录俄罗斯本土与域外的研究者围绕巴赫金遗产的多方面论争，该卷的任务——展示巴赫金的思想对于当代人文智力圈的世界性意义。有关巴赫金理论之接受的系列特写——在俄罗斯、在法国、在英国、在西班牙、在波兰、在意大利、在以色列、在美国、在加拿大、在日本——就是服务于这一目标的材料。该卷附有体量很大的文献书目（俄语的巴赫金研究论著1 465条，外语的巴赫金研究论著1 160条）以及带有简介的人名索引。在人名索引中，国际巴赫金学的重要人物都有简介。第二卷也分为三编，其序列与第一卷对接。第4编，**在当代背景中**，收入《诗学的毁灭》（茱莉亚·克里斯特瓦）、《20世纪俄罗斯文化中的巴赫金》（米·加斯帕罗夫）、《应答性/责任性的构造学》（节选；K. 克拉克、M. 霍奎斯特）、《米哈伊尔·巴赫金：一种小说学的创建》（节选；G. 莫尔逊、C. 爱默森）、《巴赫金之变体与常量》（柳德米拉·戈戈吉什维里）、《20年代里的巴赫金》（纳塔莉娅·鲍涅茨卡娅）、《巴赫金与我们当下》（G. 莫尔逊）、《历史与诗学的对话》（节选；M. 霍奎斯特）、《存在之事件》（谢·鲍恰罗夫）。第5编，**在巴赫金研讨会上**，收入《巴赫金的对话学与当代精神境况的多范式性》（弗拉基米尔·哈里东诺夫）、《非绝对同情之镜》（维塔里·马赫林）、《第三个与相遇哲学》（阿列克谢·格利亚卡洛夫）、《他者的推定》（三人谈；T. 戈利乔娃、Д. 奥尔洛夫、А. 谢卡茨基）；第6编，**巴赫金思想的世界性意义**，收入《在意大利被阅读的巴赫金》（苏珊·彼得里里）、《巴赫金在法国与在魁北克》（克莱夫·汤姆逊）、《巴赫金在以色列》（鲁特·金兹堡）、《波兰对巴赫金的接受》（博古斯拉夫·祖尔科）、《巴赫金在德国之管窥》（安东尼·沃尔）、《与另样的世界相沟通……俄罗斯与西方最新的巴赫金研究中狂欢观上的对立》（大卫·谢波德）、《巴赫金评论在西班牙》（多明戈·桑切斯-梅扎·马尔金涅斯）、《日本对巴赫金的接受》（库瓦诺·塔卡西）。附录，**巴赫金研究书目**：1. 用俄语刊发的研究书目；2. 用外文刊发的研究书目。

俄文版两卷本《巴赫金文选》启动于1997年，所收入的巴赫金研究成果始于21世纪20年代末,直至巴赫金诞辰百年前后国际"巴赫金学"的巅峰时刻;时间跨度大,资料丰富。

英语世界的巴赫金研究,较俄语世界的巴赫金研究在时间上要短得多,它起步于20世纪80年代,但英语世界的巴赫金学发展十分迅猛,巴赫金研究论著的数量之大令人惊讶。2003年,英文版四卷本《巴赫金研究文选》——《米哈伊尔·巴赫金》由"SAGE Publications Ltd"作为"现代社会思想大师传奇"丛书之一推出。这部1 624页的文选,由加拿大巴赫金专家米歇尔·伽丁勒(Michael E Gardiner)编选。这部文选内容丰富,覆盖了对巴赫金这位俄罗斯著名的社会学家与文化学理论家的贡献与重大意义的研究,对"巴赫金小组"其他核心成员,尤其是沃罗希洛夫与梅德韦捷夫研究。文选收录85篇论文,按主题进行组编,以期为巴赫金思想以及其核心观念的解读提供语境基础,包括对于巴赫金著作中核心观念(狂欢、对话、时空体)以及美学与伦理学思想的考察、围绕巴赫金著作而展开的重要争论与阐释;巴赫金与其他重要的社会文化理论家,与福柯、德里达、哈贝马斯以及葛兰西的比较;在诸如人类学、地理学、文化研究与心理学这些如此不同的领域里对于巴赫金思想的解读与征用。这部文选,意在为读者提供关于巴赫金理论之最好的解读,以丰富我们对这位多产而多面的人物的理解,这个人物的贡献延伸覆盖到文化研究、语言学、社会哲学、社会学以及其他领域。

英文版四卷本《巴赫金研究文选》有六个部分。

第一部分:**巴赫金与他的小组**(Bakhtin and his Circle)。这部分包括对巴赫金生平的讨论、对巴赫金之意义的评价。收录在这里的有《与巴赫金的交谈》(Sergey Bocharov)、《巴赫金的生平》(Michael Holquist)、《透视:瓦连京·沃罗希洛夫》(John Parrington)以及《巴赫金/梅德韦捷夫:社会学诗学》(Maria Shevtsova)。

第二部分:**学术影响与语境**(Intellectual Influences and Context)。这里收录的文章有《柏格森主义在俄罗斯》(Larissa Rudova)、《米哈伊尔·巴赫金与马丁·布伯:对话性想象的问题》(Nina Perlina)、《巴赫金与卡西尔:巴赫金的狂欢弥赛亚主义的哲学根源》(Brian Poole)、《巴赫金小组里的弗洛伊德：从实证主义到阐释学》（Gerald Pirog）、《巴赫金早期著作中康德的影响》（James M. Holquist & Katarina Clark）、《文化、形式与生命：早期的卢卡契与早期的巴赫金》（Galin Tihanov）、《巴赫金、尼采与俄罗斯大革命前的思想》（James M. Curtis）、《巴赫金：在现象学与马克思主义之间》（Michael Bernard-Donals）、《体裁话语观念：巴赫金与俄罗斯形式主义》（Igor' Shaitanov）、《狂欢与化身：巴赫金与东正教神学》（Charles Lock）、《结构主义、语境主义、对话主义：沃罗希洛夫与巴赫金对意义"相对性"之争论的贡献》、《沃罗希洛夫、意识形态与语言：诞生于生命哲学精神中的马克思主义社会学》（Galin Tihanov）、《外在的词语与内在的言语：巴赫金、维戈茨基以及语言的内化》（Caryl Emerson）、《20世纪俄罗斯文化中的巴赫金》（M. L. Gasparov, translation, commentary, and notes by Ann Shukman）、《对话主义与美学》（Michael Holquist）。

第三部分：**核心观念**（Key Concepts）。巴赫金的声望一部分源自于他所获得的一系列观念创新。这里收录的有：《修正康德：巴赫金与跨文化互动》（Wlad Godzich）、《巴赫金的"青年黑格尔"美学》（Peter V. Zima）、《巴赫金与俄罗斯人对待笑的态度》（Sergei S. Averintsev）、《巴赫金、马克思主义与狂欢化》（Dominick LaCapra）、《巴赫金与狂欢：作为反文化的文化》（Renate Lachmann）、《当话语从现实中剥离的时候：巴赫金与时空体性原理》（Stuart Allan）、《巴赫金的"时空体"观念：康德的关联》（Bernhard F. Scholz）、《杂语变异与公民社会：巴赫金的公共广场与现代性的政治学》（Ken Hirschkop）、《作为作者性的回答：米哈伊尔·巴赫金的超语言学》（Michael Holquist）、《巴赫金关于符号、言谈以及对话的思想对于现代符号学的意义》（Viach. Vs. Ivanov）、《从道德哲学到文学哲学：1919～1929年间的巴赫金》（Augusto Ponzio）、《人文科学的认识论》（Tzvetan Todorov）、《百年巴赫金：艺术、伦理学与（知识）构造性的自我》（Caryl Emerson）、《从现象学到对话：马克思·舍勒的现象学传统与米哈伊尔·巴赫金从〈论行为哲学〉到陀思妥耶夫斯基研究的发展》（Brian Poole）、《巴赫金：对他的人类哲学的注解》（Ann Shukman）、《小说学：通向人文学的一条途径》（Gary Saul Morson）。

第四部分：**争论与解读**（Debates and Interpretations）。巴赫金的影响覆盖了如此多的跨学科领域，评论家因而很难对他的影响之散播进行评价。本部分汇聚的是能阐明巴赫金理论之意义的一些至关重要的论文。这里有论"巴赫金产业"（Ken Hirschkop，Gary Saul Morson），也有分析环绕巴赫金的神话（Ken Hirschkop）；有论巴赫金与女性主义（Wayne G. Booth，Caryl Emerson，Mary Russo，Clive Thomson），也有论巴赫金与后现代主义、巴赫金与后结构主义（Barry Rutland，Allon White，Iris M. Zavala）；有论巴赫金与话语政治学（David Carroll），也有论巴赫金的狂欢：作为批评的乌托邦（Michael Gardiner）；有论巴赫金与话语与民主（Ken Hirschkop），也有论巴赫金与当代人文科学的地位（Gary Saul Morson）；有论巴赫金与思想史（Graham Pechey），也有论左翼文化批评与巴赫金（Robert Stam）；有论巴赫金与其读者（Vadim Kozhinov），也有论俄罗斯的与非俄罗斯的巴赫金解读：正在形成的一个对话的轮廓（萨巴什·贾丽斯［Subhash Jaireth］）；有论对话主义之伦理的与政治的潜能（Craig Brandist），也有论对话与对话主义（Paul de Man），还有论对话中的多元性（Zali Gurevitch）。

第五部分：**巴赫金与其他理论家**（Bakhtin and Other Theorists）。巴赫金的确是一个创新的思想家，他对20世纪思想家的影响之全部范围是令人惊讶的。这里收录的论文有：关于巴赫金与本雅明的平行研究（Barry Sandywell），论巴赫金与德曼笔下的对话之挫折（Lucy Hartley），论巴赫金与德里达笔下的作为他性的笑（Dragan Kujundzic），以"福柯、伦理学与对话"为题来考量巴赫金思想与福柯之间的关系（Michael Gardiner）；有论巴赫金、葛兰西与霸权符号学（Craig Brandist），有"哈贝马斯话语伦理学的巴赫金式分析"（T. Greory Garvey），有论克里斯特瓦与巴赫金（Daphna Erdinast-Vulcan），还有论巴赫金与列维纳斯的对话伦理学（Jeffrey T. Nealon）。

第六部分：**借道巴赫金：应用与延伸**（Working with Bakhtin：Applications and Extensions）。该文选最后一部分旨在追踪巴赫金的跨学科影响。这里收录的论文有：论巴赫金与当代美国文化研究（Irene Portis-Winner），论巴赫金与大众文化（Mikita Hoy）；有论巴赫金与媒体研究，"巴赫金与未来：技术资本与赛博—封建主义"（Lauren Langman）；有论巴赫金与地理学，"地点、声音与空间：米哈伊尔·巴赫金的对话景观"（M. Folch-Serra）；有论巴赫金对于历史学的重要意义，"历史学家心目中的巴赫金"（Peter Burke）、"解读狂欢：走向历史符号学"（Peter Flaherty）；有论巴赫金对于交际研究与多元文化主义的重要意义（Fred Evans），甚至有论巴赫金与自然科学，"进入时空体核心的核心：对话主义，理论物理学与灾难理论"（D. S. Neff）；有论"巴赫金式心理学"（John Shotter & Michael Billig），有论巴赫金与精神分析（Allon White），还有论巴赫金对于社会学家的重要意义，"没有边界的巴赫金：社会科学中的参与性行为研究"（Maroussia Hajdukowski-Ahmed）。

从英文版四卷本《巴赫金文选》这最后一部分所选的论文的题目来看，巴赫金理论之跨学科的影响已然是无处不在，或者说，国际学界对巴赫金理论的征用已然进入无边无界的状态了。

在二卷本俄文版《巴赫金研究文选》与四卷本英文版《巴赫金研究文选》问世若干年之后，俄文版一卷本《米哈伊尔·米哈伊洛维奇·巴赫金》（评论文选）《巴赫金研究》在莫斯科与读者见面了。这部评论文选 440 页，是"20 世纪下半期俄罗斯哲学"丛书之一，由 В. Л. 马赫林编选，由"俄罗斯政治百科出版社"推出。编选者声明，这部评论文选并不是要全面展示 20 世纪俄罗斯思想家、文学理论家与人文科学"知识形构者"巴赫金的创作接受史，而是要彰显 20 世纪前半期产生、后半期被消费的巴赫金那些思想之动态的接受进程。因而，历史的流变成为这部文选的基本维度。

以这一维度，全书分为 5 编。第 1 编，**"不是我们那个年代的人们"**，收录 3 篇文章：《巴赫金与 B. 杜瓦金 1973 年的交谈》，尤·马·卡甘的《不是我们这个年代的人们》，谢·鲍恰罗夫的《关于一次谈话以及围绕它的回忆》。第 2 编，**"在我们之前与之后"**（20 世纪 70 年代），收入 2 篇文章：法国学者克洛德·弗里乌的文章《在我们之前与之后的巴赫金》与俄罗斯学者谢尔盖·阿韦林采夫的文章《学者的个性与才华》。第 3 编，**理论热**（20 世纪 80 年代），收入 6 篇文章：意大利学者维托尼奥·斯特拉达的《在小说与现实性之间：批评反思的历史》，美国学者堂·比亚洛斯托茨基的《对话性的、语用学的与阐释学的交谈：巴赫金，罗蒂，伽达默尔》，德国学者汉斯·罗伯特·尧斯的文章《论对话性理解问题》，美国学者迈克尔·霍奎斯特的《听而不闻：巴赫金与德里达》，美国学者保罗·德·曼的《对话与对话主义》，美国学者马修·罗伯茨的《诗学、阐释学、对话学：巴赫金与保罗·德曼》。第4编，**迟到的交谈之尝试**（20世纪90年代），收入鲍里斯·格罗佐夫斯基的文章《作为"Causa Sui"之人，抑或"文化中的生活"之诱惑》、安纳托里·阿胡金的文章《尝试将某一点弄准确》——这是围绕 B. C. Библер 的专著《米哈伊尔·米哈伊洛维奇·巴赫金：抑或文化诗学》（莫斯科，1991）进行争鸣的两篇文章；凯瑞尔·爱默森的《被理解的巴赫金，往右，可是往左》，康斯坦丁·伊苏波夫的《他者之死》。第5编，**延缓**（21世纪00年代），收入瓦吉姆·里亚普诺夫的《给巴赫金著作阅读者的几条并不过分的推荐》，尼古拉·尼古拉耶夫的《涅维尔哲学学派与马克思主义：列·蓬皮扬斯基的报告与巴赫金的发言》，伊琳娜·波波娃：《作为巴赫金的一个术语的梅尼普讽刺》。

这部一卷本俄文版《巴赫金文选》附录中，有《巴赫金生平与活动的主要事件编年》（谢·鲍恰罗夫、弗·拉普图恩、塔·尤尔钦科编）。还有文献书目——分为巴赫金及其小组的主要学术著作和研究巴赫金的学术著作。后者分为"俄语部分"与西语部分（英、法、德、意、西班牙、芬兰）。

*

21世纪以来这15年里，国际"巴赫金学"在学术交流、巴赫金文本的系统开采与注疏、巴赫金研究成果之全面清理与集成这几个方面的收获，都是十分丰硕的。

新世纪以来这15年来，中国的巴赫金研究一直处在国际"巴赫金学"前沿。以巴赫金为主题的国际学术研讨会在中国定期举行：2004年6月，中国社会科学院文学理论研究中心与湘潭大学联合举办"巴赫金学术思想国际研讨会"，来自俄罗斯的三位著名巴赫金专家应邀与会；2007年10月，中国社会科学院文学理论研究中心与北京师范大学联合举办"跨文化视界中的巴赫金"研讨会,来自法国、意大利、俄罗斯的巴赫金专家应邀与会;2012年5月,全国"外国文论与比较诗学研究会"与北京外国语大学联合举办的"斯拉夫文论与比较诗学:新空间、新课题、新路径"国际学术研讨会上,巴赫金文论成为会议重要议题,来自俄罗斯、乌克兰、爱沙尼亚、波兰、捷克5国的7位巴赫金专家应邀与会。中国学界对巴赫金文本系统的、有规模的翻译工作有新的成果:7卷本《巴赫金文集》于2009年如期面世;中文版多卷本《巴赫金研究文选》——《跨文化视界中的巴赫金丛书》,2004年就开始酝酿,2009年全面启动,2011年基本完成各卷编选与翻译,2012年有增补了个别重要译文。

《跨文化视界中的巴赫金丛书》分为5卷,由《俄罗斯学者论巴赫金》《欧美学者论巴赫金》《中国学者论巴赫金》《访谈与笔谈:对话中的巴赫金》《剪影与见证:当代学者心目中的巴赫金》组成。

《俄罗斯学者论巴赫金》选收文章28篇,时间跨度为80年(1929~2009);以卢纳察尔斯基的《论陀思妥耶夫斯基的"多声部性"》开篇,以波波娃的《论"狂欢"》作结。这里,有巴赫金与符号学:《巴赫金的遗产与符号学前沿问题》(洛特曼),《巴赫金的符号、表述与对话的思想对于当代符号学的意义》(伊凡诺夫);有巴赫金与社会学:《社会学诗学的源头》(图尔宾),《巴赫金著作中的艺术与文学的社会学问题》(达维多夫);有巴赫金与形式主义:《历史诗学空间中的巴赫金与形式主义者》(沙伊塔诺夫),《文学学中的新形式主义方法——外位性》(巴克);有巴赫金与对话理论:《20世纪20年代科学思想背景上的巴赫金的对话主义》(叶戈罗夫),《审美事件:外位性与对话》(沃尔科娃);有巴赫金与狂欢化理论:《古罗斯的笑》(利哈乔夫),《巴赫金·笑·基督教文化》(阿韦林采夫),《围绕巴赫金的"狂欢化"理论的悲喜剧游戏》(瓦赫鲁舍夫);有巴赫金与作者理论:《作为美学范畴的"作者形象"》(鲍涅茨卡娅),《巴赫金与维诺格拉多夫的作者理论》(波利莎科娃);有巴赫金与作品/文本理论:《巴赫金的艺术作品之文本问题》(鲍涅茨卡娅),《巴赫金的文学学术语的特征与文学作品的结构》(柯尔米洛夫）；有巴赫金与美学理论：《审美话语构造学》（秋帕），《巴赫金与穆卡若夫斯基》（格利亚卡洛夫）；有巴赫金与语言学理论：《巴赫金与语言问题》（费奥多罗夫），《巴赫金的语言哲学与价值相对主义问题》（戈戈吉什维里）；有巴赫金"发现者"与追随者对巴赫金的解读：《存在事件》（鲍恰罗夫）；也有巴赫金质疑者与反对者的文章：《巴赫金著作中的小说诗学与小说理论》（弗里德连捷尔），《作为创作与作为研究的文学史：以巴赫金为个案》（加斯帕罗夫）。

《欧美学者论巴赫金》选收文章20篇，时间跨度为40年（1967~2007）。收入的译文按照时间顺序排列：译自法文的朱丽娅·克里斯特瓦的文章《巴赫金：词语、对话与小说》，克洛德·弗里奥的文章《巴赫金：在我们之前与之后》；译自德文的汉斯·罗伯特·尧斯的文章《论对话性理解问题》；译自英文的保罗·德·曼的文章《对话与对话主义》；译自意大利文的维托尼奥·斯特拉达的文章《在小说与现实之间：批评反思史》；译自英文的迈克尔·霍奎斯特的文章《听而不闻：巴赫金与德里达》，克莱夫·汤姆森的文章《巴赫金的对话诗学》，特里·伊格尔顿的文章《巴赫金、叔本华、昆德拉》，马修·罗伯茨的文章《诗学·阐释学·对话学：巴赫金与保罗·德·曼》，堂·比亚洛斯托伊茨基的文章《作为对话学、语用学与阐释学的会话：巴赫金、庞蒂、伽达默尔》，迈克尔·霍奎斯特的文章《作为对话的存在》，加里·索尔·莫尔逊与凯瑞尔·爱默森的文章《米哈伊尔·巴赫金：小说学的创建》，戴维·洛奇的文章《巴赫金之后：论小说与批评》，大维·谢泼德的文章《巴赫金与读者》；译自法文的茨维坦·托多罗夫的文章《独白与对话：雅各布森与巴赫金》；译自英文的加林·吉哈诺夫的文章《巴赫金、卢卡契与德国浪漫派》；译自德文的沃尔夫·施密特的文章《叙事交流中的对话性》，等等。

《中国学者论巴赫金》原计划出两卷，现在因篇幅有限压缩为一卷，且限定为学外文出身、以外国文学研究为专业（主要是俄苏文学、英美文学、法语文学）的学者所写的巴赫金研究论文。时间跨度为30年（1981~2011）。这里有老一代学者研究巴赫金的力作，如夏仲翼的《陀思妥耶夫斯基的〈地下室手记〉和小说复调结构问题》、钱中文的《理解的理解——论巴赫金的人文科学方法论思想》、吴元迈的《巴赫金的"语言创作美学"——对话理论》、彭克巽的《巴赫金的复调小说理论》、白春仁的《文化对话与文化创新》、张会森的《作为语言学家的巴赫金》、胡壮麟的《巴赫金给巴赫金定位——谈巴赫金研究中的若干问题》,等等;也有中青年学者研究巴赫金的佳作,如董小英的《巴赫金对话理论阐述》、张杰的《批评的超越——论巴赫金的整体性批评理论》、夏忠宪的《文学研究与文化批评——巴赫金的文化批评理论实践对文学研究的启示》、凌建侯的《试析巴赫金的对话主义及其核心概念"话语"(слово)》、萧净宇的《巴赫金语言哲学中的对话主义》,等等。在当代中国英美文学研究界研究巴赫金的论文中,这里选收的有赵一凡的文章《巴赫金:语言与思想的对话》、黄梅的文章《也说巴赫金》、刘康的文章《巴赫金和他的世界》、宁一中的文章《论巴赫金的言谈理论》、肖明翰的文章《没有终结的旅程——试论〈坎特伯雷故事〉的多元与复调》、汪洪章的文章《巴赫金复调小说理论中的阐释学涵义》,等等。在当代中国法语文学研究界研究巴赫金的论文中,这里选收的有吴岳添的文章《从拉伯雷到雨果——从巴赫金的狂欢化理论谈起》、史忠义的文章《泛对话原则与诗歌中的对话现象》、秦海鹰的文章《人与文,话语与文本——克里斯特瓦互文性理论与巴赫金对话理论的联系与区别》、钱翰的文章《从"对话性"到"互文性"》。这些论文从不同视界不同层面展开巴赫金研究,体现了当代中国的外国文学研究界对巴赫金文论开采的水平与深度。体量更大的中国文学界、语言学界、哲学界、美学界的巴赫金研究论文,由于篇幅有限,不得不割爱而未能收录于中文版《巴赫金研究文选》——《跨文化视界中的巴赫金丛书》。

中文版《巴赫金研究文选》,还以一卷《访谈与笔谈:对话中的巴赫金》、一卷《剪影与见证:当代学者心目中的巴赫金》来多角度呈现相关史料和资料,力图建构出鲜活的、立体的巴赫金形象,其立意在于努力重构出巴赫金的思想学说在其中得以孕生的历史氛围、时代语境、文化场。

进入历史语境,才能将巴赫金理论的解读与应用不断推向纵深。

面对立体的巴赫金形象,才能使"巴赫金学"的发展行进在守正创新的大道上。

置身于巴赫金的思想孕生于其中的那个文化场,巴赫金理论跨文化之旅的思想能量才有可能获得充分释放。

克里斯特瓦学术思想在中国的传播*

■ 刘　斐　殷祯岑**

朱莉娅·克里斯特瓦（Julia Kristeva）作为具有世界学术声誉的后现代思想大师，其学术建树涉及文学、符号学、马克思主义、精神分析、女性主义等诸多领域。克里斯特瓦的学术生涯大致分为前后两个阶段：第一个阶段从20世纪60年代中期到70年代中期，着重于语言学、符号学和后结构主义的研究；第二个时期从70年代中期至今，主要从精神分析的角度研究诗性语言、女性主义、社会学的论题，探讨女性、欲望、爱情、卑贱等问题。其代表作有：《符号学－解析符号学》（1969）、《未知的语言世界》（1969）、《小说文本：转换话语结构的符号学方法》（1970）、《诗歌语言的革命》（1974）、《中国妇女》（1974）、《恐怖的力量》（1980）、《爱的传奇》（1983）等。

20世纪80年代起，克里斯特瓦的著作逐渐被翻译成英语，受到北美学术界的普遍关注，一大批克氏研究的论著随之产生，如托莉·莫娃的《性/文本政治：女性主义文学理论》（1986）、约翰·里奇的《朱莉亚·克里斯特瓦》（1990）、A. E. 本雅明和约翰·弗莱彻合编的《卑贱、忧郁和爱情：朱莉亚·克里斯特瓦的著作》（1990）、D. R. 多恩菲尔德主编《克里斯特瓦著作中的身体/文本——宗教、女性和精神分析》（1992）、凯莉·奥里弗所著的《阅

---

* 本文为教育部人文社科青年基金项目（14YJC740051）、上海市哲社规划项目青年课题（2014EYY001）、上海外国语大学规划基金项目（KX171304）及上外青年教师科研培育团队项目（QJTD13WCX01）研究成果。

** 刘斐，上海外国语大学国际文化交流学院；殷祯岑，复旦大学中文系。

读克里斯特瓦》（1993）和她主编的《克里斯特瓦著作中的伦理、政治与差异》（1993），以及诺勒·麦克菲的《朱莉亚·克里斯特瓦》（2004）等。这些论著对克里斯特瓦的思想进行系统化的阐释和梳理，使她的理论思想得到更为深远的传播和发展。

总体而言，克里斯特瓦的学术思想嬗变历程，有两大特点：一是强调文本永远处于与其他文本的相互联系和互动之中的互文性理论，及在此基础上借鉴精神分析的研究方法而发展出的解析符号学理论体系；二是以符号学研究为立足点，研究女性主义、精神分析、社会政治问题等。下面的讨论即从这两个方面展开。

一、克里斯特瓦符号学思想在中国的传播

从传播上来说，克里斯特瓦的诸多思想中，以符号学思想最受中国学者关注。而符号学思想中又以其互文性理论的传播、发展最为壮观。本节即重点介绍互文性理论及解析符号学思想在中国的传播、发展。

（一）互文性理论在中国的传播

互文性理论强调文本不是单独存在的个体，而是始终处于与其他文本的相互联系之中。克里斯特瓦认为，不是固定的结构，而是文本与其他文本的相互关系决定了文本的意义。意义不再清晰、单一，而是随着文本与不同文本发生互动关系而不断地演变、发展，变得多元、复杂。如此，互文性理论将意义从文本结构的桎梏中解放出来，使其得到更为广阔的生长空间。克里斯特瓦以此超越了结构主义静态、封闭的研究方法，使文学、符号学的研究走向多元、解构的新局面。由于其广泛的适用性，互文性理论一诞生就受到各学科学者的普遍关注，发展出多条适用于不同领域的研究路径。传入中国后，这一理论迅速在社会科学的各学科中生根发芽，为中国学术的发展注入了活力。

1. 20世纪互文性理论在中国的传播

互文性理论最早传入中国是在20世纪80年代。张隆溪在1982年第12期

《读书》上发表的《结构的消失——后结构主义的消解式批评》中指出：

> 由于一篇作品里的符号与未在作品里出现的其他符号相关联，所以任何作品的本文都与别的本文互相交织，或者如朱丽娅·克利斯蒂瓦［朱莉娅·克里斯特瓦］所说："任何作品的本文都是像许多引文的镶嵌品那样构成的，任何本文都是其他本文的吸收和转化。"

这段话语出自克氏1976年出版的《符号学：意义分析研究》（*Sémiotikè, Recherches pour une sémanalyse*），作为"互文性"的经典定义首次被介绍到中国。随后，1987年第5期的《上海文论》发表了由张寅德翻译的罗兰·巴特的《文本理论》。巴特在此文中向学界热情地介绍了克里斯特瓦的互文性理论：

> 文本的定义主要是由朱丽雅·克丽斯特娃［朱莉娅·克里斯特瓦］出于认识论的目的加以拟定的："我们将文本确定为一种超语言学的机器。它为一种以直接信息为目的的交际话语与各种先时或共时的语句建立联系，以此对语言的范畴进行重新分布。"隐存在这一定义中的主要理论概念都出自朱丽雅·克丽斯特娃：意义活动、生产力、意义生成过程、现象型文本、基因型文本以及互文性。（1987：91～92）

这篇在互文性理论发展史上具有里程碑意义的论文被全文翻译为中文，极大地推动了互文性理论在中国的传播。

到90年代，程锡麟的《互文性理论概述》（1996）较早注意到，克里斯特瓦创立互文性理论受到了巴赫金提出的"复调小说""文学的狂欢节化"等概念的启发。朱立元的《现代西方美学史》（1993）首次用较大的篇幅介绍了互文性理论，扩大了这一理论在中国学界的影响。

综上，互文性思想最早于20世纪80年代伴随着罗兰·巴特的文本理论传到中国，随后受到学者们的重视，得到较为全面的介引。但总体而言，20世纪互文性理论在中国的传播几乎都以译文、介引的形式出现，运用这一理论所进行的中国化的学术研究还十分少见，对其创立者克里斯特瓦及其其他思想也缺乏全面、深入的研究。

2. 21世纪互文性理论在中国的传播

进入21世纪，互文性思想在中国的传播呈现井喷之势。这表现为：

(1)国内学界对互文性理论的理解、研究更加深入;(2)出现了运用互文性理论而进行的本土学术研究。

首先,新世纪伊始,在之前 20 年理论准备的基础上,深入探讨互文性理论的研究著述大量产生。史忠义是这方面的杰出代表。2000 年,社会科学文献出版社出版了他的《20 世纪法国小说诗学》,对克氏有关文本对话论、转换论以及互文性理论均作了深入阐述。2001 年他翻译的《热奈特论文集》由百花文艺出版社出版。热奈特是狭义互文性理论的代表人物,该文集中译本的出版有力地推动了国内互文理论研究向纵深发展。2009 年他又翻译了堪称广义互文性理论宣言的罗兰·巴特的《文本理论》。总体而言,史忠义对于互文性理论的研究并不局限于克氏,对于克氏的研究也并不局限于其互文性理论,而是从克氏整个文本思想的角度对互文性理论加以辩证地评析。除此之外,2003 年,邵炜翻译出版了法国学者萨莫瓦约的《互文性》,全面介绍了这一在国内学界逐渐盛行起来的学术理论在西方发展流变的完整脉络;罗婷于 2002 年在台北生智文化事业公司出版《克里斯多娃》,于 2004 年在中国社会科学出版社出版的《克里斯特瓦的诗学研究》等,也都有全面、详细介绍互文性理论的章节;而 2005 年王瑾出版的《互文性》则是国内首部介绍西方互文性理论的专著。在这些引介性著述的带动下,互文性理论在国内学界得到越来越多的关注,为这一理论的中国化创造了条件。

其次,在大量理论介引性著述的推动下,运用互文性理论进行的本土学术研究蓬勃兴起。我们在知网(CNKI)上运用关键词"互文性"进行粗略的搜索,得到 4 800 余条结果,研究涉及文学、语言学、新闻学、传播学、哲学、教育学、文化学、社会学、艺术学、民族学、经济学、社会学,甚至建筑学、医学……而发表于 2000 年之后的占到研究成果总数的 90% 以上。这说明,进入 21 世纪以来,互文性理论在中国的发展已经超越了小范围的理论介引阶段,逐渐与中国学术研究的实际结合起来,发展出多向度、多学科的研究路径。这里仅以语篇语言学的研究为例。

互文性理论与语篇语言学的结合是从 20 世纪 80 年代开始的。布朗和于勒(Brown & Yule)将互文性作为篇章的七个基本属性之一引入语篇语言学的研究范畴（Brown & Yule，1980）。在互文性理论传入中国的同时，将这一思想引入语篇语言学的研究思路也随之产生。由徐赳赳（2010）、胡曙中（2012）等主编的语篇语言学著作也都将"互文性"作为一种重要的理论方法加以介绍。祝克懿将西方互文性理论与我国语篇研究实践相结合，倡导"互文语篇理论"研究，提出了互文语篇结构的三个认知维度（宏观认知维度、动态认知维度和多元认知维度）以及三大理论支柱（系统功能理论、函数关系理论和空间层级理论）。她主持国家社会科学基金项目《互文视野中的语篇结构研究》并发表了系列论文：《超文本的传播功能与发展空间构想》（2007），《20世纪社会政治关键词"革命"的互文语义考论》（2010），《互文：语篇研究的新论域》（2010），《元语篇与文学评论语篇的互动关系研究》（2011），《克里斯特瓦与互文语篇理论》（2012），《多声部的人：与克里斯特瓦的对话录》（2013a），《互文性理论的多声构成：〈武士〉、张东荪、巴赫金与本维尼斯特、弗洛伊德》（2013b），《文本解读范式探析》（2014）。此外，还主持了《当代修辞学》的《互文与修辞》专栏和《西方文本理论名篇选译》专栏，有力地推动了互文性理论的中国化。可以说，在汉语语篇语言学的研究领域，由克里斯特瓦开创的"互文性"思想已具有十分重要的方法论意义。

综上所述，克里斯特瓦的诸多学术思想中，互文性理论最先在中国得到广泛、全面的传播。如果说这一理论在20世纪主要是作为西方学术研究的前沿成果被初步介绍、引入中国的话，21世纪初的10余年，这一理论则得到了全面、深入的研究和多样且富于中国特色的发展、运用。在系统梳理互文性理论的过程中，学者们逐渐发现，克里斯特瓦的诸多思想相互交织、渗透所形成的庞大、完整的理论体系，早已远远超出了"互文性"的范畴。

（二）解析符号学理论在中国的传播

20世纪60年代提出互文性理论之后，克里斯特瓦继续探索符号的意义生成问题，随后借鉴精神分析的研究方法提出了解析符号学的理论体系。中国学界最早提及解析符号学思想的是1987年由文艺出版社出版的伊格尔顿（Terry Eagleton）《文学原理引论》的中译本。该书第五章《精神分析学》

(赵兴国译)注意到"克里斯特瓦的思想受到拉康的影响很大",特别分析了克氏1974年出版的解析符号学代表作《诗歌语言的革命》。伊格尔顿认为:"她反对的是象征,而不是想象(她称之为符号学)。她所指的是我们可以在语言内部找到一种结构或力的作用,它代表着先俄狄浦斯阶段的一种残余",而且深刻剖析了克氏解析符号学的实质:"克里斯特瓦指望用符号学这种'语言'作为破坏象征性秩序基础的手段。"1988年王逢振也翻译了特里·伊格尔顿的这部著作,将书名译为《当代西方文学理论》,并由中国社会出版社出版。

到了90年代,学界对解析符号学思想的认识更进一步。史忠义的《"文本即生产力":克里斯特瓦文本思想初探》,堪称这一时期对克氏符号学思想总结得最为全面、精当的论文。该文发表于《外国文学研究》1999年第4期,围绕克氏在《符义解析,符义解析探索集》(1969)和《小说文本》(1970)中提出的"文本是一种生产力"这一命题,阐释并分析了这一命题下的众多概念(如"生产""现象文本"和"生殖文本""生殖活动""抽象数""表意微分"和"表意组"等)。史忠义认为克氏关于文本的定义有以下要点:文本是一种生产程序;文本通过对语言持续不断地破坏和重建而重新分配语言内部的类型关系;文本间性是文本的突出特点;文本的生产活动是一种语言的意义生殖活动;对文本的解读更应采用逻辑手段和数学手段。文章特别对克氏提出的"表意手段"(le travail du signifiant)与拉康提出的"表意链条"(chaine signifiant)予以了区分,认为拉康"以表意链条取代言语定义,旨在重新界定主体及其对象的结构,填补表意链条这一大单位内部的空白",而"克里斯特瓦的文本论思想已经使主体'雾化'",对于克氏而言,表意手段"是一个能动的、活跃的程序,其间,意义的生殖单位产生、发展、解体、再产生,以至无穷";指出拉康关注说话主体的结构(structure du sujet parlant),而克里斯特瓦则关注文本的生殖过程(germination du texte)。此外,李幼蒸的《理论符号学导论》(1993)也设专节("3.3克莉思特娃的符号学理论")讨论克氏的解析符号学理论。该书详细介绍了克氏的意指实践论、意识形态批判理论和文化批判实践,认为克氏的评论理论实际上受到阿尔都塞结构派马克思主义、拉康精神分析、德里达解构论、巴特文化意义批评以及福柯的权力结构批评的影响。

21世纪，解析符号学思想在中国得到了更加广泛和系统的传播、发展。2002年罗婷出版的《克里斯多娃》一书首次全面介绍了克里斯特瓦的学术专著。与其2004年出版的《克里斯特瓦的诗学研究》一道，对克氏包括符号学、互文性理论、精神分析研究方法在内的理论予以全面介绍。此外，她还发表了多篇关于克氏解析符号学研究的论文，如《克里斯特瓦的符号学理论探析》（2002）、《论克里斯特瓦与巴赫金的对话理论》（2002）、《克里斯特瓦的理论背景与诗学思想》（2003）、《克里斯特瓦的纳克索斯/自恋新诠释及文学隐喻》（2005）等，有力地推动了解析符号学理论在中国的传播。此外，孙秀丽的《克里斯特瓦解析符号学研究》（2010）是国内以克氏研究为专题的又一部博士论文，更为深入地剖析了克氏的解析符号学思想。

二、克里斯特瓦女性主义及社会政治思想在中国的传播

克里斯特瓦的学术研究由符号学思想起步，而在她构拟出解析符号学的理论框架之后，她就逐渐以这一理论为原型，将学术研究的重点转移到精神分析上。至此，克里斯特瓦极大地扩展了自己的研究领域，在哲学、文学、女性主义、政治学、社会学、心理学等多个学科留下了自己思想的印记。克里斯特瓦在这些领域中尤以女性主义和社会政治思想的成就最高。下文即以此为代表，梳理其思想在中国的传播状况。

20世纪80年代，当克氏的互文性理论刚刚登陆中国，敏感的中国学者就注意到了她女性主义思想的价值。1989年，张来民在《河南大学学报》第2期发表《西方女权主义批评的"信息金山"》，介绍了克里斯特瓦的女权主义批评理论。张文认为："对女权主义来说，朱莉娅·克里斯特娃的边缘性理论和异质性理论显得尤为重要。"这是目前所知国内最早对克氏女性主义思想的引介。

到了90年代，学者们对克氏的女性思想更加关注。1992年，姚劲超、姜

向群、戴宏国翻译的克氏女性主义代表作《爱情传奇》由华夏出版社出版，这是克氏著作首次被翻译成中文。同年，陶丽·莫依的《性与文本的政治》（林建法、赵拓译）以一章（第八章 边际与颠覆：朱莉娅·克莉斯蒂娃）的篇幅介绍了克里斯特瓦的女权主义批评理论。张京媛主编的《当代女性主义文学批评》（1992）则收录了程巍翻译的克里斯特瓦女性主义思想最重要的论著之一——《妇女的时间》。朱立元所著《当代西方文艺理论》（1997）的"法国派女权主义批评"部分，也专门介绍了克里斯特瓦。

进入21世纪，克里斯特瓦的女性主义思想在中国得到了更为系统的传播。这主要表现在出版了大量克氏著作的中译本，如《恐怖的权力·论卑贱》（张新木译，2006）、《汉娜·阿伦特》（刘成富等译，2006）、《反抗的未来》（黄晞耘译，2007）、《反抗的意义与非意义》（林晓等译，2009）、《中国妇女》（赵靓译，2010）……克氏著作的大批量译入，有助于国内学界加深对其女性主义思想和社会政治思想的了解，为国内学者全面把握克氏思想提供了重要的线索。

三、克里斯特瓦与中国学者的互动交流

一直接受东欧和西方文化教育的克里斯特瓦对中国文化怀着深深的敬仰和向往。克里斯特瓦对中国文化的热爱早在她建构互文性理论时就有所表现：她曾提到，互文性理论除了借鉴巴赫金的对话理论外，也受到中国学者张东荪的启发（祝克懿，2013）。在学术交流方面，克里斯特瓦的4次中国之行、在她的见证下成立的复旦克里斯特瓦研究小组及其所进行的学术活动，对克氏思想在中国的传播起到了推进作用。

（一）克里斯特瓦的4次中国之行

克里斯特瓦首次到访中国是在1974年。她与罗兰·巴特、菲利普·索莱尔斯、弗朗索瓦·瓦尔、马瑟兰·普莱奈组成法国《原样》（*Tel Quel*）杂志社代表团，成为新中国恢复联合国合法席位后，首批应邀访华的西方知识分子代表团。回国后，她撰写了女性主义著作《中国妇女》（1974），在西方引

发轰动。

时隔 20 年，克里斯特瓦受法国外交部、文化部的委托，以法国政府顾问的身份于 2009 年 2 月第二次来华访问。她先后访问了北京大学和同济大学，发表了题为《一位欧洲女人在中国》的演讲，并接受了《南方周末》的专访。

2010 年 9 月，鉴于克氏的学术声望，上海交通大学欧洲文化高等研究院聘任克里斯特瓦为荣誉院长，同时还聘她为《马克思主义美学研究》的编委。

第四次是 2012 年 11 月，克里斯特瓦女士接受复旦大学人文基金"光华人文杰出学者讲座"邀请，于 3~13 日赴复旦大学，围绕"主体·互文·精神分析"的主题发表了系列演讲。

讲座 1. 主体与语言：互文性理论对结构主义的继承与突破

讲座 2. 主体与语言：互文性与文本运用

讲座 3. 主体与精神分析：女性天才三部曲——阿伦特、克莱因、柯莱特

讲座 4. 主体与精神分析：陌生的自我

四场讲座围绕着互文性理论和精神分析两个核心展开，探讨主体的欲动、个性特质、异质性等问题，并以此为基础阐述了克里斯特瓦在女性主义、精神分析、社会政治伦理等领域的思想观点。系列讲座为我们呈现了兼容互文性理论、解析符号学思想，并涉及女性主义、精神分析、社会政治问题的完整思想体系。

克里斯特瓦在复旦的系列讲座在国内引起了极大反响，不少学者甚至不远千里专程赶来。讲座期间，克里斯特瓦先后接受了《东方早报》和《文汇报》的采访。两报分别刊出了《我是女性运动的詹姆斯·邦德》（《东方早报》，2012-11-07）和《在欧洲，身份不是崇拜对象，而是问题》（《文汇报》，2012-12-03）的专题报道。《克里斯特瓦学术精粹读本选译》，包括《符义分析探索集》（史忠义译）、《未知的语言世界》（赵英晖译）、《克里斯特瓦自选集》三种，即将由复旦大学出版社出版。

值得一提的是，克里斯特瓦复旦大学系列讲座的内容即将整理出书（北

京三联书店），纳入复旦大学人文高端讲座系列丛书。这将是其首部学术演讲录。

克里斯特瓦的第一次中国之行是其思想由符号学向女性主义、精神分析领域发展的转折点，对其思想的形成、拓展起到了至关重要的作用。而她的后三次中国之行则直接推动了其思想在中国学术界的传播。

（二）复旦克里斯特瓦研究小组

克里斯特瓦在第四次访问中国的过程中，见证了"复旦大学克里斯特瓦研究小组"的成立。这一小组致力于将克氏理论与汉语语篇研究相结合，并积极参与与克里斯特瓦研究相关的国际学术活动。

2012年10月11~13日，复旦大学祝克懿教授、刘斐博士及宋姝锦博士受邀参加了在美国纽约州锡耶纳学院举办的国际学术团体"克里斯特瓦研究会"的成立大会。

会后一个月，克里斯特瓦女士接受邀请于2012年11月赴复旦大学，围绕"主体·语言·精神分析"主题发表演讲，并被聘为中国语言学核心期刊《当代修辞学》的首席学术顾问。

2014年3月28~30日，克里斯特瓦研究会第二届年会在美国田纳西州范德比尔特大学举行。这次会议首次设立了"克里斯特瓦在中国（Kristeva in China）"专场，来自复旦克里斯特瓦研究小组的5位成员共作了三场报告。

（1）复旦大学祝克懿、郑州大学宋姝锦作了《克里斯特瓦的中国之行》（Kristeva's Chinese Trip）的报告，全景式地概括了克里斯特瓦与中国长达40年的学术交流。报告力图通过介绍克里斯特瓦的学术活动与互文性理论在中国的传播与发展向世界打开一个了解"克里斯特瓦·中国"的窗口。

（2）复旦大学博士生殷祯岑借鉴克里斯特瓦提出的解析符号学理论分析了中国的官场话语，作了《中国官场话语的解析符号学分析》（Semi-analysis on Chinese Officialdom Discourse）的报告，开辟了以精神分析方法进行汉语话语分析的新路径。

（3）华东师范大学博士后张虹倩、上海外国语大学刘斐的报告为《克里斯特瓦与中国书写——兼论中西"文"观念之比较》（Kristeva and Chinese

Writing — a Comparative Study of Chinese and Western Text Concept）。报告从三个角度，即克里斯特瓦对于汉字起源、汉字结构的认识、对于汉字女性书写者的关注，全面梳理了克氏论著中对于中国书写的研究，指出中西方文化虽然存在巨大差异，但在"文"之本义、层级及观念方面存在巨大的对话空间。

与此同时，克里斯特瓦教授也向国际同行介绍了 2012 年上海之行的收获，肯定了复旦大学在互文性思想传播中发挥的关键性作用。

2013 年，克氏将祝克懿的《克里斯特瓦与互文语篇理论》《多声部的人：与克里斯特瓦的对话录》《互文性理论的多声构成：〈武士〉、张东荪、巴赫金和本威尼斯特、弗洛伊德》和黄蓓译《互文性理论对结构主义的继承和突破》、张东荪《思想言语和文化》、刘斐《三十余年来互文性理论在中国的传播与发展》转载于克里斯特瓦官方网站上，以便国际学界更加了解中国的互文性研究。国际学界也越来越注意到来自中国的声音。

四、结　　语

朱莉娅·克里斯特瓦以其对结构主义研究方法的超越成为后结构主义思潮的代表人物之一，她的研究涉及哲学、文学、符号学、精神分析、女性主义、社会学、政治学等多个学科，涵盖了人文学科的众多领域。

克里斯特瓦的思想在中国学界的传播，可分为符号学思想的传播和女性主义及社会政治思想的传播两个方面。克里斯特瓦的学术思想自 20 世纪 80 年代开始，伴随着罗兰·巴特的文学理论传入中国，至今已成为国内社会科学研究的重要理论方法。克氏诸理论中，以其互文性理论的传播最为全面、深入：国内学界不仅大量翻译了有关互文性理论的著作，出版了多部理论专著和数以千计的论文，还发展出了适合不同学科的多条研究路径，引发了国内学界运用互文性理论进行社会科学研究的学术热潮。此外，克里斯特瓦与中国学界的积极互动也推动了其思想在中国的传播与发展。

【参考文献】

[1] 蒂费纳·萨莫瓦约. 互文性研究 [M]. 邵炜, 译. 天津：天津人民出版社, 2003.

[2] 朱立元. 现代西方美学史 [M]. 上海：上海文艺出版社, 1993.

[3] 史忠义. "文本即生产力"：克里斯特瓦文本思想初探 [J]. 外国文学研究, 1999 (4).

[4] 史忠义. 20 世纪法国小说诗学 [M]. 北京：社会科学文献出版社, 2000.

[5] 史忠义. 符号学的得与失——从文本理论谈起 [J]. 湖北大学学报, 2014 (4).

[6] 辛斌. 体裁互文性与主体位置的语用分析 [J]. 外语教学与研究, 2001 (5).

[7] 罗婷. 克里斯特瓦的诗学研究 [M]. 北京：中国社会科学出版社, 2004.

[8] 秦海鹰. 互文性理论的缘起与流变 [J]. 外国文学评论, 2004 (3).

[9] 徐赳赳. 现代汉语篇章语言学 [M]. 北京：商务印书馆, 2010.

[10] 胡曙中. 语篇语言学导论 [M]. 上海：上海外语教育出版社, 2012.

[11] 朱莉娅·克里斯特瓦. 词语, 对话和小说 [J]. 祝克懿, 宋姝锦, 译. 黄蓓, 校. 当代修辞学, 2012 (4).

[12] 朱莉娅·克里斯特瓦. 爱情传奇 [M]. 姚劲超, 等译. 北京：华夏出版社, 1992.

[13] 朱莉娅·克里斯特瓦. 中国妇女 [M]. 赵靓, 译. 上海：同济大学出版社, 2010.

[14] 朱莉娅·克里斯特瓦. 反抗的意义与非意义 [M]. 林晓, 等译. 长春：吉林出版集团有限责任公司, 2009.

[15] 朱莉娅·克里斯特瓦. 思考之危境——克莉斯蒂娃访谈录 [M]. 台北：麦田出版社, 2005.

[16] 祝克懿. 互文：语篇研究的新论域 [J]. 当代修辞学, 2010 (5).

[17] 祝克懿. 元语篇与文学评论语篇的互动关系研究 [J]. 当代修辞学, 2011 (3).

[18] 祝克懿. 克里斯特瓦与互文语篇理论 [N]. 中国社会科学报, 2012-10-24.

[19] 祝克懿. 多声部的人 [N]. 中国社会科学报 2013-07-26.

[20] 祝克懿. 互文性理论的多声构成：《武士》、张东荪、巴赫金与本维尼斯特、弗洛伊德 [J]. 当代修辞学, 2013 (5).

[21] 祝克懿. 文本解读范式探析 [J]. 当代修辞学, 2014 (5).

[22] 刘斐. 三十年来互文性理论在中国的传播与发展 [J]. 当代修辞学, 2013 (5).

[23] 殷祯岑．语篇意义的稳定性——互文性阅读的语篇视角分析［J］．当代修辞学，2014（5）．

[24] 孙秀丽．克里斯特瓦解析符号学研究［D］．长春：东北师范大学，2010．

[25] 李幼蒸．理论符号学导论［M］．北京：中国社会科学出版社，1993．

"非对象化"诗学
——海德格尔、梅洛－庞蒂、巴尔特的演绎

■ 张文初

一

作为诗学思维范式,"非对象化"指的是不从反映主客体对象的角度定义诗歌和艺术,既不把诗艺看做客观世界的再现,也不看做对象化的主体内心世界的表现。"非对象化"是 20 世纪中后期西方诗学思维的主导范式。

作为诗学、美学的基本观念,"非对象化"的地位是由海德格尔奠定的。海德格尔在 1935～1936 年作《艺术作品的本源》的演讲。在该演讲中,海德格尔别开生面地提出,艺术的本质是真理的发生。"在艺术作品中,存在者之真理自行设置入作品。艺术就是自行设置入作品的真理。"❶ "真理自行设置入作品"的观念意味着完全抛弃对象化的解读。海德格尔在以梵·高的画作《农鞋》为例对何谓"真理之自行设置"加以说明时指出,"真理的自行置入"完全不是对象化的,"要是我们只是一般性地把一双农鞋设置为对象,或只是在图像中观照这双摆在那里的空空的无人使用的鞋,我们就永远不会了解真正的器具之器具因素"。❷ 海德格尔所谓的"器具之器具因素"指的是"农鞋"的"存在",而"农鞋"的"存在"在梵·高画作《农鞋》中的出

---

❶ 海德格尔:《林中路》,孙周兴译,上海译文出版社 1997 年版,第 23 页。
❷ 同上书,第 17 页。

场就是"真理的发生"。不能把"农鞋"理解成"对象"、不能用想象或观照的方式来领会"农鞋",也就等于说不能用"对象化"的观念来理解《农鞋》中的真理的发生。正是在这样的意义上,海德格尔断然否定传统的再现论诗学和浪漫主义诗学。针对前者,他说:"艺术即真理自行设置入作品这一命题是否会使已经过时的观点,即那种认为艺术是现实的模仿和反映的观点,卷土重来呢?……我们是否认为凡·高(通译梵·高——引者)的画描绘了一双现存的农鞋,而且是因为把它描绘得惟妙惟肖,才使其成为艺术作品的呢?我们是否认为这幅画把现实事物描摹下来,把现实事物转置到艺术家生产的一个产品中去呢?绝对不是。"❶ 针对后者,海德格尔说:"诗并非对任意什么东西的异想天开的虚构,并非对非现实领域的单纯表象和幻想的悠荡漂浮。"❷ 之所以能同时否定本来互相对立的两大传统诗学观念,原因就是在海德格尔看来,再现论和浪漫主义诗学虽然对立,但它们有深层的同一,即都认定主客体的并置和对立,都内在地包含了对象化观念:客体作为主体的对象而存在。再现论重视的是客体,要求主体服从客体、反映客体。浪漫主义诗学重视主体,认为客体从属于主体。而不论是主体从属于客体,还是客体从属于主体,总之,它们都以对方作为自身的"对象"。

何以"真理自行置入作品"就取消了主客体互为对象的在场方式呢?海德格尔的"非对象化"在理论逻辑上是怎么形成的呢?海德格尔对此问题的阐释复杂而深邃,涉及存在者和存在、真与美、真理的发生、艺术的本质、历史的本源等多方面的问题。本文不能也无意于在此给出全面的说明,只能直接而粗略地就理解"真理发生"和"非对象化"的同一提供若干途径。首先,真理是存在者的存在的显现。真理与存在本质上同一。"存在者"的"存在"不是"存在者"。"存在者"与"存在"既有联系,也有区别。传统所说的"对象化"是从"存在者"的层面说的;"对象"即是"存在者"。"存在"不是"存在者","存在"不能理解成"对象"。由此,真理也就不是存在者,不是所谓"对象"。艺术既是真理的发生,既然超越"对象"式的再

---

❶ 海德格尔:《林中路》,孙周兴译,上海译文出版社1997年版,第20页。
❷ 同上书,第56页。

现,就不能用"对象化"的观念来解读,而只能从非对象化的层面理解。第二,具体到艺术创造的层面上来看,按照海德格尔的观念,艺术创造不是艺术家面对作为存在者的现实事物进行描绘的活动,而是真理自行进入作品的过程。所谓"真理自行置入",可以理解为包含了两个设定。之一,真理有一种自发性的、自主性的、自为性的力量。它自身运动,依靠自身的力量发生、出现。之二,对于真理的自主性发生,艺术家只是一个通道,一个真理自行运动的通道。真理借艺术家这一通道,形成自身,显示自身;真理借助艺术家就像乘客借助机场通道登机一样。"通道"意味着艺术家失去原来那种和被再现物互为对象的姿态。艺术家不再有将自身实体化、把一个对象置于自身面前的资格。艺术家被"虚化"了,"稀释"了。本文用"可以理解为"一语介绍"两个设定",包含着一种谨慎:海德格尔本人没有以完全同样的言说方式来阐释"真理的自行置入"。不过,相同的意思可以在《艺术作品的本源》的有关言说中找到。比如,海德格尔谈到,在艺术作品中艺术的本质表现出一种冲力。"作品自己敞开得越彻底,那唯一性,即作品存在着,的的确确存在着这一事实的唯一性,也就愈明朗。进入敞开领域的冲力愈根本,作品也就愈令人感到意外。"❶ "作品愈是孤独地被固定于形态中而立足于自身,愈纯粹地显得解脱了与人的所有关联,那么,冲力,这种作品存在的这个'此一',也就愈单朴地进入敞开之中……"❷ "冲力"以及连带的种种说明不能认为都是在阐释"真理的发生",但熟悉海德格尔思想的读者知道,"冲力"在很大程度上就可以理解为真理自行发生的力量。相对于"设定""之一"的提示,海德格尔对"之二"的论述与本文的言说则更加一致。"作品要通过艺术家进入自身而纯粹自立。正是在伟大的艺术中(本文只谈论这种艺术),艺术家与作品相比才是无足轻重的,为了作品的产生,他就像一条在创作中自我消亡的通道。"❸ 本文所说的"通道",也正是从海德格尔的原文而来。

---

❶ 海德格尔:《林中路》,孙周兴译,上海译文出版社1997年版,第50页。
❷ 同上。
❸ 同上书,第24页。

二

　　法国现象学和存在主义哲学家梅洛-庞蒂在思考艺术问题时坚持的是类似于海德格尔的立场。梅洛-庞蒂认为，艺术的本质是经由艺术家自身"身体的灵化"而构成的"世界的涌现"。谈到"身体的灵化"时，梅洛-庞蒂说："身体的灵化并不是由于它的诸部分一个挨一个的配接，另外，也不是由于有一个来自别处的精神降临到了自动木偶身上"；❶ 身体的灵化也就是身体成为真正的"人的身体"，"当一种交织在看与可见之间、在触摸和被触摸之间、在一只眼睛和另一只眼睛之间、在手与手之间形成时，当感觉者—可感者的火花擦亮时，当这一不会停止燃烧的火着起来，直至身体的如此偶然瓦解了任何偶然都不足以瓦解的东西时，人的身体就出现在那里了"。❷ 梅洛-庞蒂所说"身体的灵化"，简单说来，就是身体同时把握世界和把握自身的奇异能力的发挥。身体可以让"世界涌现"出来。对此，梅洛-庞蒂用法国画家马尔尚的话作了说明："我认为，画家应该被宇宙所穿透，而不能指望穿透宇宙……我期待着从内部被淹没、被掩埋。我或许是为了涌现出来才画画的。"❸ "灵化"的"身体"构成的"世界"的"涌现"完全不同于对客观事物的"对象"式描绘。同海德格尔一样，梅洛-庞蒂否定"对象化"。在谈到绘画的经验时，梅洛-庞蒂说绘画的奇特经验"阻止我们把视觉看做是一种在心灵面前树立世界的图画或表象"，❹ 因为就绘画的经验而言，"我很难说出我所注释的图画在何处。因为我并不是像人们注释某个事物那样去注释它，我没有在它所在之处固定它"；❺ "世界不再通过表象出现在他面前"。❻ 梅洛-庞蒂高扬绘画经验，其哲学上的目的是颠覆笛卡尔主义，因为"对于

---

❶ 莫里斯·梅洛-庞蒂：《眼与心》，杨大春译，商务印书馆2007年版，第38页。
❷ 同上。
❸ 同上书，第46页。
❹ 同上书，第36页。
❺ 同上书，第40页。
❻ 同上书，第74页。

笛卡尔来说，我们只能够画一些现存的事物"。❶ 而绘画给现代人的启示是："世界环绕着我，而不是面对着我。"❷ 所谓"非对象化"，在梅洛－庞蒂这里，就是：世界不再作为可以面对的表象出现；世界不是可以被固定的客观对象。世界不再作为对象出现，不是说艺术可以脱离世界；恰恰相反，而是说艺术可以拥有世界的浩瀚："绘画做的是完全不同的事情，几乎是相反的事情：它把可见的实存（existence）赋予世俗眼光认为不可见的东西，它让我们勿需'肌肉感觉'（sens musculaire）就能够拥有世界的浩瀚。"❸ "拥有世界的浩瀚"与"对象式的描绘世界"两者的区别归纳起来有三个方面。其一，"世界的浩瀚"是非固化的、非对象式的、非可见的原始性的世界"本身"。对于这一原始性的"世界本身"，梅洛－庞蒂在《眼与心》中给了多种命名，比如"世界质地""世界之肉""世界的土壤"，等等。它与"对象化的世界事物"的基本区别就是：它不是固化的、肉眼可见的东西；而后者正是固化的可见的表象。梅洛－庞蒂的"世界浩瀚"和"对象"的区别可以用海德格尔所说的"存在"和"存在者"的区别来加以解释，两种说法本质上的一致显示了梅洛－庞蒂对海德格尔思想的接受。其二，"灵化的身体"与"用于观照的肉眼或理性意识"不同。依梅洛－庞蒂的观念，前者是非逻辑的、同时既是客体又是主体的、有穿透力的、能够进入世界质地中的"我能"。后者，就其为"肉眼"来说，是受制于固定表象的、纯粹接受性的、不能穿透世界质地的感觉；就其为"理性意识"来说，则是主体操控性的、合乎逻辑的、同样不能穿透世界质地的笛卡尔式的"我思"。梅洛－庞蒂关于"灵化的身体"的观念，鲜明地显示了其与海德格尔的不同。海德格尔的非对象化只定位在"真理""存在"的层面上，不涉及主体的身体。这种区别既是梅洛－庞蒂与海德格尔两人之间的区别，其实也蕴含着法国民族的哲学思维和德国思维之间的区别。其三，"世界浩瀚"的"涌现"与"对象式的描绘"不同。前者有一种自发性、自主性。梅洛－庞蒂援引多个艺术家的经验对此作了强

---

❶ 莫里斯·梅洛－庞蒂：《眼与心》，杨大春译，商务印书馆2007年版，第56页。
❷ 同上书，第67页。
❸ 同上书，第43页。

调性的阐释，谈到的艺术家有阿波利那尔（Apollinaire）、罗丹、亨利·米肖、克勒、兰波和前面已经提到的马尔尚等人。比如，阿波利那尔说："在一首诗里有这样一些句子，它们似乎不是被创造出来的，它们似乎是自己形成的。"❶ "对象式的描绘"则是完全受制于主体理性意识操控的活动。在梅洛-庞蒂看来，主体理性的操控是人类的现代生存所面临的最大灾难，因为，它意味着"人们将进入到——就涉及人和历史而言——既不再有真也不再有假的某种文化体制（régime de culture）当中，进入到不会有任何东西把他们唤醒的睡梦或恶梦当中"。❷

三

巴尔特的后结构主义诗学也建立在"非对象化"观念的基础上。巴尔特在1968的《作者之死》中说："当文学不再是对现实的直接反映，不再有外在指涉的功能，当文本变得不透明，文本成为符号自身实践的时候，文本与非文本的断裂就发生了，文本的声音就失去了传统的源发性，作者就死亡了，写作就开始了。"❸ "文学不再是对现实的反映"和"作者死亡"是对互为对象的主客体的双重否定：文学既不是客体对象的再现，也不是主体自身的表现。和所有重视建设性言说的后结构主义文论一样，巴尔特的《作者之死》在"非对象"的同时，对"文本的自发性"作了重点性的阐释："文本成为符号自身实践"说的是文本的自发性、自主性。"每一个文本都是在写作的那个特定时间特定地点诞生的"，"写作不再如古典诗学所说的那样，是记录、引述、再现、描绘的行动。写作是像牛津哲学家所说的那样，是语言当下的施设行动"。❹ 1971年巴尔特撰《从作品到文本》，阐释"文本"与"作品"的区别。区别有多个方面，但核心实际上就是非对象化和对象化的区别。文

---

❶ 莫里斯·梅洛-庞蒂：《眼与心》，杨大春译，商务印书馆2007年版，第75页。
❷ 同上书，第32页。
❸ Roland Barthes, "The Death of uthor", *The Norton Anthology of Theory and Criticism*, New York: W·W·Norton & Company, 2001, p.1466.
❹ Ibid.

本是非对象化的，作品则是对象化的。巴尔特说："文本是生产性活动的经验。文本没有终点，文本是不断穿越的构建性运动"；❶ "文本只在反符号的过程中被经验、被接近"；❷ "文本发生在无限的所指的延迟中"；❸ "文本把作品从消费中解放出来，把它改造为游戏、活动、生产、实践"；❹ "文本是不受限制的享受极乐的过程"。所有这些论述都是在消解关涉性"对象"的同时，极力张扬文本自身的自发性、自主性。

理解巴尔特眼中建立在非对象化基础上的文本的自发性、自主性，可以对比克罗齐的直觉论。克罗齐强调审美和艺术的本质是"直觉"。"直觉"是"心灵的活动"。"心灵的活动就是融化杂多印象于一个有机整体的那种作用"；❺ 直觉和艺术"有别于凡是被感触和忍受的东西，有别于感受的流转，有别于心理的素材"。❻ "直觉"虽然关联着"被直觉"的事物材料，但克罗齐强调"直觉"是人的活动，"直觉"不受所关联的材料的控制，"人在他的印象上面加工，他就把自己从那些印象中解放了出来"。❼ 在克罗齐的这种论述中，直觉有一种脱离被直觉材料控制的自主性；在拥有自主性这一点上，直觉类似于巴尔特的"文本"。但克罗齐的直觉是主体的活动，直觉的主体性是人的主体性，直觉使人自己"变成了它们的主体"。克罗齐言说的仍旧是浪漫主义的立场。巴尔特的作者死亡论是对浪漫主义的直接否定：自主性、自发性是文本的特性，体现的是对创作主体的颠覆。

文本—语言的自发性、自主性如何理解？文本—语言为何具有自主性、自发性？在《作者之死》中，巴尔特从文本因素的复杂性、多样性及其相互撞击上给予了深层次的阐释。巴尔特指出，在现代写作中，文本的语词和意

---

❶ Roland Barthes, "The Death of uthor", *The Norton Anthology of Theory and Criticism*, New York: W·W·Norton & Company, 2001, p. 1471.

❷ Ibid., p. 1472.

❸ Ibid.

❹ Ibid., p. 1474.

❺ 克罗齐：《美学原理 美学纲要》，朱光潜、韩邦凯、罗芃译，外国文学出版社1987年版，第27页。

❻ 同上书，第18页。

❼ 同上书，第28页。

义是多样性的、动态的；各种因素以并列、叠加、相互撞击的方式结合在一起。"没有任何因素是源始性的"，彼此都是临时性的结合。巴尔特说超现实主义的"颠簸式""自动式"写作就是现代写作的典型方式。"颠簸"就是：文本不断地突然打破对特定意义的期待，像人坐车船突遭颠簸一样。"自动"则是写作者尽可能快地叙写连自己的大脑也来不及理解的东西，实现让文本要素的自动集合与撞击。巴尔特的理解包含的机制是：文本因素各自的异质性导致相互的刺激、挑战；挑战引起相互的异变和新因素的生成，文本于是在其自身生成和繁殖中向前发展。《从作品到文本》对文本的论述，包括"无终点""反符号""所指的延伸""非消费""无限制的享乐"，等等，既是关于文本自主性的描述，其实在一定程度上也可以看做是对文本自主性得以形成的原因的揭示："作品"原有的诸种限制（如"终点"性、"符号"性、"所指"性、"消费"性）在"文本"身上都消失了；正是因为种种限制的消除，"文本"才不同于"作品"，能够自由自主的生成。

文本自主性构成的非对象化既意味着文本不再是再现客观世界的形式，也意味着文本脱离主体世界的控制。文本形式不受主体支配当然不是说文本的构成完全与作者无关，而是说在文本构建的过程中，作者不再是浪漫派所理解的那种自觉的、有意识的、能够控制文本意义的主体。不管怎样，文本就物质形式（声音、书写符号）而言，总是作者言说或书写出来的。在此层面上，文本受作者支配，没有自主性。但此层面的"受作者支配"对于文本来说，不具有本质意义。文本的本质性问题是：在意义层面上，文本是否摆脱作者的控制？正是在这个根本问题上，巴尔特的回答同传统浪漫派的回答针锋相对。后者认为，作者是支配文本意义的主体，文本的意义来自作者的意图，文本的形式只是表现作者意图的对象化形式。前者则认定，文本的意义不来自作者的意图，文本的意义是由文体自身的运动构成的，文本形式因此不是表现作者意图的对象化性形式。

四

"非对象化"的实质是在诗艺领域中取消主客体的分立和定位，即不从主客体及其相互关联的层面上定义诗艺的本质。非对象化诗学的发生和漫衍不只是20世纪诗学自身发展的结果，它同时是20世纪极为广泛、深刻的哲学思潮和文化思潮嬗变的表现。

20世纪哲学和文化思潮对主客体二元范式的反思、质疑、颠覆，涉及非常复杂、丰富的层面。从客体方面看，它包含对被伤害、损毁的客体世界重新加以肯定、尊重、爱护的诉求。客体世界既是自然界，也是人性的构成。现代反启蒙、反现代性思潮和生态主义对自然界被损毁的现实作了深刻的揭露，发出了极为强劲的保护自然的呼唤。在谈到人性世界由于客体化而导致的伤害时，雅斯贝斯援引了4000多年前古埃及纸草文献中的指控："盗贼蜂起""到处肮脏不堪""少数人杀戮多数人""厚颜无耻比比皆是"，如此等等。❶

"客体化"之不可取，在指控者如雅斯贝斯等人看来，首要的原因就是：对象成为客体，即意味着对象遭遇荼毒、伤害。自然界和社会的人性构成遭遇的命运即是如此。除了这个原因，"客体化"不可取还因为"客体"本身并非确定无疑的实在。怀疑客体的实在性是19世纪末20世纪初极为广泛的思潮。从象征主义的诞生到尼采的上帝死了的呼喊，从弗洛伊德的本我到爱因斯坦的相对论，从现代主义到海森堡的测不准原理，从马赫的经验论到胡塞尔的现象学：几乎自然科学和人文科学的每个领域都在向客体的实在性挑战。马克思主义创始人在《共产党宣言》中宣告：一切固定的东西都烟消云散了。"固定的东西"就包括"客体"，就唯物主义的视域来说，主要就是"客体"。象征主义者马拉美告诫诗人："从你的诗歌中将现实驱除出去。"❷"驱除现实"也就是"驱除客体"。康定斯基的话则说出了要"驱除"的原因："客体总是屏蔽我的意蕴。"❸ 未来主义者高喊："时间和空间在昨天已经

---

❶ 卡尔·雅斯贝斯：《时代的精神状况》，王德峰译，上海译文出版社1997年版，第16页。

❷ 胡戈·弗里德里希：《现代诗歌的结构：19世纪中期到20世纪中期的抒情诗》，李双志译，译林出版社2010年版，第109页。

❸ 斯特龙伯格：《西方现代思想史》，刘北城、赵国新译，中央编译出版社2005年版，第374、466页。

死去。"❶ 怀特海说："从 18 世纪开始人们暗中相信，荒谬最终总是会被清除的。今天我们又走了思想的另一个极端。老天知道，今天看起来是荒谬的东西没准儿明天被证明是真理。"❷

客体化遭遇的两大危机同样发生在主体身上。在反对论者看来，主客思维把人类和个体设定成主体，意味着赋予主体以宰制客体的霸权。这造成了主体的狂妄、专横、野蛮。人类在大自然面前的表现就是此种形象。希特勒、斯大林等独裁者在犹太人、在古拉格囚犯面前的表现更是如此。这种以主体化方式对人类、对人性个体的推崇实际上也是对人自身的伤害，因为它在彰显人的某种权利的同时，扼杀了人性的丰富展开；因为它在提升人的权力的同时，损害了人自身生存的环境。那种在山呼万岁的声浪中"鼓角灯前老泪多"的凄伤情景，就正是损人而害己的逻辑的表现。

在反主体论者看来，主体化除了是灾难化，同时也是虚构。实际上没有所谓主体。针对笛卡尔"我思故我在"的主体性建构，拉康尖锐地指出：我思我不在。人的所谓自我实际上始终是缺失的。从镜像阶段开始，人就开始丢失自我。到象征阶段，人完全陷入公共的、社会的、理性的象征丛林之中，自我完全消失了。福柯在《词与物》中指出：主体和作为主体的人"已经死了"，一种独立于由它们联结起来的事物而保持和转换它们自身的关系系统把作为自我的人废除了。

在反主客论者看来，传统的主客思维建立在"语言中介化"的观念之上。因为语言是一个中介，而且是透明的中介；语言能够清晰地标示主体和客体，能够清晰地显示相互的关系，如是，才有所谓主体和客体的区分，有所谓两者的相互对立和相互作用。在反主客思维论者看来，导致主客思维得以建立的语言中介论是一种虚构，一种对语言的误读。语言不是中介，更不是透明的中介。语言是自主性的东西，它具有自身的生命。早在 19 世纪初，德国浪

---

❶ 斯特龙伯格：《西方现代思想史》，刘北城、赵国新译，中央编译出版社 2005 年版，第 466 页。

❷ 同上书，第 459 页。

漫主义者诺瓦利斯就说:"没有人意识到语言的特殊性:它只指涉它自身。"❶到19世纪末20世纪初,语言的非指涉性、非中介性开始成为重大的时代思想主题。尼采在1873年作《非道德意义中的真理和谎言》,指出,人类用来言说世界的语言有两大类型,分别是"第一比喻"型和"第二比喻"型。"第一比喻"是首度命名外在经验世界的语言。尼采认为首度"命名"根本不能消除人类和外在经验世界之间的鸿沟,所谓主体和客体实际上是绝对不同的领域。"第二比喻"是语言的重复性使用。语言的重复性使用意味着用同一语词来言说事实上不同的另一种经验,结果就是对经验差异性的抹杀,对事物真相的抹杀。

在尼采之后,西方的语言学如索绪尔的理论、语言哲学如欧美的分析哲学,共同向传统的语言指涉论、中介论发起猛烈的攻击。能指和所指的背离、语言自我置入前景、意义的不可确指、语言的施动用法,等等,都成了颠覆语言指涉论、中介论的利器。在此声势浩大的反中介论的洪流面前,传统的以中介论为基础的主客思维范式遭遇了更深刻的危机。

五

海德格尔等人的非对象化诗学在整体上共同地呼应着20世纪哲学思潮、文化思潮对于主客体二元范式的颠覆。同时,它们又展现了各自的风采。

在批判主客体的非实在性、主客体观念的危害性等四个层面上,海德格尔和梅洛-庞蒂有很多相似之处。海德格尔在《形而上学导论》中说:"在地球上并环绕着地球,正发生着一种世界的没落",❷ 出现了"咄咄逼人的要摧毁一切秩序,摧毁一切世界上的精神创造物并将之宣布为骗局的""灭顶之灾的恶魔冲动"。❸《形而上学导论》的写作与《艺术作品的本源》的写作基本同时。前者是哲学,后者是艺术论。前者的观点可以认为是潜在于后者背后

---

❶ 林赛·沃特斯:《美学权威主义批判》,昂智慧译,北京大学出版社2000年版,第192页。
❷ 海德格尔:《形而上学导论》,熊伟、王庆节译,商务印书馆2007年版,第45页。
❸ 同上书,第47页。

的观念。与海德格尔的言说相对应,梅洛-庞蒂说:"科学操纵事物,并且拒绝栖居其中",❶ "把任何存在都看做是'一般客体'(objet en général),也就是说,仿佛它对于我们来说既什么都不是,却又注定为我们的人工技巧所用","由此产生了各种各样的漂泊无根的尝试";❷ 由此"人们将进入到""既不再有真也不再有假的某种文化体制","进入到不会有任何东西把他们唤醒的睡梦或恶梦当中"。❸ 主客思维的结果,简单说来就是,世界被毁了;这是海德格尔和梅洛-庞蒂的共同看法。

在"客体的非实在性"这一层面上,海德格尔和梅洛-庞蒂的共同看法与一般反主客思维论的看法有所不同。海德格尔和梅洛-庞蒂并不一般性地否定客体世界的实在性。他们只是认为,对于哲学和艺术来说,重要的不是客体作为固化的、可以用理性把握的个体实体在观照者面前的出现,重要的是非固化的、不可确指的世界本身的存在。海德格尔以"存在"和存在者的区别、"真理"和实体性事物的区别来规定艺术的本质。他说艺术是真理的发生,是存在者整体存在的澄明;真理和存在者整体的存在都不是存在者,不是传统再现论观念所认定的客体对象。梅洛-庞蒂说艺术追求世俗眼光认为"不可见的东西",它渴望的是"拥有世界的浩瀚"。❹ 这所谓"不可见的""世界的浩瀚"在某种意义上就可以认为是海德格尔所说的"存在""真理",它们共同排斥的是固化的、可以确指的存在者。就否定固化的、确指的存在者在哲学和艺术中的地位来说,海德格尔和梅洛-庞蒂两人的观念同反主客思维论者对客体实在性的取消是一致的。但不同的是后者有完全否定客体世界的意向,而前者不持完全否定的立场。

就对主体的态度而言,海德格尔和梅洛-庞蒂在否定理性主体的实在性以及谴责主体的危害性方面也是一致的。海德格尔在《形而上学导论》中批判现代主体的构成时说:"'能力'不再意指从高高的充盈处流溢的与可从力

---

❶ 莫里斯·梅洛-庞蒂:《眼与心》,杨大春译,商务印书馆2007年版,第30页。
❷ 同上书,第31页。
❸ 同上书,第32页。
❹ 同上书,第43页。

量之大有可为处发出的潜能,而是仅指那任何人都可以学得的,总是与一定的血汗和耗费相联系的一点技能。"❶ 梅洛-庞蒂则说,现代主体是这样一种人:"建构的实践自认为是自主的(autonome),并表现为是自主的,而且思想被有意地归结为思想所发明的那些获取或骗取技巧之总和。去思考(penser),就是去尝试(essayer),去操作(opérer),去改造(transformer),唯一的条件是在实验室控制之下。"❷ 主体是由计算操作的技能构成的;这样一种主体不仅导致世界的灾难,同时也导致自身的灾难:这是海德格尔和梅洛-庞蒂都共有的观念。

当然,并非没有区别。最大的区别在于是否彻底抛弃主客体观念。海德格尔从其存在论生存论出发,在完全排斥主客体观念的基础上定位非对象化。海德格尔认为人的存在先于主客的分立。主客分立是人和事物之间的认识关系所致。而人和事物的认识关系对于人的存在不是源始的,而是派生的。源始的人的存在是生存,是人在世界中的存在。人在世界中的存在没有主客体的分离。海德格尔在《存在与时间》中用器具的上手状态和现成状态的区别揭示了人的生存和认识的差异,即无主客分离与有主客分离的差异。器具在上手时,人的生存和器具的存在融为一体。当器具的上手出现障碍,器具成为现成状态的存在者出现在人的面前,这时才有所谓主客的分离。艺术是存在的澄明,真理的发生,是器具先于现成状态的上手状态的显示,因此,艺术不建立在主客分离的基础上。

梅洛-庞蒂的非对象化不彻底排斥主客体观念。他排斥的是理性主体,但他认同身体主体。梅洛-庞蒂说,艺术家通过"把身体借给世界"而进行创作。把身体借给世界,意味着身体成为主体。前述所谓"身体的灵化"也就是身体的主体化。所谓身体成为主体,就是身体在与世界的接触中展现出神奇的感受力、接受力,能够把握世界的浩瀚。"通过其身体浸没在可见者当中,自身也是可见者的看者并不把他所见的东西占为己有:他仅仅通过注视

---

❶ 海德格尔:《形而上学导论》,熊伟、王庆节译,商务印书馆2007年版,第46页。
❷ 莫里斯·梅洛-庞蒂:《眼与心》,杨大春译,商务印书馆2007年版,第30~31页。

而接近它，他面向世界开放。"❶ "身体成为主体"也意味着身体具有自主性。"……我的身体自己移动，我的活动自己展开。它并无无视自我，它并不盲目向着自我，它从一个自我辐射出去。"❷ 梅洛-庞蒂的"世界"概念在很大程度上吸收了海德格尔的思想。他对身体主体的坚持则明显与继承传统法国思想有关。从笛卡尔的我思，到萨特的主体论，到晚期福柯的主体重建，法国思想始终关注主体、自我。即使反主体性，也很难完全放弃主体观念。梅洛-庞蒂的思想正是此一传统的体现。

与海德格尔、梅洛-庞蒂不同，巴尔特的非对象化思考主要依据的思想是现代哲学的反语言中介论。语言不是中介，语言是自主性的存在物：巴尔特的非对象化以此为基地展开。就具体论述来说，巴尔特主要谈论的是"文本"，不是语言，但就非对象化而言，"文本"实际上就是"语言"。文本的自主性就是语言的自主性。文本的非对象化就是语言的非对象化。巴尔特非对象化的思想可以放在后结构主义的语境中理解。后结构主义由形式主义和结构主义发展而来。一方面，后结构主义在颠覆形式主义、结构主义的科学性、客观性、完备性的同时，继承了后者从文本、语言、形式的层面探讨文艺奥秘的思路。另一方面，由于是在形式主义、结构主义已经对语言的本体性、文本的本体性有所建树的基础上的进一步展开，后结构主义除了需要从否定性、颠覆性的层面去论证诗艺领域中主客本源的非合理性，需要就"非对象化"的"非"作理论上的反面性的深入思考外，更重要的是需要进一步就语言和文本的本体论定位作肯定性的揭示，需要就能直接否定对象化的"建设性"机制作更深层次的正面解读。由此，巴尔特的论述就主要表现在对于语言、文本的自主性的论述上。

巴尔特论文本自主性的一大特点是非常重视文本的自生产性，即文本的动态上的自主。《从作品到文本》对文本"无终点""反符号""所指的延伸""非消费""无限制的享乐"等诸种情形的论述都体现了这一特征。撇开静态上的结构分析，而着眼于动态生成，这更能彻底地显示文本的非对象化。另

---

❶ 莫里斯·梅洛-庞蒂：《眼与心》，杨大春译，商务印书馆2007年版，第36页。
❷ 同上。

外，还要看到的是，巴尔特的后结构主义的非对象化虽然源自形式主义，但事实上形式任何时候都不可能彻底抛弃内容、意义。形式的主导性、自主性只体现在它能摆脱内容、意义等异己性因素的控制、支配，而自本自根地发展。巴尔特的文本的动态生成也是如此。"所指的延伸""无限制的享乐"就正是其意义生成的凸显。

存在的道说与寂静之音
——海德格尔语言思想的诗性轨迹

■ 任 昕

对语言的思考贯穿了西方思想的历史,不论从什么角度、以什么方式去思考,得出什么结论,人们都普遍意识到,语言与思想之间本来就有着无法分离的渊源。因此,研究语言不仅是语言学家的工作,也成为哲学家的基本课题。20世纪以来,随着语言学转向和语言哲学的兴起,语言成为哲学研究中最重要的内容之一。

海德格尔的语言思想,与他对艺术作品、对诗的思考一样,都建立在存在这个核心问题上,从存在的起点发问。因此,海德格尔的语言思想既不同于一般形而上学对语言的论述,也不同于通常的语言学和以实证研究为基本方法的语言哲学。海德格尔把语言上升到存在的本体论,使之成为对存在的道说,并试图以这种本源性的语言去克服形而上学的语言。

一

海德格尔对语言的兴趣其实早在他对语言进行真正研究之前就开始了。在海德格尔哲学中,语言问题的提出和展开是与"存在"的意义直接相关的。1907年,当海德格尔读到那本对他具有决定性意义的《论存在在亚里士多德那里的多种含义》一书时,语言问题便随着他对存在的思考引起了他的注意。后来在与日本学者的对话中(1953~1954),他曾谈到在他通过研读神学典籍而对"解释学"有所了解时,语言与存在的关系问题就引起了他的注意,当时他对此还不能完全理解,但却开始"在许多曲曲折折的道路上寻找一条引线"。❶ 在他为取得大学教职资格而作的论文《邓·司各特的范畴学说和意义理论》(1915)中,海德格尔对中世纪的思辨语法作了详细研究,希望能够把语言同关于上帝和世界的意义以某种方式联系起来。这是他试图理清语言与存在关系的初步尝试。

但是,海德格尔深感自己还无力把握这个课题,直到 12 年后,即 1927 年,在《存在与时间》中才重又拾起语言话题。但即使这样,整部书中,除部分章节涉及语言外,专门论述语言的内容仅占一节(第三章第 34 节),并且,这一部分对语言的讨论也仍然限于对语言的倾听与领会的阐述上。一方面,语言和存在的关系只是作为背景;另一方面,对语言本质的论述似乎还是小心翼翼地,并没有涉及其后关于语言本质的一些命题,语言与存在的关系似乎还处在隐而未宣的状态。显然,海德格尔本人对此也并不满意。他说:"因为对语言和存在的沉思老早就决定了我的思想道路,所以探讨工作是尽可能含而不露的。《存在与时间》这本书的基本缺陷也许就在于,我过早地先行冒险了,而且走得太远了。"❷

20 世纪 30 年代中期,海德格尔才开始在一些讲座和文章中大胆讨论语言问题。1934 年夏季学期,海德格尔开设了题为《逻辑学》的讲座,通过对"逻各斯"本质的追溯,寻找语言的本质。1935 年,在《艺术作品的本源》中,海德格尔谈及诗歌中的语言,而此时也正值海德格尔思想转向时期。海德格尔还开设了一系列对荷尔德林诗歌的讨论课和演讲,在其中总是不厌其烦地讨论语言问题。40 年代,海德格尔才认为自己可以真正去谈论语言,在对荷尔德林诗的阐释中、在《诗人何为?》《关于人道主义的书信》等文章中更为明确地提出语言观点。而真正以语言为研究专题则是在 50 年代以后,海德格尔发表了一系列演讲和论文。1959 年,这些演讲和论文被结集在一起,以《在通向语言的途中》为名发表。这些论文与散见于海德格尔其他诗学著

---

❶ 孙周兴:《海德格尔选集(下卷)》,上海三联书店 1996 年版,第 1013 页。
❷ 同上书,第 1011 页。

作中的语言论述以及前期对语言的探讨一起构成海德格尔的语言思想。但是，直到最后，海德格尔仍然认为，对语言本质的道说即使在"今天也还没有适当的词语来加以表达。那种致力于应合语言之本质的思想的前景，在其整个广度上来看还是被遮蔽着的"。❶ 这注定海德格尔将一生漫游在通向语言的道路上。

"语言现在刚刚成为课题，这一点可以表明：语言这一现象在此在的展开状态这一存在论状态中有其根源。语言的生存论存在论基础是言谈。"❷ 在《存在与时间》中，海德格尔开始把语言放在此在在世生存的结构中考察。他认为，此在只要在世生存，就总是对自身的存在有所领会，此在的生存活动本身就是一种领会的活动，它是此在的基本在世情态。领会把此在带向对生存的筹划，此在便具有了各种造就自身的可能性，海德格尔把这种领会的造就自身的活动称为解释。解释根植于领会活动，此在的生存总是要对世界有所领会和解释的。既如此，便要涉及语言，涉及把领会和解释付诸言谈。海德格尔认为，语言的生存论存在论的基础是言谈。言谈是对此在领会状态的联结，是解释与陈述的根据。言谈把分散的意义连缀起来，从而使世界成为可以为人所领会的东西。作为在世界中处身并且是有所领会地生存于世的存在者，此在通过言谈道出自身，通过言谈领会自身在世的意义。

言谈展开为两种方式：听和沉默。倾听是此在有所领会地处身于世的听，而非忙忙碌碌、无所用心的听，没有领会的听无所谓听。正因为这样，海德格尔强调"沉默"。沉默不是不说话，不是喑哑："真正的沉默只能存在于真实的言谈中。"❸ 相对于漫无边际的清谈，真正的沉默反而是真正的言谈，反而是对世界有所领悟、有所感动，所谓此时无声胜有声；只有此在大彻大悟般地领会着世界，此在才会进入真正的沉默。

海德格尔语言思想的很多重要主张在这里有了雏形。首先，语言是以此

---

❶ 孙周兴：《海德格尔选集（下卷）》，上海三联书店1996年版，第1011~1012页。
❷ 海德格尔：《存在与时间》，陈嘉映、王庆节译，生活·读书·新知三联书店1987年版，第196页。
❸ 同上书，第200~201页。

在在世的倾听、领会和解释来把握的，而这些正是此在的基本在世情态，这就把语言和人生情境联系起来。其次，语言本身有道说、显示意义的性质，这就为后来语言成为对存在的道说并总是与诗结合在一起提供了根据。最后，真正的有所言谈是沉默，语言的本真形式是沉默而不是海阔天空的漫谈，这种思想在后来得到进一步表述。语言的至高境界是寂静之音，真正的有所道说乃在于无所去说，这已经相当接近道家哲学的语言观了。但是，海德格尔在这里所论述的语言问题在很多方面还是模糊的。由于海德格尔自己对语言的思考尚不成熟，因此，对语言的论述总是摇摆于传统语言阐释和一种正在逐渐显露出来的新的语言观念之间。语言既是此在在世的基本现身情态之一，却又来源于有所领会的倾听，领会之后才能解释并道出意义；这样，语言似乎总是一层层演历下来的派生之物，与后期语言上升为直接对存在的天命有所道说的存在论本体论地位显然有别。同时，语言尽管是此在在世的基本情态，但语言问题仍然和解释、命题、意义等纠缠在一起，尚未摆脱传统语言研究的套路。只是在后来，在对诗歌语言的进一步阐释中，语言才作为人在天地之间生存、看护自己的本质的方式出现，逐渐取代了时间在人生中的指示作用。

由于海德格尔本人对这些基本问题还不清楚，所以他虽然不满于传统语言表述，却尚不能建立属于自身哲学的语言基地。而语言基地的建立则是随着海德格尔在转向之后通过对语言本质的一系列论述逐渐清晰成型的，这些论述几乎总是在结合对诗的阐释中进行的。在《存在与时间》中，海德格尔就已经注意到语言的本真性；他发觉，语言的本质就蕴涵在本真的语言中，只有到真正的语言中寻找，才会揭示语言的本质，而本真的语言就是诗性的语言。流俗的语言观念把语言当做一种传达手段，但是，在海德格尔看来，语言不只是对要传达的东西的声音表达和文字表达，唯有语言才使存在者进入敞开领域。语言通过命名把存在者带向词语使存在者显现出来，这样一种命名海德格尔称之为"道说"（Sagen），诗就是对存在之无蔽的道说。正因为诗与语言的这种特殊关系，海德格尔说，本真的语言就是诗的语言，"语言本

身就是根本意义上的诗"。❶

这种观点集中体现在他的著作《在通向语言的途中》一书里。同对艺术、真理、诗的本质的追问一样，海德格尔所采取的是一种完全不同于以往哲学的入思角度。书中所收六篇除一篇是对话外，其余五篇均采用诗释的形式，从对诗歌的细读式的阐释和反复追问中使问题的答案逐渐呈现。

海德格尔从一开始就明确反对传统语言学和语言哲学对语言本质的规定，这种规定把语言视为理性、逻各斯，要从认识论上考察语言。根据这种对语言的形而上学判断，形成了三种主要观点：第一种观点认为语言是一种表达；第二种观点，把语言看做是人的活动，是人在说语言，而不是语言在说；第三种观点，语言是人对现实和非现实的东西的表象和再现。海德格尔认为，尽管上述语言观念如此不可动摇，"然而，它们全然忽视了语言的最古老的本质特性。因此，尽管这些观念是古老的和明确的，但它们从未把我们带到作为语言的语言那里"。❷

作为语言的语言是什么？在《诗人何为？》（1946年演讲）中，海德格尔提出"语言是存在的家"的著名命题："语言是存在之区域——存在之圣殿（templum）；也即说，语言是存在之家（Haus des Sein）。……因为语言是存在之家，所以我们是通过不断地穿行于这个家中而通达存在者的。"❸ 在《关于人道主义的书信》（1946）中，海德格尔更加明确地强调了这个命题："语言是存在的家。人居住在语言的寓所中。思想者和作诗者乃是这个寓所的看护者。"❹ 在这里，海德格尔不仅明确表示语言是存在的家这样的说法，而且更指出人是这个家的看护者；看护者有两种，即思想者和作诗者。在海德格尔看来，"思想"（Denden）与"作诗"（Dichten）是两种"道说"存在的方式，人通过这两种道说而通达存在。

既然对语言本质的探讨不是从人开始而是从语言开始的，既然语言的本

---

❶ 海德格尔：《林中路》，孙周兴译，上海译文出版社1997年版，第58页。
❷ 海德格尔：《在通向语言的途中》，孙周兴译，商务印书馆1997年版，第5页。
❸ 海德格尔：《林中路》，孙周兴译，上海译文出版社1997年版，第316页。
❹ 海德格尔：《路标》，孙周兴译，商务印书馆2000年版，第366页。

质要从语言本身中寻找,那么,语言就绝不只是人的一种特殊能力或人用以传达交流的工具;与其说人说语言,不如说人要凭借语言来说话。海德格尔提出了他语言思想中的一个重要观点:语言说。这样,"谁说语言"这个问题的视角就从人说话变为语言本身说话。

"语言说",这句看似颇为费解的话却大有深意,它隐含着海德格尔对全部西方语言历史和语言研究中的形而上学出发点的否定,隐含着一种要从根本上扭转对语言的本质的误解的努力。究竟是谁在说语言?看来仿佛是不言自明的问题,然而正是在这种看来不言自明中隐含着形而上学的主体性判断。语言的本质如果永远都被看成是人之为人的本质,如果语言仅仅作为人用以交流或表达的手段,那么语言就永远是在被人说,语言就永远是属于人的一种东西。但是,在海德格尔看来,语言却是来自存在的天命的启示,正是因为有了语言,人才能借此了悟自身的存在。那么,语言就不是人的表达工具,而恰恰是语言向人提供了存在显现的场所,人也不是语言的主宰,人只是借语言才领悟存在;那么,也就不是人在说语言,而是语言在向人说。从"人说语言"到"语言说",语言从人之为人的本质变为直接对存在有所开启的道说,从人交流和表达的工具进入关乎生存之道的本体论,而人则从其自身视角转向语言本身,从使用语言的主体变为语言之家的看护者,语言与人之间的关系从根本上改变了。这种看来只是字面的颠倒,实际上是海德格尔对西方整个语言传统的根本否定。

语言的本质究竟是什么?语言究竟如何在说?海德格尔认为,语言的本质要去"本质的语言"那里去寻找,而语言的本质就是本质的语言。这就是说,语言的本质必须到存在的本源处去寻找,而本质的语言就是那种能够道说存在的真理的语言。语言的本质只能包含在关于存在的语言中,只有关于存在的本真的语言才会蕴涵着语言的本质。这种本质的语言是一种"纯粹所说",而不是随便什么语言,而纯粹所说在海德格尔看来就是诗歌。

诗本身在向我们倾诉着什么,诗中的语言在说,这看似一种人的表达,而实际上却是语言在发出召唤(NennenruftDas)。诗以词语向物发出召唤,把它们召唤到它们自身中,物在召唤中现身,它作为物来到在场状态中。不论是轻轻降落着的"雪花",还是悠悠长鸣的晚祷的"钟声",当它们在诗中出现的时候,它们便已经被语言命名了。语言命名事物,并不是简单地赋予名称,而是把事物召唤到词语中。它把世界从混沌状态中开启出来,使万物获得名称,使它们彼此相区别而显现。

这种把世界万物召唤到自身中的语言,被海德格尔称为"寂静之音",因此,"语言作为寂静之音而言说"。❶ 语言以静默的方式把世界和物送入它们的本质中,使它们各得其所;在静默中,存在的"大道"(Ereignis)在语言中自行发生和展开,语言以静默的方式让这种"大道"运行,于是天地万物进入其本质,而一任运行。"语言即寂静之音",❷ 这样一种寂静之音就是至高之音,这样的语言是真正的语言,它暗示了至高的语言乃是无言。在这样的寂静之音中,万物和世界安宁地出场,成其本质,又静静地演化。既然至高的语言是一种来自存在天启的宁静的声音,既然存在的天命只是一任万物展开而演化,那么来自存在语言的人言也应是一任自然、无所执着的了。人的纯粹之说就是诗歌之所说。本真的诗来自人从语言的寂静之音那里得来的说,来自聚集着天地神人、风云际会的本真的语言,这是真正的道说。

所以,人终究要从语言那里学会如何去说。人之所以会说话,完全是由于它从语言那里得来了"天"的道说。不是人说语言而是语言在说,由于人能够听到来自语言的召唤,因此人才能说话和思想,才能著述和表达。海德格尔说,语言比我们更有力,更有分量。人之为人是语言性的存在,并不是因为人拥有说话的能力和会使用语言便成为语言的使用者,而是因为人能够听语言的说并学会应和,能够从语言那里得来说并最终归隐于寂静之音。因此人要学会倾听语言,学会在语言中栖居,这也注定了人要行走在通向语言的途中。

人以什么方式道说存在的语言呢?尽管语言来自天启,却也并非无迹可寻,海德格尔认为,这就是:"诗"和"思"。语言问题引出了这样一种对话,即思与诗的对话。思与诗由于处在与存在的相邻处而特别地显现了存在,

---

❶ 海德格尔:《在通向语言的途中》,孙周兴译,商务印书馆1997年版,第20页。
❷ 同上。

思与诗又是比邻而居,而连通它们的中介则是语言。这样,海德格尔就勾勒出了一幅关于存在、语言、思、诗与人的关系图。在图中,以存在为中心,思与诗位于中心的近处,语言把思与诗连接在一起;相比较而言,语言离存在更近。人向语言所伸展而来的道路走去,实际上也是在向存在的本源走去。人从语言那里听来存在的启示并以沉思和作诗的方式道说对存在的领悟,人以这种方式达于语言,达于存在,借此了悟存在的真理和人之为人的命运。

二

海德格尔哲学的全部用意归结起来就是要批判和超越西方形而上学传统,他对存在的现象学追问,对诗和语言的一系列独特阐释,都建立在这样一种出发点上。诗是海德格尔用以对抗形而上学的法宝。以诗性的思去对抗形而上学的理性之思,以诗的语言去对抗传统哲学的陈词旧套和一切非本真的话语,是海德格尔诗学的一条基本线索。

海德格尔从语言的本质开始入思,他要追问语言的本质究竟是什么。同西方许多思想家一样,海德格尔意识到,语言总是与思想密不可分,因此,要追寻语言的本质,必须从问题的起点开始。

在古希腊哲学中,人的本质被规定为"会说话的动物",后人把这一定义翻译为"animal rationale",意为"理性的动物";海德格尔认为这实在是一种误解,它掩盖了这一定义所从出的现象学来源。逻各斯的本义即语言,因此人是拥有语言的存在者,但后人却由于对逻各斯的错误理解而导致对语言的错误理解,把形而上学思维带入语言科学中,成为至今还在规定着语言本质的尺度。说话是人的一种活动,语言是人交流和表达的工具,这种语言观念长期以来在西方一直是主导性的。以形而上学传统看,人是审视和支配事物的主体,如果以这种主体目光去看待一切,那么存在论和认识论的根本局面就是一种主体面对客体的关系,而语言就是主体交流的手段。带有人类学社会学色彩的理论认为语言源于人的认知行为,是一种纯心理的人为活动。现代语言学则把语言看做是约定俗成的符号系统,语言的功能与任何人工符号系统一样，都只是一种传送来自人的观念和意义的符号体系。符号本身没有意义，只是能指，其意义在于表征符号之外的意义，即所指，因此所指才是语言系统中的意义部分。海德格尔说，这些观点诚然不错，但是仍没有触及语言的本质。但是语言究竟源于什么？由此而来的是语言的本质究竟是什么？这些问题已经超出了一般语言学研究的范围，但是，海德格尔认为，这些问题即使在哲学中也没有能够得到真正的回答。

海德格尔认为，语言是应该从更为源始的基础上规定其本质的。因此，从存在论上追问语言的本质就成为海德格尔语言思想的基本出发点。按照通常理解，本质是关于事物的普遍性的规定。但是，海德格尔并不想以这种方式开始语言研究，把语言的本质归结为某个具有普遍意义的概念，这在海德格尔看来完全是形而上学的研究方法。因此，海德格尔改变了发问和入思的角度，不是从人，而是从语言本身开始追问语言，即不是从人的角度把语言作为人的本质特征加以研究，以期从中找出一个能满足一切语言现象的本质定义，而是回到语言那里，从语言本身寻找解释。

首先应该改变人们对语言的态度，只有改变人对语言的态度，才有可能改变人与语言之间的关系；只有承认语言不单纯是人的工具，才有可能揭示语言与存在的神秘渊源。因此海德格尔提出了谁说语言的问题。既然不是对语言作科学分析，那么，语言在这里就不再是语言学和语言哲学的研究对象；既然是从存在的本源处追问语言的本质，语言就必然伴随存在而发生，并且，作为与思想、意义、本质等不可分离的人类存在的基本情态，语言也一定对存在有所道说。因此，海德格尔提出了"语言是存在的家"的命题，这种视角上的转换对传统语言观是一种挑战。从人说语言到语言向人道说存在，从功能符号到为显现存在提供居所，语言不再是人的所属物，相反，人应该从语言那里获得至高的领悟。语言从一种学科对象和人的属性的地位上升到存在论的本体论，成为人在世界中生存的根本方式。这样，人与语言的地位从根本上被扭转了。

但是，已经意识到语言的这种本质的海德格尔在试着解答这些问题时，也同时意识到，如果是从存在的本源处来回答语言的本质，如果是从存在论而不是从知识论上来思考语言问题，那么也同样应该从一种摆脱了形而上学思维路径和形而上学术语体系的新的思想道路上来面对语言；而这些，运用现成的哲学是难以实现的。海德格尔发现，既然语言在最初即保持着同思想领域中一些基本问题的密不可分的关系，那么语言便不可避免地显露出中心性思想的痕迹。在西方思想史中，这种中心性思想是上帝、逻各斯、理念、主体、理性、精神，那么，语言就一直都是这些中心性思想的话语表达。西方历史对语言的观念与对上帝、逻各斯、理性的观念出于同一渊源，同样，对语言本质的背离与对存在的遗忘也出于同样的原因。这样，语言的问题就绝不仅仅是语言学领域的问题。在海德格尔看来，要想克服形而上学就必须克服形而上学的语言，因为当思想在以形而上学的方式说话时，语言的本质早已经消失，通往存在的道路将永远处于被遮蔽的状态。只有改变言说方式，只有以本真的道说去代替形而上学语言，存在才有可能向人显现。

但是，正如要彻底颠覆形而上学绝非易事一样，颠覆一种因袭已久、已经覆盖了西方历史上几乎一切思想领域的语言谈何容易：海德格尔本人所说的一切理论话语不都来自这样一种语言传统吗？甚至连"存在"本身也是形而上学的基本概念。海德格尔深感只有语言必须彻底摆脱这种形而上学痕迹，才能还"存在"这种人类遗忘已久的本源性问题以一个无比清澈的思。因此，海德格尔从一开始便不断努力尝试着去改变词语表达策略，去以一种更接近本源性的思的方式说话。他用词源学方法去追问和澄清一些基本术语，试图从古代语言中寻找词语真正意义的蛛丝马迹，因为在海德格尔看来，在词的原始含义中最大限度地保留着存在的原初意义。他不断自创新词，或将旧哲学概念翻新，这些术语成为海德格尔哲学中的标志性概念，使不得要领的阅读者不得不在词语的丛林中艰难地开辟道路。他虽论及语言却并不满意"语言"（Sprache）一词。在《存在与时间》里，他用"言谈"（Rede）；20世纪50年代以后，则尝试以"道说"（Sagen）来命名。在后期，他对"存在"（Sein）一词日益不满，而代之以"Ereignis"（存在作为无蔽的发生）这样一种几乎不可翻译的词汇。海德格尔所做的这一切，无非就是想让语言成为一种更加本真的、能够自由容纳存在的通达的语言。但是，即使是海德格尔本人，也深感这种努力的艰难和漫长。在《关于人道主义的书信》1949年版的边注中，海德格尔这样写道："这里所说的东西不只是在记录成文字时才臆想出来的，而是基于一条道路的行进，这条道路在1936年就开始了，那是在一种要质朴地道说存在之真理的尝试的'瞬间'——这封书信始终还说着形而上学的语言，而且是蓄意地。另一种语言还隐而不露。"❶

另一种语言就是非形而上学语言，一种能够使存在的真理在道说的瞬间熠熠生辉的全新的语言，尽管海德格尔还不能明确描绘这种语言的面貌，他却已经在诗歌语言中发现了踪迹。诗性的转向使海德格尔进一步成为西方文明的离经叛道者：如果说在《存在与时间》中至少他还在使用着经过改造的经院哲学语言，还在构筑着某种体系，那么现在他甚至连这些也放弃了。《存在与时间》中显露出的革命性尚能为人接受，而这种"诗性"的革命到底应该在何种意义上去理解、会引发什么样的前景，人们还不能预料。在一段时间里，人们甚至不知道海德格尔在说什么。

转向之后的海德格尔再也没有写出像《存在与时间》那样的大部头著作，他的著述以各种演讲、讲课稿和谈话的形式出现，显然，他尽量避免建立某种体系。而诗的因素的进入是这时期行文风格的最明显表现。诗意的因素使海德格尔的许多作品看起来根本不像是哲学论文。他的语言和行文风格常常带着吟诵的调子和一种内在的激情的节奏，使看惯哲学论文的人不知所措。不仅是语言、内容，甚至思维也趋向诗化。这种举动确实令人惊异。这种做法看起来既像是文学史家的工作，又像是语言学家的工作，但同时又有别于任何专门的学术研究。这种不厌其烦的诗释工作，与其说是一个哲学家在为诗歌作注脚，不如说是海德格尔在以诗歌为自己的哲学注释。

向诗性之思的转向是海德格尔在通往存在的道路上探寻的一种必然结果。根据海德格尔的看法，思在其源始处的意义已经丧失，代之以形而上学的哲学；这种哲学体现了典型的形而上学思维方式，即主体与客体分离，人以主体身份面对世界，把世界作为认知和使用的对象，现代社会的一切弊端皆导

---

❶ 海德格尔：《路标》，孙周兴译，商务印书馆2000年版，第366页。

因于此。那么，要想克服形而上学的思维模式，就必须使主体与客体在一种新的水平上拉回到融合状态。在海德格尔看来，这是一种源始本真的思，在这一点上，诗性的思正是这样的。

海德格尔说，语言在其本性上乃是诗。诗并非狭义的一种文学样式，而是指一切诗性的创作作品，但因为诗作为创作作品保留了最源始和纯粹的诗性，所以诗的语言便成为真正开启存在之音的道说。诗性的道说不仅仅出自诗人个人灵感，也不仅仅具有传统诗学所规定和容纳的意义，在海德格尔这里，诗是对天地万物发出的呼唤，诗是天地神人、历史未来交汇在一起所产生的光明澄澈之境；诗最大限度地保留了存在的原初意义，在诗中，生成着人与天地神明相融合而产生的大境界和大感动。在这样的语言中，人领会了它的存在，一个民族也历史性地领会了它的存在。不仅如此，诗性的话语涤荡着形而上学话语，诗性的本真涤荡着人言的流俗，诗性的思涤荡着形而上学理性的冰冷。正因为诗的这种特殊性质，海德格尔才会把存在问题与诗和诗性的思结合在一起，也才会以哲学家的身份去反复诠释诗歌，以至于把许多重大问题如真理、语言、思等与对诗的阐释联系在一起。不仅如此，海德格尔的语言和著述风格也诗化了，这一切都是海德格尔努力以一种更单纯、更接近本源性的语言去说话的尝试：他要以诗性的说去摆脱形而上学的概念性语言，从而达到摆脱形而上学的思想束缚的目的。

但是，这些似乎也难以使海德格尔满足，他不断寻找着那在他看来始终还是处在遮蔽状态中的语言，这也构成了海德格尔对东方思想尤其是对中国道家思想发生兴趣的内在原因。很难确定海德格尔究竟是从什么时候开始对中国道家哲学发生兴趣的，但至少可以肯定，20 世纪 30 年代左右，海德格尔已经对老庄有过相当精熟的阅读，可以随手引用其中章节。40 年代，海德格尔曾尝试与人共同翻译老子的《道德经》，但终因语言障碍没有成行。50~60 年代，在海德格尔的一些演讲和论文中，开始出现老庄的引文，海德格尔对老庄思想一直保持着深刻的兴趣。

海德格尔语言思想中已多方面显露出来自东方思想的影响。例如，关于语言的最高境界乃是无声的寂静，这与老子的"大音希声"之说非常接近。

尽管海德格尔在《存在与时间》中也有过关于沉默的讨论，然而，熟悉老庄哲学的海德格尔也一定熟悉其中关于"大音""大象"的说法。老子"大音希声"中的大音其实正是天道之音。天道只是一任万物运行，感官所触的声色只是从出于天道的东西，正如存在使存在者在世间存在，而各种有形的、在场的存在者并不是存在本身，语言向人传达着存在的天启，而语言尽头则是寂静之音。有言出于无言，声音出于寂静，存在者出于存在之真理，世间万物出于道。中国人对此并不难理解，但是在西方，以认识论而言，人的认识历来是对存在的东西的认识，无是无从认识的。海德格尔对无、寂静、无言的强调在西方文化中是有突破性的一笔。海德格尔曾一再谈到诗人格奥尔格的诗《词语》，尤其对诗中最后一句"我于是哀伤地学会了弃绝／词语破碎处，无物存在"进行了反复讨论。当词语缺失的时候，物便无法通过词语的命名而获得自身的本性，因而也便无法通达自身的存在，无法作为一个物而展现。只有当为物找到了词，物才会成为一个物，词才为事物争取到存在。所以，这句诗正应和了海德格尔的那句话：语言是存在的家。当词语缺失的时候，存在者的存在便失去了居留的地方。诗人的哀伤表明诗人终于领悟到语言虽然不断给出名称，而语言终究不是属于人的，言词的根源并不在人而是深藏在神（存在）之中，因此有言总是出于无言；当语言破碎消散之时，便无所谓物的展现了。当诗人体味到这一境况时，哀伤便是诗人对语言的领悟之情。这是一种领悟的悲哀，因有所悟而有所失。正是由于诗人领悟到语言对天道（神明）的道说，而这种道说最终又是不可道说的，一切终将归于寂静之音。诗人的哀伤实则是领悟之后的大感动，感动于语言承受着天命之说。这种感动和领悟的哀伤与思想者是共通的。

人言来自天言的思想也不无东方思想的影子。中国古代即有这种人言天言之说。庄子有"天籁、地籁、人籁"的说法，说明天地自有其声，世间万物自有其声，人声只是其中一种。不惟如此，天地万物也自有其表象和情义，自有其生生不息自由运转的意志。天言是无声的自然语言，它体现了天的意志。天一任万物运行，各行其道，这一切中国文化称为天道。当海德格尔提出"语言说"的命题时，当他把语言的本质解释为本质的语言时，他就已经把语言的本质问题转变为来自存在天命的道说了,这在一向把语言当做人的工具的西方语言传统中确是一个带有根本性的突破。

在对于"道"的理解上,海德格尔提出了与众不同的看法。他认为,将老子思想中的核心词"道"译成通行的"逻各斯"是错误的,"道"应该按其字面的本来意思译成道路:思想本身就是道路的延伸,而语言显示给我们的道路则是通向它所保护的存在居所。"也许'道路'一词是语言的源始词语,它向沉思的人道出自身。老子的诗意运思的引导词就是'道','根本上'意味着道路。但是由于人们太容易仅仅从表面上把道路设想为连接两个位置的路段,所以人们就仓促地认为我们的'道路'一词是不适合于命名'道'所道说的东西的。因此,人们把'道'翻译为理性、精神、理由、意义、逻各斯等。"❶海德格尔认为:"但'道'或许就是产生一切道路的道路,我们由之而来才能去思理性、精神、意义、逻各斯等根本上也即凭它们的本质所要道说的东西。也许在'道路'(Weg)即道(Tao)这个词中隐藏着运思之道说的一切神秘的神秘……"❷海德格尔更是这样说:"一切皆道路。"❸

三

语言问题是一个复杂问题,对语言做科学的、哲学的、历史学的研究,都是从不同角度去把握人作为一种会说话的动物所独有的现象。海德格尔语言思想在整个西方语言科学和语言哲学中都属于另辟蹊径的一支,这与海德格尔对语言思考的视角有关。海德格尔的语言思想与他对艺术、诗的追问一样,都建立在存在这个核心问题的基础上,从存在开始发问。因此,他的语言思想是以独特方式发出的对传统语言研究的疑问。

为什么海德格尔把诗作为纯粹的语言,委以诗道说存在的重任并把它作为对抗形而上学、摆脱形而上学之思的维度?

---

❶ 海德格尔:《在通向语言的途中》,孙周兴译,商务印书馆1997年版,第165页。
❷ 同上。
❸ 同上。

传统哲学术语或形而上学语言是一种理性思维用语，它以概念、判断、命题为基本因素，通过对认识对象进行分解、综合来达到对意义的确认，对本质的定义，对真理的陈述，这是一种基于知识论、认识论上的语言活动。而诗性的话语则与此不同，它不以给出确定的意义为目的，也不对事物进行对象化的知识操作，它通过领悟来把握自身对世界的感受并把这种领悟以非概念性的方式付诸语言。海德格尔是反对这种形而上学的概念性语言的，他以各种方式试图消除、取代这种语言。在他看来，正是这种形而上学的语言遮蔽了一切根本性问题的原初意义。在同日本人的谈话中，当日本学者认为自己的语言缺乏一种规范性的力量，不能以一种明确的秩序来归属各种表象，应该从西方形而上学的语言中求助表达方式时，海德格尔对此并不赞同，他认为恰恰是这种似乎缺乏规范性的语言能够传达文化本身独特的精髓。

必须说明的是，海德格尔所谓的诗绝非一般意义上的诗。通常所指的诗是文学或美学意义上的，是文学的一种形式，但是，海德格尔显然不想在文学史意义上讨论诗。他所指的诗是在其存在哲学中而言的，是能够传达存在的真理的诗。并非所有诗歌都可以放在这一范围内谈论，也并非所有作诗者都可以被称为诗人。能够被海德格尔阐释的诗歌，能够被海德格尔称为诗人的人只有很少的几个，而像荷马、歌德、莎士比亚这样的人物海德格尔一概没有提及。可见海德格尔所言之诗，与其他专门词汇一样，都有特定含义和适用范围。海德格尔诗学意义上的诗，与其说是诗歌的或诗意的，不如说是诗性的，或者说，是具有诗性的语言、思想和生存方式。在海德格尔看来，人之生存从其根本上应该是诗性的。诗性，就是本真性，就是源始性，就是非形而上学的圆融之境。海德格尔的诗是他用来消解形而上学、拯救现代西方社会的良方。

当人们殚精竭虑试图破解这大千世界林林总总的秘密，却又在某种东西面前穷尽其理解力时，往往不得不承认，人类的认识不可能企及一切。在人类认识之外，总有些什么是认识所无法穷尽、语言所无法说明的，比如上帝、神、道，或存在，我们姑且称之为神秘。神秘是位于彼岸世界的未知领域，与人类的知解力遥遥相望，但却始终隔着山重水复，可望而终不可及。在这些神秘的领域面前，人言常常痛感表达的无力和有限。现代社会文明中的主体性倾向常常忽视这一点，因此也无法用正确的态度去面对，以为所有存在的东西都可以在认识论层面上被理性认知，也可以通过概念性的表述来定义、规范。形而上学的语言就是这样。在海德格尔看来，对存在之神秘的认识只能以领悟之情、以"体道"的方式来经验，并且，也只能用诗性的话语去道说，以非形而上学的概念性语言去传达。海德格尔在诗性的话语中找到了这种言说方式，在诗歌中存在的踪影如灵光乍现般开启。他对道家思想的迷恋也正是由于发现了在道家思想中蕴涵的思维力量和言说方式。

事实上，理性的、非理性的语言并非那么泾渭分明，倒常常是彼此融合无间。这种对理性与非理性差异的强调往往给人一种印象，似乎理性的与非理性的、哲学的与诗的话语是截然分开、相互对立的。这是一种错觉。强调它们之间的差异致使人们以为它们之间总是彼此差异的，甚至进而把东西方思想文化也不自觉地对立起来。事实上，这二者之间倒更是相容相通、相济互补的。海德格尔敏锐地看到，诗与思一直都是紧密联系在一起的，诗与思是离存在本源最近的两种道说方式，并在其源头上比邻而居。其实不仅是诗与思，理性与感性、概念性与非概念性、认知与感悟、形而上学与诗性的思，甚而西方文化与东方文化都不是必然相对的。事实上，把这些东西机械地罗列在一起本身就有许多破绽，只能是一种权宜之计。二者应该是在差异基础上的合流，并且，最终会会归到根本性的问题上。海德格尔思想与东方思想的不期而遇，以及向诗性的会归也正是基于此道理。西方哲人在批判形而上学时采用了各种各样的方法，海德格尔则试图从根本上揭示问题和解决问题。他用"存在"从根基处推翻了形而上学对世界的认识，又进而从语言与思维的角度去颠覆形而上学语言和思维；他对诗歌的阐释和诗性之思都旨在寻找一种更接近存在本源并能够有效克服形而上学的新的言说方式，他对东方思想的接近是他努力消除文化上的先见，以纯然之心面对事情本身的一种尝试。

对于西方人而言，海德格尔颠覆了那种赖以支撑起他们全部文明的思想基石，使得欧洲人借以自豪并深信不疑的理性、主体性、启蒙、人类中心论、逻辑、精神和知识等遭到了全盘冲击。而他对诗性追求的种种举动，在理性占主导地位的现代西方社会里并不能被完全理解。对于海德格尔而言，思想就是一条不断行进的旅途。在人类思想漫长而丰富的领域里，海德格尔试图在不同的语言、文明和思维形式中找到一种更接近本源的思之道路；当他感到西方的传统文明不能指给他这条出路时，他转而向诗、向东方文明中寻找出路和答案。而对东方人来说，海德格尔又毕竟是一位来自西方世界的哲学家，他的思想深深植根于这种文明，这种文明所特有的思想和言说方式是不可能根本改变的。因此，东西方思想的会合交流并没有纸上谈兵那么简单。也正因为这样，会合交流就更为重要；也正因为这样，海德格尔之"发现东方"也特别具有意义。

有人把海德格尔与康德和维特根斯坦等哲学家比较，认为海德格尔与他们相比，并没有仅仅局限在哲学领域，事实上，海德格尔一直在努力超越哲学界限。"他没有在自己的文章中划定哲学边界，实际上他在创造和讲述着一种非哲学的，或者说后哲学（post-philosophical）的语言，这种语言从诗、神话和神话诗歌中借用了大量因素。"❶ 因此，"海德格尔不像康德和维特根斯坦那样，对用概念性的语言描述这些哲学定义感兴趣，但是却对直接经验它们感兴趣。相应地，他对描述这些经验也很感兴趣，并且，海德格尔还把他的哲学论文带到一种几乎可以称为神话诗歌的形式中"。❷

不仅如此，海德格尔一直在努力寻找一条道路，希望能够通达存在的本源，能够超越现成的西方文明，揭示现代西方世界的症结所在。也正因为这样，海德格尔把语言问题放在一种跨越文化、关乎人生的宽广视阈来考察，因此，跨越文化的思想相通常常是必然的，也常常是超乎说话者自己的初衷所料和后人的评判。这种来自人类共有的心灵上的相通、这种跨越文化和时间的思想的相互应和常常使后来人惊诧于人类心灵史的相像。

海德格尔谈到语言的大地性。他说方言是不同地域的说话方式，各种不同的方言都归属于大地的涌动和生长。他在这里强调语言的方言性，实则是

---

❶ Caputo, *Mystical Element in Heigegger's Thought*, 260. Cf. Leslie Paul Thiele, *Timely Meditations: Martin Heigegger and postmodern politics*, Princeton University Press, p. 130.

❷ Leslie Paul Thiele, *Timely Meditations: Martin Heigegger and postmodern politics*, p. 130.

在强调语言作为存在的开启与大地和万物的亲密关系。人是生息居住在大地上的,人的语言也同样从出于大地,古朴的方言最大程度地保留了人类语言的原始意义。对方言的重视也就是对大地的尊重和热爱。

在《从一次关于语言的对话而来》中,海德格尔不无感慨地说:"早些时候我曾经十分笨拙地把语言称为存在之家。如若人是通过他在他的语言才栖居在存在之要求中,那么,我们欧洲人也许就栖居在与东亚人完全不同的一个家中。"[1] 如果语言确是存在的家,而人确是这个家的看守者,那么,也许人们确实会居住在不同的家里。这个比喻的缺陷就在于它忽视了语言作为"从大地上涌出"的东西是有地域性的。但是,从更为宽广的视野看,如果本真的语言本来就是对本源性问题的有所敞开的道说,如果人以不同的道说方式在思着相同或类似的问题,如果人来到这世界上成其为人,就是要不断去追问"人存在"这样一些问题,那么,谁又能说这大千世界上如此众多、如此不同的人们所思所想的不是同样的问题呢?如果语言本来就是人类一切本源性问题的家,那么这个家就是在根本上相通的。

---

[1] 孙周兴:《海德格尔选集(下卷)》,上海三联书店1996年版,第1008~1009页。

实证性：阿甘本论福柯的"机器"*

■ 张　锦**

福柯哲学的一个突出特征就是实证性（positivity），即"机制、机器、装置"（apparatus）问题，也就是说，社会的语言的以及非语言的各种机制、话语、法律、建筑形式、哲学与认知方式等是如何依据一种复杂的网络关系运作的，某种社会逻辑是如何形成的。福柯这种研究方式就是一种对社会的语言与非语言的"机器"的实证性分析和批判。这样，实证性将福柯哲学与其他抽象的意识形态和目的论、观念史研究区分开来，实证性的特征标志了福柯哲学独特的对象区域和独特的分析方式。他研究的是理论与实践、知识与事件的"实证性"而非想象与抽象性。对实证性的运作过程的全面考察是福柯为哲学增添的又一新东西。它使得我们日常经验生活的各种机制和体制变成了被质疑的学理和实践分析的哲学对象。将哲学与每日的实践结合起来。如果忽略了这一特征来分析和翻译福柯的哲学世界，我们将无法体会福柯精妙的分析在何处，也无法习得他的分析方法。事实上，今日的文化研究在媒体、媒介和各种机器的研究中都受益于福柯所开辟的这种新的分析对象与方式。而现在政治哲学对姿态、倾听、战争媒介如收音机的研究也都可以在福柯那里找到理论支点。在这一点上，本雅明、阿多诺等法兰克福学派的学者与福柯也有很多共同之处。当下对"实证性"的研究是总结和认识福柯的必然要求。

---

* 本文系国家社科基金后期资助项目（14FWW002）的阶段性成果。
** 张锦，中国社会科学院外国文学研究所《外国文学评论》编辑部。

虽然"实证性"（positivity）以及与之相关的分析对福柯和我们今日的学问都非常重要，但是在国内，"实证性"涉及复杂的定义和翻译问题。鉴于国内在这方面的研究尚不多，笔者在此将抛砖引玉简单论述。首先，对"实证性"进行简单的界定，让读者明白我们是在哪一个层面上谈及福柯的"实证性"哲学特征的。同时，要强调"实证性"定义既来自福柯本身，也是我们对福柯哲学特征的总结。在下文的论述中会发现，福柯对"实证性"的使用并不是始终如一的，他的著作从使用"positivity"一词过渡到"apparatus"一词。然而，无论是前者还是后者，我们都将在解析清楚福柯"实证性"的基础上，利用该术语总结福柯思想的这种哲学特征。

说到"实证性"（positivity），❶ 我们最容易问的问题就是它与19世纪末的法国"实证主义"（positivism）哲学流派，以及后来英国的逻辑实证主义哲学有何区别。对这个复杂的问题，我们不想纠缠过多，需要澄清的就是福柯确实受到过孔德和维特根斯坦的影响，而且福柯本身的研究思路与法国的科学哲学有着继承关系。福柯将自己的研究归结在卡瓦耶（Cavaillés）、巴什拉（Gaston Bachelard）和乔治·康纪莱姆（Georges Canguilhem）等人的科学史批判的哲学路线上，他们一起承担着法国对启蒙理性的反思和批判职责。而科学哲学的前辈就是实证主义哲学家孔德。但是，不同于孔德等所谈及的科学实证分析，以及维特根斯坦所谈及的语言实证分析，福柯的实证分析涉及的是日常生活中的各种机制、机器、实践、概念、话语以及语言的实证性分析。我们分析和总结福柯哲学的特征，正是要说明他对这些日常实践与实际存在的各种机制、话语等的实证分析。这种实证性的分析不是单一的，而是一种综合的、对当代文化实践方式的分析，它全面涉及个体的主体化过程与方式；但是，这不是想象性的意识形态分析，而是与身体的塑造、灵魂的书写、意识的嵌入、肉体的驯服这种真实的权力机制、认知方式、真理探寻方式相关的真实的实践分析。

总之，我们可以看到"实证性"的含义与外延，总是被卷入各种机制、

---

❶ 在国内的翻译中"positivity"一词有译成"实证性"的，也有译成"肯定性"的；鉴于本文的研究所强调的福柯哲学的对各种社会实践机制的分析，本文将该词译为"实证性"。

机器、语言、非语言的历史因素之中。最后，福柯对"positivity"一词的使用在后来变化为对"apparatus"一词的使用，二者在词源学上有相似处。我们将根据吉奥乔·阿甘本（Giorgio Agamben）在《何为"机器"?》（What Is an Apparatus?）一文中"机器"（apparatus）一词及其所涉及哲学思想的详细梳理来体会福柯哲学的实证性特征。当然，援引阿甘本并不是要去讨论政治哲学，而是要思考主体被捕获、被驯服的实证性方式问题，也就是说，我们还是聚焦于福柯的方法论领域。

首先，阿甘本就哲学中"术语"的问题说道："哲学中术语的问题是非常重要的……术语是思想的诗意性时刻。这不是说哲学家都必须界定他们专门的术语。柏拉图就从未定义过**理念**。"❶ 也就是说，对于哲学家而言，总有某些专门的技术性术语是其从事哲学活动运思的支点，比如柏拉图的理念、黑格尔的绝对精神、叔本华的欲望、马克思的矛盾等，而且很多哲学家运思的术语可能不止一个。这些术语就是哲学家思考的诗意性的投射和凝聚的对象，哲学家对一个为人所熟知的概念的重新界定和阐发，或者他们重新创造一个哲学术语都成为他们思想最富诗意性的时刻的显现。然而，虽然专门性的哲学术语对于哲学家非常重要，是其运思的关键，但是，他们并不一定总是会清楚地界定和定义这个术语，告诉我们它们是什么。那么福柯哲学运思的专门性术语是什么呢？对此，阿甘本说道："我想提出这样一个假设：dispositif 也就是英语中的'apparatus'❷一词是福柯思想策略中一个决定性的专门术语。"❸ 然而，正如柏拉图运思的关键词和术语是"理念"，但他却从未明确定义"理念"是什么一样，阿甘本强调对这个概念福柯也从来没有完全定义它。但是福柯曾在一次采访中，就机器（apparatus）这个术语作了这样的

---

❶ Giorgio Agamben, *What Is an Apparatus? and Other Essays*, trans. by David Kishik and Stefan Pedatella, Stanford, Calif.: Stanford University Press, 2009, p. 1.

❷ 法语词汇"dispositif"以及它的英译"apparatus"的中文翻译是很复杂的问题。由于这个词汇的意思太多，而在福柯那里又为其增加了福柯哲学特有的思想内涵，所以到目前为止，国内尚无非常确切的翻译能准确概括这个词汇的意义和福柯的独特使用和思考；国内一般将这个法语词译为"机制""装置"，将英语译为"机器"。为了便于书写，本文暂将这一术语译为：机器。

❸ Giorgio Agamben, *What Is an Apparatus? and Other Essays*, trans. by David Kishik and Stefan Pedatella, Stanford, Calif.: Stanford University Press, 2009, p. 1.

解释：

> 我用这个术语试图表明，首先，一种彻底异质的集合，由话语、制度、建筑形式、规范性的决策、法律、行政措施、科学陈述、哲学、道德和慈善事业所组成——简言之，所说的和所未曾说的。这些都是机器的要素。机器自身就是能在这些要素之间建立起来的关系体系。其次，在这种机器中，我想找出异质要素之间所存在的关联的本质。这样，一种特定的话语在某一时期是一种制度的程序，在另一时期则是捍卫或掩盖某种它本身对之沉默的实践的手段，或者作为对这种实践的第二手阐释。简言之，在这些言谈的或非言谈的要素之间，存在着一种位置迁移或功能改变的交互作用，这种交互作用可以是千差万别的。第三，我所理解的"机器"代表了在特定历史阶段形成的结构，这种结构对"紧迫的需要"做出反应。机器因此具有占主导地位的战略功能……
>
> 我说过机器在本质上是战略性的，这就意味着对各种势力的关系的操纵，让它们朝某个方向发展，对它们进行阻挠，稳住它们，利用它们，等等。因此机器总是牵涉进权力的运作，但是它也被连接到知识的定位，这种知识来源于它，又对它进行同样程度的制约。这就是机器所构成的：支持知识、并被知识所支持的势力关系的战略……"知识型"是特定的言谈的机器，而机器是更普遍的形式，可以是言谈的，也可以是非言谈的，它的要素更具异质性。❶（既可以是语言的，也可以是非语言的——引者注）

对于这段福柯直接提及"机器"（apparatus）一词所指的为数不多的文本，阿甘本作了详细的分析和总结：（1）"它是一套实际上包括了所有的东西的异质集合体，语言的和非语言的都并列在同样的标题下：话语、机构、建筑、法律、警察措施、哲学命题，等等。机器本身就是在这些因素之间所建

---

❶ 包亚明：《权力的眼睛——福柯访谈录》，严锋译，上海人民出版社1997年版，第181~183页。

立起来的关系体系"。❶ 也就是说，对福柯而言，"机器"首先不是一个确定的某物，不是一个东西，它指的是一套包含了语言的以及非语言的所有社会实践中存在的机构与话语的总体结构；它是连接它们的，使它们有效运作的关系体系。那么，为什么这些东西需要连接呢？因为，在"机器"的关系网络运作中，这一系列的因素是一种异质的集合，它们不具有相同的性质，它们不是一个领域，如法律与哲学命题等，但是它们却在一种"机器"所组织的关系网络中、在一个社会中有效地统一运作，这就是为什么"机器"能够包括一套异质东西并使它们合理地运作。而福柯的分析恰是要借着"机器"来反思、反映、呈现这些"机器"的各种具体的要素是如何运作的，即考查社会实践的与理论的、机制的、实体的与话语的体系合理化的运作方式，考察它们综合的游戏方式。我们发现一切已然说出的机构和话语，还有福柯没有说出和列举的机制和知识体系都是与"机器"的实际运作相关的，都是在一种关系体系和关系网络中以某种方式运转的。也是在这个意义上，这些异质的东西如话语、制度、建筑形式、规范性的决策、法律、行政措施、科学陈述、哲学、道德和慈善事业等可以被福柯并置在一起来思考，可以被福柯当做社会的整体运作游戏的因素来分析和批判，以弄清楚我们现代人生存的真相。（2）"机器总是具有一种具体的策略功能，并且总是被置于权力关系当中。"❷ 所以"机器"不是一个中性的机构或者服务性设备，就像我们今天发现语言不是纯粹的表意工具而是作为意识形态、历史形态等的凝铸器具一样，它们都是与某种权力关系运作的策略和方式相关的。（3）"同样，它也出现在权力关系和知识关系的交叉处。"❸ 权力关系并不是孤注一掷，而是与知识、真理等"崇高"的系统相互支持的，在我们破除了知识与真理的伪装神话后，权力、知识等相互共谋以确定某个阶段的历史策略的成功已经不需要解释了。这是阿甘本对福柯的原文和福柯"机器"的总结和分析。

---

❶ Giorgio Agamben, *What Is an Apparatus? and Other Essays*, trans. by David Kishik and Stefan Pedatella, Stanford, Calif.: Stanford University Press, 2009, pp. 2 – 3.
❷ Ibid., p. 3.
❸ Ibid.

不过，福柯在接受关于"机器概念的"采访叙述上文那段话时自己也很困惑；他觉得"机器"这个概念比他的"知识型"概念更广，但是，他也不能用理性的句子在单一的逻辑层面说出这个概念为何。不过这正是哲学激情的魅力。总之，这里我们要说的是福柯对自己的哲学著作做了一个联系，即"'知识型'是特定的言谈的机器，而机器是更普遍的形式，可以是言谈的，也可以是非言谈的"。也就是说，"知识型"也是"机器"，只不过它范围更小，是语言"机器"，而考虑到社会权力与知识等各种关系方式的运作，还有很多非语言的"机器"，它们也是需要考察的社会策略和战略的一部分。其次，"机器自身就是能在这些要素之间建立起来的关系体系"。如阿甘本所强调：我们要指出，"机器"不是一个实体概念，而是一种真实的承载关系的存在物，是一种"关系"的聚焦和集聚之处；它因而不将战略目标落实在某个实体"物质"上，而是将一系列的文化关系、权力关系、知识投注在一个个"器具"上。目前，国外的政治哲学研究，如分析"收音机"与"倾听"的政治哲学问题就从福柯这里预设了理论原型；他们将阿多诺、本雅明与福柯结合起来，思考在阿尔及利亚战争中"收音机"机器的意义何在。这种综合研究意义重大，堪称文化研究的前沿。再次，我们发现福柯不断强调："在这种机器中，我想找出异质要素之间所存在的关联的本质。""机器"既可能是语言的，也可能是非语言的；"机器"还包括各种机构、机制、设施、规则、样式等因素，所以"它的要素更具异质性"。这些"异质性"的要素在哪个意义上能够被统一思考和理解呢？将它们联系在一起的关联项和条件是什么？这是福柯所关心的重要问题。最后，福柯说在找出异质要素之间所存在的关联后，就可以从历史的角度考察"机器"与社会不同的运作方式的关系。所以，福柯的"机器"代表了特定历史阶段的主体形成结构；这不是说"深层结构"意义上的结构，而是说某种历史阶段某种社会运作方式或者主体经验方式是如何形成的，它们的体验范围和界限何在的考古学与谱系学问题。这样，"机器"在福柯的分析中具有总体运作的策略特征。

再回到阿甘本的阐述，他不仅在福柯的著作中，并且在更广义的历史语境中，追述了术语"apparatus"的谱系。阿甘本发现福柯直到书写《知识考古学》时主要使用的术语仍是"实证性"(positivity),还没有使用"机器"(apparatus)一词,但福柯没有界定什么是"实证性"(positivity)。然而,从词源学上看,二者是相近的,也就是说福柯思想有一个连续的过程。令阿甘本百思不得其解的是,福柯从哪里借来这一术语,直到他新近读到依波利特(Hippolyte)的一本书《黑格尔历史哲学引论》(*Introduction à la philosophie de l'histoire de Hegel*)时方才开悟。根据依波利特所言,"destiny"(命定)和"positivity"是黑格尔思想的两个关键词。对于黑格尔而言,"positivity"这一术语区分了"自然宗教"(natural religion)和"实证宗教"(positive religion),同时,也揭示了二者相反相成的关系。什么是自然宗教?什么又是实证宗教呢?阿甘本总结道:"自然宗教考虑的是人类的理智与神之间的直接和普遍关系,而实证或者历史宗教包含了一套信仰、规则和礼仪,在某个社会以及某个历史时刻,这些东西从外部强加在个人身上。'实证宗教,'依波利特援引黑格尔的一段话写道'意味着多多少少通过限制强加在个人灵魂上的情感;它们是通过命令的效果和服从的结果而产生的行为,它们的实现并没有直接个人兴趣的参与。'"❶ 也就是说,"自然宗教"就是指我们自由地想象我们与上帝或者神的普遍关系,比如我们的智慧来自神,我们的祖先和起源与神相关,这些都是一种普遍想象与神之间的信仰关系的反映。而实证宗教则不是一种自我的自由普遍想象,它是通过一种也许个体并不感兴趣的仪式、规则来表明人与神的具体关系,这些仪式、规则、信仰的形式具有历史性和空间性。也就是说,在不同的历史和社会中,这些仪式是不同的,然而,它们的共同特征就是限制个人的灵魂和情感,使得个人通过不得不服从这些规则、仪式来表达与上帝的关系。这样,每个人既有一种对上帝的自由想象关系,又不得不局限于历史为其限定的信仰规则和范围。这些历史的仪式和规则说明了个人信仰的方式和行为的方式,限定了个体在具体的历史时空中与上帝发生感情的界限。这也就是不同历史时空中,人们信仰上帝的方式不同的原因;问题不在于教堂的不同,而在于构成这些历史界限的仪式强制约束

---

❶ Giorgio Agamben, *What Is an Apparatus? and Other Essays*, trans. by David Kishik and Stefan Pedatella, Stanford, Calif.: Stanford University Press, 2009, pp. 4–5.

了个人情感的范围。依波利特也为我们说明了自然宗教和实证宗教之间的相反相成性,在这个意义上,二者体现了自由与义务的辩证关系,同时也体现了历史和理性的辩证关系,这也是黑格尔宗教思想的精髓。在依波利特看来,年轻黑格尔的"实证性"概念所暗示的问题关键点是要将纯粹理性(pure reason),也就是理论的和高于实践的纯粹理性,和实证性即历史因素(historical element)辩证地统一起来,而也许黑格尔自己对此并不知晓。黑格尔本人认为实证性这种历史因素是实现人的自由和绝对精神的障碍,所以他对实证性是持否定态度的。实证性,作为一种宗教信仰的历史因素,限制了一个人的情感,规定了个人情感的方式,构成了情感的障碍;它强加在个体身上成为个体不可逾越的历史规约,还混乱了理性的纯粹性。然而,依波利特从另一方面来解读构成黑格尔纯粹理性障碍的历史因素,认为这一实证性历史因素的存在使得黑格尔不得不在理性和实证性之间加以调和,这样,黑格尔的思想反而因此避免了抽象的特征而多了生命具体的丰富性。因而他认为,从中我们可以看到实证性这个概念处在黑格尔哲学视角的中心。❶ 总之,黑格尔的依波利特阐释使得"实证性"这个概念具有了重要的学术地位,而"实证性"的哲学分析不是在纯粹理性的理论领域,而是将批判置入历史因素、历史限制和历史机制、仪式、规则当中。

根据依波利特,阿甘本因而总结到,"实证性"就是对黑格尔所说的历史因素的命名,二者是在同一个哲学层面的。这种"实证性"以规则、仪式、机制等从外在权力施加在个体身上的方式运转,但是,不止于外在历史因素的强迫的是,这些因素会最终从外在变成内在,内化到个体信仰和情感的体系中去。很明显,这种分析方式不是从理论和理念到实践的模式,而是相反,从实践的机制出发,考察一种历史的规约是如何嵌入到个体的身体和情感中去的。这与福柯的研究方式是一致的。这就是"实证性"哲学分析的特征。所以阿甘本进而说福柯正是借用这个概念,也就是后来的"机器"(apparatus)这一概念来解决自己的问题,即个人作为有生命的具体时空下的存在者

---

❶ Giorgio Agamben, *What Is an Apparatus? and Other Essays*, trans. by David Kishik and Stefan Pedatella, Stanford, Calif.: Stanford University Press, 2009, p. 5.

和历史因素之间的关系。他认为对福柯而言，历史因素就是那些机制，那些主体化的过程，以及那些使权力关系变得很具体的规则。与黑格尔不同的是，福柯的终极目的不是调和理性与实证性二者的辩证关系，而是调查在"机器"（apparatuses）中各种关系、机制以及权力"游戏"等具体运作的实证性方式。至此，阿甘本论证了自己在一开始的假设，即认为"机器"（apparatus）是福柯思想重要的技术术语（technical term）和普遍策略。最后，阿甘本考察了法语"机器""dispositive"即英语的"apparatus"一词在现在法语字典中的三种解释，即它的司法含义、它作为一台机器或者一个机制运作方式的技术含义以及它在军事方面的含义。很显然，这个概念的多方面含义为福柯综合利用而变成了他思想运作的重要概念和他社会批判的重要对象。阿甘本的分析非常清楚明白，他准确概括了福柯那里"机器"（apparatus）一词的独特用法："在普遍的福柯用法中，这一术语显然是指一套实践和机制（语言的和非语言的、司法的、技术的和军事的），这些实践和机制的目的是面对紧急的需要，取得或多或少直接的效果。"❶ 需要特别强调的是，这个术语既意指语言机制的运作效果，也涉及非语言性机制和机构的运作结果。

这个术语在西方历史中的谱系为何？阿甘本梳理了这个术语的历史渊源。与"机器"（apparatus）这个术语同源的希腊语就是"oikonomia"一词。在希腊时，"oikonomia"指的是对"oikos"（the home）的管理和治理，也就是对家庭的管理，用今天的话说就是家政管理。正如亚里士多德在《政治学》中所说一样，此处我们所处理的这个概念"不属于认识论范畴，而属于实践的范畴，属于每一次人们面对一个问题和一种特殊的处境的实践活动的范围"。❷ 所以，福柯这个术语最早是指管理和治理家庭这项实践活动。阿甘本说这也就是今天的经济学的起源，而且由于管理家庭的具体性，这种治理的实践是不断变化的；它涉及的主要不是一个认识论问题，而是实践智慧问题。然而后来，这一术语渐渐进入了神学管理的领域，这里涉及的是基督教神学

---

❶ Giorgio Agamben, *What Is an Apparatus? and Other Essays*, trans. by David Kishik and Stefan Pedatella, Stanford, Calif.: Stanford University Press, 2009, p. 8.

❷ Ibid., p. 9.

史上最重要的问题：三位一体。公元 2 世纪，教会的神父开始辩论圣父、圣子、圣灵三位一体的问题。这一辩论引起一些睿智人士的反对，因为他们、这些后来的一神论者害怕这样的论争会导致多神论的出现。因此，为了说服反对派，神学家们如德尔图良（Tertullian）、艾雷尼厄斯（Irenaeus）、希波吕托斯（Hippolytus）等许多人起用了希腊的"oikonomia"这一概念来迎合他们的需要。这样，神的存在和本质仍旧是"一"，可是论及神的管理，即他管理家政、生命和他所创造的世界的时候，他是三位的。正如父亲在不损及自己的权力和统治的情况下委托自己的儿子处理一些事务一样，上帝委托基督来管理和治理人类的历史。这样，神学家慢慢习惯了神学话语的二分：神学的原则和管理的原则（economy）。而"oikonomia"就是在这种神学的二分中演化为后来的"机器"（apparatus）的。

但是由于这种上帝存在和行为、本体和实践的裂隙，实践的行为和管理也就是人间的政治就没有了"存在"的基础，即上帝不在这些具体的事务中——阿甘本说这就成为治理或管理的神学教条留给西方文化的精神分裂症。

后来，在拉丁语系中，"管理"（oikonomia）这个希腊术语的拉丁语翻就是"disposition"，这个术语在法语中演化为"dispositive"，它们都继承了"oikonomia"的复杂含义。福柯所使用的"dispositifs"（英语的"apparatus"）或多或少联系到这种神学遗产。而神的本质和活动这样二分的结果是"apparatus"指明了这样的情况：在神的本质、存在缺席的情况下，对于世界的治理活动永远被抽空了任何"存在"的可能性。这也是为什么"apparatuses"必然总是暗示和包含一种主体化的过程，即它们必须不断生产它们的主体以补偿它们本体和基础的缺失。

在这种神学谱系中，福柯的"机器"（apparatuses）获得了更多的意义，因为"apparatus"一词的语义不仅和青年黑格尔"positivity"一词的语义相交叉，而且和后来海德格尔的"Gestell"（Gestell 和 dis-positio 有着相似的语源学基础）一词的语义相交叉。海德格尔在《关于技术的问题》中使用了"apparatus"一词，但是通过这个术语他想说明的是"这就是说，将安置人的装置聚集在一起可以揭示他在订制模式中的真相"。❶ 海德格尔技术的"装置"（dispositio）和福柯的"机器"（apparatus）因而具有明显的相似性。这些相互接近的术语的含义都可以在向希腊术语"oikonomia"一词的返归中得到界定："那就是指，一套某种意义上声称是有用的，旨在管理、统治、控制和定位人类行为、姿态和思想的实践、知识体、措施和机构。"❷

阿甘本还对福柯这一术语进行了扩展性应用。应该说，阿甘本在我们的社会中看到了无限之多的"apparatuses"，比如手机等这些日常用品都是"机器"，它们都不断导致了主体化过程的增多和撒播：

> 进一步扩展福柯已然庞大的"机器"范围，我可以在字面意义上称呼任何东西为"机器"，某种意义上，它们能够捕获、定位、决定、阻止、塑造、控制或者固定存在物的姿态、行为、思想观点或者话语。不仅监狱、精神病院、圆形监狱、学校、坦白、工厂、纪律、司法措施等（某种意义上它们与权力的联系很明显）可以被称为"机器"，而且钢笔、书写、文学、哲学、农业、香烟、航海、计算机、移动电话甚至语言本身都是"机器"，而语言也许是最古老的机器，一种数千年前、一个灵长类动物不经意间让自己被捕获，却很可能没有意识到他即将面临的后果的机器。
>
> 这样简要地讲，我们可以进行两种大的分类：*存在物（或者物质）和机器*。处在这两者之间的作为第三类的是主体。我认为一个主体源于某种关系，也就是说，源于存在物与机器之间无情的斗争。就像在古老的形而上学中，物质和主体似乎天然地有重叠的部分，但不完全重叠。这就是说，例如同一个个体，同一个物质，可以被置于多种多样的主体化过程中：移动电话用户、网络用户、小说的作者、探戈爱好者、反全球化的激进主义者，等等。我们时代机器无尽的增加与主体化过程的极度增多是一致的。这一切可能产生了这种印象，即在我们时代，主体性

---

❶ Giorgio Agamben, *What Is an Apparatus? and Other Essays*, trans. by David Kishik and Stefan Pedatella, Stanford, Calif.: Stanford University Press, 2009, p. 12.

❷ Ibid.

的类型不断地摇摆，缺乏统一性；但是，简明地说，危险的不是（某个身份类别的——引者注）擦除或者胜出，而是一种撒播，它将已然伴随着每种个人身份的伪装推向极端化。❶

阿甘本不仅总结了福柯所有的"机器"，如监狱、精神病院、圆形监狱、学校、坦白机制、工厂、纪律、司法措施，而且将钢笔、书写、文学、哲学、农业、香烟、航海、计算机、移动电话、语言都列入了"机器"的范畴。对于"语言"，他强调那是从人类一开始使用就无意识被捕获的"机器"。因为阿甘本最终涉及的是一个政治哲学和如何消除主体捕获的问题。他接着要说明的是这一系列的"机器"根据古老的神学概念都会涉及本体的缺席，而行为和管理需要不断生产"主体"来不断填补本体的空位的这一问题。这样，主体化的过程，用福柯的批判就是"主体化的合理化形式"分析就是他们共同要揭示和反抗的对象。而且，在阿甘本看来，我们的时代因为"机器"的发明越来越多，这样，我们的束缚和被捕获的主体化过程也不断增多，我们处在各种被寻获的网络中。当然，这是阿甘本的扩展，也是现代政治哲学研究的课题；我们要强调的是，福柯还是在他所设定的一些特殊空间，如疯人院、监狱、性经验等，以"异托邦"（heterotopias）的逻辑，即寻找异质关联的条件来实现他对当代社会的反映、呈现、分析、诊断和批判。

最后，阿甘本认为现代世界主体处在多元捕获和散播中；在他看来，"渎神"即对神之物的侵犯的历史波动可能会构成一种对政治的消解。对此，此处不再多述。对我们而言，阿甘本的贡献在于论述福柯的"机器"概念，并从中对历史和当代的主体实践做了非常智慧的说明，而我们希望在阿甘本的基础上，进一步总结福柯哲学分析的特征，即实证性。也就是说，我们看到福柯在分析语言与非语言的各种异质的"机器"，这种分析表明了他不同于康德、黑格尔等科学、哲学阐释层面的哲学家；他始终在一个经验的混合区域，在一种实证空间作一种实证性的哲学分析和批判，这是一种外部的研究，也关系实践生活。福柯并不是在纯知识、理性等的空间思考问题，他的哲学具

---

❶ Giorgio Agamben, *What Is an Apparatus? and Other Essays*, trans. by David Kishik and Stefan Pedatella, Stanford, Calif.: Stanford University Press, 2009, pp. 14 – 15.

有实证分析的特征。这种有据可依的实证哲学真正将日常实践变成了哲学的对象,这正是福柯对法国科学哲学或者概念哲学继承的表征,同时,这又是在日常实践概念的意义上对科学认识论批判和概念考察的补充和发展。这样我们一方面要强调福柯哲学的"机器"含义,另一方要注重福柯"机器"哲学的实证性特征。

总之,我们看到福柯的知识型,他所论述的语言三元、二元的存在方式,他对疯人院的调查,对疯癫形成史的分析,对监狱、诊所、工厂、学校、军队等的具体分析,对性经验、考古学和谱系学考察,都是一种对"机器"的实证性分析。福柯对于这些各种现代主体的主体化方式的历史分析表明了他新的哲学思考对象和空间,哲学中之所以诞生了新的东西,乃是因为这种新的哲学认识方式、新的认识论基础、新的认识论空间。这也回应了福柯在《词与物》前言中对秩序经验、经验秩序、纯粹秩序的区分,他就是要在一个中介的、有限制的却也是实证性的秩序经验存在方式的空间内进行哲学活动。所有福柯研究的对象如语言、言语、知识型、陈述、档案、话语、权力、知识、真理、主体都是在经验秩序的空间,在实证空间,而不是玄思、纯粹秩序或者纯科学阐释和纯哲理的空间,他将社会各机制、语言各功能、知识各形式以及权力、真理的游戏都纳入到经验的限度来思考。这种考察是传统哲学的域外,是传统理论没有企及的经验领域的建构。在福柯的著作中,到处都是这种分析与思考。

在《疯癫与文明》中,福柯这样说道自己的研究问题:"把疯人说成绝对他者,不仅付出了理论代价,而且也付出了一种制度的乃至经济的代价。"❶ 当福柯分析当代的安静的精神病院一隅中的疯癫主体是如何形成的过程时,不仅考虑到主体的语言与理论代价,而且在这种他者化的血雨腥风的历史中,考察疯癫的制度乃至经济代价,即因为什么,哪些具体的人被设为禁闭的对象,这些都是与制度乃至经济的各种实证性因素相关。

福柯在评论康纪莱姆的工作时说道:"康纪莱姆把他的研究差不多集中在

---

❶ 米歇尔·福柯:《疯癫与文明》,刘北成、杨远婴译,生活·读书·新知三联书店2003年版,第273页。

生物学史和医学史方面……因而他使科学史从顶峰（数学、天文学、伽利略的力学、牛顿的物理学、相对论）下降到中间领域，在这种领域中，认识难以进行推理，而更依赖于外在的进程（经济的推动或机制的保障），因而在这种领域中，认识在更长的时期内同想象的魅力联系在一起。"❶ 福柯自己又何尝不是这样呢？康纪莱姆研究生物学史和医学史，而不去在纯粹科学理论如数学、天文学、伽利略的力学、牛顿的物理学、相对论等领域来思考认识与外在经济和机制的关系，福柯也是；他在《词与物》中也是从生物学、语言学、经济学等经验科学，即与日常生活实践密切相关的，与经济以及机制的保障、变化紧密相关的变动领域来考察知识型的变迁。更重要的是，在这个领域想象与科学、理论相互交融，这样福柯对文学艺术文本的分析，对经济学等著作的分析，对科学家、哲学家著作的分析反而能相互结合起来，所以他实现了一种真正的人文科学的综合研究。

在《规训与惩罚》中，福柯的"微观物理学"涉及家庭、军队、监狱、学校、教会各种机制，他正是在一种被嵌入到各种机构中的"身体"的基础上分析"被驯服的肉体"。《规训与惩罚》可以说是在离我们最近的实践意义上"机器"与主体化过程分析的典范，主体就是以那些"机器"为中介成为某种合理性的主体。其中，福柯关于表格、考试区分、圆形监狱的现代规训体系的批判一针见血，让我们更加了解我们的生存状况。他对数学、计算理性与现代技术相结合对人的规划的分析也非常令人震撼。在这个意义上，我们能够更好地理解福柯"这种惩罚权力的'微观物理学'的历史就将成为现代'灵魂'的一个谱系或一个因素。人们不应把这种灵魂视为某种意识形态残余的死灰复燃，而应视之为与某种支配肉体的权力技术学相关的存在……它确实存在着，它有某种现实性，由于一种权力的运作，它不断地在肉体的周围和内部产生出来"。❷ 所以，这种权力同时作用于身体和灵魂，最终以其

---

❶ 米歇尔·福柯："康纪莱姆《正常与病理》一书引言"，见杜小真：《福柯集》，上海远东出版社2003年版，第452页。
❷ 米歇尔·福柯：《规训与惩罚》，刘北成、杨远婴译，生活·读书·新知三联书店2007年版，第31~32页。

特有的技术全面生产合格的、驯服的肉体,即现代主体。

最后,在《性经验史》中,"性经验"虽然是一个概念的范畴,但是对于现代性经验的形成史,对于基督教的肉体的忏悔史,对于希腊、罗马的自我节制的性技术史,福柯都是从一些实证性因素出发去分析的。对于性压抑的理论假说,福柯提出了新的实证分析前提,他说:"从强迫每个人把他的性经验转变成一种永恒话语的独特律令,到在经济、教育、医学和司法中煽动、摘要、整理性话语和使之制度化的众多机制,我们的文明需要和组织了一个庞大的、滔滔不绝的性话语。"❶ 我们看到福柯要分析的是经济、教育、医学和司法等机制中的性话语如何被煽动。而且,对于古希腊和罗马的自我技术的性节制的分析,福柯也是依据具有实证意义的"文本":"我的分析范围包括各种旨在给出正确行为的准则、观点和建议的文本:即各种'实践的'文本,写出它们是为了供大家阅读、学习、思考、使用和检验,它们的目的是最终构成日常行为的结构,在此意义上,它们是'实践'的目标。这些文本的作用就是作为操作程序,让人们可以反省自己的行为,监督它、形成它、自我塑造成伦理主体;它们总体上属于一种普吕塔尔克所说的'精神的和诗意的'作用。"❷ 也就是说,这些实践的文本具有指导行为的意义,它们本身就是反思的对象;在古希腊,文学、哲学、伦理是一体的,这些文本反映了人们在处理与自我、男童、妻子和真理等的关系时的具体操作过程和实际产生的效果。这种伦理是以行为的实践为基础的。

---

❶ 米歇尔·福柯:《性经验史》,佘碧平译,上海人民出版社2005年版,第22页。
❷ 同上书,第114页。

维兰德首创"世界文学"概念[*]

■ 贺 骥[**]

学界普遍认为歌德是"世界文学"一词的首创者。1827年1月15日,歌德在其日记中首次运用了"世界文学"(Weltliteratur)这个复合词:"我向舒哈特口授关于法国文学和世界文学的论述。"[❶] 随后他又在《迪瓦尔的历史剧〈塔索〉》一文中对这个新词作了解释:世界文学就是国际性的文学交往和文化接触,世界文学具有普遍性和整体性;普遍性在于它表现了普遍的人性,整体性则体现在各民族文学的相互交流、相互借鉴和相互融合上。

1987年,德国学者魏茨(Hans-Joachim Weitz,1904~2001)在《阿卡迪亚》杂志上发表了一篇题为《维兰德是"世界文学"一词的首创者》的短文。魏茨声称他发现了德国作家维兰德(Christoph Martin Wieland,1733~1813)在1790~1813年间亲笔书写的一则手记,这则写在维兰德翻译的贺拉斯《书札》(1790年修订版)中的手记的核心词语为"世界知识和世界文学以及成熟的性格培养和良好品行的高雅趣味"。[❷] 维兰德在此所说的"世界文学"指的是奥古斯都时期的一流作家(贺拉斯、维吉尔和普罗佩提乌斯等人)博览了古今各民族的文学杰作,掌握了世界文化文献,他们具有广博的学识、丰富的阅历和高度的文学艺术修养,他们所创造的文学乃是一种世界主义的

---

[*] 本文系中国社会科学院创新项目"外国文学重要思潮研究"(14CAC07)的阶段性成果。
[**] 贺骥(1964~),男,湖北黄石人,文学博士,中国社会科学院外文所研究员。
[❶] Goethe, Johann Wolfgang von, *Werke*, Weimarer Ausgabe, Abt. II, Bd. 11, Weimar: Böhlau Verlag, 1919, s. 8.
[❷] Weitz, Hans-J, "'Weltliteratur' zuerst bei wieland", in *Arcadia 22*, Berlin: De Gruyter, 1987, s. 207.

高雅文学。维兰德借"世界文学"一词树立了"博学的诗人"的典范,这类诗人通过读万卷书、行万里路而获得了丰富的"世界知识",他们所创造的作品体现了文化多元性和普遍的人性,这些优秀作品以其跨文化的思想容量和高度的艺术价值成为流芳百世的文学经典。

一、维兰德手记的来历

维兰德是歌德时代的著名文学家和翻译家,他翻译了贺拉斯的《书札》和《讽刺诗集》等世界文学名著。《书札》德译本的初版于1782年由德绍的学者书局出版,修订版于1790年由莱比锡的魏德曼出版社推出。维兰德关于"世界文学"的手记即出自1790年版的贺拉斯《书札》德译本样书。

1946年,德国作家内特(Herbert Nette, 1902~1994)从达姆施塔特的一位老妪手中购得了几本古旧书籍,其中就有维兰德翻译的贺拉斯《书札》(1790)。这本《书札》采用花体字印刷,正文前有维兰德于1782年4月12日写给魏玛公爵卡尔·奥古斯特的《献词》。内特打开老妪收藏的《书札》,发现有人用钢笔对《献词》的部分词句进行了增添和改动,增改后的文字中有"世界文学"一词。内特认为这些增改的文字出自某位读者。魏茨去内特家作客时翻阅过这本《书札》。魏茨是歌德和维兰德专家,他常去歌德席勒档案馆查阅资料,因此对维兰德的手稿和笔迹比较熟悉。他看过《献词》中增改的文字后,便推断这些文字出自维兰德之手。为了鉴别笔迹的真伪,内特请来了德语文学学者吕迪格尔(1908~1984)和文艺学家埃佩斯海姆。经过仔细辨认,两人断定《献词》中增改的文字乃是维兰德的亲笔手迹,而老妪的私人藏书其实就是出版社赠送给译者维兰德的样书。

内特原本打算就维兰德的这段增改文字写一篇论文,并将维兰德写在《献词》上的手记公之于世。由于百事缠身,该计划并未得到实施。《书札》的样书在内特家中沉睡了40年,维兰德的手记也几乎被遗忘了。

1986年,德国文学档案馆从内特手中购得了维兰德译著《书札》的样书,档案馆馆长欧特博士授权魏茨发表维兰德的手记,并委托他就这则手记写一篇短文。魏茨于是撰写了一篇关于维兰德手记的流传的短文,将它题名为《维兰德是"世界文学"一词的首创者》。为了感谢吕迪格尔对维兰德笔迹的鉴定,他将这篇短文发表在吕迪格尔创建的《阿卡迪亚》杂志上。

1782年版和1790年版的贺拉斯《书札》德译本均收录了维兰德写给魏玛公爵卡尔·奥古斯特的《献词》。《献词》(1782)中与"世界文学"概念有关的段落如下:"罗马在其最美好的时代颇有首善之都的风格,这种风格可以用文雅(Urbanität)一词来概括,文雅指的是博学多才、世界知识和文质彬彬的高雅趣味(diese feine Tinktur von Gelehrsamkeit, Weltkenntnis und Politesse),这种高雅趣味是通过阅读最优秀的作家的杰作和与这个有教养的时代最文明和最杰出的人物的交往而不知不觉地形成的。"❶

维兰德用钢笔划掉了"博学多才"和"文质彬彬"二词,在"世界知识"之后加上了"世界文学"一词,在字行之间添加了"学识渊博"一词,然后又把它删掉了,接着又在字行之间的空白处增加了"以及成熟的性格培养和良好品行"这几个词,从而使这段文字的核心部分最终定型为下列措辞:"世界知识和世界文学以及成熟的性格培养和良好品行的高雅趣味"(diese feine Tinktur von Weltkenntnis u. Weltliteratur so wie von reifer Charakterbildung u. Wohlbetragen)。❷

维兰德于1813年1月20日在魏玛去世,他的同时代人并不知道他写有这则手记,歌德在不知情的情况下从1827年1月15日起多次使用了"世界文学"这个词。维兰德在1790年版的《书札》样书上写这则关于"世界文学"的手记时并未注明日期,因此只能将维兰德首创"世界文学"一词的大致日期确定在1790~1813年。

二、人道精神的世界主义

"世界文学"概念有三种定义:(1)广义的"世界文学"指的是所有民

---

❶ Weitz, Hans-J, "'Weltliteratur' zuerst bei Wieland", in *Arcadia 22*, Berlin: De Gruyter, 1987, s. 206.

❷ Ibid., s. 207.

族和所有时代文学作品的总和（Gesamtliteratur）；（2）狭义的"世界文学"指的是超时代的、具有普遍审美价值的世界各民族文学的典范作品总集（Kanon），换言之，"世界文学"就是具有世界声誉的文学杰作的荟萃，这种精英主义意义上的"世界文学"概念在当今学界占据了主导地位；（3）歌德于1827年提出的文学发展蓝图，它指的是国际性的文学交往（Kommunikation der Literatur）和文化接触，交往的结果就是具有特性的各民族文学的融合。❶ 魏茨认为维兰德的"世界文学"概念与"歌德的世界文学构想相接近"，❷ 但他没有进行详细论证。笔者认为维兰德的"世界文学"指的是跨越民族界限的、具有世界影响的各民族文学的典范作品总集，而所有这些典范作品皆具有"普世的人性价值和艺术价值"。❸

具有人道精神的世界主义（Kosmopolitismus）是维兰德的"世界文学"概念的思想基础。世界主义是一种与民族主义相对立的世界观，它认为人不只是某个国家的公民和某个民族的成员。确言之，人是地球（世界）上的公民；它从世界公民的角度出发提倡各民族平等、自由和相互宽容，其思想渊源可追溯到犬儒学派哲学家西诺帕的第欧根尼（约公元前400～前323年）和斯多葛学派的伦理学。维兰德的世界主义思想的核心就是人道和宽容。在《论流芳百世》（1812）一文中，维兰德表达了利他主义的人道主义思想：人生的意义就在于"不断运用我们最高尚的精神力量和我们最美好的心灵意向与情感"，以"促进利他的善"，以增进"普遍的幸福和人类的全面教育与完善"；"每个高尚者更多的是为他人而不是为自己而活着，他的一生或多或少都是一种持续的舍己为人"。❹ 在《民族文学》（1773）一文中，他确定了文学艺术的人道主义使命："文艺女神的使命在于温暖人的心灵……她们应该为我们灌输和平、宽容、博爱和普遍欢乐的精神；应该通过万能的情感力量使

---

❶ Schweikle, Günther und Irmgard (Hg.), *Metzler Literatur Lexikon*, Stuttgart: Verlag J. B. Metzler, 1990, s. 502.

❷ Weitz, Hans-J, "'Weltliteratur' zuerst bei Wieland", in *Arcadia 22*, Berlin: De Gruyter, 1987, s. 208.

❸ *Ausschreibung des Christoph-Martin-Wieland-Übersetzungspreises*. http://www.wieland-museum.de/programm/ausschreibung.pdf.

❹ Wieland, *Wielands Werke*, Bd. 4, Berlin und Weimar: Aufbau-Verlag, 1984, s. 163.

我们牢记人人皆兄弟的观念和只有通过团结与和睦世人才能获得幸福的道理。"❶

作为启蒙运动的思想家，维兰德提倡民族宽容和宗教宽容。在《民族文学》一文中，他要求世界各民族打破文化孤立主义，采取文化宽容的态度，进行互识、互补、互惠的文化交流："世人的首要义务在于相互接近和相互联系，在于作为大自然所创造的一个大社会的成员以合力为人类的共同完善而工作……欧洲各民族如果能逐渐削弱每个民族曾经拥有的独特民族性（这种民族性或多或少地使每个民族背离了已启蒙的、有教养的民族的开放性），那么至少他们将在实现人类的共同幸福的道路上取得巨大进步。古埃及人和当今的中国人与日本人都是闭关锁国的民族，一个民族越不爱社交，越孤独，越与世隔绝，它就越能保持其民族性，但它的民族状况也就越不完美。"❷ 维兰德从"普遍的理性"出发，主张宗教宽容。他在《论宗教宽容》（1783）一文中写道："信仰自由是人与生俱来的、普遍的、永恒的权利……持某种宗教观的人当然认为另一种宗教观是错误的；但他没有强迫他人相信他的宗教的权利……每种宗教都无权统治其他的宗教。"❸

维兰德在青年时代就是一位宣扬博爱的世界主义者。在早年的两部世界公民小说《西诺帕的第欧根尼的遗著》（1770）和《阿布德拉市民的故事》（1774）中，他的人道的世界主义思想已初具雏形，并与建立在理智和智慧基础之上的文化精英主义融为一体。西诺帕的第欧根尼自称"世界公民"。当有人问他如何理解"世界公民"这个概念时，他答道："世界公民就是像我这样的一个人，他不和任何一个特殊的社会勾连在一起，他把大地当做他的祖国，把人类的所有成员当做他的同胞和兄弟，并且漠视他们的位置、空气、生活方式、语言、风俗、教育和个人兴趣所造成的偶然差异。当他们受难时，他们有天生的权利请求他的帮助；当他无法帮助他们时，他们有权获得他的同情；当他们迷路时，他们有权要求他指明方向；当他们享受人生时，他们有

---

❶ Wieland, *Wielands Werke*, Bd. 4, Berlin und Weimar: Aufbau-Verlag, 1984, s. 56–57.
❷ Ibid., s. 53.
❸ Ibid., s. 154.

权邀请他与之同乐……世界公民爱所有的人，这是一种纯粹的、无派性的、没有任何附加条件的爱。他不被个人的偏爱所左右，当有人请他帮忙时，他就会凭着一副热心肠迅速采取人道和善良的行动。"❶

第欧根尼试图以一种无拘无束的、俭朴的犬儒主义生活态度来解决世界主义的博爱与地方主义的城邦利益之间的冲突。他置身于"特殊社会"之外，远离"一个特殊社会的激情和企图"，有意识地降低物质需求，摆脱家庭、职业和"国家"的约束，❷ 从而免除了各种社会义务。这种遗世独立的局外人立场使第欧根尼对社会的观察和批判具有了一种中立性、客观性和超派别性。

第欧根尼因其孤独而简约的生活方式被古希腊人称做"傻子"。小说作者谎称自己是第欧根尼的遗著《疯狂的苏格拉底》的译者和出版者，他对哲学史上消极的第欧根尼形象进行了颠覆，将这位犬儒描写成一位"好心而乐观的……理智的怪人"。❸ 年轻的亚历山大大帝将这位"怪人"引为知己，他向第欧根尼讲述了他准备征服世界各民族、建立一个统一的世界王朝的计划："我把世界看成一个完整的整体；世界人民需要一位领袖，我觉得我就是天生的世界领袖。"❹ 亚历山大想聘请第欧根尼做他的政治顾问，第欧根尼出于道德考虑拒绝了他的提议；他认为亚历山大的计划是一种帝国主义性质的世界主义，对世界进行暴力统治从伦理上来说是不可行的，因此他坚持"只顾及全人类的整体利益"❺ 的人道主义的世界主义。

长篇小说《阿布德拉市民的故事》讽刺了阿布德拉市民狭隘的地方主义、对异域文化的偏见、低级的艺术趣味和各种愚蠢行为。小说人物德谟克里特在埃及和巴比伦等地游学了20年之后回到故乡阿布德拉城，他给同乡们讲述了异域的实情，打破了他们关于异国的荒诞幻想，于是他们认为他有精神病，并从科斯岛请来了名医希波克拉底为他诊治。阅世颇丰的希波克拉底和德谟克里特相见后促膝倾谈，发现他们俩有共同的世界主义思想，两人因志趣相

---

❶ Wieland, *Sämtliche Werke*, Bd. 13, Nördlingen: Greno Verlag, 1984, s. 13.
❷ Ibid., s. 110–113.
❸ Ibid., s. 16.
❹ Ibid., s. 151.
❺ Ibid., s. 155.

投而结为挚友。这两位见多识广的精神贵族同属于一个有教养的文化精英共同体，即非实体的世界主义"学者共和国"。关于这个精神性的共同体，作者写道：古代的世界公民"没有事先约定、没有会社标志、不参加会社集会、不受誓言的约束就结成了一种兄弟情谊"。❶ 小说中的另一个人物欧里庇德斯也是一位胸襟旷达的世界主义者，他无情鞭挞了阿布德拉市民褊狭的民族主义和低俗的艺术狂热。这三位世界主义智者皆有健全的理智、高雅的趣味和宽容的精神，他们所结成的精神同盟使他们摆脱了犬儒第欧根尼似的孤立。

1782 年，光照会（Illuminantenorden，1776～1785）的一位会员匿名发表了一篇煽动性的文章《一位世界公民的好奇》，他批评维兰德的世界主义"学者共和国"的虚幻性，鼓吹光照会带有暴力革命色彩的无政府主义纲领。维兰德于是撰写了文章《回答与反问》（1783）予以反击。维兰德支持改良主义，反对光照会推翻现行制度的暴力革命，因为暴力革命会带来混乱和新的"弊端"。他认为光照会力图建立的消除了民族、等级和宗教差别的"世界公民共和国"纯属政治"幻想"，光照会会员是不负责任的市民和"伪世界主义者"，❷ 他们的政治阴谋和无政府主义言行"会突然毁掉一切启蒙、宽容、自由和世界主义"。❸ 只有以理性为指南、具有博爱的世界主义思想的少数文化精英才是负责任的"人权的代言人"和"真正的世界主义者"。❹ 真正的世界主义者"在政治上不走极端……他们静静地等待理性不知不觉的增长在世界各民族中必将产生的良好效果。"❺

1786 年，魏玛公国官吏格希豪森出版了一本论战性的小册子《揭露世界公民共和国体制》。他从国家利益至上的原则出发，以"你要么是国家公民，要么是叛贼"的二分法思维，将"世界公民""启蒙思想家""耶稣会会士"和"共济会会员"❻ 一律打成国家公敌。为了维护国家利益，他要求各国君

---

❶ Wieland, *Sämtliche Werke*, Bd. 19 – 20, Nördlingen: Greno Verlag, 1984, s. 217.
❷ Wieland, *Sämtliche Werke*, Bd. 29, s. 320.
❸ Ibid., s. 335.
❹ Wieland, *Sämtliche Werke*, Bd. 19 – 29, s. 307.
❺ Ibid., s. 313
❻ Anton Göchhausen, *Enthüllung des Systems der Weltbürgerrepublik*, Leipzig: Göschen Verlag, 1786, s. 265.

主取消打着"启蒙"旗号煽动革命的"新闻自由"。❶

为了反驳格希豪森的谬论，维兰德发表了长文《世界公民共同体的秘密》（1788）。维兰德对"伪世界公民"和"真正的世界公民"进行了严格区分。他把光照会、共济会和耶稣会会员称做"伪世界公民"，这些机构化的秘密会社故弄玄虚，搞阴谋活动，以实现其政治野心。"真正的世界公民"则没有秘密，他们公开表达其人道的世界主义思想，宣扬广泛的言论自由、"新闻自由"和出版自由。❷ 全面的言论和新闻出版自由能保障全面的启蒙，能保证启蒙思想家对"君主"和"各民族"人民进行有效的教育，以防止暴力革命，并敦促各国君主实行仁政，进行自上而下的政治改革，从而增进国民的幸福，逐步实现各民族的幸福。维兰德要求各国君主在"理性"和"人道的国家观念"的指导下为人民的幸福尽义务，革除绝对专制主义的弊端，进行一场非暴力的、改良专制主义的仁爱革命："通过实行重要的、促进各民族幸福的社会改良……欧洲的现状似乎已接近一种仁爱革命（wohltätige Revolution）；这种革命不是由**疯狂的暴动**和**内战**引发的，而是由宁静的、坚持不懈地进行**守本分的抵抗**……由温和的、令人信服的、不可抗拒的理性伟力催生的。"❸

维兰德用启蒙运动的美德观对基督教的基本美德（信、望、爱）进行了世俗化的改造。他认为真正的世界公民是少数有美德的"智者和贤人"，❹ 美德就是对世人有仁爱之心并将爱心付诸行动。真正的世界公民是奉行博爱原则的人类之友："他的符合其天性的基本原则和主要思想促使他做个有用的人，使他在自己的工作范围内为上帝之大城的利益而效力。只有善良的公民才配得上世界公民这个称号。"❺ 真正的世界公民不结社、不做官，只有从这种无派性的、中立的局外人立场出发，世界主义者才能摆脱集团之间和国家

---

❶ Anton Göchhausen, *Enthüllung des Systems der Weltbürgerrepublik*, Leipzig: Göschen Verlag, 1786, s. 248.
❷ Wieland, *Sämtliche Werke*, Bd. 30, Nördlingen: Greno Verlag, 1984, s. 197.
❸ Ibid., s. 191.
❹ Heinz, Jutta (Hg.), *Wieland-Handbuch*, Stuttgart: J. B. Metzler, 2008, s. 369.
❺ Wieland, *Sämtliche Werke*, Bd. 30, Nördlingen: Greno Verlag, 1984, s. 171.

之间的利益冲突，才能满足世界公民的普世性要求："世界主义者有资格拥有最本真和最突出意义上的世界公民这个名称。因为他们将地球上的所有民族视做一个唯一家族的众多分支，将世界视做一个国家，他们和其他无数理性的人都是这个国家的公民；在这个国家里，每个人都以其特有的方式追求他自己的富裕生活，并在遵守普遍自然法则的前提下促进人类整体的完善。"❶

维兰德认为对全人类的博爱高于对祖国的爱，因为爱国是一种狭隘而狂热的激情："这种激情与世界主义的基本概念、思想和义务互不相容。"❷ 他认为文学艺术、科学和书刊印刷术是跨国界和跨时代的，它们是全人类的共享资源，思想和文化的多元性有助于防止个人、派系和民族的偏见。

三、维兰德"世界文学"概念的内涵

青年维兰德的心目中已有了"世界文学"的大致框架，只是他没有使用"世界文学"一词而已。他在创作早期作品时，脑海里已浮现出"世界文学"的草图：世界文学就是世界各民族的文学名作的总集。他在《〈维兰德先生的文学作品集〉序言》（1762）中写道："感知真和善的事物始终都是我的最高追求……我在构思严肃内容时，借鉴了所有时代和所有民族的诗人的大量名作。"❸ 这部文集以古希腊罗马文学（荷马、维吉尔、品达、贺拉斯、欧里庇得斯和泰伦斯）、法国文学（丰特奈尔、伏尔泰和佩罗）、英国文学（莎士比亚和蒲柏）和德国启蒙文学的杰作以及阿拉伯民间故事集《一千零一夜》为"典范"（Muster），对诗人的生活经历进行了艺术加工，表达了"一种真实的激情"。❹ 维兰德接受了莱辛在《文学书简》中对其诗作的善意批评，原因之一就是"莱辛是一位人类之友"。❺

在《民族文学》（1773）一文中，维兰德对他的世界文学概念作出了明

---

❶ Wieland, *Sämtliche Werke*, Bd. 30, Nördlingen: Greno Verlag, 1984, s. 167f.
❷ Ibid., s. 177.
❸ Wieland, *Wielands Werke*, Bd. 4, Berlin und Weimar: Aufbau-Verlag, 1984, s. 14.
❹ Ibid., s. 12.
❺ Ibid., s. 13.

确定义：世界文学是本国和外国文学的"典范作品"的总和。他从文学"美化和改善人性"的使命以及"令人愉悦的影响"出发，认定文学具有"超越个别社会的狭隘概念"的世界性，文学是世界各民族的共同精神财富，世界文学就是所有时代所有民族的典范作品总集："自然和艺术的整个王国向每一位诗人敞开着，只要他能以自己的方式从这个宝库中吸取精华来丰富自己，他就能最终接近完美的艺术境界，而完美乃是一切文学大师的共性，无论他们生活在哪个时代、出自哪个民族和用哪种语言写作。"❶ 和歌德一样，维兰德的世界文学概念带有言必称希腊的欧洲中心主义色彩，他的世界文学乃是以古希腊罗马文学为正典、以欧洲文学为核心的世界各民族文学经典的总集。他写道："希腊人难道不是古代世界所有其他文明民族的导师吗？我们现代欧洲人不是和古罗马人一样也必须感谢希腊人吗？希腊人在我们心中煽起了精神之火，递给了我们智慧之灯，留给了我们诸多典范之作。我们的文化教养、较好的法规、较好的体制、文学艺术、审美趣味和礼仪难道不应该归功于古希腊吗？古希腊罗马的诗人、艺术家、哲学家、医生、演说家、政治家和元帅不是已为我们培养了所有这些领域两百多年来最伟大的人物吗？"❷

在《致一位青年诗人的书信》（1782）中，维兰德奉劝青年作家不要痴迷于"无意蕴无技巧"但颇受大众欢迎的通俗文学作品，而应该向世界各国的"优秀作家"学习，尊重"所有时代和所有民族"的"文学杰作的价值"。❸ 在《世界公民共同体的秘密》一文中，他肯定了世界文化的多元性，提倡不同民族文化之间的互识互补，再次强调了文学艺术是跨民族跨时代的、全人类的共同精神财富："科学、文学和书刊印刷术是所有发明中最高尚和最有益的发明……它们不属于这个或那个国家，而属于全人类。一个民族若能重视它们的价值，能接受、促进、发扬和保护它们，并让它们自由自在地、不受阻碍地发挥作用，这个民族就会兴旺发达！"❹

---

❶ Wieland, *Wielands Werke*, Bd. 4, Berlin und Weimar: Aufbau-Verlag, 1984, s. 54 – 55.
❷ Ibid., s. 52.
❸ Ibid., s. 74 – 99.
❹ Wieland, *Sämtliche Werke*, Bd. 30, Nördlingen: Greno Verlag, 1984, s. 202.

维兰德的"世界文学"概念指的是所有民族所有时代的"文学杰作"总集,他的私人藏书也可以为此提供佐证。关于他的藏书和文学修养,出版家贝尔图赫(1747~1822)写道:"我们非常高兴地看到,维兰德的缪斯和所有时代所有民族的缪斯女神都结下了友谊,他尊重、欣赏和选择世界各民族文学的一切善和美,而不管它的地点、形式和外表。"❶

维兰德在1790~1813年间所写的那则手记中,首次(也是唯一一次)使用了"世界文学"这个新词,他用该词来褒扬奥古斯都时代的优秀作家所创造的世界主义的高雅文学。"文雅""世界知识"和"阅读最优秀的作家的杰作"是手记中的关键词。"文雅"不仅指的是彬彬有礼,更确切地说,它意味着文化修养和对异域文化与外国高雅文学的熟悉。"世界知识"则指的是通过读书和阅世获得的对世界和人生的经验知识。"阅读最优秀的作家的杰作"乃是维兰德"世界文学"概念的核心:杰作即古往今来世界各民族的文学经典。手记中的"世界文学"概念首先确定了一种质量标准(最优秀的作家),其次它要求作家具有文化修养和道德修养;文学、文化和道德修养兼而有之就能创造出具有世界影响的上乘佳作,成为后世学习和仿效的"伟大典范"。❷

维兰德以"博学洽闻"和"技巧娴熟"为标准,说明了文学经典的形成过程:首先,作家必须以阅世高人的文化修养和娴熟的艺术技巧创造有审美价值的"文学杰作";其次,是后世"最优秀的人们"对这些杰作的"宣扬"和"奉为样板"。❸

维兰德的"世界文学"类似于奥古斯特·威廉·施莱格尔的世界文学。施莱格尔的世界文学指的"不仅是民族性和暂时性的有趣文学,而且是世界性和不朽的文学"。❹ 维兰德的"世界文学"乃是有世界影响的文学经典总

---

❶ Bertuch, Justin, *Verzeichnis der Bibliothek des verewigten Hofraths Wieland*, Weimar: Bibliotheca Academica, 1814, Vorrede, s. 1-2.

❷ Wieland, *Wielands Werke*, Bd. 4, Berlin und Weimar: Aufbau-Verlag, 1984, s. 97.

❸ Ibid., s. 52.

❹ Schlegel, August Wilhelm, *Kritische Schriften und Briefe*, Bd. 4, Stuttgart: Kohlhammer, 1965, s. 14.

集,它有别于赫尔德的"全世界的文学"❶(世界各民族文学作品的总和),也不同于歌德的"世界文学"。歌德的"世界文学"指的是国际性的文学交往(国际旅游、通信、会议、翻译、评论、阅读外文报刊和外国文化史与文学史等),而交往的结果就是各民族文学最终融合成"一个伟大的综合体"。❷

与赫尔德或歌德的"世界文学"构想相比,维兰德的"世界文学"概念具有更强大的生命力。1848年德国文学史家谢尔(1817~1886)推出了两卷本的文选《世界文学画廊》,他的"世界文学"就是维兰德意义上的世界各民族文学的"典范作品总集"。❸ 1898年,文艺学家格里泽巴赫(1845~1906)出版了《世界文学目录》。这本目录学专著分为"德国文学"和"其他文明民族的世界文学"两部分,后者收录了欧洲各国、阿拉伯、中国、日本、印度、波斯和土耳其等国的文学名著书目。德语《杜登词典》对"世界文学"词条的解释同样凸显了维兰德所主张的文化精英主义:世界文学是"所有民族和所有时代的世界各国文学最杰出的作品的总和"。❹

---

❶ Herder, Johann Gottfried, *Werke in zehn Bänden*, Bd. 4, Frankfurt a. M.: Deutscher Klassiker Verlag, 1994, s. 58.

❷ 勒内·韦勒克、奥斯汀·沃伦:《文学理论》,刘象愚等译,生活·读书·新知三联书店1984年版,第43页。

❸ Nünning, Ansgar, *Metzler Lexikon Literatur-und Kuturtheorie*, Stuttgart: Verlag J. B. Metzler, 2001, s. 666.

❹ Wermke, Matthias u. a. (Hg.), *Duden Deutsches Universalwörterbuch*, Mannheim: Dudenverlag, 2007, s. 1916.

逃离现实主义
——论小说之"真"

■ 杜常婧

整个人类历史的展开,便是科学和艺术以平行的方式交替解释人与自然,交替给我们提供美感和思考,科学和艺术从来不同时共襄盛举。离远一些观看整个人类历史,当文艺昌明、艺术飞速发展的时候,通常都是科学较为落后的时候。最开始出现的图腾、神话、原始的宗教,其实都是艺术的能指,东西方最开始都在用艺术来解释世界。紧接着科学发展起来,开始急速地追赶,将世界大部分的现象,都赋予科学解释,这个时候艺术便会很长时间停滞不前。例如,西方文艺复兴时代,艺术荡涤天下;及至工业革命,艺术又相当程度地退居幕后。当科学发展到一定程度,比如到了第一次世界大战,科学可以发达到杀人如草芥,上千万人就如此零落成泥碾作尘,科学惊呆在那里,它自己不能够解释这是为什么。所以"一战"以后,进入一个艺术大发展的时代,出现了一大批大师,开始解释人类出现了什么问题。

随后科学再发展,艺术再解释。每当科学疾速发展的时候,人们的思想便会停滞,因为科学发展促使生活发生很大的改善,人们在新的条件下便会觉得迷茫、孤单,找不到出路。现在是科学的一个大发展时期,以互联网为代表的高新科技,翻天覆地地改变着人们的生活;等科学对人们精神世界的又一轮束缚出现的时候,科学会再次发现自己的无能为力,艺术又会超越科学,来解释人类新近产生的问题。到那个时候,崭新的小说、哲学,崭新的电影，崭新的绘画和音乐流派才会出现。❶ 美国作家亨利·詹姆斯曾经说过："小说即使处于正确意义的劝导之下，也依然是小说形式中最独立不羁、最富有弹性、最奇异的一种。"❷ 我们这里提出的问题特别指向小说中的现实主义流派，究竟在当今小说的演进之下，它的哪种意义遭到了挑战，哪种意义得到了促进？小说之"真"与我们一般理解的"真实"是否存在偏差？当今艺术的写实性太强，虚构性太弱，一切太过逼真，镜像般反映现实的手法令其损失了不少读者，这已经成为不争的事实，在影视剧作品中情况也大抵如此。艺术被明白无误地现实主义化。该是我们反躬自省、发起讨论的时候了。

一

现实主义是文学批评和文学研究中最常见的术语之一。这个术语一般在两种意义上被人们使用：一种是广义的现实主义，泛指对自然的忠诚，最初可溯源于古希腊文明，即古希腊那种"艺术乃自然的直接复现或对自然的模仿"的朴素观念，作品的逼真性或与对象的酷似程度成为判断作品成功与否的准则。广义的现实主义包含不同文明中的许多艺术思潮。它认为，在任何一部小说作品中都不可避免地具有一定程度的现实主义。现实主义不是诸种小说中的一种风格，而是每一种小说的基础；各种风格只有在现实主义的范围之内，或者在与现实主义的特定关系中才能产生。❸ 瓦萨拉的《画家的生活》曾叙述了一些有趣的艺术史轶事：孔雀啄食贝那左尼画得太逼真的樱桃；乔托的老师用刷子驱赶乔托在一幅人物肖像上增添的苍蝇。艺术对生活的模仿竟能够达到如此令人吃惊的程度。然而在黑格尔看来，这样的画作永远都只能是自然和生命的贫乏替代品。因为如果艺术"坚持单纯的模仿这个形式目标，那么它产生的就不是生命的实在性，而只是生命的伪装"。❹ 上述现

---

❶ 高晓松：《鱼羊野史》，湖南文艺出版社 2014 年版，第 1~2 页。
❷ 达米安·格兰特：《现实主义》，周发祥译，昆仑出版社 1989 年版，第 1 页。
❸ 罗杰·加洛蒂：《论无边的现实主义》，吴岳添译，百花文艺出版社 2008 年版，第 171 页。
❹ 斯蒂芬·霍尔盖特：《黑格尔导论：自由、真理与历史》，丁三东译，商务印书馆 2013 年版，第 338 页。

主义概念雄霸人类艺术史近两千年，至今仍残留在日常生活中。另一种是狭义的现实主义，特指发生在19世纪法国的现实主义运动。它摒弃理想化的想象，而主张细致观察事物的外表。❶ 现实在发展，作为以反映现实而得名的现实主义无疑也在发展。我们对现实主义的认识曾走过一条蜿蜒迂回的道路，此处不予展开论述。

英国学者达米安·格兰特在《现实主义》一书中写道，小说以一种现实主义精神，希望把自己交付给现实世界，谦恭地向说教者敞开大门；它用真实这一重物镇压轻佻的想象，使自己的形式、成规和严肃态度顺从陶醉于事实的心灵的净化。❷ 如此看来，似乎现实主义是对想象有所排斥的，其实不然。我们知道，虽然现实主义执着于生活实践，但人们普遍认为，小说文本具有虚构的特性，虚构的文本中明显存在现实与虚构的混合状况，将现存的事物和凭想象添加的事物勾连在一起。在成分的比例分配上，真实是当仁不让地占据首要地位的，虚构和想象只能算是主菜的佐料。这么看来，现实主义近似于一种真实的综合。它并不是一面面镜子，无穷无尽地反射出现实的形象。将现实主义的真实性内涵理解为本质真实，这是对现实主义的一种曲解。文学的最终目的并不在于再现所指的对象而已，而是通过所再现的生活世界这座桥梁来达到无限的、象征的世界。换言之，文学不仅能够建构一个世界，而且通过这个世界来达到无限。所谓"超以象外，得其环中"，正契此意。❸

单纯和真诚是进行现实主义艺术创作的价值标准和先决条件，现实主义小说被认为是一种个人坦率性的表达。它深信自身对现实世界负有责任，它的存在是为现实提供某种补偿。为追求这种单纯和真诚，早期的现实主义借用唯物主义哲学、简约美学以及技巧对自身作出种种限制。然而一部处处都要妥协的作品，即使得以书写出来，也失去了原有的意义。实际上，现实并不是它在小说中所呈现的那般模样，没有只是赤裸裸的克隆事实的事实，现

---

❶ http://baike.so.com/doc/1588909.html.
❷ 达米安·格兰特：《现实主义》，周发祥译，昆仑出版社1989年版，第18~19页。
❸ 陶东风：《文学理论基本问题》，北京大学出版社2012年版，第91页。

实一定不能离开虚构和想象。更进一步来说，在小说之外，真实世界中的现实也是作为个体的我们无法一手把握的。倘若研究者只是将文学单纯当做生活的一面镜子、生活的一种翻版，或把文学当做一种社会文献，这类研究似乎就没有什么价值。只有当我们了解所研究的小说采用的艺术手法，并且能够具体地而不是空泛地说明作品中的生活画面与其所反映的社会现实是什么关系时，这样的研究才有意义。❶ 就文学理论而言，现实主义文学是20世纪的一种文学主潮。然而文学并不一定要以现实主义的形式来为社会服务。文学亦有它自己存在的理由和目的。

土耳其作家帕慕克在《天真的和感伤的小说家》里坦诚道，读者和作者认同并赞成小说既非完全的虚构，也非完全的事实。换言之，作者期望他的小说被看做一部出自想象和虚构的作品，然而作者也愿意读者相信故事及主要人物都是真实的。这是一种自相矛盾的愿望。对于读者来说，哪些部分基于真实的生活体验，哪些部分出自作者的想象，这样的追问无疑是阅读小说的乐趣之一。❷ 帕慕克将读者分为绝对天真的和绝对感伤的两类。前者总是把文本当做自传或者乔装的生活体验编年史来看，无论你曾多少次提醒他们所阅读的是一部小说；后者认为一切文本都是构造和虚构，无论你曾多少次提醒他们所阅读的是你最坦白的自传。小说的意义因人而异，因社会阶级而异，也因文化而异。小说哪些部分基于体验，哪些部分出于虚构和想象，这个问题的模糊性将读者和作者置于类似的境地。而这种模糊性是具有重要意义的。总的说来，小说不过是作者基于个人感知的生活体验的一种再创造。阅读创作出来的小说这一读解行为本身对每个读者而言便是新的创造。它需借助于作者的想象力与读者的想象力之里应外合。真正出色的小说通过激发这种想象的活力，调动读者的整个意识、精神或者情感，积极地参与其中。

---

❶ 勒内·韦勒克、奥斯汀·沃伦：《文学理论》，刘象愚等译，文化艺术出版社2010年版，第107页。

❷ 奥尔罕·帕慕克：《天真的和感伤的小说家》，上海人民出版社2012年版，第32~34页。

二

　　人们总是希望留住最珍贵的时刻，害怕年华老去，失去青春的活力。这种担忧和焦虑深深植根于我们的潜意识中，并在神话、绘画、诗歌、戏剧和电影中呈现出来，于是出现了不朽的神明，以及对美丽和永生美好的描摹。古希腊艺术中那些女神的秀雅和魅力，即便在完成的瞬间，就已是千古不朽的杰作；它们的生动和新鲜，甚至在今天看来，仍然仿佛刚刚出自艺术家的斧凿。人的意识在现实中浸濡太久，以致变得麻木；人们希冀通过艺术短暂地逃离既有的状态，这表现为一种对反面的追寻。小说是表达焦虑的梦，是实现愿望的梦。不同文艺流派对真实的主张是不同的。优秀的作者总是不断和自己的潜意识接触，从而产生深刻的活生生的感觉，而后者才是创作永不枯竭的源泉。缺乏想象力的艺术令人感到空洞。在想象力面前，小说家或许会清醒地认识到，小说无法担当纯化为现实的历史重任，除非他肯将小说的独特魅力一并卸除。现代社会要求它的成员成为一种纯粹的自动化机能，似乎个人能够作出的决定就是听天由命，放弃他的个性，忘却他个人仍然感觉着的生活的平庸和艰辛，而默认一种昏昏沉沉、让人麻醉的功能化行为。在现代化时期，人的活力终结于最死气沉沉、最贫乏消极的状态之中。小说里任何太过现实的东西都让人害怕，忙不迭地退避躲闪。人类不能忍受非常多的现实。

　　"真实性"在佛教语里指圆成实性三义之一，亦称真如。[1] 叙述学对"逼真"的解释是如此的——文本的质量取决于文本符合其外部"真实"准则的程度：文本具有逼真性（提供或多或少真实的幻觉），就看它在多大程度上与所用案例（"现实"）相一致。[2] 亦即"真实性"指反映事物真实情况的程度。特指小说艺术作品通过艺术形象反映社会生活所达到的正确程度。悖谬的是，小说中的"真"是一种虚构，是要将没有发生的事情描写得跟发生过

---

[1] http://baike.so.com/doc/5401202.html.
[2] 普林斯：《叙述学词典》，乔国强、李孝弟译，上海译文出版社2011年版，第241页。

的事情同样真实。如果说小说中有任何真实存在的话，人们是有能力辨别出来的；人们一般也会发现，它并非与事实完全保持一致，也并非是对事实的简单模仿。

对于小说家而言，建立某种现实明显存在困难。在各类小说流派中，想象力的地位忽高忽低。想象力被证明是小说家认真进行写作时分散其心神的东西。具有想象力是从前人们能够给予小说家的最高赞誉。刘勰曾写道："寂然凝虑，思接千载；悄焉动容，视通万里；吟咏之间，吐纳珠玉之声；眉睫之前，卷舒风云之色。"（《文心雕龙·神思》）足见想象确实可以天马行空。虚构的文本包含现实因素且不拘泥于描写现实，这种虚构成分作为臆想乃是想象的准备。艺术作品并非指向标新立异的存在——因其为自主的符号——而是指向当前环境中社会现象（科学、哲学、宗教、政治、经济等）的整体语境。小说家眼里的现实由于暗含作者的个性，必不可免地浸染着主观色彩，因而也呈现出不确定的状态。❶ 这在以"我"为第一人称叙述的小说中尤其明显。比如长篇小说《简·爱》，读者的心绪是跟随女主人公情绪起伏的主线，跟着"真实"的缓慢脚步向前迈进的。一种比较精致的理论不是把小说看成现实的形象，而是看做借以认识现实（真实）的工具，组成真实的物质就在它本身的陈述结构之内，因此无须再求助于客观世界那种无言的物质性。试想一下，小说家一定也偶有暂时逃离现实主义的梦想吧。1852年，福楼拜因长期写作感到劳累时，在给友人的信中这样说道：

> 对我来说的理想的事，我愿意做的事，就是写一本关于子虚乌有的书，一本与书外任何事物都无关的书，它依靠它的风格的内在力量站立起来，正像地球无需支撑而维持在空中一样，如果可能，它也将是一本几乎没有主题的书，至少难以察知它的主题在哪里。❷

这个难以实现的理想令人憧憬，也给人以启发，不过一本书不可能无可指涉。意识不可能全然脱离物体，全然摆脱其物质环境的承载物。另外，不同的读者可能赞同不同的真实标准，这一点也是因人而异的。而赋予小说家

---

❶ 达米安·格兰特：《现实主义》，周发祥译，昆仑出版社1989年版，第9页。
❷ 同上书，第22~23页。

以力量的,恰恰在于他能够虚构,他能够自由自在地虚构,撇开任何的摹本。❶ 在这种情形下,虚构和想象才能成为作品的主体。人们可能会因此而杞人忧天地担心小说会被抛弃到无意义的范畴之中,因为为消遣而讲述和为教育而讲述是两回事。这是对那些反对"为艺术而艺术"的人而言最可怕的噩梦。我们要知道,一旦人们关注于表达某种艺术之外的事物的意义,小说就开始后退,开始褪色。艺术并不服从于任何一种道德的奴役,也不履行其他任何预先制定的功能。它自己创造它自身的平衡,为它自己创造它特有的意义。❷

小说中反映生活的方法和提炼现实生活素材的特别形式是无限多样的,不可能安装在若干干瘪的公式里。文学史上存在大量这样的事实,同样的生活现象在不同的艺术家作品里得到不同的艺术阐述。在极不相似的小说作品里,常常对现实中同一些现象作了深刻而真实的反映。之所以会发生这样的情形,是因为生活和事件的进程具有许许多多不同的方面。生活的丰富多彩是各式各样的、独特的艺术创造取之不尽、用之不竭的源泉。所有的艺术在本质上都是以有限书写无限,从现象达于本质,从物质过渡到精神,小说也不例外。

三

捷克文艺理论家穆卡若夫斯基认为,现代艺术是使经验真实与其在艺术中的反映拉开距离,造成经验真实变形的结果。而艺术家的个性乃作品的构成要素,是在现实主义小说百依百顺地刻画出的真实上面涂上第二道釉彩。由于每一个艺术家的个性不同,其经验真实变形的程度也不同。关于文学中的主观因素,别林斯基说得很好。他指出,作为一个具有热烈的心灵、可爱的灵魂和个人的精神特点的人,艺术家身上那种深刻的、贯通一切的和人道的主观性,不许他以麻木的冷淡超脱于他所描写的世界之外,而使他引导外

---

❶ 阿兰·罗伯-格里耶:《为了一种新小说》,余中先译,湖南文艺出版社 2011 年版,第 37 页。
❷ 同上书,第 53~54 页。

部世界的现象通过他自己的生气勃勃的灵魂,把生气勃勃的灵魂灌输进这些现象。❶ 批评界和公众亦要求艺术作品具有更多的个人色彩和个人特点,创作主体由此成为艺术与物质真实相交的支点。艺术的首要目的并不是再现,并不是精确地复制生活,并不是对现实的写真。我们清楚,科学和艺术满足的是大众的不同需要。艺术绝不应是生活的单纯表现,不以其是否忠于生活为评价的标准——艺术不仅记录现实,而且带有美感地表现它。

将经验真实变形是现代艺术演变中的一个必要环节,这可以归结为艺术与社会之间的辩证矛盾。比如诗歌中出现一些晦涩难懂的词语,借此将主旨掩盖起来;现代绘画往往把画面弄得支离破碎或者深奥莫测,让人看不明白。凡此种种都是为了限制公众,为了居高临下地向公众说话。由此看来,对经验真实的扭曲也应掌握一个度,把握好描写的分寸。在艺术与社会的对立背后还有艺术与创作主体精神生活的矛盾。真实性似乎出自具有非常鲜明个性的激情,但实际上这种激情与真实个性并不相干,创作的激情只是创作主体发挥自己作为作品结构中一个组成部分的功能而已。❷ 亦即艺术中所追求的"真"为纯真、纯粹,并不是我们通常所理解的真实,不是对现实的直观反映。对现实主义的误解造成现实主义者对诗歌的"恨之入骨",因为他们认为,现实主义是"讲真实",而写诗是"不诚实的"。❸ 然而写作是一种表达,表达本身就是创造,创造文本。没有意识,文本就创造不出来,而意识是瞬息变化、不拘形迹的。真实有时可能也并不逼真。

从符号学的角度而言,艺术作品是**自主的**符号,是同一集体内成员之间的中介物,艺术作品的使命便是在创作者和集体之间建立联系。它只不过是现实的替代品而已。它既不等同于作者或感知这一作品的主体自身的意识状态,也不等同于我们所谓的"作品—物"。它作为"审美客体"而存在,植根于整个集体意识之中。倘若没有符号学的指引,艺术理论家会一直倾向于

---

❶ 中国社会科学院文学研究所:《世界文学中的现实主义问题》,知识产权出版社2010年版,第105页。

❷ Jan Mukařovský, "Dialektické rozpory v moderním umění", *Studie z estetiky*, Praha Odeon, pp. 255 – 232.

❸ 达米安·格兰特:《现实主义》,周发祥译,昆仑出版社1989年版,第34~35页。

将艺术作品视为纯粹的形式构造,甚或作者心理或生理状态的直接镜像,或是作品所反映的形形色色的现实,比如当下环境中的意识形态、经济、社会、文化形势。❶ 此乃符号学的存在意义之一。

巴赫金认为:"所有善意的(爱、信任、英雄气概、信心,等等)——都是幼稚的。"❷ 小说的"伟大任务"就是"破坏每一种幼稚性(轻信、爱幻想,等等)","使人清醒、使人从各种空想中摆脱出来":"把善从幼稚性中解放出来,使善的方方面面都清醒过来。把它放入无所不晓的清醒和笑的熔炉中锻造。"❸ 这种驳斥"天真幼稚"的做法是很不负责任的,而且颇令人不以为然。所有善意的事物并不幼稚,善良是一种极为难得的品质。任何艺术都是一种对至真至善的追寻,它不应当也不可能摆脱幻想。作者通过具有创造力的想象,才能描写出富有表现力的图景。此种状况仍可借用巴赫金的一个概念来加以描述,即"局外人"身份,或谓"置身度外"。理想的小说应当是这样一种小说,它能够表现人的主观精神和心灵,能够超越自身的环境,超越所面对的现实;目的不是别的,不是置身于另一种文化之中,只是无心无虑地生活,生活于无中,臻于无的境界。一般说来,这一超越行为才是整个人世间真正的生命搏动的中心。现代小说的未来在于敢于走向乌托邦,去探寻一个脱离异化的奇幻空间,令话语摆脱意识形态的桎梏,学会传递事物本身的涵义,获得其原生态的新鲜感并最终达致幸福的状态。它同样要求我们不能仅仅从模仿现实的角度来理解小说所描绘的世界。

德国小说批评家伊瑟尔用现实、虚构和想象的三元合一来代替现实与虚构的对立关系,并在此背景上把虚构文本中的虚构纳入视野。小说中的现实性是不可或缺的,这种现实性不仅包括社会现实,而且包括情感和感觉的现实性,它在小说文本中占有一定的比例。倘若虚构并非派生于被再现的现实,那么在虚构中就有一种想象在自行发挥作用,这种想象和文本中重现的现实

---

❶ Jan Mukařovský, "Umění jako semiologický fakt", *Studie z estetiky*, Praha Odeon, pp. 85 – 88.
❷ 米·巴赫金:"审美活动中的作者与主人公",见《巴赫金文集(第1卷)》,莫斯科,2003,第211页。
❸ 米·巴赫金:《巴赫金文集(第5卷)》,莫斯科,1996,第494~495页。

紧密相联。虚构行为是通过下述手段获得其特性的：它致使生活世界的现实再现于文本，在再现时赋予想象以一种形式，从而将再现的现实提升为符号，并把想象提升为被描写者的可想象性。虚构是不同于想象的。幻想的特性乃是随意性，在理想的意义上就是绝对的随心所欲。想象在表现形式上是弥散的、无形的、不固定的、与对象无关。虚构与确定目的紧密相关，所以必须始终坚持目的观念：目的观念为把想象转变成一种确定的完形创造了条件，而这种完形有别于幻象和投射。❶ 想象在小说中所占的比例并不一定便小于现实或者虚构，现实与虚构的界限定得也并不是那般蔚然分明。我们在舒尔茨的小说中能够见到大量以想象铺垫的描写，从一个孩子的眼睛里呈现出来的世界，介于真与幻、虚与实之间，读者随之进入一个模糊的想象王国。

伊瑟尔将虚构看做徘徊在现实和想象之间的过渡形式，它将这两者相互连接起来。他认为小说中的想象只有通过虚构才能具体化并借此发挥作用，所以想象必须借助语言，表现在语言化的文本形式上。我们已经知道，对同一部小说作品而言，可以存在各种不同的理解。而小说的意义也在随着时间历史地变动着，从一个文化时期到另一个文化时期，意义始终在变化，并且永远不会最终确立。"有一种方法可以描述小说里理想和价值的不断革新，那就是将其视为复杂和单纯轮流做庄，在此仿佛唯一值得努力寻求的东西，时而是自觉和精致，时而是意识和真诚。"❷ 试图揭示小说唯一的潜在意义似乎是一种西西弗斯式的徒劳的工作，因而我们只能认为小说中的想象成分具有一定的相对性。想象、虚构和现实的严格区分只能是方法论上的区分，而非实际的区分。

实际生活中，读者想的只是在一本书里设法满足他们精神上的自然爱好，要求作家满足他主要的趣味，而将那些能够结合他们各自不同想象力的作品或者章节形容为"不同寻常的"或者"写得好的"。读者向小说索求安慰、欢乐、忧愁、感动、恐惧、悲伤、思考，只有少数人要求艺术家——根据你的气质，以适合于你自己的形式，创造一些美好的事物。艺术家不断尝试，

---

❶ 沃尔夫冈·伊瑟尔：《虚构与想象——小说人类学前景》，贺骥译，待发表。
❷ 达米安·格兰特：《现实主义》，周发祥译，昆仑出版社1989年版，第36页。

有的成功，有的失败。小说家可以跳脱当前的环境，通过自然的转换手法，把他的人物带到另一个时期。他可以这样时而表现人物的心灵在环境影响之下怎样改变，时而表现感情和欲望怎样发展，他们怎样相爱，怎样互相憎恨，怎样在小说的环境里争斗不休，金钱的利益、家族的利益、权势的利益又怎么样发生冲突。布局的巧妙在于他必须懂得在无数琐事中，删去无用的东西，并且以一种特殊方式突出表现那些被迟钝的观察者所忽视、然而对作品却有重要意义和整体价值的一切。主体的想象使文本世界充满活力，因此实现了读者与非真实世界的交往。

现代人为什么能够从迥然不同的过去的社会文化产物中发现审美感染力呢？那是因为我们自己的历史与那些古代社会紧密相联，我们能够从中发现制约我们的力量的不发达阶段，还可以在那些神话传说中发现人与自然相"协调"的原始形象。这种对于古代文化的联想是极为宝贵的。小说家应当不屑于服从于既存的现实，而是为创造的气魄所鼓舞，描绘出比自然中存在的更好的事物或者十分崭新的形象来，比如那些英雄、半神、独眼巨人、怪兽、复仇之神，等等；小说家应当不局限于现实的赐予所许可的狭窄范围之内，而自由地在自己才智的轨道中航行。如何在想象、虚构和现实之间建立一种巧妙的平衡，这或许是现代小说需要解决的问题。在我看来，小说应当像诗歌那般成为可以激发我们的喜爱、慢慢品味之物。换言之，小说应当能够激起传统中的那种悠久隽永的感官享受。其关键并不在于如何观察一块卵石，而更多地在于置身于它的心中，以它的眼睛来观看世界。

俄罗斯形式主义、捷克结构主义和苏联符号学派之延续与变化[*]

■ [荷] D. 佛克马 著
张晓红 贺 江 译

一、引 论

什克洛夫斯基1914年在彼得堡发表的一篇论文中写道:"如今,旧艺术已经死亡,新艺术还没有诞生。事物(Things)也已经死亡——我们已失去对世界的感觉……只有创造新的艺术形式,才能使人恢复对世界的感受体验,才能使事物复活,才能灭绝悲观主义。"[1] 这篇文章被认为是首次介绍形式主义的论文,也极有可能一方面连接了克鲁乔内赫和赫列勃尼科夫的未来主义理论,另一方面通常又被看成是走向更成熟的研究而具有丰富传统的学派——俄罗斯形式主义的起点。1930年前后,受政治环境的影响,形式主义(或者按照他们自己给出的术语"着眼于形式的方法")的历史突然且过早地结束了。由蒂尼亚诺夫和罗曼·雅各布森明确表达的关于"文学研究与语言研究课题"的9个论点,概括了形式主义后期的主要立场,同时蕴含着捷克结构主义早期的某些观点。

---

[*] 原文为"Continuity and change in Russian Formalism, Czech Structuralism and Soviet Semiotics",译自 *PTL*, 1976, Vol. 1, No. 1。本刊编者参照佛克马、易布斯《二十世纪文学理论》第二章(林书武、陈圣生等译,生活·读书·新知三联出版社1988年版)的相关文字,对译文中的个别表述作了调整。

[1] Viktor Šklovskij, "Die Auferweckung des Wortes", in *Stempel*, 1972, 3–18 (Translation of "Voskrešenie slova"), p. 13. 这里的译文,由编者据什克洛夫斯基的《词语的复活》俄文原著进行了核校。

20世纪20年代末，布拉格成为研究文学与语言的重要中心，部分原因是形式主义学派的某些成员，或与形式主义学派有联系的人，在捷克斯洛伐克的首都布拉格定居下来。政治又一次干预进来。纳粹主义的兴起使得大量的学者离开捷克斯洛伐克，留下来的人则被迫保持沉默。

然而，结构主义的传统依然以这种或那种方式存在于苏联和其他东欧国家里，这突出地表现在1954年斯大林去世之后。曾经于20世纪20年代末中断的"线"在25年或30年之后又重新浮出水面。早期的形式主义者的观点通常在信息理论和符号学的术语下被重新研究、批评、宣扬及重新表述。

尽管有新一代走到前台，而且有种种政治性干预，俄罗斯形式主义、捷克结构主义以及苏联符号学派所经历的这三个阶段依然显示出清晰的延续性。如今俄罗斯形式主义的许多假设和价值观念比之前更加充满活力，也在苏联之外的国家有着更加广泛的流行。

当然，由俄罗斯形式主义者所阐释的各种理论具有差异性，这突出地表现在莫斯科和列宁格勒（彼得格勒）分支中。1915年莫斯科语言学小组成立，罗曼·雅各布森、彼得·鲍加蒂廖夫和G. O. 维诺库尔是主要的成员。雅各布森在他的莫斯科时期就已经把文学理论或诗学看成是语言学内在的一个组成部分。他的观点"诗歌是行使着审美功能的语言"发表于1921年。40年后，这一观点只稍微作了一点改动后重新出现在他的论文《语言学与诗学》（1960）中。从1916年开始在列宁格勒活动的小组以诗歌语言研究会（Opojaz）而闻名，他们持有相对宽松的语言观。列夫·雅库宾斯基、维克多·什克洛夫斯基、鲍里斯·艾亨鲍姆和谢尔盖·伯恩斯坦是该研究会的活跃分子。维克多·日尔蒙斯基于1920年成为位于列宁格勒的国立艺术史研究所下属的文学史部主任，他后来保护了什克洛夫斯基和艾亨鲍姆。与之相联系的还有蒂尼亚诺夫、托马舍夫斯基、维诺格拉多夫。他们从一开始就更多地关注文学史的问题，包括文学史的评估问题，而不仅仅是对语言学问题的研究。

几乎欧洲每一个新流派的文学理论家都会从"形式主义"的传统中得到启示，强调这一传统不同的发展趋势，并试图把自身对形式主义的解释说成是唯一正确的解释。单从这一点来看，我们也需要及时地对形式主义的基本原则进行再次研究。为推进更加细致的研究，我们必须提及厄利希（Erlich）、施特利德（Striedter）、斯坦贝尔（Stempel）等人。

二、科学可靠性的呼声

形式主义的首要目标之一是对文学进行科学的研究，这一原则建立在对所有可能性和适当性进行研究的看法上。即使这一看法没有得到进一步的讨论，它也会被看成是形式主义研究的前提之一。但不论形式主义者在何时质疑文学的科学性研究，他们都相信自己的研究会提高读者以合适的方式阅读文本的能力，即读者对被认为是"文学的"或"艺术的"文本的关注。他们详尽地论述了通过艺术形式的感知能恢复我们对世界的意识，给事物重赋生机。由于直接经验是其主要的观点之一，形式主义的前提似乎间接地有了一个心理基础。然而，只是到了形式主义稍后的阶段，才强调了艺术形式的直接经验的社会功能。

当然，这种认为对文学的科学研究是可能的和合适的观点，大多数文学理论家都对它习以为常。但是很少有理论家像俄罗斯形式主义者这样如此强调这一点。什克洛夫斯基早期发表的著作着眼于"诗歌语言的法则"；雅各布森强调"文学理论"属于科学的必要性；蒂尼亚诺夫则认为**"为了最终成为一门科学，文学史要追求可靠性"**。[1]

然而，对方法论问题进行最细致描绘的是艾亨鲍姆。艾亨鲍姆提出关于科学调查的现代观点，这和后来波普尔提倡的假设推论的方法类似。艾亨鲍姆写道：

> 我们确立具体的原理，并在材料所能证实的限度内坚持这些原理。如果材料要求复杂一点或者作出修改，我们就对这些原理加以深化或者做出修改。在这个意义上说，我们对自己的理论是相当自由的，正如科

---

[1] Jurij Tynjanov, " Über die literarische Evolution", in *Striedter*, 1969, 433 – 462 (Translation of "O literaturnoj evoljucii"), p. 435. 这里的译文，由编者根据蒂尼亚诺夫的《论文学演变》俄文原著进行了核校。

学必须是自由的一样，因为在理论与信念之间本来就有差别。不存在现成的科学——科学的生命力并不在于确立真理，而是在于不断地纠正错误。❶

这暗示对文学的所有科学性的断言从原则上来讲都是可废除的。我们不能确定存在一个确切的、绝对的真理。如果一个断言被证明是站不住脚的，而其他的断言都依赖它，我们也应该把它去掉。这表明科学观察与其一般的假设地位是相互依赖的。

把文学研究看成是一门科学迫使形式主义者寻找关于文学通用的或至少是一般的性质。雅各布森声明，文学科学的对象是"文学性"，而不是整体的或单个的文学文本。根据雅各布森的看法，使得文本成为艺术品的手法或构造原则是文学研究的真正对象。尽管文学研究也渐渐地扩展至其他方面，艾亨鲍姆和大多数其他的形式主义者基本上都同意此种观点。将力量集中到文学的手法上时，雅各布森和艾亨鲍姆都相信某种确定的要素或因素应该从文学文本中被抽取出来，并将它从文本或它的上下文中抽离出来、独立地对之进行研究。

另一方面，形式主义者们都接受克鲁乔内赫的观点：新形式产生新内容，这种新内容是以形式为条件的。因此，不同的形式肯定会产生不同的意义似乎就成了一种规则。同义词或同音异义词是一种例外，这就要求诗人去注意词语的符号特征，或者正如雅各布森所说，"将词从意义中解放出来"。在同义词中，同一种意义分散在两个单词中，而同音异义词则在一个单词中结合了至少两种意义。对同义词或同音异义词的诗学处理可能和总规则背景相违背，这种规则认为新的形式必定产生新的意义，禁止在不讨论形式的前提下讨论内容。实际上，这有一种对从任何文学文本中抽取内容进行理论抽象的行为加以摈弃的倾向，这让我们想起新批评派对"意图谬误"的拒绝。

什克洛夫斯基明确地反对把文学作品归结为它所表达的思想，他发现托

---

❶ Boris Ejxenbaum, "The Theory of the Formal Method", in *Matejka & Pomorska*, 1971, 3–38 (Translation of "Teorija 'formal' nogo metoda"), pp. 3–4. 这里的译文，由编者根据艾亨鲍姆的《"形式主义方法"理论》俄文原著进行了核校。

尔斯泰支持这一立场,托尔斯泰在一封谈论《安娜·卡列尼娜》的信里这样写道:

> 如果我要用言词来说出我想在这部长篇小说里表达的全部东西,那么,我将不得不来重写这部我已写完的小说……在我写的全部、几乎是全部作品里,支配我心灵的是将种种彼此纠结的思想汇集起来,以期表达我的意思。但每个单独用词语表达的思想,一旦把它从所在的组合体中孤立地抽出来,这种用词语表达出来的思想便已失去其意义,并变得极其陈腐平庸。❶

托马舍夫斯基同样也警告:"我们不能复述普希金。"❷

雅各布森认为,文学的手法可以从文学文本中抽离出来;而有人认为从文本中抽离出来实际上是不合理的。这两种观点看起来似乎是矛盾的。这种令人误解的矛盾已经产生了很大的困惑,当代的文学研究依然要面对这一问题。然而,关于抽象和具体的材料研究这两者之间的困境并不是只存在于文学研究中。自然科学同样要处理个体现象,也需要通过对这些个体现象的研究来发现共同因子。但是,在研究这些共同因子时,科学的目的是解释,不是那种意释之不充分的复制重现。解释要求某种程度的概括。概念化和概括化过程的合理性,由我们对事物加以讨论,以一种分离的、科学的方式来解释其意义来证明。对共同因子的识别,是所有学问最基础的部分,也是识别文学性而把文学文本确认为文学的前提。因此,正如雅各布森所提出的,寻找那种使得文本成为文学文本的手法,是每一个读者很明显的潜意识活动。

在我看来,不必把对文学文本的手法或构造原则的寻求同对**意释**的摒弃看成是互不相容的。俄罗斯形式主义学派并不希望"摧毁"文学文本,或以低劣的形式去复制文学文本,他们只是希望能够根据文学文本自身被建构的样式来理性地谈论这些原则。他们通过引进**功能**的概念将抽象与个体的文本

---

❶ Viktor Šklovskij, "Der Zusammenhang zwischen den Verfahren der Sujetfügung und den allgemeinen Stilverfahren", in *Striedter*, 1969, 37 – 122 (Translation of "Svjaz' priëmov sjužetosloženija s obščimi priëmami stilja"), p. 109. 这里的译文,由编者根据什克洛夫斯基的《情节编构手法与一般风格手法的联系》俄文原著进行了核校对。

❷ Victor Erlich, *Russian Formalism*, Slavistic Printings and Reprintings, The Hague: Mouton, p. 53.

连接起来。他们希望研究构造原则或**手法**是怎样在文学文本中起作用的,又是怎样使得文本成为一个有机的整体。这使得他们首先关注文学的**系统**,并最终关注**结构**的概念。

三、文学手法

形式主义学派 1914~1930 年的活动清楚地表明了一种切实的发展。尽管埃德蒙德·胡塞尔、布罗德·克里斯蒂安森和索绪尔的影响渐渐地渗透到形式主义学派的著作之中,形式主义却依然有一个内在的发展。然而,如果首先着眼于文学的手法,然后是因素和功能的概念,最后是主体和系统,我们似乎可以把形式主义的观点看成是一种系统的呈现,但这又并不能通过形式主义学派的发展历史来确认。形式主义学派的特色之一是它与创作的关系亲密。几个形式主义批评家与未来派关系紧密。在理论研究已经变得具有很强的政治危险性之时,蒂尼亚诺夫转向了小说创作。但是这种与文学创作的亲密关系同样有负面作用:对有助于知识系统化的种种定义与其他理论尝试采取贬抑态度。隐藏在俄罗斯形式主义之后的驱动力似乎是破除僵化观念的冲动,是发现新形式的冲动,以及给生活注入一种有价值的气质的冲动。系统化的方法同这种态度几乎不相容。除非我们考虑对我们的介绍进行好好的挑选,为了表述清晰而过分强调形式主义学派思想的概念化过程。这样当我们以或多或少系统化的方法来处理形式主义的一些观点时,才似乎能有正当的保证。

什克洛夫斯基的《作为手法的艺术》(*Art as Device*,1916)是最早给出部分形式主义主要纲领的论文之一。他不再考虑并否定了那种把诗歌的特点看成主要是由形象决定的观点,挑战了 19 世纪很有影响的批评家波捷布尼亚和别林斯基的地位,也拒绝象征主义的批评传统。在什克洛夫斯基看来,并不是形象决定了诗歌的特点和历史,而是由"对词语进行组合与加工的新技巧"❶ 决定的。诗歌形象只是增强效果的一种手段，这种作用与诗歌语言的其他技巧很相似，比如简单的和反义的排比、明喻、重复、对称、夸张，等等。它们都是用来加强对一件事物或一个词（因为一个词也可以成为事物）的直接体验。

什克洛夫斯基认为，从诗歌语言和散文语言的特点来看，把艺术看成是借助于形象的一种思维方式是错误的。什克洛夫斯基在这里的术语是模糊不清的。我们从同一篇文章的参考书目里（关于雅库宾斯基的贡献上）可以知道，什克洛夫斯基认为在诗的（文学的）语言和实用语言之间有差别，而不是诗歌和艺术散文之间有差别。后来，在雅各布森的文章中，诗的（文学的）语言和实用语言之间的差别让位给了语言之诗的（文学的）功能与语言之实用功能之间不那么严格的区别。什克洛夫斯基认为实用语言是力图简要化。通过习惯化，行为（包括语言行为）会变得自动化。这一自动化的过程可能会解释为何在很多情况下一个不完全句或片言只语在实用语言中是足够的。在这种情况下使用形象就是一种捷径。

但是诗的语言与语言的简要化相反。诗的形象如同诗歌语言的其他手法，目的是摧毁走向习惯化的取向，延长并加强感知的过程。或者，正如什克洛夫斯基在一段著名的文字里所写的那样：

> 准确地讲，正是为了恢复对生活的体验，感觉到事物的存在，为了使石头更成其为石头，才存在所谓的艺术。艺术的目的是为了将事物提供为一种视象——可观可见之物，而不是可认可知之物。艺术的手法乃是将事物"陌生化"的手法，是将形式艰深化以增加感受的难度和时间的手法，因为在艺术中感受过程本身就是目的，应该使之延长；艺术是对事物的制作进行体验的一种方式，而已制成之物在艺术之中并不重要。❷（Kunst：15）

---

❶ Viktor Šklovskij, "Die Kunst als Verfahren,", in *Striedter*, 1969, 3–36 (Translation of "Iskusstvo, kak priëm"), p.5. 后文出自同一著作的引文，将随文标出该书名称首词和引文出处页码。

❷ 这里的译文，采用周启超据什克洛夫斯基的《艺术即手法》俄文原著的核校版；刘象愚：《外国文论简史》，北京大学出版社 2005 年版，第 259 页。

什克洛夫斯基解释道，除了修辞手法还有很多其他的手法能达到"受阻的形式"（impeded form）并使得事物陌生化。他借用了托尔斯泰作品里的很多例子。托尔斯泰描写事物却不提及它们的本名，仿佛它们第一次被看到，这样就创造了陌生化的体验。他通过一个平民之眼描写了战争的场面（《战争与和平》），通过一匹马之眼描绘了人类的所有制（《霍尔斯托密尔》）。这些手法的效果是"事物从它通常被感知的方面转换到一个新的感知层面，造成一种特别的语义转变。"（Kunst：31）

把早期形式主义放在一个小范围内考察，需要作很多进一步的说明。引起的第一个问题是陌生化的手法和"受阻的形式"有什么关系。我们不需要为了确认"受阻的"的**形式**应该被放置在**能指**（signifier）的层面、使事物陌生化应该被放置在**所指**（signified）的层面上，而认为索绪尔或胡塞尔的符号学对什克洛夫斯基有直接的影响。作家或诗人试图找到对事物的新感觉或恢复对"生活的体验"，这一目标已经通过语言的特殊构建方式达到了。在正式的表述中，什克洛夫斯基认为诗歌可以被定义为"受阻碍的、被抑制的语言"，如同"一种语言的构建"。

对诗歌的这种定义表明什克洛夫斯基（以及其他形式主义者）把关注点集中于诗歌的技巧层面。他认为，艺术是能够使人感知到所创造之物构成过程的一种方式，"被创造物在艺术中并不重要"，这就加强了对技术单方面兴趣的印象。确实，什克洛夫斯基对托尔斯泰的评论很少或者说从来不涉及作家的哲学观，他对屠格涅夫关于《哈姆雷特》和《堂吉诃德》的哲理性论文也是直率地贬损。❶ 而且，当雅各布森宣称文学性或"使某种作品成为文学作品"的东西是文学科学唯一真正的对象时，就给批判形式主义者提供了广阔的空间，正如厄利希所说的，他们单方面地对"总体的修辞手法"感兴趣。

然而这种批评并不是完全的公正。什克洛夫斯基清楚地说明"被创造物**在艺术中**并不重要"，这意味着它们可能从非艺术的、哲学的、宗教的或社会的角度来看是重要的。他进一步作了充分清晰的说明：艺术，包括文学，在

---

❶ Viktor Šklovskij, *Theorie der Prosa*, Gisela Drohla, ed., Frankfurt：Fischer, 1966（Translation of *O teorii prozy*），p. 101.

恢复对生活的直接体验时有心理功能。当什克洛夫斯基断定"文学作品的内容在于它的总体的修辞手法"时,他很显然受尼采的影响。尼采在论及形式和内容的问题时有这样的表述:"作为艺术家,其价值就在于把非艺术家称为'形式'的东西,作为内容,作为'事物本身'来加以把握。"如果没有其他途径,什克洛夫斯基便是通过克里斯蒂安森而熟悉尼采的思想的。

确实,形式主义者把大部分的精力都投入在文学的形式研究上。在叙事学上他们研究一个故事中各种情节的联结方式;他们研究框架故事(the frame-story)的技巧,以及人物角色之间的关系(通常是家庭关系)。他们的首要兴趣是去发现构造故事的技巧。人物之间的对话,他们不会孤立地去解读,而是将之看成引入新内容的进一步行为。例如,在分析《堂吉诃德》中为何酒馆是一个核心的地方时,什克洛夫斯基认为酒馆是很多情节的中心,是联结小说中所有线索的汇合点。总之,酒馆是一个相当重要的**构成**因素。

大量的专业术语被什克洛夫斯基、艾亨鲍姆、蒂尼亚诺夫以及其他人提出并使用,目的是区分一部文学作品中的主要构成要素。这其中争议最少的是**本事**(fabula),被定义为"对事件的描述",❶ 或更准确地说,是在时间顺序和因果关系中对行动的叙述。**本事**这一概念的含义可以纯语义手段为特征。本事和情节(Syuzhet)相对;"Syuzhet"通常被翻译成"情节"(plot)或"叙述结构"(通常错误地被认为是"主体")。在形式主义者看来,情节是语义材料在给定文本中表现的方式,蒂尼亚诺夫在把情节界定为一个文本中语义要素的实际构成时最接近这种界定。❷ 什克洛夫斯基认为:"本事仅仅是构成情节的材料。"❸ 这些界定和托马舍夫斯基的提议是一致的。俄国形式主义认为情节是既有形式层面也有语义层面的概念。然而,**本事**是一种更高层面抽象化的结果,情节的概念更接近于文本,不要求那么高的抽象。本事是从语义材料中提取出来的,是情节的构成因素。

---

❶ Viktor Šklovskij, "Der parodistische Roman: Sternes ' Tristram Shand'", in *Striedter*, 1969, 245 – 300 (Translation of "Parodijnyj roman: 'Tristram Shandy' Sterna"), p. 297.

❷ Jurij Tynjanov, "Das literarische Faktum", in *Striedter*, 1969, 393 – 432 (Translation of "Literaturnyj fakt"), p. 409.

❸ Viktor Šklovskij, "Der parodistische Roman: Sternes ' Tristram Shandy'", in *Striedter*, p. 297.

艾亨鲍姆通过"母题（motif）"来解释情节这个概念。情节是"由母题的行动性使母题相互连接"❶ 而构成的。形式主义者关于母题的意义并没有多少一致性。什克洛夫斯基最初接受维谢洛夫斯基（1838~1906）关于母题的、并不是很精确的定义：母题是"最基本的叙事单元"（Kunst：39）。但是形式主义者逐渐把母题看成是"构成要素"或"构造原则"而不是一个"单元"或"成分"。❷ 传统上母题被看成是一种主题概念（thematic concept）后来则转变成一种构成概念（compositional concept）。❸ 我们可以把这种重心的转变看成是母题这一概念的发展：从"本事的最小单元"到"情节的最小的构造原则"。

形式主义者很快就发现，构成故事的要素并不仅仅限于母题及其行动性。人物和环境（例如，《堂吉诃德》中的酒馆）也可以充当这一角色。母题并不一定是故事的主要组织因素，艾亨鲍姆在他的论文《果戈理的〈外套〉是如何制作出来的？》已经作过解释。在果戈理的小说中，叙事者的个人语调仿佛也变成了重要的构建因素。艾亨鲍姆的分析表明：口头叙事和即兴叙述的元素也可以进入书面文学。这种准口语叙事手法的不可翻译的名字是"Skaz"。

维诺格拉多夫把"Skaz"看成是"面向广场的艺术构建"，因为它在语言构造（主要是独白，其自身的特征是由风格的选择和组合的手法决定的）的基础上构成一种审美的上层建筑。并不是所有的由个人的叙述语调占主导的文本都必须得诉诸"Skaz"。在《没有情节的文学》一文中，什克洛夫斯基讨论了罗扎罗夫作品中占主导地位的"亲密的语调"（intimate tone）。他称之为"忏悔的语调"（tone of the confession）。❹ 什克洛夫斯基强调，罗扎罗夫并没

---

❶ Boris Ejxenbaum, "Wie Gogol's 'Mantel' gemacht ist", in *Striedter*, 1969, 123 – 160 (Translation of "Kak sdelana ' Šinel' Gogolja"), p. 123.

❷ Sergej Bernštejn, "Ästhetische Voraussetzungen einer Theorie der Deklamation", in *Stempel*, 1972, 339 – 386 (Translation of "Estetičeskie predposylki teorii deklamacii"), p. 345.

❸ Boris Ejxenbaum, "The Theory of the Formal Method", in *Matejka & Pomorska*, 1971, 3 – 38 (Translation of "Teorija 'formal' nogo metoda"), pp. 15 – 16.

❹ Viktor Šklovskij, *Theorie der Prosa*, Gisela Drohla, ed., Frankfurt：Fischer, 1966 (Translation of *O teorii prozy*), p. 172.

有真的在他的写作中进行忏悔。他认为罗扎罗夫使用"忏悔的语调"仅仅是一种文学的手法。

在文学散文中很多构建性的因素是可以分辨出来的。稍后我们再研究这些因素的相互关系。诗歌理论也有相似的情况发生。在散文中,情节是"中心的建构因素"。而在诗歌中,韵律节奏取而代之。情节、人物、环境以及主题因素在诗歌中被降低到材料的地位,并由韵律节奏来组织。

形式主义者对诗歌的研究最初集中于诗句中出现的单个手法。与什克洛夫斯基一样,雅各布森强调采用受阻碍形式这种手法。他注意到,当我们阅读当代诗歌时要反对流行的诗学传统背景以及"实用语言"。首先,文学史表明"受阻碍形式"的手法可瓦解已经建立的文学形式。其结果可能产生一种在我们看来是太"简单的"形式,就如同普希金的一些诗句。其他的技巧,比如排比、同义词和同音异义词的使用,就从实用语言中脱颖而出。雅各布森把诗歌界定为"一个有着定势(Einstellung)的说话方式,指向表现",诗歌是"趋向于表现的语言",其"交流功能"被减少到最低程度,而"交流功能"在实用语言和情感语言中占主导地位。

其他的形式主义者在关于诗歌研究的文章中也基本赞同这种观点,例如蒂尼亚诺夫和布里克(Brik)。他们对诗歌中的表达形式有着特别的关注,这使得他们去研究诗歌形式特征,如节奏与韵律在语义与句法方面所起的作用。从洛特曼(Lotman)和西格尔(Segal)最近的研究中可以清楚地看出,蒂尼亚诺夫与布里克的那些发现对他们具有重要影响。

蒂尼亚诺夫发现诗中的词似乎属于两种系列:节奏和意义。节奏和语义在诗歌中语言的选择上都起着作用。蒂尼亚诺夫最初使用**结构**(struktura)一词解释诗歌语言和散文语言在结构上的不同。他把这种不同归因于"诗歌系列中的统一和精炼、诗歌语言的能动性以及诗歌话语的延续性"。[1] 比起散文,词在诗行中的位置更有语义效应:"在词语的持续排列中,词与词之间因

---

[1] Jurij Tynjanov, *Problema stixotvornogo jazyka*; *stat'i*, Moskva: Sovetskij pisatel', 1965 (Partly translated in *Matejka & Pomorska*, 1971, 126–145), p. 133.

其位置而形成一种关系。"❶ 这关系不仅形成词的特殊的功能，而且也可能会导致意义的变化。

与蒂尼亚诺夫一样，布里克在他的几次演讲（这些演讲后来编进他的著作《韵律和句法》）中也强调韵律因素和语义因素的相互关系。在诗歌史中，韵律的原则或语义的原则被强调时总是在牺牲另一方的基础上；然而这两者，诗歌都需要。布里克也强调了诗歌语言是由韵律和散文句法这两种不同的规则组织起来的。

我在本论文的主要观点是，俄罗斯形式主义者逐渐接受那种在话语艺术中各种因素是相互关联的观点。某种因素占有支配地位，就使其他因素的作用处于从属地位，并使之改变形式，但很少会完全消弭这些因素的功能。如果形式主义者把文学看成是由各种互相依赖的要素构成的系统，那么，我们可以称他们为**结构主义者**，尽管他们在1927年之前很少使用这一标签。

结构主义者对文学的研究终结了早期形式主义的片面性。什克洛夫斯基认为文学作品只是一种构造或所有技巧的总和的观点，被证明是差强人意的。文学作品不是所有手法的累加，而是有机的整体，是由具有各种不同重要性的因素构成的。语义材料几乎总有至少一种小功能，这是蒂尼亚诺夫和布里克坚定的立场。自从那种认为诗歌不单纯是韵律的产物，而是由多种因素相互作用、由韵律因素占主导地位的观点被接受以来，雅各布森所辩护的那种"超理性"的诗歌或无意义的诗歌观念，便不再被严肃地对待了。随着对被孤立的技术问题的兴趣的下降，随着从语音结构、诗歌问题向语义、散文和文学史问题的转移，早期形式主义学派关于语言学的单方面影响的研究就渐渐地减少了。

四、文学系统

伯恩斯坦认为，艺术作品是由作品的整体性所决定的，不能被分割成单

---

❶ Jurij Tynjanov, *Problema stixotvornogo jazyka*; *stat' I*, Moskva: Sovetskij pisatel', 1965 (Partly translated in *Matejka & Pomorska*, 1971, 126–145), p. 76.

个的部分。艺术作品不是各种因素的堆积，而是由各种因素把材料组织成整体；这些因素是艺术作品结构的组成成分。尽管艺术作品不能被分割成单个的部分，但是从组成因素的角度去分析艺术结构却是可行的。伯恩斯坦进一步假定艺术作品所表达的意义，用他自己的话来说，可以看成是"由察觉不到的情感所具有的情感—动力系统的外部符号"。❶ 这种外部符号（艺术品，或穆卡若夫斯基后来所称的艺术成品）所表示的审美客体，是由感知这种符号的接收者再构建。伯恩斯坦认为，艺术作品基于其结构特征才能作为符号的功能而存在，这种结构能够在可识别的因素中被分析。

伯恩斯坦解释道，他是从克里斯蒂安森的《艺术哲学》（1909）中得到的启发，他征引该书的俄译本，什克洛夫斯基对这本书也很熟悉。伯恩斯坦也承认受到哲学家古斯塔夫·什佩特❷的影响。什佩特确定了结构这一概念，我们很快会在下文谈到他。什佩特似乎受到胡塞尔的现象符号学的启发。尽管胡塞尔在《逻辑分析》中避免使用"结构"一词，但事实上却描绘了结构的最简单形式，所使用的术语同俄国形式主义者的术语的确有很大的关系。胡塞尔说，如果两种因素放在一起并构成一种关系，这两种因素就是构成那种关系的对等材料。

尽管罗曼·雅各布森已涉及胡塞尔关于意义和指涉物的观点，但我们也不能假定俄国形式主义者们总体上对胡塞尔的著作都很熟悉。然而他们的确知道什佩特的著作，他的现象符号学和美学在20世纪20年代早期很有影响力。什佩特认为："**结构乃是一种具体的构建，这一构建之单个的部分可以'按比例'加以改变，甚至在质量上都可以改变，但若要使整体的任何一个部分被去除，实际上非毁掉整体不可。**"❸ 思想和文化产品本质上具有结构的性质，组成结构的每一部分都具有潜在的作用。所有的内在形式原则上都能够

---

❶ Sergej Bernštejn, "Ästhetische Voraussetzungen einer Theorie der Deklamation", in *Stempel*, 1972, 339–386（Translation of "Estetičeskie predposylki teorii deklamacii"）, p. 343.

❷ 古斯塔夫·什佩特（1879~1937），苏联哲学家、美学家、翻译家，著有《俄罗斯哲学发展概论》《词语的内在形式》《美学片断》《语言与意义》等。——译者注

❸ Špet Gustav, *Estetičeskie fragment*, I–Ⅲ（Peterbyrg: Kolos）, II, p. 11. 这里的译文由编者据什佩特的《美学片断》俄文原著进行了核校。

显现出来。结构的各个部分的功能依赖于给定结构的语境和意向。在语言学的语境下,词素具有动态性。同理,在话语的社会和文化语境下,表达是由动态法则所决定的。只要观察者不以行为为目标,也不作逻辑的分析,在特定的意向或观察者自成一体的态度下,一个真实的或想象的客体可以变成审美的客体。

因此,什佩特就假定了第三种真实——"诗的真实"来区别"超验的或物质的真实"和"逻辑的真实"。文学处理的对象是奇幻的、虚构的题材。在诗歌的形式中,从现实中完全解放出来是可以达到的。但是这些形式有着内在的诗歌逻辑(自成一格的逻辑,也具有意义),因为从熟悉的场景中完全解放出来并不意味着从意义中也解脱出来。❶ 事实上什佩特也详细说明了文学文本的一个主要特点即虚构性原则(the principle of fictionality),这一原则要求真实却反对直接与现实相比较。

尽管什佩特没有追随"形式的方法",他的《审美片断》(Aesthetic Fragments,1922—1923)也从来没有引用任何俄国形式主义者的文字,但他关于美学功能的概念,他关于文学作品是一种结构的观点,却与形式主义者很接近。蒂尼亚诺夫、艾亨鲍姆以及雅各布森后来的著作中都证明了这一点。

蒂尼亚诺夫的论文《文学事实》(The Literary Fact,1924)和《论文学的演变》(On Literary Evolution,1927)都收录于他的著作《拟古者与创新者》(Archaists and Innovators,1929)中,这两篇文章是形式主义者们留下的最好的"遗产"之一,直到今天依然拥有着权威的地位。穆卡若夫斯基和洛特曼都从蒂尼亚诺夫的研究中得到了启发。

蒂尼亚诺夫把文学定义为"正是**作为建构而被感觉的言语建构,也就是说,文学是动态的言语建构**"。❷ 什佩特认为,"动态"意味着文学文本不是孤立的、静态的,而是传统和交流过程的一部分。每一种言语建构都会渐渐

---

❶ Špet Gustav, *Estetičeskie fragment*, I – III (Peterbyrg: Kolos), II, p. 66.
❷ Jurij Tynjanov,"Das literarische Faktum", in *Striedter*, 1969, 393 – 432 (Translation of "Literaturnyj fakt"), pp. 407 – 409. 这里的译文,由编者根据蒂尼亚诺夫的《文学事实》俄文原著进行了核校。

失去它的效果，变得机械化。如果接受者把言语建构看成是一种**建构**，或者按照雅各布森的措辞，如果接受者的注意力集中在表达上，那么，建构性的因素应该不同于之前的文本或文学之外的世界。在文学中，材料必须要"变形"而不是保留其原有的形式。当然，只有在文学史或社会史的背景下变形才能被注意到。因此，蒂尼亚诺夫认为笼统地谈论审美性是不明智的，因为审美性是具体的感知行为在特定的历史语境中产生的结果。当一个有着自己感知经验的现代读者去解释过去时代的文本时，他很可能轻易地就把那些重要的或原创的手法看成是一种司空见惯的建构，而该文本的同时代人则会根据它与之前的建构原则的关系（即动态的功能）来判断这些手法。❶ 蒂尼亚诺夫在这里或者其他地方提倡一种历史主义的方法，就如同其他所有的形式主义者一样，尤其以什克洛夫斯基和雅各布森为代表。对材料的变形是言语建构中必要的（尽管并不是充分的）条件，而这种言语建构是要被感觉为一种建构，只有这样它才能被看成为文学。

蒂尼亚诺夫认为，不可能给文学下一个静态的定义，同理，也不能给体裁（genre）一个静态的定义。体裁是一种浮动的系统，它在适当的时候会放弃某种手法，吸纳其他手法。我们都知道，从文学史的角度来看，体裁会出现在某个节点上，而消失在其他条件下。结构主义者并没有使用"结构"一词来表达他们自身。蒂尼亚诺夫发现一种新的体裁只有在对抗传统体裁时才会被注意到。他大胆地归纳道，每一种体裁在衰退期都会从文学的中心走向边缘，与此同时，新的现象将会从文学的后院中涌出来，占据着舞台中心。因此传奇文学就走向了边缘，变成了通俗文学。蒂尼亚诺夫说，处在文学中心位置的心理小说现在正处在向通俗小说转变的过程之中。蒂尼亚诺夫在三年之后说得更清楚："**对孤立起来的体裁进行研究，在与之相关联相类比的体裁系统之外来对它们进行研究，乃是不可能的。**"❷ 蒂尼亚诺夫已经解决了体

---

❶ Jurij Tynjanov, "Das literarische Faktum", in *Striedter*, 1969, 393–432 (Translation of "Literaturnyj fakt"), p. 411.

❷ Jurij Tynjanov, "Über die literarische Evolution", in *Striedter*, 1969, 433–462 (Translation of "O literaturnoj evoljucii"), p. 446. 这里的译文，由编者根据《论文学演变》俄文原著进行了核校。

裁作为一种变化的或开放的概念问题。当韦勒克或洛特曼对体裁进行界定时，蒂尼亚诺夫对文学史的结构主义研究启发了他们，这也表明蒂尼亚诺夫观点的价值。

在《论文学演变》中，蒂尼亚诺夫阐释了文学作品和文学系统之间的关系。与克里斯蒂安森和什克洛夫斯基所建立的形式主义传统一致，蒂尼亚诺夫也重复了这样的观点：一个"事实"是否可以看成是文学的事实，取决于同文学系列或者文学之外的系列之关系中的特质——换句话说，取决于它的功能。因此，对文学作品的内在研究是一种令人怀疑的抽象行为，严格地说，是不可能的。文学作品必须要同文学系统联系起来。而且，对文学系统及其演变或文学系统之持续性特点的孤立研究是不可能的。❶ 文学系列同毗邻的文化的、行为的、社会的系列是相互联系的，尽管这种联系不是直接的，而是通过语言的中介达成的。

文学系列和文学之外的系列主要是在语言的层面上相互连接，因为在日常生活的联系中，文学有着交际功能。蒂尼亚诺夫经常持这种观点，他反对马克思主义者关于经济因素的首要作用，认为文学系列是一种独特的系列。他对"从作者的心理以及从其出身背景、日常生活，作者的阶层到他的作品之间搭起一座有着因果关系的桥的直线式研究"❷ 表示怀疑。

当蒂尼亚诺夫论及文学和作者所处的环境之间的关系时，他从自己结构主义研究者的角度来分析文学，并得出符合逻辑的论断。同时，他也回应了这些年马克思主义者越来越响亮和激烈的挑战。在马克思主义者对形式主义原则的所有攻击中，托洛茨基的《文学与革命》（1924）是最著名的。当然，托洛茨基坚决拥护辩证唯物主义。他认为"**从客观的历史进程来说，艺术一直是社会的仆人和历史的实用者。**"❸ 但是，从另一个角度来看，对什克洛夫

---

❶ Jurij Tynjanov, "Über die literarische Evolution", in *Striedter*, 1969, 433 – 462 (Translation of "O literaturnoj evoljucii"), p. 441.

❷ Jurij Tynjanov, "Über die literarische Evolution", in *Striedter*, 1969, 433 – 462 (Translation of "O literaturnoj evoljucii"), in *Striedter*, p. 457.

❸ Leon Trotsky, *Literature and Revolution*, Ann Arbor: University of Michigan Press, 1966 (Translation of Literatura I revoljucija), p. 168.

斯基一定程度上的敬佩以及对形式主义学派著作的真正理解是从托洛茨基的批评中涌现出来的。他公开宣称在苏联唯一与马克思主义敌对的理论是形式主义，他也明确地承认形式主义学派的部分研究是有用的，能被认为是形式主义学派的贡献。

托洛茨基引用了什克洛夫斯基和雅各布森的某些最极端的观点，比如他们认为"艺术从来都是一种自足的纯形式作品"。托洛茨基批评他们局限于**"对诗歌词源学和句法的分析，对多次重复的元音和辅音、音节和修饰语的计数"**。❶ 托洛茨基错误地认为什克洛夫斯基有艺术绝对独立于社会生活方式的思想。托洛茨基强调艺术、心理学和社会环境的相互联系，他批评形式主义者忽视了"发展的动态性"，而把他们自己限制在孤立的事实之中。

重要的是，托洛茨基没有提及蒂尼亚诺夫或艾亨鲍姆，这两个人要比什克洛夫斯基更注重"发展的动态性"，此外他们没有什克洛夫斯基那种论战的语调。蒂尼亚诺夫在他的论文《文学的演变》中对托洛茨基提出的问题表达了自己的看法。托洛茨基的批评演变成了一场运动，并随着形式主义学派的终结而结束，此后在1929年，艾亨鲍姆做了最后孤注一掷的尝试，还击马克思主义的批评。艾亨鲍姆在他的论文《文学日常生活》（1929）中承认，在过去，形式主义者主要关注文学技巧的问题，他们应该研究文学演进与文学生活之间的关系。在这个方面，他似乎完全赞同蒂尼亚诺夫的观点，但他也进一步提倡文学社会学研究的新导向，因为文学社会学研究一直忽视了文学—历史事实的本质问题。艾亨鲍姆准备接受文学社会学是一个非常有用的课题研究点，前提是文学社会学家放弃"对文学演变和文学形式的初始源头进行形而上学的探索"，因为**"任何对起源的研究，不论它走得多么远，都不可能将我们带到初始源头，只要指的是科学的，而不是宗教的目标"**。❷ 他甚至引用了恩格斯的言论来加强其批评——对文学进行粗糙的社会学研究的批评。

---

❶ Leon Trotsky, *Literature and Revolution*, Ann Arbor: University of Michigan Press, 1966（Translation of Literatura I revoljucija）, pp. 162 – 163.

❷ Boris Ejxenbaum, "Literary Environment", in *Matejka & Pomorska*, 1971, 55 – 66（Translation of "Literaturnyj byt"）, pp. 60 – 61. 这里的译文，由编者根据艾亨鲍姆的《文学的日常生活》俄文原著进行了核校。

艾亨鲍姆把形式主义者和（"庸俗的"）社会学家的区别解释为假设论断和公理论断之间的区别，或科学和宗教之间的区别。他对科学的定义恰到好处：科学并不是用来解释，而是用来确定特定属性以及建立现象之间的相互关系。此外，他似乎不相信关于主要起源的假设会对文学文本的当前研究有用。他认为"**文学，一如任何一个别的专门的现象系列，并不是由其他系列的事实所产生，因而就不能被简化为那些事实**"。❶ 文学研究不是在服务文化、哲学、心理学的历史中产生的，也不是为了服务经济。

1928年，蒂尼亚诺夫和雅各布森在他们著名的九点提纲中，用相似的方式表达自己的观点。在方法论上，他们极其反对考察文学系统与非文学系统之间的相互关系，因为这种考察并没有考虑各种系统的内在法则。在这篇论文中，他们把"结构"这个词多多少少用做是"系统"的同义词，"系统"也是蒂尼亚诺夫那时非常喜欢用的一个术语。当这些论点在苏联的一家杂志上发表时，雅各布森居住在布拉格，这些论点可以看成是对形式主义学派成果的最后总结，也可以被认为是捷克结构主义最初的一个声明。

艾亨鲍姆的论证以及蒂尼亚诺夫和雅各布森的论文都很有说服力，因为社会学家仍然不能基于文学以外的数据来充分解释文本的文学性。然而，人们并不根据形式主义学派的学术价值对它做出评判。到了1930年，形式主义者根本不可能发表他们的观点。什克洛夫斯基曾经是奥波亚兹（"诗语研究会"的简称）令人敬佩的主席，他最后向不断增加的压力屈服，于1930年发表一份自我批评，他承认"在最终的分析中，决定并重新组织文学系列和文学系统的，正是经济过程"。❷

五、母题分析

俄罗斯形式主义者通过接受"结构"这一概念，引进了（有组织的）结

---

❶ Boris Ejxenbaum, "Literary Environment", in *Matejka & Pomorska*, 1971, 55–66 (Translation of "Literaturnyj byt"), p. 61. 这里的译文，由编者根据艾亨鲍姆的《文学的日常生活》俄文原著进行了核校。

❷ Victor Erlich, *Russian Formalism*, The Hague：Mouton, p. 139.

构和（未组织的）材料这一新二分法，以此来代替形式和内容那种旧二分法。文学文本的结构既有形式方面也有语义方面。这同样可以应用于未组织的材料。例如，一部真实或想象的韵律词典里的韵，属于未组织的诗歌材料，同时具有巨大的形式潜力。（普通）词典里的词汇同样属于未组织的材料，但主要有语义潜力。一个个的哲理、一个个的神话、一个个真实或想象的传说事件，都属于同文学文本相对的未组织的材料。在文学文本中，它们被建构成一个有组织的整体。什克洛夫斯基认为，本事（фабула）这一概念是"构成情节（或叙述结构）"的材料，❶ 他的这种看法同结构主义观念完全一致，结构主义的观念是在俄罗斯形式主义后期被提出来的。

为了避免困惑，在这里必须提及由普罗普扩展的关于本事及其构造原则的、一个相当不一样的概念之界说。尽管普罗普不能被看成是一位俄罗斯形式主义者，但他在这个时期相当活跃。1928 年出版的他的著作《民间故事形态学》被翻译成多种文字，因而在西欧和美国声名大噪；列维-斯特劳斯对英译本进行了详细的评论。通过梅列金斯基（Meletinskij）的努力，1969 年苏联出现了该书的重印本。

什克洛夫斯基和普罗普都非常熟悉 19 世纪俄国伟大的比较文学家、民俗学研究者维谢洛夫斯基（Veselovskij）的著作。但他们解释其观点的方式不同。什克洛夫斯基认为其母题概念（"最基本的叙述单位"）是与情节或叙述结构密切相关；普罗普则强调将母题与情节（plot）区分开来的可能性，这与维谢洛夫斯基的观点是一致的，维谢洛夫斯基不同于后来的形式主义传统，他没有把文本看成一个结构整体。对俄罗斯形式主义者而言，情节就是一个故事的单个叙述结构；我们一贯把"сюжет"这个概念翻译为"情节"。然而，正如普罗普所引用的，维谢洛夫斯基将"сюжет"理解成"主题，不同的情形—母题在其中交织的主题"。❷ 普罗普认为，当插入了新的母题后，

---

❶ Viktor Šklovskij, "Der parodistische Roman: Sternes 'Tristram Shandy'", in Striedter, 1969, 245–300 (Translation of "Parodijnyj roman: 'Tristram Shandy' Sterna"), p. 297.

❷ Vladimir Ja. Propp, Morfologija skazki (Moskva: Nauka), p. 18. 下文出自同一著作的引文，将随文标出该书名称首词和引文出处页码，不再另注。中译本参见普罗普：《故事形态学》，贾放译，施用勤校，中华书局 2006 年版，第 11 页。

"сюжеты"就会发生变化。在他看来，母题是一个最重要的单位，"сюжеты"是一系列母题的产物。根据维谢洛夫斯基的观点，"сюжеты"可以划分为不同的母题，然而母题则是一个单独而不可再分的叙述单位。(Morfologija：18)

普罗普正确地认识到，如果从逻辑的观点出发，那种最基本的、不可再分割的元素思想是一个相当可疑的抽象概念。他认为，维谢洛夫斯基所说的母题作为一个规则，可以很好地划分为更基本的成分。普罗普的研究对象仅限于一定数量的俄国童话。他总结道，尽管人物和性格可能不同，但不同的母题可能描写相似的行为。例如，母题是"一个国王给了一个英雄一只鹰；这只鹰带着这个英雄到了另一个王国"和"一个老人给了撒森克一匹马，这匹马带着撒森克到了另一个王国"描述了一个相似的行为，也就是"英雄获得了一个有魔法的帮手"。类似行为的母题是变化的，但功能是不变的。普罗普把这些相似的行为称为"角色功能"(Morfologija：23)。

母题的种类有很多，但普罗普只区分了他所研究的材料中人物的31种功能。他从中得出结论：在民间故事中，角色功能的数量是有限的。他还总结道，功能的顺序总是相同的，但是他又立刻补充道，这一准则仅适用于民间传说中的童话，不适用于文学童话。在一个童话中，可以从固定的次序中删除一些特定的功能，而且特定的功能也能被重复(Morfologija：89)。据普罗普所说，这不会影响功能的固定次序。但是，在我看来，这对次序有影响。因为，两条"例外条款"可以使我们从理论上把功能固定次序的法则应用于次序颠倒的童话中，也就是以功能31开始，以功能1结束（删除功能1到功能30；在功能31之后，前面被删除的功能30被重复，然后前面被删除的功能29被重复，等等）。在普罗普给的例子中，次序颠倒的功能非常有限。简而言之，删除和重复功能这两个例外条款使得固定次序的法则无法解释清楚。

尽管普罗普的仰慕者布雷蒙(Bremond，1966)明确放弃了固定次序的理论。但是相较于普罗普，布雷蒙的描述更为抽象。布雷蒙从很多可能的功能（包括童话之外的那些功能）中提取出三个功能，这是产生最基本序列的三个功能，即：开始一个可能的行为；实现这个可能；终止有某种结果的过程。所有这些可能的功能都是变化的，但基本序列的功能是不变的。

假定只能借助于参照文本外的模式才能解释文本意义,那么布雷蒙的方法是有道理的;他的理论太抽象,对解释文学几乎没有任何用处。尽管如此,他的立场在文学研究中代表了一种有趣的趋势。托多罗夫的《〈十日谈〉语法》(1969)以及在生成诗学或文学文本语法中的各种应用都属于这种趋势。但这种趋势远离俄国形式主义的主要传统(什克洛夫斯基、雅各布森、蒂尼亚诺夫、艾亨鲍姆,等等)。

以普罗普和布雷蒙的方式考察角色可能存在的功能可以追溯到维谢洛夫斯基。正如洛特曼所解释的,维谢洛夫斯基是从语义的层面来解释母题这一概念的。在维谢洛夫斯基看来,母题是一个基本的叙述单位,它指在**日常生活**或**社会现实**中的一个领域发生的典型事件。❶ 普罗普意识到,在人物的各种功能中,行为的相似性可以从纯粹的语义层面进行定义。然而,对维谢洛夫斯基来说,最重要的是母题,而不是"сюжет"或文本。普罗普对母题不变性的探索,则更进一步离开了文本。很多从普罗普那里获得启发的作者,似乎已经忘记了普罗普使用的材料和维谢洛夫斯基的一样,都是民间传说的文本,而不是文学。布雷蒙和托多罗夫在这方面是个例外,他们意识到了普罗普的分析以及他们自己的方法都有局限性。托多罗夫认为叙述学研究的对象并不与文学文本一致,因为叙述也会发生在文学之外。❷ 布雷蒙认为自己得益于人类学,但告诫道,人类学的数据只能用作为参照框架。❸ 人类学数据只能间接地帮我们解释特定文本的文学性,因为文学事实并不属于科学逻辑或常识,常识告诉我们小偷在偷窃之前必须先进入房子,或禁令必须先于侵犯。事实上,文学文本经常违背常识,用什佩特的话说,文学文本具有"第三种真实"。在卡夫卡的《审判》(1925)中,我们读到了一种侵权,但却从不知道违反了什么法律。洛特曼将超越现有的常识世界观看成是文学的特征:埃

---

❶ Jurij M. Lotman, *Die Struktur literarischer Texte*, Rolf-Dietrich Keil, trans., München: Fink (Translation of Lotman, 1970), p. 330. 下文出自同一著作的引文,将随文标出该书名首词和引文出处页码,不再另注。

❷ Tzvetan Todorov, *Grammaire du Décaméron* (= Approaches to Semiotics 3), The Hague: Mouton, p. 10.

❸ Claude Bremond, "La logique des possible narratives", *Communications* 8, 60 – 77. p. 76.

涅阿斯（Aeneas）和但丁（Dante）访问死者的王国，然后又活着返回人间（Struktur：338）。

多勒泽尔在其《从母题素到母题》（*From Motifemes to Motifs*，，1972）中对这个问题进行了研究。他效仿了阿兰·邓迪斯（Alan Dundes），在"角色功能"中采用了"母题素"这个术语。多勒泽尔认为，普罗普并没有清楚地说明"本事（фабула）"（事件的描述）和"情节（сюжет）"的区别，甚至认为这种区别是没有必要的；多勒泽尔减少了人们对这个问题的绝大部分困惑，因为在普罗普研究的童话中，"事件的描述"与情节多多少少是重叠的：他们都注意到事件的时间顺序，例如，童话从不会以圆满的结局开头。多勒泽尔也非常确定地认为在各种抽象的层面上，只有与下一个较低层次（即更接近于文本）的变量相关时，探索不变性才有用。如果一个人没有注意到与不变因素发生关系的变量，那么探索不变性就成了抽象的、无用的行为。多勒泽尔的批评完全和列维-斯特劳斯的看法一致，尽管列维-斯特劳斯错误地认为普罗普是俄罗斯形式主义的代表，但他正确地观察到，普罗普的方法使其自身能达到一个特定的抽象层次，但不能使他找到从抽象重返具体的归途（列维-斯特劳斯，1960：23）。❶ 多勒泽尔总结道：

> 叙事的结构理论不能归结为对不变性的研究。……在叙述结构中并没有一个由变异和创新所保护的"封闭系统"；换句话说，没有已经摆脱了程式化和重复的结构层次。没有固定的、普适的叙述"语法"；同时，作家发挥自己的独特风格的自由的也不是无限的。每一个叙述行动都同时是遵守规范、创造规范、摧毁规范的过程。❷

多勒泽尔1965年之前在布拉格、后来在多伦多任教期间一直采取这一立场。他在形式问题上恪守捷克结构主义的原则，这一原则延续了俄国形式主义的主要传统，摈弃了普罗普的观点。

---

❶ Claude Lévi-Strauss, "La structure et la forme: Réflexions sur un ouvrage de Vladimir Propp", *Cahiers de l' Institut de Science Economique Appliquée*, no. 99, 3–37, p. 23.

❷ Lubomír Doležel, "From Motifemes to Motifs", *Poetics* 4, 55–91, p. 88.

六、捷克结构主义

捷克的结构主义延续了俄罗斯形式主义的传统,但是俄罗斯形式主义绝不是它灵感的唯一来源。即使我们不考虑结构主义语言学的马泰休斯、雅各布森、特鲁别茨柯依以及布拉格学派(1926~1948)的其他成员,捷克结构主义的来源也是多种多样的。除了捷克学者在美学和哲学领域的著作,还有克里斯蒂安森(Christiansen)对"审美客体的结构"和"差异经验"的研究,❶他的研究已经影响了什克洛夫斯基和伯恩斯坦,也启发了捷克人。当然,克里斯蒂安森并不能从处理整体和部分间关系的德国传统分开。谢林也属于这种传统,他认为"在真正的艺术作品中,没有部分的美,只有整体美"。最后,在符号学领域,胡塞尔、毕勒、索绪尔都被看成是先驱(穆卡若夫斯基,1940:26~27)。❷尽管捷克结构主义的起源可以追溯到俄罗斯形式主义,但我们必须知道,捷克结构主义与德国的传统联系更加直接。然而,在很多情况下,捷克的结构主义者明确地承认他们借用了俄罗斯形式主义。穆卡若夫斯基的《论现代诗学》(*On Contemporary Poetics*, 1929)的演讲就是对俄罗斯形式主义的如实报道。

穆卡若夫斯基(1891~1975)是文学研究领域中最重要的捷克结构主义者之一。他详细地阐述了蒂尼亚诺夫的论点:对文学文本的内在研究在原则上是不可能的。除了俄罗斯形式主义,他也阐述了自己在美学问题上的观点。他定义审美客体的方式,同俄罗斯形式主义者以及克里斯蒂安森的主要见解是相通的。

在布拉格第八届国际哲学大会上,穆卡若夫斯基讨论了他的艺术概念"符号学事实"。穆卡若夫斯基认为,艺术同时也是符号、结构与价值。如果

---

❶ Broder Christiansen, *Philosophie der Kunst* (Hanau: Clauss und Feddersen), p. 55, p. 118.

❷ Jan Mukařovský, "Der Strukturalismus in der Ästhetik und in der Literaturwissenschaft", in *Mukařovský*, 1967, pp. 26-27. 扬·穆卡若夫斯基:"美学与文学学科中的结构主义",见《外国美学》第21辑,杜常婧译,江苏教育出版社2013年版,第122~123页。——译者注

把艺术看成是符号,那么就要区分两个方面:代表意义的外在符号或**能指**;所代表的意义或**所指**。不能把艺术作品简化为它的能指性或"物质性",因为物质的艺术作品(或称之为艺术成品)是一种符号,只有通过感知接受活动,其含义才显现出来。美学的对象不是艺术作品(能指),而是"审美客体"(所指),是"接受者在头脑中对艺术作品的体现"。❶

感知接受艺术作品的文化和社会背景在变,人们对艺术作品的理解和评价也相应地会发生变化。在艺术史上,同一艺术作品可以构成各种不同的审美客体。在不断变化的条件下,一部艺术作品可以作各种各样的解读,解读的多样性被看成是艺术品的价值之所在。"物质的艺术作品的多元性、多样性和复杂性"❷ 为众多不一的解读提供了条件。并不是所有的单个的解读都构成审美客体。审美客体只是特定群体的接受者各人难免的主观解读的共同点,前提是这些解读是根据艺术作品作出的。

穆卡若夫斯基将艺术作品看成是"自主的符号",它唯一的特征就是具有在同一群体的成员之间起中介作用的功能。因此,艺术作品不一定非要指涉我们身边的现实。它必须带有能被发送者和接受者都理解的意义,但不一定指向真实的事物或情景。它可能与我们生活的现实有着间接的或比喻上的意义。艺术作品"决不能被当作是历史或社会学文献,除非它的文献性(也就是它与社会环境关联的性质)已经被确定了"。❸ 文学作品有自主的功能,这种观点同什佩特的第三种真实或虚构性完全一致;此外,穆卡若夫斯基认为文学作品也有交流功能,因为文学文本是由表达思想情感、描写客观情景的词语组成的。单个艺术作品与艺术史一样,其艺术的自主功能同艺术的交流功能之间存在辩证的对立关系。洛特曼后来研究了这个主题并取得了巨大的成功。在其简短的文章中,穆卡若夫斯基将艺术看做是符号学事实;他完全

---

❶ Jan Mukařovský, *Aesthetic Function, Norm and Values as Social Facts*, Mark E. Suino trans., Michigan Slavic Contributions, Department of Slavic Languages and Literature, Ann Arbor: University of Michigan Press, 1970 (Translation of "Estetická funkce, norma a hodnote jako sociálni fakty"), p. 90.

❷ Jan Mukařovský, *Aesthetic Function, Norm and Values as Social Facts*, p. 93.

❸ Jan Mukařovský, "Die Kunst als semiologisches Faktum", in *Mukařovský*, 1970, 138 – 146 (Translation fo "L'art comme fait sémiologique"), p. 142.

像一个符号学者,宣称人文学科所研究的材料大多都是符号。

与随后我们将会讨论到的罗曼·英伽登不同,穆卡若夫斯基将文学作品作为更大的交流和文化进程中的一部分来进行研究。正如他经常引用的蒂尼亚诺夫一样,他的文学观同样带有动态性。在穆卡若夫斯基开创性的研究——《作为社会事实的审美功能、审美规范与审美价值》(1935)中,穆卡若夫斯基和蒂尼亚诺夫、什克洛夫斯基一样,都认为美学的潜力不是、至少不完全是事物本身所固有的。尽管"在事物(有审美功能)的主观安排上有一些前提条件,这些前提条件会增加美感",穆卡若夫斯基认为"任何事物或行为,不管它是如何组织的"都可以获得审美功能,从而会成为美感的对象。[1] 审美判断同社会的发展有关,简而言之,就是同社会学和人类学的数据有关,这些数据形成了判断发生的背景。审美功能是动态的,它可能会随着特定条件而变化;事物被感知的条件不同,接受者所处的环境不同,审美功能也不同。审美功能是一种力量或能量,其表现形式是符号自身所具有的吸引力。穆卡若夫斯基称"审美功能的中心在符号自身"是自然而然的结果,这是美学现象,但也有人可能把后者(自主作用)看成是前者(专注于符号自身的审美功能)的结果或假设;按穆卡若夫斯基的说法,对符号自身的专注与同一符号的自主性之间有辩证关系。

审美功能是创造审美价值的一种动力,而在审美功能并不起主导作用的情况下,就不会产生有关审美价值的问题。

在穆卡若夫斯基关于价值和规范之关系的讨论中,他坚定地坚持形式主义的传统,尤其是遵循偏离和变形这样的概念。符合审美规范,并不能保证审美价值的体现。审美规范源自于审美价值,并且是一种艺术"之外"的规范原则。在艺术之外,审美价值依赖于审美规范的实现程度。在艺术之内,从某种程度上说,流行的审美规范是被偏离的,由于明显的审美价值的作用,会出现部分新的或全的规范。审美价值并不是一种静态的概念,而是一种演

---

[1] Jan Mukařovský, *Aesthetic Function, Norm and Values as Social Facts*, Mark E. Suino trans., Michigan Slavic Contributions, Department of Slavic Languages and Literature (Ann Arbor: University of Michigan Press, 1970 (Translation of "Estetická funkce, norma a hodnote jako sociálni fakty"), p. 28.

变过程，它的演变是在实际的艺术传统背景下进行的，并且同千变万化的文化和社会背景相关联。

只有在审美客体作为一种已被解读的艺术成品的基础上，审美功能、审美价值和审美规范这些概念的动态性才可能实现。穆卡若夫斯基认为，审美客体不是不变的，而是由每一代人或不同的接受群体所决定的。当穆卡若夫斯基最终提出审美价值是否有一种客观依据的问题时，他不得不得出这样的结论：如果客观的审美价值是本来就存在的，那一定是存在于物质的艺术成品之中，这种艺术成品与审美客体是截然不同的，它是不易变化的。然而，这种艺术成品内在的审美价值只能是潜在的。事实上，审美价值只有从审美客体中才能得到，审美客体是接受者对艺术成品的具体化或实现。在这种具体化或实现为审美客体之际，有些艺术成品会得到更好的待遇。

穆卡若夫斯基指出："在某种程度上，某一艺术成品人工所引起的超审美价值❶越大，并且越能加强那些超审美价值彼此相互连接的动态性，那么它本身的价值就将会越大。"❷ 这种审美价值概念可能并不非常令人满意。韦勒克曾严厉批评这一概念。❸ 穆卡若夫斯基又做出进一步的尝试去给客观的审美价值指定一个位置，但似乎并没有解决问题。除了将"物质的艺术成品的多样性、变化性和复杂性"看成是潜在的审美财富，他还认为艺术成品之独立的审美价值"更高、更持久，以至于不受在某一时期、某种社会文化环境所广泛接受的价值系统的局限；从那种价值系统出发对这个作品所作的字面上的解读，说明不了这种独立的审美价值"。❹ 在这一点上，穆卡若夫斯基虽然没有提到**含混性**和**未定点**概念，但同它们却极为接近。

也许穆卡洛夫斯选择完全放弃对客观的审美价值的研究就会显得更为明智。他曾经正确地观察到艺术成品的审美价值只能是潜在的。潜在的价值只

---

❶ Extra-esthetic values，不限于单纯的审美价值的多种"超额价值"或"非审美价值"，泛指其他社会价值。这里姑且译为"超审美价值"。——译者注

❷ Jan Mukařovský, *Aesthetic Function*, *Norm and Values as Social Facts*, Mark E. Suino trans., Michigan Slavic Contributions, Department of Slavic Languages and Literature, Ann Arbor: University of Michigan Press, 1970 (Translation of "Estetická funkce, norma a hodnote jako sociálni fakty"), p. 91.

❸ René Wellek, *Discriminations*, New Haven-London: Yale UP, 1970, p. 291.

❹ Jan Mukařovský, *Aesthetic Function*, *Norm and Values as Social Facts*, Mark E. suino trans., p. 93.

是价值的可能条件，而不是一种必须的条件，更不是一种充分的条件。就像所谓的"演变价值"，它由文学作品对动态的文学演变过程的影响所决定。那是一种抽象的构造，它是通过文学史家产生的而不是交际过程的产物。❶ 现代价值理论把价值当作一种关系概念，这种概念由客体和接受者的关系构成。尽管某些更好的客体被看作比其他客体珍贵，但作为一成不变的并与接受过程无关的概念的艺术成品，却永远也不能进入有接受者的关系中，因而它的审美价值，如果说它有的话，也不会被发现。

在《美学与文学研究中的结构主义》（*Structuralism in Aesthetics and in the Study of Literature*，1940）这篇全面性评估的文章中，穆卡若夫斯基重新界定了结构的概念。根据结构大于其部分的总和这种人们所熟知的观念，穆卡若夫斯基补充道："结构的整体'意味着'它的每一部分，反过来说，其中的每一部分都意味着这一整体而非其他整体。"❷ 结构更深一层次的特征是"它的充满活力的动态性"，这是因为每一个部分都有一种特定的功能，这种功能能够使其与整体相连接，并且这些功能及其相互关系都处于变化的过程之中。因此，结构作为整体一直都在永恒地运动。

必须要强调的是，穆卡若夫斯基在这里是在对文学的研究中如此界定结构的概念：在交际过程中，当结构起作用时，时间与变化的条件都充当着重要的角色。他关于结构的概念同生物有机体的概念十分相似。

审美客体的结构是一种变化的过程，但影响这一过程的因素有哪些呢？要回答这个问题，穆卡若夫斯基同意蒂尼亚诺夫和雅各布森的观点，他们认为对文学史内在的研究不能解释文学演变的特殊空间或在理论上可行的各种方向中选择一个特定的方向。方向或者主导方向的问题，只有通过对文学系列与其他历史系列之间的关系的分析才能解决。穆卡若夫斯基补充道，文学结构中的每一个变化都能在该具体结构之外找到它的动机。但这种能够接受

---

❶ Hans Günther, "Grundbegriffe der Rezeptions-und Wirkungsanalyse im tschechischen Strukturalismus", *Poetica* 4, 224–243, p. 239.

❷ Jan Mukařovský, "Der Strukturalismus in der Ästhetik und in der Literaturwissenschaft", in *Mukařovský*, 1967, 7–55 (Translation of "Strukturalismus v estetice a ve vědě o literatuře"), p. 11. 这里的译文由杜常婧据《美学与文学科学中的结构主义》的捷克文原著进行了核校。

外来的冲动以及它的一般效果的方式,是通过文学结构的内在条件决定的。❶

对具体的文学文本而不是文学作品的理论化分析是俄罗斯形式主义者的主要工作。总的来说,这个传统被穆卡若夫斯基和其他的一些结构主义者继承下来。他们关于马哈(Mácha)和恰佩克(Čapek)的研究非常著名,但由于很明显的原因——这是由捷克斯洛伐克的作者用捷克斯洛伐克语写成的作品,因此在捷克斯洛伐克之外很难被认可。渐渐地,对不同的结构研究的认可变得越来越急迫。直到1934年,才有"结构主义"这一说法,❷ 为了避免使用"理论"和"方法"这两个术语,穆卡若夫斯基后来将其描述为一种认识论的"观点"。穆卡若夫斯基认为,"理论"意味着一种知识的固定合成体,"方法"意味着科学程序所要求的一成不变的规则。从知识论的角度看,结构主义仅仅意味着对给定的科学系统中各种要素是相互关联的这一观点的接受。结构主义并不接受所研究的材料(客体)具有首要地位的说法。这里,穆卡若夫斯基认为结构主义是不同于实证主义的,这实际上批评了艾亨鲍姆为前文已提及的假设法的辩护。❸ 另一方面,穆卡若夫斯基也没有断言科学程序或方法居于首要地位。相互关联的原则在这里也同样适用。新的材料可能影响研究的方法,新的方法可能发现新的材料。

由于穆卡若夫斯基并没有怀疑他自己的结构主义观,也没有认真地去检验它,他的结构主义与其说是假说,不如说是有价值的理论。然而,他对知识论的反思从来没有验证这一结论。

第二次世界大战后,可能是由于政治环境的压力,穆卡若夫斯基用唯物主义来支持他的结构主义观。现在,所研究的材料的首要地位是公认的了。在1940年仍旧是一个概念实体只带有材料的某些属性的"结构"一词,现在变成了现实世界的客观现象。韦勒克曾认为,穆卡若夫斯基思想的中的这一

---

❶ Jan Mukařovský, "Der Strukturalismus in der Ästhetik und in der Literaturwissenschaft", in *Mukařovský*, 1967, 7 – 55 (Translation of "Strukturalismus v estetice a ve vědě o literatuře"), p. 19.

❷ René Wellek, *Discriminations*, New Haven-London: Yale UP, 1970, p. 276.

❸ Boris Ejxenbaum, "The Theory of the Formal Method", in *Matejka & Pomorska*, 1971, 3 – 38 (Translation of "Teorija 'formal' nogo metoda"), pp. 3 – 4.

发展并没有给文学研究带来新的贡献。❶

尽管我们将关于捷克斯洛伐克结构主义的讨论局限于其主要发言人,但仍旧有许多人属于捷克斯洛伐克流派。加文在编辑一本文集时,将哈乌内克、沃季奇卡和其他一些人作为该流派的代表。近年来,较年轻的一代学者所作的贡献只体现在西欧语言的译本中。早些时候,苏联学者能比西方学者更容易接触到捷克斯洛伐克结构主义后期的著作。

最后要谈一下波兰哲学家罗曼·英伽登。他坚定地遵循胡塞尔的教导,构思出一种文学作品理论。英伽登和穆卡若夫斯基对德国哲学传统都有很深的研究,同时他们也都批评实证主义。英伽登明确反对波兰数理逻辑学派和维也纳学派的新实证主义。

英伽登和穆卡若夫斯基之间有许多共同点,但并不那么不明显。尽管英伽登笔下已出现"结构"一词,但却是以被限制的方式在使用。英伽登对现象学的热爱体现在他文章的每一页中,而穆卡若夫斯基却很少表现出他对现象学的喜爱。❷ 穆卡若夫斯基区分了"物质的"艺术成品与审美客体,并将其主要的精力都投入到后者的研究上。同样,英伽登也区分了"物质的"艺术作品与审美客体;他认为,后者是对艺术文本经过有欣赏能力的接受者对之正确地加以具体化后的呈现,但英伽登将其大部分的时间都投入到对前者的研究中;穆卡若夫斯基接受了什克洛夫斯基和蒂尼亚诺夫的传统,相信文学史的动态性,英伽登主要研究的只是作为静态现象的文学作品。穆卡若夫斯基认为艺术成品会引起各种具体化乃是一种优势;英伽登有所保留地同意这个观点,同时继续寻找充分的具体化在理论上的可能性。

英伽登几乎从未引用俄罗斯形式主义者的著作;当他在 1927 至 1928 年完成他的研究后来以《文学的艺术作品》(1931) 出版时也许根本不知道俄罗斯形式主义者的著作。但你仍能在英伽登的著作中找到一些令人想起形式

---

❶ René Wellek, *Discriminations*, New Haven-London: Yale UP, 1970, pp. 275 – 304.

❷ Jan Mukařovský, "Der Strukturalismus in der Ästhetik und in der Literaturwissenschaft", in *Mukařovský*, 1967, 7 – 55 (Translation of "Strukturalismus v estetice a ve vědě o literatuře"), p. 12. 参见扬·穆卡若夫斯基:"美学与文学学科中的结构主义",见《外国美学》第 21 辑,杜常婧译,江苏教育出版社 2013 年版。

主义的词汇。当他把"强化了的专注"称作审美的先决条件时,❶ 可能就会有人怀疑这是在重复什克洛夫斯基或雅各布森的说法,没想到他在一个脚注中提到了沃克特。毫无疑问,英伽登、穆卡若夫斯基和一些俄罗斯形式主义者有时使用的术语的来源是相同的:特别是来自德国哲学和美学。但是你大可不必匆忙判断它们各自的原创性。

英伽登相信在物质的艺术作品中发现审美具体化的条件存在的可能性,这就将他与俄罗斯形式主义和捷克结构主义分离开来。当穆卡若夫斯基尝试去发现在艺术成品的特定的性能中所蕴含的审美潜在性时,他曾做过与英伽登相似的尝试。但是穆卡若夫斯基的努力徒劳无功。如果同他对文学作品与文学系统的动态性的浓厚兴趣相比,他的尝试甚至是一个时代的错误。

穆卡若夫斯基对文学作品动态性的强调,并不代表结构主义最终的发展。看来英伽登和穆卡若夫斯基这两人有同样的偏颇,尽管他们的方式不同,他们在解决艺术成品与审美客体之间的关系或充分的具体化问题时都有偏颇。自主说和动态说之间平衡的修复,只体现在最近的苏联符号学的著作中,特别是在洛特曼的著作中。

七、苏联符号学

大约在 1960 年,受益于文化领域内趋于自由的总趋势,苏联的结构主义的文学研究受到了研究控制论和信息论尤其是机器翻译的语言学家们的强力推动。同时,形式主义者什克洛夫斯基、艾亨鲍姆、蒂尼亚诺夫和托马舍夫斯基的著作通过再版重新变得有用起来,而这些著作在近 30 年的时间里都被当权者激烈地批评。现在看来,早期对形式主义者的抨击是由所谓的"庸俗社会学"发起的。

如果在众多关于艺术的新的讨论文章中选取一篇,那肯定是 1995 年 12 月在苏联杂志《共产党人》上发表的那篇极具影响力的社论《论文学与艺术

---

❶ Roman Ingarden, *Vom Erkennen des literarischen Kunstwerks*, Darmstadt: Wissenschaftliche Buchgesellschaft (Adapted translation of *O poznawaniu dzieła literackiego*, 1937), p. 208.

中的典型问题》。这篇社论通过指出将"典型"与某些社会因素的本质对应起来,从而忽视艺术认识和反映世界的特殊性,是一种片面的、有局限性的看法。对生活的艺术认识同历史学、经济学以及心理学的认知方式有某些相同之处,但其方法却是不同的。艺术与科学截然不同,它是以另外的标准和方法运行的。简而言之,研究艺术是研究那些没有被其他学科所涉及的问题,研究其他学科无法轻易评判的内容。尽管在那个伟大的别林斯基世纪就有老而又老的说法"艺术是形象思维"(这一说法曾被形式主义者所摈弃),这篇意义重大的社论实际上同意艾亨鲍姆的观点:文学不能简化为其他文化或社会系列的事实。❶

从一开始,符号学就在当代苏联结构主义中扮演着重要角色。一本关于符号学的早期出版物——《符号系统的结构研究学术研讨会》会议论文汇编(1962)在莫斯科的科学院斯拉夫学研究所面世。这一汇编刊发了一个关于符号学的声明,将符号学描述成一种研究"人类社会所使用的所有符号系统"的新学科。尽管在那时符号学的范畴有着更广阔的阐述,例如,动物交际,这里的要点是苏联的文学结构研究是建立在一门学科的基础上的,这门学科与控制论和信息论的联系紧密,同样也为各门科学服务。

在莫斯科,苏联科学院的斯拉夫学和巴尔干学研究所的结构—类型学研究室,是应用于语言学、文学以及一般文化研究的结构主义符号学的主要中心。维亚切·伊凡诺夫、托波罗夫以及列夫津都曾在这个研究所工作过。他们同莫斯科国立大学的乌斯宾斯基有过合作,乌斯宾斯基的《结构诗学》曾被译成英文;他们同时也与列文、印度学专家皮亚季戈尔斯基、中世纪学专家 M. B. 梅拉赫等有过合作。西格尔也是这个团队的成员,但现在已经移民去了以色列。他们著作的特点是能够敏锐地意识到历史内涵以及令人惊叹的博学,而不仅仅是正确的方法。其他学者像佐科夫斯基和谢格洛夫,也参与了机器翻译和更大的文本段的语义研究,不过他们使用了不同的方法,旨在设计出一种生成诗学。通过对文学文本进行结构描述,他们在已知主题的基

---

❶ Boris Ejxenbaum, "Literary Environment", in *Matejka & Pomorska*, 1971, 56 – 66 (Translation of "Literaturnyj byt"), p. 61.

础上，通过很多固定的规则来解释文本的生成过程。佐科夫斯基和谢格洛夫经常把研究简单化，尤其是在主题的概念上。尽管他们旨趣在于科学的精确，但却忽略了历史语境在交际过程中的作用。

洛特曼的研究更有价值。他虽然住在爱沙尼亚的塔尔图，但与莫斯科的斯拉夫学研究所的学者有紧密的合作。他们的著作以系列的形式由塔尔图大学出版，刊发于《符号系统论丛》。虽然伊凡诺夫的著作与洛特曼的著作具有同样的价值，涉及了很多不同的主题，从凯斯人（西伯利亚一个少数民族）的神话、20世纪文学和电影中的时间概念，到为二元对立论辩护，但它们的内容组织不够系统。

起初作为一位18世纪和19世纪初俄国文学研究专家，洛特曼发表了两部具有开创意义的著作。第一部在美国重印，并被译成德文；第二部被译成法文、意大利文，并两次被译成德文。洛特曼的著作被认为是俄罗斯形式主义的延续，其中有一部分是独创性的。一位法国评论家或许夸大了这个事实，他将洛特曼有关形式特征语义化的深刻见解称作是文学研究领域的哥白尼式革命。我将会对洛特曼的发现和形式主义学派的发现进行比较。

与形式主义者一样，洛特曼使用"手法"这个术语，并将其定义为"一种结构要素及其功能"或"在一个结构中有功能的要素"，这确实与什克洛夫斯基对"手法"的定义不同。在一次容易引起争论的陈述中，什克洛夫斯基曾认为文学作品仅仅是它的手法的总和。❶ 这个定义经常成为形式主义学派被攻击的口实，但根据上文所述，对典型的文学作品结构组织的忽视这一问题，在20世纪20年代，通过什佩特、蒂尼亚诺夫和伯恩斯坦等学者的努力已经得到改进。

什克洛夫斯基的定义还忽视了文学的语义方面。如果我们从俄罗斯形式主义传统与其被苏联结构主义严重同化的规则来看，洛特曼似乎已经详细阐释了布里克和蒂尼亚诺夫早年做出的努力，并且充分考虑到了文学的语义方面。他这样做，是基于符号学中"每个能指必须对应一个意义"的假设。但

---

❶ Viktor Šklovskij, *Theorie der Prosa*, Gisela Drohla, ed., Frankfurt: Fischer, 1966 (Translation of *O teorii prozy*), p. 165.

这并不意味着我们可以轻易区分形式和内容。在这方面，洛特曼受到了巴赫金（M. Baxtin）的影响。巴赫金指出，在文化领域里，不可能在表达和语义之间找出明显的区别。洛特曼不希望研究一个抽象、简化了的语义概念，他也不打算忽视意义作为文学的一个构成成分。相反，他采纳了乌斯宾斯基的语义概念。根据克劳德·沙农（Claude Shannon）的研究，乌斯宾斯基将语义定义为与某一符号相关的表现和内涵范畴，或作为"翻译过程中可逆译的不变量"。与卡茨的观点相对比，这意味着语义属于表层结构。

洛特曼使用的语义概念很难摆脱同意义表达与能指的关系。他反对雅各布森的早期观点，认为通过形声字，诗歌语言的目的在于打破传统的语义，以便达到一种"超理性的语言"的理想。雅各布森认为，在一首诗歌中，两个同义词并置，第二个词并没有承载一个新的语义。洛特曼认为，诗歌技巧不仅限于形式。他的结论是，在诗歌中语义对等词的重复有一种语义效应。列夫津则发现，同义词没有出现在诗歌语言中。洛特曼却认为，诗歌或文学效果要通过文学文本的形式和语义之间特别紧密的关系才能达到。他认为，某些形式特点在日常语言中没有语义，但在文学文本中却有语义。洛特曼说："艺术中的符号不是以任意的规则为基础，而是具有图像性和象征性。"图像符号是通过表达与语义之间的内在联系的原则而构成的："符号是其内容的模型。"因此，日常语言中本无语义的成分在文学文本中尽可以被语义化（Struktur：40）。

人们也许能在文学文本的各种层次上区分出不同的符号形式。比如在韵律中，只有一部分音韵相似，事实上，音韵相似加强了词与词之间的相似和对立。在这方面，音韵产生语义效应。音韵的表意功能不具有随意性，因为它是由给出的第一个韵脚决定的。同其他符号学家一样，洛特曼受到皮尔斯图像概念的影响。当洛特曼最终得出结论——"美即信息"（Struktur：213），这不是对形式主义学派强调形式的单纯否定，而是承认艺术形式可以被解释并具有语义。

艾梅马歇尔曾正确地指出，苏联符号学家包括洛特曼并未试图对社会与文学的相互关系或艺术信息的真实性问题发表自己的看法。他们似乎接受什佩特的看法"艺术的特点在于'第三种真实'",这种真实与逻辑真实或经验真实没有直接的关系。关于一个符号的意义是否必须表示某些关乎社会现实的问题,他们也没有提出来。在这一点上,他们同意莫里斯和埃柯的观点。因此,在"美即信息"这句话中,"信息"这一术语应以纯技术的意义予以解读,即系统的组织程度。

苏联符号学家并不经常阐述认识论问题,但大体上似乎都同意埃柯的观点,即一个表述是真是假的问题与逻辑学家有关,与符号学家无关。❶ 语言符号具有意义并提供一个世界模型,但该模型的真实价值没有经过核查。洛特曼认为,语言是一个"模拟系统";萨丕尔-沃尔夫的假说则是:"就像我们所做的一样,我们看到和听到的以及其他体验,很大程度上是因为我们社会的语言习惯容易偏向某些解释。"❷ 在这两种观点之间有着惊人的相似之处。苏联符号学家熟悉本杰明·李·沃尔夫的著作。但是,基于这样的信念,即在这方面语言系统而不是"客观世界"是主要的调节原理,沃尔夫捍卫语言在我们塑造"宇宙模型"中居于首要地位,而洛特曼并没有表达这一信念。对洛特曼来说,我们必须认为语言是一种模拟系统这种观点仅仅是一个符号学假说。

文学文本是两个互相重叠的系统的产物:语言系统与叠加在其上的文学系统。因此,洛特曼得出结论:文学与一般艺术是"派生模拟系统"(Struktur:22)。文学系统是在语言之上的——超语言的。语言信息的接收者必须懂得语言代码,用来解释信息。因此,文本的读者除了要懂得文本是据以写成的语言,还得懂得文学代码。如果接收者不懂发送者使用的文学代码,一般情况下他就无法解读文本,甚至无法接受这是文学文本。这就促使洛特曼提出这一重要论断,"如果对发送者和接收者之间的关系没有加以额外区分,艺术文本的定义就是不完整的。"(Struktur:89)

---

❶ Umberto Eco, *Einführung in die Semiotik*, Jürgen Trabant, ed., Uni Taschenbücher, 105, München: Fink (Translation of Eco, 1968), p. 73.
❷ Quoted by Benjamin Lee Whorf, *Language, Thought, and Reality*, John B. Caroll, ed., Cambridge, Mass.: M. I. T., p. 134.

语言系统和文学系统在同一文本中相互作用，便使该文本成为信息量最大的文本。各种元素至少属于两类代码，可能不止具有一种意义载体。洛特曼吸收了蒂尼亚诺夫、布里克和穆卡若夫斯基的早期观点。而且，当文本受制于两种或更多的子代码时，信息量可以进一步增加。例如，现实主义与浪漫主义的子代码，或史诗和抒情系统的子代码，或虚构性和非虚构性的子代码。如果文本已被编码好几次，那么对我们来说，文本似乎就有了一个极具个性的甚至是"独一无二"的特质（Struktur：121）。在这种情况下，读者可以在通晓一个类代码的基础上对其他元素进行解码。读者的期待受挫或可以用形式主义者的术语"非自动化"来概括。根据洛特曼的观点，关于具有许多熵的文本（具有高度不可预测性）的解释将提供大量信息（高度组织性）。

　　基于这种文学概念，解释文学文本并不是一件简单的事；这要求对代码具备一定的知识。理想情况下，发送者和接收者应该共同具备有关特定代码的知识。洛特曼认为，解释是一种由文学代码到科学代码的信息翻译。很显然，如果我们接受乌斯宾斯基关于意义的定义——意义是可逆的译解过程中的不变量，就可以看出：只要我们开始解释，意义就几乎不可能保持完整无缺。很难想象，周密细致的解释让人们在一首诗的解读之上可以重写这首被解读的诗。因此，解释在原则上也不过是近似。此外，由于我们对文学文本中使用的代码认知不足，加上我们也许会合理地希望解码一个文学文本，要么在它受限的历史背景下或与之联系的更广阔的背景下以及"虚构的"语境下，在无法确定哪种才是准确的解释下，各种不同的解释可能共存（在这方面，洛特曼的观点更接近穆卡若夫斯基，而不是英伽登）。不过，我们必须说明，之所以将信息从一种代码转换翻译成另一种代码，是因为我们有义务把各个不同领域的文化联系起来。我们需要创造这种可能性，用更一般的用语把文学的意义翻译出来，为了能够捍卫文学表达的价值，或者更温和地说，仅仅是为了对官方关于文学奖项的决定的正当性作出解释。

　　洛特曼对文学的图像性和形式特征语义化的研究，是推进文学研究的重要步骤。比起其他学者，他更详细更系统地阐述了这些观点，但他的这些思想并非完全是原创的：图像符号的概念来源于皮尔斯，形式特征语义化的观点是蒂尼亚诺夫和布里克创立的。韵律的语义作用之前就有人提出，特别是新批评中的反讽和悖论概念似乎也解释了：在文学以外的领域没有意义的形式特征在文学中得到语义化这一现象。

洛特曼接受了文学文本是文化环境中的符号这一观点。由此看来，洛特曼的文学文本观是带有双重性的。事实上，洛特曼采用了穆卡若夫斯基的文学文本具有自主性而又具有交际性的见解。虽然在这里不能说完全是洛特曼的创新，但他确认文学文本的内部结构同社会文化文本之间有结构关系，这对于推进文学研究的进一步发展，比他对图像性的详细描述意义更为重要。对文学文本的任何所谓的自主诠释，不考虑到它在社会文化环境中的功能，一定会失败。事实上，洛特曼已经将这个问题阐释得很清楚，并精彩地发挥了蒂尼亚诺夫和雅各布森的九个论点以及雅各布森1934年提出的观点。

洛特曼引进的文本概念包括语言文本、文学文本、电影、绘画和交响乐。文本是外现的，即它是用特定符号来表示的。它是有限的，即有开头和结尾。文本有结构。在横组合层面❶上的内部组织决定了文本具有结构性。由于这些特征，文本的符号同文本外的符号构成对立的关系。通常，一个文本及其构成符号的区别性特征（意义）只有与其他本文和符号系统相互关联而形成对比时才能被识别出来。结果，一个成分的缺失，比如韵律在特定的位置上的缺失都有可能激发读者的意义策略。洛特曼将这种缺失——没有用某种预期的成分来表达意义——称为"负手法"（Struktur：82 – 83）。"负手法"问题同音系学中的"零度"❷相关。在这个问题上，洛特曼提到了罗兰·巴尔特，其实也该提及什克洛夫斯基或雅各布森。"负手法"这一概念同文学文本严格自主的解释显然是不相容的。

也有学者提出，文学文本其实并不能被认为是严格自主的。但洛特曼这一策略的优势在于，他为文学文本的内部结构分析与社会文化语境的外部关系分析，引进了同样的符号学方法。如果这一方法能够跨越鸿沟——将文学

---

❶ Syntagmatic leve，横组合层面，不同成分之间按一定顺序的排列组合关系，在语言中就是不同词语按句法构成句子的关系。——译者注

❷ Le degre zero，指形式上没有变化却有一定意义的虚成分。——译者注

的接受研究以及文学社会学同自主阐释（新批评以及内在阐释学派所践行的理论）分离开来的那条鸿沟，并且将这些高度分歧的方法的成果紧密地联系在一起，那么洛特曼的著作将会引起文学研究领域一次哥白尼式的革命。

我们知道，洛特曼接受了多种解释并存的观点，丝毫未考虑哪一种解释才是真正正确的；同时，他也不想要从众多可能的评价中选择一个正确的（洛特曼不提建立在评价的内在一致性基础上的正确性问题）。洛特曼在文学史研究中指出，认同美学（the aesthetics of identification）和对抗美学（the aesthetics of opposition）是两种不同的美学，应进行区分。认同美学适用于民间文学、中世纪文艺和古典主义，以及亚洲古文化。对抗美学则为浪漫主义、现实主义和现代主义之典型。很显然，按照认同美学与对抗美学来阐释，文学文本与文学手法的功能也大不相同。洛特曼假定，可以设计出符合"认同美学"标准的文本生成模型，不过，他无法确定对那些属于"对抗美学"的文本是否也可以这么做。他对这两种美学进行了这样的区分。其实，对抗美学范围内的文学文本也是有其自身规则的，其中的一些规则在文本产生的过程中得以形成，在文本被接受的过程中被发现。

关于某一特定文化中为什么这两种美学、二者必有其一居于主导地位的问题，属于文化类型学，这里不作进一步讨论。不过，可以推断出来的是，两大美学都旨在"强化感知"，因为洛特曼认为，艺术以信息最大化为其特征，而感知的强化则似乎是构成信息最大化的前提。很显然，关于特定文化中为什么两种美学必有一种处于主导地位的问题无法得到回答，除非我们能对同一文化中不同社会文化系列的组织和"平均信息量"之间的关系同时进行检测。

洛特曼将文本的阐释与功能同特定的代码和价值系统联系起来。虽然在实际中并非如此，原则上解释者应该完全懂得发送者的代码信息。事实上，洛特曼将俄罗斯形式主义学派的历史相对主义扩展成文化相对主义。在假定文学文本与该文本所属的文化代码的内在规则之间具有相互关联（或者说，依据特定代码，该文本可以通过译解而起作用）的前提下，洛特曼的研究方法为比较文学提供了坚实的参考框架。基于文化相对主义，洛特曼无法对文学和非文学做出绝对的划分。实际上,他的研究局限于描述文学可能的条件和必要的条件这一范围之中,而这些不能被认为是区分文学与非文学文本的充足条件。是否能把一个文本当作文学文本加以接受,这是由接受者在对文本解码的过程中所使用的代码来决定的。

八、结束语

如果对俄罗斯形式主义到结构主义的发展历程加以研究,这其中包括捷克斯洛伐克以及20世纪60年代的苏联,就会发现其中既有变化,也有延续。最后让我们对苏联符号学以及它同早期的形式主义与捷克结构主义的关系稍作评论,读者会明白如下几点。

(1)我们发现,洛特曼以文学文本为"世界模型"的观念并未促使他去调查文本的真实价值之所在。正如意大利符号学家埃科一样,洛特曼也希望符号学内没有真假问题的研究。虽然他从未明确表示,但以文本为模型的观念其实只是洛特曼的一个假设;结构理念也是如此。这里,埃科对结构的定义同洛特曼的观点似乎是相关联的。埃科将结构定义为:"一个起因于多种简化程序的模型,确保人们能从多样化的现象中获得统一的观点。"[1] 而关于结构是否真的存在于"现实世界"的问题,洛特曼没有提出。这里我们看到,从艾亨鲍姆提倡被研究的材料是首要的这一新实证主义立场,经穆卡若夫斯基对材料与方法之间辩证关系的界定这一结构主义的视界,到洛特曼至少在其当前阶段的研究中更认可演绎模式至上,这是一个明显的发展过程。当然,这种发展的部分原因在于受本杰明·李·沃尔夫思想的影响。

(2)对俄罗斯形式论学派来说,偏离既定规范这一概念非常重要。但究竟是日常语言,还是通行的文学惯例,或两者都是新的文学文本要与之偏离的规范,并不总是很清楚。什克洛夫斯基提出了"受阻的形式"这一概念,认为形式本身不一定就是"艰难的",而是被体验为"艰难的"形式。它也

---

[1] Umberto Eco, *Einführung in die Semiotik*, Jürgen Trabant, ed., Uni Taschenbücher, 105, München: Fink (Translation of Eco, 1968), p. 63.

许是一种简单的形式，而读者则期待复杂的形式。穆卡若夫斯基论述了偏离和规范之间的对立。渐渐地，人们对规范的地位提出了质疑。日常用语是文学语言要与之偏离的规范吗？这个观点受到了美国文体学家的质疑，文学文体被认为是在多种可能性中进行选择的结果，而不是对事先形成的规范的偏离。苏联符号学派也认为，规范这一概念已经丧失了其常规含义。代码概念的引进，不同代码连续替换的观点以及之后的文化相对主义产生出这样一些结构主义的观点：规范有时可以被看作是偏离，而在特定条件下，来自于规范的偏离也可以成为一种规范。这里我们可以参考穆卡若夫斯基的发现：艺术之外，审美价值合乎规范，而艺术内部，审美价值是打破规范的结果。不同之处在于，艺术之内，审美价值是占支配地位的主导价值，而在艺术之外，审美价值则不是主导的。

事实上，洛特曼沿着这条路继续思考，就回到了早期的俄罗斯形式主义。但洛特曼比早期的形式主义者走得要远得多。他强调了审美功能与其他功能之间的辩证关系。通过引入"认同美学"这一概念，洛特曼其实走向了与形式主义学派相反的道路。他认为，艺术可以符合基本的规范，而不必是偏离规范。认同美学只有在需要（或被告知需要）一个向心力，需要一个核心的特定类型文化中，而不是在具有离心力和个体化趋势的现代艺术中才能盛行。洛特曼关于艺术的社会功能的观点，并不像形式主义学派那样具有排斥性。他对美的文本能提供最大量信息的见解，将艺术从文化附属品的地位中解放出来，恢复了其原有的中心地位。即便是电脑工程师也要学习艺术储存信息的独特方式（Struktur：42）。

（3）我们已强调过，洛特曼使用"信息"这一术语是从纯粹的技术意义上来说的，也就是系统的组织程度。很明显，这与什克洛夫斯基的注重强化感知有所不同。对洛特曼来说，艺术不仅仅需要感知，还需要诠释。诠释是一种文化需求（Struktur：108）。同时，洛特曼还为我们提出了一种完全与社会相融的艺术理念。艺术是重要而且不可或缺的，绝非一种边缘现象。正是有了对艺术具有中心的文化功能的认知，苏联结构主义学派才得以探索文化符号学，不过在这里他们是受到了穆卡若夫斯基类似研究的启发。

（4）最后需要一提的是，形式论学派对具体文本研究的兴趣，大量体现在捷克和苏联结构主义者的著作中。就像列维-施特劳斯一样，他们也讨厌设想一些不能解释文本结构多样化的概括式的抽象理论。像新批评派一样，他们的分析始终更靠近实实在在的文学文本的有形性质，特别是具有很高价值的文学文本的特质。有人或许会好奇，他们对"活生生的"文本的这种兴趣，会不会是因为当时急需要与那种认为审美功能无处不在的观念相抗衡，才被激发出来。最终，我们可能会发现俄罗斯形式主义、捷克和苏联结构主义对具体研究的强调不亚于对一般研究的强调。如果想要仿效洛特曼，我们就必须降低姿态，更好地用阐释学的方法把俄罗斯文化甚至欧洲文化看作一个整体来研究。对单个的文学现象的这种兴趣并未被称作一种研究假设，而是一种价值观——就像生成诗学的阐释模型所具有的那种无法解说的观念一样，同样也是价值观而不是假设。

关于当代苏联符号学的兴趣所在与其研究的出发点，他们还没有明确地表述出来。就此而言，并不存在明显的假设关系，而是价值观的体现，也就是能为科学研究程序"提供理性指导"。[1] 这不仅适用于洛特曼著作中那相当隐晦的认识论原则，适用于对"规范"这一术语的惯用含义的否定，适用于对信息而非感知的兴趣，而且适用于对具体文本的偏爱。我绝无意思说苏联结构主义根基浅薄，反倒认为以符号学为基础的结构主义是文学研究充满希望的领域。价值和信念，假设和测试，区分并不明显，它们就像其他科学研究一样，不时地会出现在结构主义者的著作中，我之所以对它们加以评论，只是希望能借此推动文学符号学的进一步发展。

---

[1] Nicolas Rescher, *Introduction to Value Theory*, Englewood Cliffs, N. J.: Prentice Hal, p. 9.

匈牙利当代民俗学对普罗普学术思想的师承*

■ ［匈］安格林卡·莫尔纳尔 著
　王艳卿 译

　　在我们开始探讨本报告标题所涉及的主题之前，应该指出，普罗普的方法对匈牙利最富成效的影响不是表现在民俗学方面，而是文艺学方面。诗歌创作的立场不仅揭示了这一方法在诗学研究上的重要性，而且推动了这一方法在形式主义思想和方法传播范围内的普及。阿尔帕德·科瓦奇（Арпад Ковач）教授和季尤拉·基拉伊（Дьюла Кирай）教授出版了俄苏最优秀、最具特色的诗学研究学者的论文集，包括普罗普的学术论文。从前我们仅仅把他当做民俗学家。❶ 编者在序言中非常清晰地确立了每一位优秀学者与形式主义相关或不相关的地位。在有关陀思妥耶夫斯基小说诗学的著作中，科瓦奇通过维谢洛夫斯基和普罗普方法论观念的相互关系研究了情节和体裁理论。❷ 根据科瓦奇的理解，母题是情节建构单位，而功能则是散文（小说）的体裁建构单位。这位学者在自己的阐释中指明了维谢洛夫斯基情节学的一个重要原则，根据匈牙利学者的立场，这一原则能区分情节内在的重复性（"格式"），以及历史的和情节间的重复性（"格式的一部分"）。普罗普在研究元

---

　　* 这是西匈牙利大学斯拉夫语文研究院 Анζеливα Молнар 在"纪念俄罗斯形式论学派诞生100周年国际研讨会"上的学术报告。
　❶ 季尤拉·基拉伊（Дьюла Кирай）、阿尔帕德·科瓦奇（Арпад Ковач）：《诗学·俄苏诗学流派论文集》，布达佩斯：Tankönyvkiadó，1982。
　❷ 阿尔帕德·科瓦奇（Арпад Ковач）：《陀思妥耶夫斯基长篇小说——体裁诗学》，布达佩斯：Tankönyvkiadó，1985。

207

情节的时候,揭示出属于同一体裁(神奇童话)作品的稳定性以及相近的作品类型,从而阐明了体裁的结构。这正如在划分母题的时候也能阐明体裁的功能一样,这些母题也能产生单个作品中独一无二的情节。维谢洛夫斯基把情节看做个体创作行为的表现,但他却是从诗歌风格的角度对情节做出阐释的。母题的情节组织以最为紧密的方式与体裁的特性联系在一起。普罗普研究了神奇童话的体裁特点并断言,童话体裁的划分不应以情节为基础,而应以童话的不变项元素为基础。从而,他奠定了结构类型学研究叙事体作品的基础,并由此预示了雅各布森和洛特曼未来的研究活动。科瓦奇表述了这样的观点:还必须展现情节内在层面的重复性,并由此确定单个作品中母题论证的原则。

  我们要提醒大家的是,科瓦奇著作的特点不仅仅表现在他对俄罗斯诗学(包括普罗普和形式主义学派的著作)新发现的深刻理解和再阐释上,而且还表现在他对这些新发现的传播上。得益于他的努力,普罗普对神奇童话的研究立场和方法,以及形式主义者对文学文本的研究立场和方法,都成为最近30年以来匈牙利的俄罗斯文学研究者当中最富成效和最受欢迎的研究方法。我们可以列出一个很长的清单,上面包括很多显性或隐性地援引或使用了这些分析方法的文章和专著。应当指出,它们在匈牙利文艺学中得到了广泛的传播,尤其是在阿尔帕德·别尔纳特(Арпад Бернат)、佐尔坦·卡尼耶(Золтан Канье)、卡罗伊亚·丘里(Каройя Чури)的符号学和叙事学研究活动中。尤为突出的是,20世纪70~80年代创作完成的形式主义者的著作译本,以及将他们完整的文章或文章片段辑录于其中的文选或教学资料汇编。❶我们这些俄罗斯文学研究者和——尤其具有特殊意义的——匈牙利文学研究者组成了一个共同的学派,将形式主义诗学、普罗普、波捷布尼亚(Потебня)、弗列登别尔格(Фрейденберг)、巴赫金(Бахтин)、洛特曼

---

❶ В. 什克洛夫斯基:《散文论》,布达佩斯:Gondolat Kiadó,1963;Ю. 蒂尼亚诺夫:《文学事实》,布达佩斯:Gondolat,1981;Б. 艾亨鲍姆:《文学分析》,布达佩斯:Gondolat,1974;Р. 雅各布森:《语法的诗学》,布达佩斯:Gondolat,1982;B. 安东尼、V. 贝拉(捷克):《当代文学演变的形成》,布达佩斯:Osiris,1998。

（Лотман）和托波罗夫（Топоров）的诗学异常成功地贯彻运用到匈牙利经典作品和当代作家的研究当中。❶ 在当代思潮的背景下进一步发展这种思想文化的同时，匈牙利理论界还关注话语诗学和诗歌、散文体裁理论方面的著作，以及有关欧洲和俄罗斯小说方面的研究。我们今天在此谈到的是匈牙利诗学学派当中的一个重要源头，如今它已被公认为具备科学院和综合大学的学术环境和学术氛围。

尤其是当我们重新回到普罗普的时候，就会发现，神奇童话形态学已经成为俄苏诗学教程中最令人喜爱的主题。确切地说，它是在文学作品中寻求童话功能和母题的连贯性（序列）。

众所周知，普罗普把自己对主人公行为的功能和顺序所进行的观察与神奇童话相对照。通过童话对比，他得出结论：这些童话的（整体）组织结构是由顺序相同的结构部分（局部）构成的，而可以变化的只能是形象、并非必需的母题和用以讲述的修辞标志。后来的历史分析表明，童话从自身的根源上说发端于仪式。随着社会制度的发展（比如成年仪式指向了与死亡相关的仪典），宗教礼仪被庸俗化，一些不变的情节相互间隔成层，它们被重新阐释，获得补充；当叙述和隐喻化出现以后，神话获得了童话的形式，而后是文学艺术的形式。能够传达仪典行为的能力意味着去除死亡的禁忌，摆脱恐惧。

一些文艺学家力图找到新的文学——尤其是俄罗斯经典文学的研究立场

---

❶ 列举其中一些：Szitár Katalin, *A regény költészete. Németh László*, Budapest：Argumentum Kiadó, 2010；Horváth Kornélia, Szitár Katalin（szerk.）, *Vers- ritmus- szubjektum：müértelmezések a XX. századi magyar líra köréböl*. Budapest：Kijárat Kiadó, 2006；Horváth Kornélia, Szitár Katalin（szerk.）, *Szó, elbeszélés, metafora：müelemzések a XX. századi magyar próza köréböl*, Budapest：Kijárat, 2003；Kovács Gábor, *A történetképzö versidom. Arany János elbeszélö költészete*, Budapest：Argumentum Kiadó, 2010。

和方法，显然，上述范例与这些文艺学家的探寻是极其相近的。❶ 根据使用这一方法的经验，我们注意到，童话母题的现实化产生了富于特色的叙述，而在这种叙述中起主导作用的是词的隐喻化和语义的更新。在童话和叙述的情节结构中所展现出的各种怪诞和偏离也说明了各种体裁的特点。艺术作品需要重构各种情景和事件，它们形成了主人公和叙述表现的历史，这些都通过文化记忆在个体命运中的投射获得了证实。民俗创作传统和与之紧密相关的象征意象（符号）只是小说的前文本基础，这一基础借助于各种叙事形式构成变体。

现在我们开始谈谈匈牙利民俗学对俄苏民俗学家著作思想的师承。遗憾的是，尽管学术杂志《民族志》（Этнография）一直在定期通告有关伟大学者的创作情况，❷ 强调这些创作全部的优点和成就，但普罗普的著作并未对匈牙利民俗学产生有分量的影响。对普罗普的早期评论我们也要进行综述，这样做是为了阐明，我们今天即将要进入怎样的阐释情境。比如，佐尔坦·科瓦奇（Золтан Ковач）在1956年就已经总结过《俄罗斯英雄叙事诗》（Русский героический эпос）这部著作的内容，并揭示了普罗普的核心思想：勇士歌一贯具备诗歌的形式，并以歌曲的形式再现。研究者评述这部作品的时候，一方面把它当做一位站在马克思主义立场、忽略语言分析的民俗学家的产物，而另一方面却援引了叶列阿扎尔·莫伊谢耶维奇·梅列津斯基

---

❶ 我们指出几部在学术杂志和文集中发表过的著作。通过童话情节，若菲亚·西拉迪（Жофия Силади）研究了莱蒙托夫的《塔曼》（Тамань），若菲亚·卡拉夫斯基（Жофия Калавски）研究了普希金的《上尉的女儿》（Капитанская дочь），格奥扎·霍尔瓦特（Геза Хорват）研究了普希金的《吝啬的骑士》（Скупой рыцарь）。若菲亚·西拉迪（Жофия Силади）：《论莱蒙托夫〈塔曼〉中的诗学和语义学》（俄文版，К поэтике и семантике "Тамани" Лермонтова）. Slavica tergestina，1994/2，21 – 3；Kalavszky Zsófia, *Mitikus és szimbolikus alakzatok a regényben*. （"Grinyov álma" A. Sz. Puskin A kapitány lánya című regényében）= A szó élete. (Tanulmányok a hatvanéves Kovács Árpád tiszteletére). (szerk.: Szitár Katalin) Bp., Argumentum, 2004, 34 – 42; S. Horváth Géza, *Dosztojevszkij költöi formái*, Budapest: Argumentum, 2002, 154 – 176. 普罗普两部主要专著的论旨尤其被运用于很多毕业论文当中。季梅阿·沃伊特科（Тимеа Войтко）提出了有趣的论题——《论普希金叙事长诗〈鲁斯兰与柳德米拉〉（Руслан и Людмила）中神奇童话的多线式情节进程》，并以图表的形式再现了情节线索。

❷ Voigt Vilmos, "Az epikus néphagyomány strukturális-tipologikus elemzésének lehetöségei", *Ethnographia*, 1964/75, 36 – 46.

（Елеазар Моисеевич Мелетинский）的评论。❶ 后者的著作得到匈牙利结构主义者的高度评价，而普罗普的研究却被认为是形态学的。❷ 我们也发现了普罗普在民间叙事诗研究中所做的贡献。❸

俄罗斯口头创作研究者埃尔热别特·卡曼（Эржебет Каман）在1995年圣彼得堡举办的普罗普诞辰100周年研讨会上所作的报告中还证实了俄罗斯形式主义的现实意义，强调了幽默作为童话的结构要素所起到的关键性作用。❹ 在研讨会上作报告的还有伊利季科·克里莎（Ильдико Криза），她研究叙事诗体裁，在对匈牙利马提阿什国王传说中的人物描绘进行分析评述时运用了功能分析法。我们注意到，紧随普罗普之后，维尔莫什·福伊特（Вельмош Фойт）同样承认，结构研究不仅对童话具有重要意义，对传说故事也具有重要意义。❺

匈牙利民俗学之所以较晚在自己的研究中运用普罗普理论，其原因可能如下：普罗普两部最重要的著作在相当晚的时候才被翻译为匈牙利语。尽管在《童话故事形态学》（*Морфология сказки*）的俄文版（1928）和英文版（1958）问世后不久，匈牙利已经出版了第一批有关这位德高望重的学者的学术评论和综述（由匈牙利著名的民俗学家维尔莫什·福伊特撰写），❻ 但是匈牙利语版的《童话故事形态学》仅仅是在1970年才得以问世的。❼ 25年后的1995年，这部专著新修订译本出版了，1999年和2005年两次再版。❽ 此后，

---

❶ Kovács Zoltán, "V. J. Propp: Az orosz höseposz", *Ethnographia*, 1956/67, 669–671.

❷ Voigt Vilmos, "Szemiotika és folklór", *Ethnographia*, 1976/87, 359–377.

❸ Vargyas Lajos, "Kutatások a népballada középkori történetében IV. Müfaji és történeti tanulságok", *Ethnographia*, 1962/73, 206–259.

❹ Kámán Erzsébet-Kriza Ildikó, "Propp strukturalista folklórszemlélete a mérlegen", *Ethnographia*, 2007/118, 290–291.

❺ Voigt Vilmos, "A mondák müfaji osztályozásának kérdéséhez", *Ethnographia*, 1964/76, 200–220.

❻ 参见：科学出版社系列丛书的评论"东方民间创作和神话学研究"（"Исследования по фольклору и мифологии Востока"）（匈牙利文："Tanulmányok a keleti folklór és mitológia köréböl"），*Ethnographia*, 1972/83, 452–453.

❼ V. J. Propp, *A mese morfológiája* (ford. Soproni András), Budapest: Gondolat, 1975. Экстракт, "A mese morfológiájának kérdései", *Folcloristica*, 1, 1971, 165–222.

❽ V. J. Propp, *A mese morfológiája* (ford. Soproni András), Budapest: Osiris, 1995.

不管是阅读俄文的民俗学者，还是文艺学者和广大读者，都能有机会结识这部极具价值的著作。

这就证明，对普罗普创作的兴趣在不断提高。然而真正的褒赏和赞扬还应等待，而且目前还需做的是对匈牙利童话故事进行形态学的分析。现在，想要着手研究普罗普创作的不仅仅只有俄罗斯语文学—文艺学研究者。民俗学家在阐释匈牙利童话、节日和风俗的时候时常援引普罗普的文章和著作，而且不仅仅是援引，他们还开始运用学者的立场和方法。最新研究指出了普罗普在叙述学和体裁理论领域的学术造诣和成就。❶ 比如，伊利季科·博尔季扎尔（Ильдико Болдижар）从普罗普的分类学出发，发展了童话故事类型学。她认为，普罗普的理论对童话疗法很适用。这位研究者所考察的不仅仅是童话的功能作用，还包括这些功能所携带的内容和信息。她基本上把童话当做美学对象和意识的本体投射对象。从这个角度出发，根据童话基本形式的变形，她区分出五种类型的神奇童话：（1）基础型童话（以口头的形式传达，因中介体的个性而发生变化）；（2）经过改造的童话（由童话收集者，且多半是文学工作者记录、仿写）；（3）变形童话（正如为现代大众创作的"亮面杂志"）；（4）逆向童话（新型儿童童话）；（5）专业型童话（为成人创作的文学童话）。❷

因此，后来对普罗普遗产的研究兴趣也有明显的增长，甚至还显现出对他的学术地位和学术意义进行有充分根据的再阐释这一现象。还有一个重要事件也促进了这一研究的发展。马儿托恩·伊什特瓦诺维特什（Мартон Иштванович）早在1959年就翻译了《神奇童话故事的历史根源》（*Исторические корни волшебной сказки*），然而他的译作在2006年之前都只是手稿，直到这一年终于在"Ларматтан"出版社出版，并由佐尔坦·赫尔曼恩

---

❶ Keszeg Vilmos, "A félrevezető narratívum, mint elbeszélési stratégia", *Ethnographia*, 2002/113, 121 – 132. Keszeg Vilmos, "A népmese előadásának módja és kontextusa", *Kútfö IV*, 1 – 2, 2008, 6 – 32.

❷ Boldizsár Ildikó, *Varázslás és fogyókúra. Mesék, mesemondók, motívumok*. JAK-füzetek 95, Budapest: József Attila Kör-Kijárat Kiadó, 1997.

（Золтан Херманн）担任编辑。❶ 这个日期的重大意义在于，选自于 A. H. 阿法纳西耶夫（Афанасьев）三卷本俄罗斯童话译文集最终得以出版。❷ 这也终于使得匈牙利的专家们能够了解普罗普在自己的著作中援引或选取了哪些文本。于是出现了一种需求——改编或翻译在匈牙利不甚知名的俄苏学者的著作。因此，筹备出版了新文集。由本人翻译并出版了普罗普的下列著作，包括专著《民间创作与现实》（Фольклор и действительность）和《俄罗斯童话故事论》（Русская сказка），也包括其他版本的出版物（学术论文），诸如《民间创作体裁的分类原则》（"Принципы классификации фольклорных жанров"）、《神奇童话故事的结构研究与历史研究》（"Структурное и историческое изучение волшебной сказки"）、《神奇童话故事的衍化》（"Трансформации волшебных сказок"）、《童话故事研究史》（"История изучения сказки"）、《民间创作中仪式化的笑》（关于不笑女的故事）（"Ритуальный смех в фольклоре"［По поводу о Несмеяне］）、《神奇诞生的母题》（"Мотив чудесного рождения"）、《从民间创作的角度看俄狄甫斯》（"Этип в свете фольклора"）、《神奇的童话故事》（"Волшебные сказки"）。

　　在所选编的普罗普的论文中，普遍问题、民俗创作体裁的分类法、比较类型学分析、"现实"向民间创作的转化、童话故事研究经验和童话诗学得到了研究。在节日和风俗活动进程（语境）与这一进程的叙述象征化（叙述）之间存在一些相互关系，而把它们展开并使之现实化，这在普罗普的理论中同样具有重要意义。学者在此处展现了新的角度，同时也展示出自己对形式学派或符号学的态度。论文《神奇的童话故事》可以称为《形态学》的补充"提要"，因此它也可以被用做重新经过深思熟虑的、简要的普罗普研究的总结汇编。《童话故事研究史》所展示的巨大兴趣正是在这样一个方面——学者对民俗研究和研究方法所进行的系统化分析。匈牙利民俗学对其学科发展拥

---

❶ V. J. Propp, *A varázsmese történeti gyökerei* (ford. Istvánovits Márton)，Budapest：L´Harmattan, 2006.

❷ *A tüzmadár, Orosz varázsmesék A. NY. Afanaszjev mesegyüjteményéből* (ford. Hermann Zoltán, Kornél Emília, Molnár Angelika)，Budapest：Magvetö, 2006.

有独特的视角。

熟悉这些论文原作的还有维尔莫什·福伊特，他不仅高度评价普罗普，敏锐地关注他的创作道路，向匈牙利民俗学界通告有关学者的情况，❶ 还逐渐深化了自己对普罗普遗产的态度。他的立场和方法变得更加富于区别性。❷ 可以证明这一点的，不仅是福伊特于1978年撰写了有关《民间创作与现实》的详细综述，还有他对专著《滑稽与笑的问题》的书评。❸ 后来，他还撰写了《俄罗斯童话故事论》的综述性文章。❹

尽管福伊特把这位俄苏学者称做民俗学的巨人，但他还是认为，普罗普的历史描述过于简洁，而且他有关童话故事的世界起源和传播的认识有一定的局限性；福伊特还关注到普罗普的研究缺乏结构主义立场和方法（如梅列津斯基）的资料。这位著名的匈牙利民俗学家强调，必须刊发普罗普对列维–施特劳斯有关内容与形式之间相互联系的阐释所做评论的解答，以及他对于"形态"—结构理论和术语的解答。我们把这篇译文编入文集，是希望匈牙利的读者能获取他们之间的公开学术辩论的完整图景。

由于命运的作弄，普罗普与列维–施特劳斯之间的通信以匈牙利文出版，但这仅只是单向的：法国学者的信文是已知的，而普罗普的解答却没有被翻译成匈牙利文。结果，《形态学》被定义为纯形式主义的，被"栓系"在叙述结构规则的材料上，因而"形态学"意义退居第二位。这是因为在匈牙利学术界法国结构主义更为知名，而有关俄国形式主义的信息资料多半通过国外专著获取，人们从普罗普那里一直在征询对自己立场的核对、修正和改变。评论家们在法文阐释之后指出了这些"错失"，诸如普罗普的体系中缺乏不受限制的功能，缺乏叙事能力的逻辑（法国，克洛德·布列蒙），或将叙述的连贯性与时间顺序相等同（法国，罗兰·巴尔特）。❺ 普罗普关注到形式主义方

---

❶ Voigt Vilmos, "Nagy orosz folkloristák búcsúztatója", *Ethnographia*, 1972/83, 104 – 106.
❷ Voigt Vilmos, "Propp életmüve feltárul", *Ethnographia*, 1978/89, 127 – 134.
❸ Voigt Vilmos, "Propp életmüve feltárul", *Ethnographia*, 1978/89, 134 – 135.
❹ Voigt Vilmos, "V. J. Propp: Russzkaja szkazka", *Ethnographia*, 1985/96, 156 – 159.
❺ Voigt Vilmos (összeáll.), "Modellálás a folklorisztikában. Egy kerekasztal-megbeszélés anyagából", *Ethnographia*, 1969/80, 347 – 430. Gráfik Imre, "Hoppál Mihály-Voigt Vilmos (szerk.): Strukturális folklorisztika I – II", *Ethnographia*, 1973/84, 387 – 389.

法的优点，还包括这一方法对待文学文本的优势，但他也不止一次地强调了自己的观念与形式化的区别，尤其强调自己的观念趋向于艺术思维的问题和体裁理论的问题，以及除描述法之外必备的历史观（参见《童话故事研究史》）。

那么，这样一来，普罗普的多元论便从结构主义角度确立下来。显然，这种绝对化的态度是不合理的，而且民俗学家研究的是童话故事的诗学，而不是神话或艺术作品的诗学。正是基于这些想法，我们为文集选入了有关俄狄浦斯的研究。这使我们发现了"另一个"普罗普。众所周知，普罗普非常明确地捍卫着自己的立场，这一立场是几十年以来学者在20世纪五六十年代对结构主义的重解和批评当中形成和发展起来的。列维－施特劳斯对希腊神话所进行的结构分析，从普罗普民俗比较观的角度看则变得丰富起来，带来很多有价值的研究结果（还包括中世纪传说和索福克勒斯戏剧这些领域）。这些研究结果不仅对民俗学，而且还对文艺学作出了贡献。

我们注意到，匈牙利也有对《俄罗斯农事节日》这部专著的综述。综述的作者仅限于转述普罗普著作的主要提要，其中也包括各种节日组成要素的共同基础。❶ 事实上，普罗普有关神奇诞生的世界母题研究也是极具丰富内涵的，了解这一研究能使我们的民俗学家在本民族的民间创作中找到相对应的平行类似现象。

卡罗伊·荣格（Карой Юнг）鼓励我们研究匈牙利的成年礼仪，在他看来，这种仪式证实了普罗普的论旨，在《民间创作中仪式化的笑》这部著作中也表述了这一论旨。荣格指出，普罗普并没有展开畜牧业领域有关笑的创作能力的可能性分析，尤其是从匈牙利神奇魔法仪式的角度看。荣格所拟出的研究路径富含深意和希望，它为匈牙利民俗学打开了新的前景。研究者坚定地展示了匈牙利古老的屠猪仪式与笑有怎样紧密的联系：切割油脂的时候必须有笑声（"生命的王国或者复生"），是为了让油脂固结，这些都与屠杀的时候禁止笑是相违背的（"死的王国"）。民俗学家在解释仪式的时候运用

---

❶ Kósa László, "V. J. Propp: Orosz mezögazdasági ünnepek l", *Ethnographia*, 1965/76, 286－289.

了普罗普有关女性（"母系氏族的"）笑行为功能的观点。❶ 荣格也描述了交媾时为了生女儿而笑这一匈牙利所具有的风俗，并通过普罗普的例证对此做出了解释。普罗普的例证表达了女性在繁衍种族方面所起到的主导作用，比如丰收（谷物）女神德墨忒耳，或面对鲜花和钱币发出笑声的不笑公主。后一个形象在匈牙利民俗创作中也很普及，它表示生命和财富的诞生。著名的匈牙利神话学者卡罗伊·克列尼（Карой Карени）并不了解普罗普的这些例证，却列举了类似的现象。

我们注意到，《民间创作中仪式化的笑》的文本于1988年首次被改编为匈牙利文，❷ 从那时开始，《童话故事形态学》和《历史根源》的译本都经历了修订和改编，《民间创作中仪式化的笑》这部著作也应该有新的译本，使之更符合匈牙利当今的术语体系。学术论文《神奇童话故事的衍化》也有同样的故事。这部作品不仅与形态学，而且与童话故事的历史研究有关。匈牙利著名的结构主义学家艾勒梅·汉基什（Элемер Ханкишш）把季耶尔季伊·谢佩（Дьердьй Сепе）译本中这篇论文的摘要编入了形式主义选集，❸ 我们也应该做一部完整的带有新术语体系的版本，并把它编入文集。

文集编辑佐尔坦·赫尔曼恩是站在诠释学的立场上看待普罗普的著作的。他在《历史根源》的后记中证实了下述观点。❹ 在普罗普后期创作的著作中，其创作观念的历史性并非为了展现留存在民间创造体裁中的"古代知识"。那时，古代村社生活中的仪典和宗教信仰（或者它们的消亡）都是作为阐释童话故事的语境条件，所记录童话的文学文本有碍于揭示童话在历史上所负载的象征意义层。形态学和考古学确实是分阶段的，它们具有历史起源，建立在范式的基础上，然而也与具有现实意义的艺术再现紧密地连接在一起。作者—作品—接受者这种三位一体与渐行消失的口头传统之间仅仅具有间接的

---

❶ Jung Károly, "A teremtö és gyarapító nevetésröl l", *Ethnographia*, 2005/116, 301 –319.

❷ Vl. Ja. Propp, "A rituális nevetés a folklórban" (ford. Varga Éva), *Létünk*, XVIII, évfolyam, 2, szám, 1988, március-április, 223 –248.

❸ *Transzformációk a varázsmesékben* (ford. Szépe György) = *Strukturalizmus I* (szerk. Hankiss Elemér) Budapest: Európa Kiadó, 1971, 121 –132.

❹ Hermann Zoltán, *Utószó* = V. J. Propp: *A varázsmese történeti gyökerei* (ford. Istvánovits Márton), Budapest: L'Harmattan, 2006, 391 –401.

联系。童话故事的特点是一体化，将口头形式汇为一体。这些都渐渐地不复存在；文学范式接纳了，比如，作为独立体裁的谜语，而事实上，谜语在普罗普的著作中也可能是神奇童话故事形态学功能系列中的基本要素。

普罗普提出以诠释者的立场代替作者的立场，以诠释学的三位一体的形式代替作者。文本变体问题的提出取决于讲述行为；讲述者和读者呈现为积极对话事件的参与者。居于普罗普童话故事论核心地位的并不是体裁的（形式主义的或历史的）定义，而是口头创作传统中以及后来的文学范式化进程中体裁标准的建构和转换过程。他在这个方面对童话故事的研究史做出了批评，因为民俗学在自己的语文学体验中丧失了自身的研究客体。总体上说，普罗普的童话故事论可以被看做是对童话故事的研究和诠释所做的批评。童话故事不能被定义为社会学、心理学、意识形态或语言学的产物，而应该被定义为具有诗意创作的事实，它可以作为任何一部具有自身诗学的文学作品，流传开来。

这部匈牙利语的普罗普文集被指定为研究俄罗斯诗学和文艺学的民俗学家、叙述学家、理论家和其他专家使用。这部文集对于有关口头和书面话语问题的研究有着特殊的意义，它展示了迄今为止在匈牙利较少为人所知的普罗普，展示了该学者的不太普及的，却能显示其特殊地位的著作。我们希望，这些著作将成为能证明普罗普整体创作观念的新论据和新结论，匈牙利文艺学家和民俗学家也能在译文集出版后尽快获得较为广泛的有关普罗普创作道路及其思想、方法发展的认识。

早期鲍·米·艾亨鲍姆：在通往形式论的路途上

■ ［俄］Л. И. 萨佐诺娃　М. А. 罗宾逊　著
　李冬梅　译

鲍里斯·米哈伊洛维奇·艾亨鲍姆（1886~1959）——20世纪俄罗斯语文学界最重要的人物，研究普希金、莱蒙托夫、果戈理、列夫·托尔斯泰、阿赫玛托娃的专家。他是出色的文本学家之一，曾参与科学院版俄国经典作家——列夫·托尔斯泰、莱蒙托夫、屠格涅夫、萨尔蒂科夫 - 谢德林、列斯科夫——作品集的注释。他的文章《果戈理的〈外套〉是怎样做成的》广为人知。这位学者曾将"文学的日常生活"这一概念引入语文学。

1912年鲍·米·艾亨鲍姆从彼得堡大学历史—语文系斯拉夫—俄语专业毕业，并留校晋升教授职称。在此期间，他曾与身为大学教授、院士并担任科学院俄罗斯语言与文学部主任的阿列克谢·亚历山德罗维奇·沙赫马托夫（1864~1920，自1894起为院士）有过信件往来。信件的内容使我们得以了解艾亨鲍姆的科研兴趣，而且还证实了沙赫马托夫对其命运的积极关心，年青学者与当时的语文学领袖之间的长期密切联系（"我按照您的建议去做了""我想再次和您书面谈谈"）。正是在与阿·亚·沙赫马托夫的交往中一系列科研问题和新的研究任务得以产生。

在向沙赫马托夫请教学术时，艾亨鲍姆认真听取他的建议。艾亨鲍姆尤其提到，"集中关注了奥夫夏尼科 - 库利科夫斯基著作中的句法问题"。这里必须指出，沙赫马托夫的建议不是没有理由的。20世纪之初，语言学家、文艺学家德米特里·尼古拉耶维奇·奥夫夏尼科 - 库利科夫斯基（1853~1920，自1907年起为名誉院士）正积极研究句法学问题，甚至他刚一开始工作就立刻引起了沙赫马托夫的注意。譬如，1901年10月2日沙赫马托夫给他写信道："我对您的句法学著作很感兴趣。您的从这一研究中获得对于中学教学有益的经验的想法是非常合理的。您有没有成功地揭示出划分俄语类型的最主要的类似语音的和形态的句法特征？如果您思考过这些问题，最好在整部著作出版前就提供一份专门笔记。"❶ 他对奥夫夏尼科 - 库利科夫斯基的最初研究成果给予了最高的评价："非常感谢您——1902年4月5日沙赫马托夫写道——因您寄来的句法学校样。我怀着满意的心情读完了它们，并且这种感觉直到现在也未减弱。您为从科研上与教学上研究我们的句法学铺垫了一条理想的道路。我为您的条理清晰而感到吃惊。很久没有如此愉悦地阅读一本书了。我迫不及待地期待着寄来续篇。"❷ 德·尼·奥夫夏尼科 - 库利科夫斯基的著作《俄语句法学》的第一版就是在1902年问世的。

这样，按照沙赫马托夫的建议，艾亨鲍姆开始研究奥夫夏尼科 - 库利科夫斯基著作中的句法学问题，凑巧1912年该书的第二版出版了。从1915年12月15日的信中还可以得知，艾亨鲍姆对"严肃的文学工作所需要"的语义学也非常感兴趣，并且正在阅读法国语言学家、新的语言学子学科公认的奠基人米歇尔·布雷亚尔（1832~1915）的著作——《意义科学·语义学探索》（*Essai de sémantique, science de significations*, 1897）。在讨论前置词对名词变格的影响时，艾亨鲍姆曾引用过布雷亚尔的著作。❸

艾亨鲍姆如同谈论语义问题那样谈论"俄语中名词的'内部形式'及作为特殊思维形式的名词"。顺便指出，词语内部形式与由性、数、格决定的外部形式不同，该理论由亚历山大·阿法纳西耶维奇·波捷布尼亚（1835~1891）首次在俄国学术界提出，而奥夫夏尼科 - 库利科夫斯基则属于他那一派。按照艾亨鲍姆的看法，与"有关词语内部形式"的"大的、普遍的"问题具有内在联系的是"小"问题——"有关'无主'句"，即不具有行为主

---

❶ 普希金俄罗斯文学研究所。
❷ 同上。
❸ 参见注释16。

体的无人称的和情态的结构;他认为,"认真研究它们在语言史上的发展尤其有趣"。

艾亨鲍姆对文学更感兴趣,所以很明显,他首先是从语音和语法范畴所表达的某种内容和修辞及语义的角度来关注语音和语法范畴:"研究语言——不仅仅研究句法,还有语音,这对于深入了解诗人的修辞是非常重要的。因为修辞恰恰就是由每个词语中的这种'内部形式'感所形成的。因此对于诗人而言,词语——不是符号,而是认知。"在这封给沙赫马托夫的信中,艾亨鲍姆非常准确而清晰地诠释了对文学史家所必需的语文学研究方法的认识:"文学史家应当是直义的语文学家——不如此他就不能正确看待材料本身。这就是我如此关心如何将历史—文学工作和纯语文学工作结合起来这一问题的原因所在。"(丘达科娃,多德斯,1987,第14页;鲁宾逊,1989,第90~91页)

然而,艾亨鲍姆科研计划的实现却因急需寻找一份固定收入而变得困难起来。众所周知,自1914年起他开始在彼得堡雅科夫·古列维奇中学任教。不过,从信中得知,中学24节课的薪酬是不够的。最终,如艾亨鲍姆所说,"因时间不足几乎不能"继续科研工作,这种状况令他谈起了领取助学金的可能性。由信中可以得知,关于这一问题进行了初步的谈话,而且,可能已经达成了某种协议。被卷入此事的历史—语文系主任费奥多尔·亚历山德罗维奇·布劳恩(1862~1942)看来已经在等待沙赫马托夫提出相应申请,以便予以办理。沙赫马托夫的反应也立刻随之而来,这位学者一贯特别关心培养年轻的科研人才,给他们提供全面支持(鲁宾逊,1985,第70~74页;鲁宾逊,1989,第86~92页)。沙赫马托夫在艾亨鲍姆信件背面起草了两份申请草稿,一份给费·亚·布劳恩,另一份寄给人民教育部学术委员会成员伊利亚·亚历山德罗维奇·什利亚普金(1858~1918)。

沙赫马托夫给布劳恩写道:"艾亨鲍姆能力出众,博学多识,给他提供一个在他感兴趣的科研领域工作的机会是多么必要啊。"在给什利亚普金的信中:"……令我非常高兴的是,终于找到了一个对科学的句法学感兴趣的人。艾亨鲍姆在这个领域已经做了很多,从同他的谈话中我发现,他对格的句法和无人称句感兴趣。鉴于此,我在系里投票支持艾亨鲍姆,并真诚请求您同意系里给予其助学金。没有助学金,仅靠一周24节课,他是无法走出困境的。"沙赫马托夫及其同事的奔波使此事取得了成功。在下一封信中,即1916年9月27日的信里,艾亨鲍姆在讨论科研问题的同时"再次"感谢沙赫马托夫在获得助学金一事上提供的支持。

艾亨鲍姆想"再次以书面形式"向沙赫马托夫提出的究竟是什么样的科研问题呢?这些问题涉及性的语法范畴起源问题;他所阐述的论点符合当时的学术观念,顺便说一下,也适于当代语言学:

> 在俄语中还有更重要的,即除形动词形式之外的动词不会随着性而发生改变。这意味着,语法性只有在某种语族中才会起作用,并未影响到整个语言,但是如果不仅仅考虑到语法形式,还考虑到性的意识的话,它就会对整个语言产生影响。这说明,可以认为,有关语法中的性和名词按照性进行的分类这一想法本身就和表示动物的名词相似。在这种相似之外而形成的词语以及和性毫无关系的词语则形成了特别的中性词语族,尽管这一名称毫无意义并以自己的存在推翻了性理论。这就是我对语法中的性的总看法。我在比较语言学方面的知识比较欠缺,因此不能全面展开对它的研究,既然如此,那我如何将其运用到实践中呢?我觉得这样做可行且有趣,即以一个俄国作家为例——比如,托尔斯泰——并仔细研究,在他的语言中这些在一致关系和变格中的"性的"差异意味着什么。在他的语言意识中有没有对词语的现实的性感觉?我还很难说,根据什么样的特征我才能够做出结论。您能不能给我一些建议,能不能告诉我,您是如何看待我的有关语法中的性的大致观点?

艾亨鲍姆感兴趣的是,以何种方式可以运用性的理论,朝何种方向拓展自己的工作才"能够卓有成效"。这位学者打算分析列夫·托尔斯泰的作品,并且"仔细研究,在他的语言中这些在一致关系和变格中的'性的'差异意味着什么。在他的语言意识中有没有对词语的现实的性感觉?"然而他在一个问题上犯难了,即"根据什么样的特征才能够做出结论"。如此一来,在艾亨鲍姆的科研计划中出现了研究对象,即列夫·托尔斯泰这个形象,后来,这位学者对其创作的研究持续了40多年;❶ 众所周知,他在1918年撰写了第一篇关于托尔斯泰的文章。

艾亨鲍姆想了解沙赫马托夫对自己有关语法中的性的观点的态度,征求他的意见,甚至提议"再见见面讨论一下",急于弄清困扰他的问题,因为打算"最近,在近几个月,研究一下有关语言的一些问题,而一个问题弄不清楚就会妨碍我,令我无法平静地思考其他问题"。

不过,从同一年即1916年12月8日的信中可以看出,在他的兴趣范围之内还包括阿瓦库姆,而且他还给沙赫马托夫写了封简短的信,请求给自己介绍一下阿瓦库姆的《行传》的两个现代版本之一的情况。可以认为,转向阿瓦库姆也与对句法学问题的兴趣相关。有关这些问题,在之前我们分析过的一封信中艾亨鲍姆曾谈起过("认真研究一下古俄语中前置词对格的支配的稳定程度,并以此转向现代俄语——这是一项有益的工作"),因为当时这位学者已开始构思文章《自叙体的幻想》;该文于1918年发表于期刊《书角》,后被收入文集《透视文学》(1924)中。在探索研究文学散文的新理论方法之际,艾亨鲍姆注意到"鲜活语言"在作品创作中的作用,他认为:"在这方面,大司祭阿瓦库姆尤为令人感兴趣,我认为,他的风格强烈影响了列斯科夫。"(艾亨鲍姆,1918,第13页)在热衷于"自叙体"的时期,他撰写了《果戈理的〈外套〉是怎样做成的》(1919)一文,后来该文成为"奥波亚兹"的一种宣言。

对"纯语文学(语音、语义)"的爱好,正如艾亨鲍姆本人在1916年对自己学术活动的描述(丘达科娃,多德斯,1987,第13页),在其早期的一部研究诗语的重要著作中得到了体现。在《安娜·阿赫玛托娃:分析尝试》(1923)一书中,三章中的一章专门讨论了诗体句法(艾亨鲍姆,1923,第27~62页),并且,在1925年的版本中,这一章的题目就与研究主题相吻合,即《论安娜·阿赫玛托娃的句法》(艾亨鲍姆,1925,第213~226页)。艾亨鲍姆的该部著作已成为经典并永远是研究阿赫玛托娃诗歌中句法的最优秀著

---

❶ 在2010年年初,一部收录了鲍·米·艾亨鲍姆研究列·尼·托尔斯泰的所有著作(4部著作和文章)的文集问世(艾亨鲍姆,2010)。

作之一。

在下面刊出的艾亨鲍姆写于1915~1916年间的信件中，体现了他的两个重要且富有特色的科研方法取向。首先是比较—历史的方法：在讨论语言学问题时他将所研究现象放到如芬兰语、拉丁语、古俄语、俄语中进行比较，在其他情况中则是芬兰语、格鲁吉亚语、波斯语、英语。其次，可以看出，这位学者致力于通过关注以往的文化经验——语言的、文学的——来理解现代的与新的事物。这样就开始了逐步提出独创的、非传统问题和主题的旅程。

这样，艾亨鲍姆就从完全纯理论的研究句法、语音和语义走向新的语文学方法。在探索新的研究途径和发展语文学中的新方法时，艾亨鲍姆和他的"奥波亚兹"同事们并未忘记与自己的老师及前辈的内在联系。的确如此，在献给"诗语理论研究会"的著作《俄国抒情诗的韵律》（1922）的序言中，艾亨鲍姆满怀感激地描述道，对"非传统主题"相当感兴趣的费·亚·布劳恩曾经给他提供过支持，阿·亚·沙赫马托夫则将这部著作推荐给《俄罗斯科学院分院院报Ⅱ》（艾亨鲍姆，1969，第327页）。

艾亨鲍姆继续希望老一代同行能够理解和支持与他在新的科研方向上接近的学者们，这不是毫无根据的。因此，在1925年10月11日他为安·尼·日林斯卡娅而求助于鲍里斯·米哈伊洛维奇·利亚普诺夫院士（1862~1943）："我早就知道安娜·尼古拉耶夫娜，正好最近阅读了她的有关莱蒙托夫语言中隐喻的著作。该著作包括谈论隐喻的理论性前言及对莱蒙托夫隐喻进行的具体分类。著作有趣又细致，在学术方面甚为成熟。它说明安娜·尼古拉耶夫娜兴趣广泛、知识渊博。可以把她归入那些研究'诗语'的现代语言学家（雅库宾斯基、维诺格拉多夫、伯恩斯坦）❶之列。我们系非常需要这样的领导人，他们培养的学生不仅能够从事纯语言学工作，而且可以研究修辞学和文学理论。"❷

那些曾经见证新学派发展的老一代学者代表，如沙赫马托夫亲密的同事

---

❶ 列·彼·雅库宾斯基（1892~1945），维·弗·维诺格拉多夫（1894~1969，自1946年为院士），谢·伊·伯恩斯坦（1892~1970）。
❷ 俄罗斯科学院档案馆圣彼得堡分部。

弗拉基米尔·尼古拉耶维奇·佩列茨院士（1870～1935），这位创建了古俄罗斯文学研究学的学者，将新时期的语文学家们视为古怪之人，然而仍然算是"我们的年轻人"。在1922年3月6日致阿列克谢·伊万诺维奇·索博列夫斯基院士（1856/1857～1929，自1900年起为院士）的信中，佩列茨写道："我们的年轻人善于寻找出版商：您有没有看到托马舍夫斯基……霍夫曼、❶ 艾亨鲍姆、日尔蒙斯基❷的小册子？——印刷和纸张都很精美。至于内容——我认为——各有所爱。"在评价被列举作者们著作的学术优点时带有的尖刻戏谑的口吻后来被严肃的结论所取代："可是托马舍夫斯基❸和霍夫曼还是挺能干的。"（鲁宾逊，2004，第182页）并且对这个团体所下的定义"我们的年轻人"本身也说明佩列茨将这些被提到的研究者们归入了学者群体之中。

正是这些"年轻的"科学语文学的追随者们，在20世纪20年代末大讨论期间，与将学术意识形态庸俗化的倾向进行了斗争。有关这些情况，佩列茨在1927年3月11日写给索博列夫斯基的信中谈道："在社会生活中——一派萧条景象；只有尝试复活语文学的'形式主义者'在同'马克思主义者'斗争，而后者除了因循守旧，就是否定一切。"❹（鲁宾逊，2004，第181页）

在此后的岁月中，卓越的文艺学家鲍·米·艾亨鲍姆还创造了很多学术成就，但也面临不少艰苦的考验与不公正的迫害。他的辞世被彼得堡知识界视为悲剧性的损失。"艾亨鲍姆的去世影响到了我们所有在列宁格勒的人"——德米特里·谢尔盖耶维奇·利哈乔夫院士（1906～1999，自1970年起为院士）在1959年11月29日写给自己的莫斯科同事安德烈·尼古拉耶维奇·鲁宾逊的信中写道——"领导们（布什明和巴扎诺夫）❺甚至没有出席葬礼，可是葬礼上人山人海，挤满了"作家之家"的整幢楼。人们穿着大衣，站满了所有的房间，直至楼梯——甚至直到存衣室。一个学者的荣誉不是头

---

❶ 莫杰斯特·柳德维戈维奇·霍夫曼（1887～1959）。
❷ 维克多·马克西莫维奇·日尔蒙斯基（1891～1971，自1966年为院士）。
❸ 鲍里斯·维克多罗维奇·托马舍夫斯基（1890～1957）。
❹ 俄罗斯国立文学和艺术档案馆。
❺ 阿列克谢·谢尔盖耶维奇·布什明（1910～1983，自1979年起为院士），曾任苏联科学院俄国文学研究所（普希金之家）所长；1965年瓦西里·格里戈里耶维奇·巴扎诺夫（1911～1981）接任布什明的职位，他曾在1958年主持过刚刚创立的《俄罗斯文学》杂志。

衔和称号所能决定的！这就是我们所有人都应当记住的！叶廖明、马科戈年科、❶什克洛夫斯基作了精彩发言（引用了《远征记》❷——'野兽在吮吸我们的血……'）。什克洛夫斯基哭得很伤心。"❸ 在后来纪念艾亨鲍姆的回忆文章中，在描述与朋友告别的情景时，什克洛夫斯基再次借用了《伊戈尔远征记》中的生动语句及普希金的诗句（什克洛夫斯基，1970，第46页）。

参考文献

阿瓦库姆行传，1904——《阿瓦库姆大司祭自撰之行传》，А. Е. 别利亚耶夫出版，圣彼得堡：1904，第2版。

阿瓦库姆行传，1911——《阿瓦库姆大司祭自撰之行传》，И. Я. 加夫里洛夫出版，莫斯科：1911。——62页（《旧礼仪派思想》丛书，И. В. 加尔金主编）

奥夫夏尼科－库利科夫斯基，1912——德米特里·尼古拉耶维奇·奥夫夏尼科－库利科夫斯基：《俄语句法学》，圣彼得堡：1912。

鲁宾逊，1985——米·安·鲁宾逊："阿·亚·沙赫马托夫和维·弗·维诺格拉多夫"//《俄罗斯语言》，第1期，1985。

鲁宾逊，1989——米·安·鲁宾逊："阿·亚·沙赫马托夫和青年学者们"//《俄罗斯语言》，第5期，1989。

鲁宾逊，2004——米·安·鲁宾逊：《学术界精英的命运：国内斯拉夫学（1917～1930年代初）》，莫斯科：2004。

丘达科娃，多德斯，1987——玛·丘达科娃，叶·多德斯："鲍·艾亨鲍姆的道路与遗产"//鲍·米·艾亨鲍姆：《论文学·历年论文》，莫斯科：1987。

什克洛夫斯基，1970——维·什克洛夫斯基：《弓弦·论似中之不似》，莫斯科：1970。

艾亨鲍姆，1918——鲍·艾亨鲍姆："自叙体幻想"//《书角：述评·索引·大事记》，彼得堡：1918，第2期。

---

❶ 伊戈尔·彼得罗维奇·叶廖明（1904～1963）和格奥尔吉·潘捷列伊莫诺维奇·马科戈年科（1912～1986），列宁格勒大学语文系教授。

❷ 指的是古俄罗斯文学文献《伊戈尔远征记》（12世纪）。

❸ 德·谢·利哈乔夫致安·尼·鲁宾逊的信件现存于维拉·亚历山德罗夫娜·普洛特尼科娃－鲁宾逊的私人图书馆。

艾亨鲍姆，1923——鲍·米·艾亨鲍姆：《安娜·阿赫玛托娃：分析尝试》，彼得堡：1923，第27~62页（第Ⅱ章，无标题）。

艾亨鲍姆，1925——鲍·米·艾亨鲍姆："论安娜·阿赫玛托娃的句法"//《现代俄罗斯批评（1918~1924）：文集（范例和评价）》，列宁格勒：1925。

艾亨鲍姆，1969——鲍·艾亨鲍姆：《论诗歌》，列宁格勒：1969。

艾亨鲍姆，2010——鲍·米·艾亨鲍姆：《列夫·托尔斯泰：研究·文章》，圣彼得堡：2010。

布雷亚尔，1897——米·布雷亚尔：《意义科学·语义学探索》，巴黎：1897。

附　录

下面刊发的这些信件现存于阿·亚·沙赫马托夫院士基金会，位于俄罗斯科学院档案馆圣彼得堡分部。

1

1915年12月15日

非常尊敬的阿列克谢·亚历山德罗维奇：

我按照您的建议去做了——集中关注了奥夫夏尼科-库利科夫斯基❶著作中的句法问题。我觉得，语义学对我非常有吸引力，它也为严肃的文学工作所需要。与语义学有很大关系的问题有关于俄语中名词的"内部形式"及作为特殊思维形式的名词。这是大的、普遍的问题，而与其存在内在联系的则是其他的、小的问题，即有关"'无主'句"的问题，而这一问题对我的研究也非常重要。认真研究它们在语言史上的发展尤其有趣。最后，还有一个问题也吸引着我——有关前置词对名词变格的影响。……认真研究一下古俄语中前置词对格

---

❶　看来，鲍·米·艾亨鲍姆指的是德·尼·奥夫夏尼科-库利科夫斯基著作的第2版（奥夫夏尼科-库利科夫斯基，1912）。

的支配的稳定程度,并以此转向现代俄语——这是一项有益的工作。

研究语言——不仅仅研究句法,还有语音,这对于深入了解诗人的修辞是非常重要的。因为修辞恰恰就是由每个词语中的这种"内部形式"感所形成的。因此对于诗人而言,词语——不是符号,而是认知。文学史家应当是直义的语文学家——不如此他就不能正确看待材料本身。这就是我如此关心如何将历史—文学工作和纯语文学工作结合起来这一问题的原因所在。但现在因时间不足,我几乎不能做这些。我在学校有24节课,而且还不得不接些私活儿——不然在这个年代会很困难。如果发放了助学金——我的生活安排就不一样了。

非常感谢您的关心,希望春天能够跟您好好聊聊硕士考试的问题。明天我会给费奥多尔·亚历山德罗维奇打电话并告知他,我已给您写了信——就像我们事先约定好的,他将会等待您的去信。

真诚感谢您的
鲍·艾亨鲍姆 谨上

8 我正在阅读布雷亚尔的书。

罗日杰斯特文斯卡亚街8号,21幢,17室

俄罗斯科学院档案馆圣彼得堡分部

2

阿·亚·沙赫马托夫于1915年12月15日在鲍·米·艾亨鲍姆信件背面所写的致费·亚·布劳恩的信。

非常尊敬的费奥多尔·亚历山德罗维奇:

我同时给伊利亚·亚历山德罗维奇写了封信并告知他,我最近是如何对鲍·米·艾亨鲍姆感兴趣的,以及我在讨论有关确定给艾亨鲍姆助学金的问

题时请求他考虑我的申请书的原因。艾亨鲍姆开始从学术上关注俄语的句法，即格的句法和无人称句。这促使我请求您支持系里的申请。艾亨鲍姆能力出众，博学多识，给他提供一个在他感兴趣的科研领域工作的机会是多么必要啊。

俄罗斯科学院档案馆圣彼得堡分部

3

阿·亚·沙赫马托夫于1915年12月15日在鲍·米·艾亨鲍姆信件背面所写的致伊·亚·什利亚普金的信。

非常尊敬的伊里亚·亚历山德罗维奇：

我不得不请求您再支持留学任教的鲍·米·艾亨鲍姆。我最近是通过他的有关俄语的研究工作而了解他的，目前这些工作还没有带来一定的成果，但令我非常高兴的是，终于找到了一个对科学的句法学感兴趣的人。艾亨鲍姆在这个领域已经做了很多，从与他的谈话中我发现，他对格的句法和无人称句感兴趣。鉴于此，我在系里投票支持艾亨鲍姆，并真诚请求您同意系里给予其助学金的申请。没有助学金，仅靠一周24节课，他是无法走出困境的。

俄罗斯科学院档案馆圣彼得堡分部

4

1916年9月27日

非常尊敬的阿列克谢·亚历山德罗维奇：

我想再次同您以书面形式谈谈有关语法中的性的问题。我对这个问题很感兴趣，但就我的知识而言，我自己很难判断，这个工作朝哪个方向发展才能够卓有成效。

我觉得重要的是要弄清楚，何时以及为什么不同的一致关系和变格会被理解为恰恰是性的不同。要知道任何一个事物本身在词汇中都不会反映出性来。不然是谁在妨碍我们将语言形式中的一切应用或区分都视为性的呢？可以认为，这种理解就是一种产生在完全异样基础之上的对语法形式的美化。学习他国语言的外国人可以完全不用认识这些性的区别，而只是将其视为各种词干的行为。而芬兰语、格鲁吉亚语、波斯语和英语里并没有作为特殊语法形式的性这一事实本身也说明了很多问题。

在俄语中还有更重要的，即除形动词形式之外的动词不会随着性而发生改变。这意味着，语法中的性只有在某种语族中才会起作用，并未影响到整个语言，但是如果不仅仅考虑到语法形式，还考虑到性的意识的话，它就会对整个语言产生影响。这说明，可以认为，有关语法中的性和名词按照性进行的分类这一想法本身就和表示动物的名词相似。在这种相似之外而形成的词语以及和性毫无关系的词语则形成了特别的中性词语族，尽管这一名称毫无意义并以自己的存在推翻了性理论。这就是我对语法中的性的总看法。我在比较语言学方面的知识比较欠缺，因此不能全面展开对它的研究，既然如此，那我如何将其运用到实践中呢。我觉得这样做可行且有趣，即以一个俄国作家为例——比如，托尔斯泰——并仔细研究，在他的语言中这些在一致关系和变格中的"性的"差异意味着什么。在他的语言意识中有没有对词语之现实的性的感觉？我还很难说，根据什么样的特征我才能够做出结论。您能不能给我一些建议，能不能告诉我，您是如何看待我的有关语法中的性的大致观点？或许，最近我们最好再见见面来讨论一下？我急着做这些，是因为我想最近，在近几个月，研究一下有关语言的一些问题，而一个问题弄不清楚就会妨碍我，令我无法平静地思考其他问题。

再次感谢您在助学金一事上提供的帮助。我最近轻松许多，不再那么劳累。

真诚尊敬您的

鲍·艾亨鲍姆 谨上

罗日杰斯特文斯卡亚街8号，21幢，17室

俄罗斯科学院档案馆圣彼得堡分部

5

1916年12月8日

非常尊敬的阿列克谢·亚历山德罗维奇：

烦劳您——请您寄明信片告知我，您认为哪个版本的大司祭阿瓦库姆的《行传》较适合我的工作并且行文准确：是别利亚耶夫的（圣彼得堡，1904）❶还是 И. B. 加尔金主编的《旧礼仪派思想》丛书（莫斯科，1911）❷？*在书店里无论如何也找不到这些——您知道哪里可以弄到吗？将非常感谢您的回复。

鲍·艾亨鲍姆

*罗日杰斯特文斯卡亚街8号，21幢，17室
鲍里斯·米哈伊洛维奇·艾亨鲍姆（收）

俄罗斯科学院档案馆圣彼得堡分部

---

❶ 所指版本为：阿瓦库姆使徒传，1904。
❷ 所指版本为：阿瓦库姆使徒传，1911。顺便指出，1911年的版本实际上是1904年版本的再版，区别在于版本尺寸不同。

"诗功能"与现代主义激进美学

■ 杨建国*

一、引 言

罗曼·雅各布森（Roman Jakobson）是20世纪最杰出的学者之一，他一生学术兴趣极为广泛，横跨语言学（尤其是音位学）、诗学、诗歌和艺术批评、符号学、社会人类学众多领域，令人惊叹。他的诗学理论，尤其是他对诗功能的界定在文学理论界产生了巨大的影响，也引起不小争议。本文尝试透过文化语境重新阐释雅各布森对"诗功能"的界定，不仅将其视为一种有着强烈技术倾向的语言学—诗学话语，更将其视为一种文化话语。通过与阿多诺（Adorno）的《审美理论》对比，雅各布森对诗功能的界定显像为现代主义文化语境中的激进美学话语。

二、诗功能

（一）雅各布森对"诗功能"的界定

诗功能（poetic function）是雅各布森一生所痴迷的主题。早在1921年，雅各布森在《最新俄诗》中最先提出"诗功能"这一提法。对"诗功能"的

---

* 杨建国，广东五邑大学外语系。

追寻贯穿了他之莫斯科时期、布拉格时期、美国时期的学术研究,而在1958年达到巅峰。这一年,在印第安纳大学举行的具有跨时代意义的"文体研究大会"上,他作了著名的演讲《结束语:语言学和诗学》,把他的功能语言观、语言六功能模式,以及他对诗功能的界定介绍给了全世界的学者们。

在《语言学和诗学》中,雅各布森以极其浓缩的语言,把诗功能界定为"趋向信息自身,以信息自身之故关注信息,就是语言的诗功能"(Jakobson,1981:25)。紧接着,他又加上一段极其重要的注解:"诗功能提高了符号的可触知性,从而加深了符号和对象的分裂。"(Jakobson,1981:25)之后,雅各布森进一步对诗功能做出经验描述,提出著名的对等投射论:"所谓诗功能有何经验性语言标准?尤其要问的是,任何一部诗歌作品有何必不可少的内在特征……诗功能将对等原则由选择轴投射到组合轴上,对等被提升为语言序列的构成手段。"(Jakobson,1981:27)对雅各布森诗功能论的阐释,也围绕三个关键词展开:信息自身、对等投射、可触知性。

(二)信息自身(message as such)

雅各布森对诗功能的界定中,一个重要概念是信息自身,短短25字的定义中,该表达方式出现了两次。对这一概念做出清晰界定是理解雅各布森诗功能论的关键。

雅各布森在《语言学和诗学》中给出两张图,即话语交往六要素图(言者、听者、环境、渠道、代码、信息)和语言六功能图(指称、表现、意动、寒暄、元语言、诗)。这两张图虽然有着类似的结构,却并非完全对称。语言信息是话语交往六要素中的一项,而其自身又分为六个方面,对应于话语交往中的六个要素。除去诗功能外,语言剩余的五项功能关注语言信息之外的五项要素,但这种关注最终还是要返转回头,体现于语言信息之上。无论是指称、情感、意动,还是寒暄、元语言,最终都要体现于语言信息中,体现于语言能指上。❶从一定意义上说,语言的六种功能都关注语言信息,如何才

---

❶ 当然,非语言要素也可以执行类似于语言的功能。例如,体势可以执行意动功能,成语"颐指气使"说的就是这个意思;同样,情侣间含情脉脉的眼神也可以起到"寒暄"的作用,但这些已超出语言的范畴。

能从中区分出对"语言信息自身"的关注呢？使用者的目的当然是一个重要区分要素，但目的最终还是要体现于可观察、可分析的文本特征之上。

一种观点认为，所谓信息自身指的是信息所体现出的整体结构。乔纳森·卡勒（Jonathan Culler）如此写道："雅各布森的'信息'所指的当然不是'命题内容'（它在语言的指称功能中得到强调），而是指作为语言形式的话语本身。"（Culler, 1975: 56）上述观点并非无懈可击。试问，有哪一段连贯的话语没有整体性结构呢？整体结构的存在是话语存在的前提，在这一点上，诗歌同其他实用性语言，例如科学论文、演讲稿，甚至广告语并无本质区别。认为信息自身就是信息的整体结构，这种观点虽然存在缺陷，却也为思考诗功能提供了一些有益的线索：首先，诗歌是一种组织化程度很高的话语形式，诗功能对于信息组织化的要求远远超出其他各项语言功能；其次，诗歌的组织化体现于其整体结构中。因此，诗功能所关注的是诗歌语言的整体结构中超出其他话语形式的组织化成分，正是这些"超额"组织化成分令诗歌有别于其他话语形式，而所谓信息自身就蕴涵于超组织化的语言结构中。

（三）语言矩阵（linguistic matrix）

诗歌如何实现超组织化的语言结构？要回答这个问题，就要回到超语句结构（语篇）的线性—矩阵二重性上。索绪尔（Saussure）提出，线性是语言符号的主要特性。确实，在由语音到语词，由语词到语句的过程中，语言的主要特征表现为线性。然而，当我们超越语词，进入更大尺度的语言单位——语篇时，就会发现，语言同时具备了线性和矩阵两种特征。这一现象在书面语中有最直观的表现：打开书页，无论书页内具体内容如何，它总为我们提供了两种"读法"。其一，视书页上的文字为一行行直线，具有左右一个向度；其二，视书页为文字构成的矩阵，具有上下和左右两个向度。

反对者会指出，上述现象仅仅出现于书面语中，而语言的最基本特征保存于口语中。在口语中，线性依旧是语言的主要特征，即便是呈矩阵排列的书面语也可以转换为线性的读写过程。确实，如果单就物理时间要素而言，线性的确是语言的主要特征。然而，如果考虑到处理语言信息的心理过程，就得承认，大脑无法同时处理所有语言信息，必须采用各种手段对连续的语言信息加以分节，恰如没有哪本书可以把所有内容呈现于一行之内，到必要的时候就必须"转行"。人们总是借助于各种手段，例如语速、语调、停顿，对语言信息加以切割、分节。实际场合中，很少有谁会在整个话语过程中保持一成不变的语速、语调，如果真有谁那样说话，且不论其催眠效果，对于听者的理解力也是极大的挑战。

分节后，如果两段语言信息出现某种对比反差（相同、相近，或相反、相背），人们在心理上趋向于把对比反差部分置于最短的心理行程之内。请看下面这则例子：

  昨 天 我 去 了 动 物 园 动 物 园 里 的 猴 子 真 有 趣

这则例子中，前后信息并无对比反差，虽然后一段信息中也出现了"动物园"，但其属于已有信息，其实际功能并非提供新信息，而是维持前后两段信息的衔接。因此，这两段信息处于线性结构中。再看下面这则例子：

  昨 天 **我** 去 了 动 物 园 昨 天 **他** 也 去 了 动 物 园

这则例子中，"我"和"他"形成对比反差，而人们在心理上倾向于把对比反差的部分置于最短的心理行程内，于是其心理图示就变成：

  昨 天 **我** 去 了 动 物 园
  昨 天 **他** 也 去 了 动 物 园

这则例子中，话语由线性结构变成了矩阵结构，同时具有了左右和上下两个向度。相较于线性结构，矩阵结构确保信息中对比反差部分处于最短的心理行程中。

上述分析表明，语言矩阵形成于对比反差，对比反差既可体现于语义上，也可体现于语音上，诗歌中的韵脚就是体现于语音上的对比反差。押韵在诗歌中起到两种突出作用：其一为分节，其二为"转行"。韵脚的分节作用在口传文献中表现得最为突出，世界上几乎所有的口传文献都押韵。如前所述，分节对于语言至关重要，在缺乏文字辅助的情况下，大型文献要世代相传，且保持面貌基本不变，仅靠传承者的语调、语速、停顿来标明文献的分节显然不够，必须产生出某种"镌刻"入文献自身的手段来标明文献的分节状况。韵脚的使用将口传文献切割为长度大致相当的信息段，从而确保文献在漫长

的历史过程中代代相传而保持面貌基本不变。❶

押韵不仅起到给语言信息分节的作用，同时还可以起到"转行"的作用。普通书面语中，"转行"取决于外在物理因素，即纸张的幅度，可称之为"被动转行"。诗歌语言可称之为"主动转行"，因为它是诗人的主动选择，通过"转行"突出了语言信息之间的对比反差。

春 眠 不 觉 **晓**

处 处 闻 啼 **鸟**

夜 来 风 语 声

花 落 知 多 **少**

上面这首脍炙人口的五言绝句表明，诗歌所形成的语言矩阵中，语言在横向和纵向两个向度上都体现出组织结构，其横向组织结构赋予诗歌"可理解性"，而纵向组织结构则决定了该诗的音韵结构。相比之下，实用性话语缺乏纵向组织结构，虽然书面语在物理形态上也具有两个向度，但其语言的纵向排列完全是随机的，取决于外在物理因素，即纸张的幅度，而与语言的内在特性无关。

（四）对等投射（equivalence projection）

诗歌同时在两个向度上体现出组织结构：横向体现出接续关系，纵向体现出对比反差。这就是雅各布森著名的对等投射原则之精髓所在："诗功能将对等原则由选择轴投射到组合轴上，对等被提升为语言序列的构成手段。"（Jakobson，1981：27）所谓组合轴（axis of combination）是话语中符号间的接续关系，索绪尔称之为组合关系（syntagmatic relation）；所谓选择轴（axis of selection）就是符号与同类其他符号形成的类别，索绪尔称之为联想关系（associational relation）。选择轴上，各个符号处于对等关系中。❷

对等投射把选择轴上的对等特征有规律地投射到横向流动的语言信息之

---

❶ 信息段长度的接近与某个语音的重复同样重要，就任何一个大尺度语言信息而言，其中某个语音在后续部分可能多次重复，但这并不能构成押韵。只有当语音在相同位置上重复，呈现出某种"样式"时，才会出现押韵现象。

❷ 对比反差也是对等，只有在对等的基础上才有对比的可能；同样，任何对等都蕴含着反差，否则就是"同一"。

上,令对等特征有规律地反复出现,形成对比反差,从而令话语由单向度的线性流动"升级"为双向度的矩阵,在横向和纵向两个向度上都呈现出组合结构。实用性话语中也存在对等,前面的语言特征在后面也会重复出现,但其偶然性和随机性很强,难以呈现出组织结构。诗歌中,对等是诗人主动选择的结构,诗人在创作诗歌时首先考虑到的就是对等,如押韵、对仗等,然后在"补全"剩余部分。汉语中,表示诗词创作很形象的一个词是"填",这也正是雅各布森所说的"对等被提升为语言序列的构成手段"。

对等投射所产生的语言矩阵令符号处于更为复杂的关系网络之中,得到更为精确的定位,由此产生出符号的理据性。实用性话语中,符号因之前和之后的其他符号而得到定位,但这种定位尚不够精准;在某个具体符号的选择上,我们无法完全排除偶然、随机的因素,无法完全排除该符号为其他符号所替代的可能。例如:

参观了

昨天我 **去了** 动物园

游玩了

诗歌语言中,符号不仅因之前和之后,也因其上和其下的符号而得到定位。例如在下面这句诗中:

竹 喧 归 浣 女

莲 动 **下** 渔 舟

诗中的"下"字不仅因之前的"莲动"和之后的"渔舟",也因其上的"归"而得到定位。理想状态下,语言矩阵消除了诗歌中符号的任意性,矩阵中任何一个位置上的符号都是唯一而不可替代的。诗人们也常常为了追求这一理想状态而衣带渐宽、形容枯槁,贾岛"推敲"之逸事不枉为一条绝佳佐证。

最后要指出,对等投射并非诗歌之专利,而是语言之内在结构所提供的固有可能:每当某一语言特征在语言信息中有规律地反复出现时,就会发生对等投射现象。这一现象可发生于多个语言层次上,在构词层面,英语中有一类叠声词,例如"piggywiggy"(小猪)、"walkie-talkie"(步话机)。当然,在构词层面，最典型体现出对等投射的还是汉语中大量的四字成语：星罗棋布、水落石出、海枯石烂、海誓山盟、龙腾虎跃、獐头鼠目……在句子层面，各国语言中都存在大量表示并列、对比的句式，这里就不再一一列举。同样，也没有什么理由令我们相信对等投射不会出现在比诗歌篇幅更广阔、结构更复杂的话语形式中，例如小说。维克多·什克洛夫斯基（Victor Shkalovsky）指出，托尔斯泰创立了对称法，特别是为了探讨死亡这一主题："托尔斯泰认为有必要引申出三个主题：贵妇人之死、农夫之死和树木之死的主题。我说的是《三死》的故事，这个故事的各个部分由一定情节联系起来：农夫是贵妇人的车夫，而树木被农夫截断做了十字架。"（什克洛夫斯基，1989：21）因此，爱德华·布朗（Edward Brown）认为："根本无须对对等投射原则做任何重大修改，就可令其适应散文。"（Brown，1987：244）在对《安娜·卡列琳娜》做一番深入剖析后，他写道：

> 从某个时刻开始，散文展现为以换喻为特征的语言艺术，放弃了语言特征的有节奏重复。在这一意义上，散文放弃了投射原则。但在更宽广的意义上，投射原则并没有被放弃，而是由叙述文本的语言肌质层转移到意义段落之上。我这里说的主要指19世纪俄罗斯的散文作品，但显然符合投射原则的散文作品不在少数。（Brown，1987：252~53）

（五）可触知性（palpability）

在《语言学和诗学》中，雅各布森把诗功能定义为："指向信息自身，为自身之故而关注信息的倾向。"紧接着，他又加上一段极其重要的注解："诗功能提高了符号的可触知性，从而加深了符号和对象的分裂。"（Jakobson，1981：25）以可触知性加深符号同对象的分裂，这正是雅各布森一贯坚持的审美功能。符号同对象并非密不可分的整体，符号可以摆脱对象的限制，寻求独立、自为的价值。更进一步，诗功能不仅承认、利用符号和对象的分裂，更积极深化这种分裂，其手段就是提高符号的可触知性，这就由诗功能的形态描述过渡到动力描述。

促发诗功能的动力之源究竟是什么？这个问题在《语言学和诗学》这篇信息极其丰富、行文又极其简约的讲演稿中并没有得到回答，答案出现于雅各布森发表于 1933~1934 年之间的《何谓诗歌》一文中：

> 为何要特别指出，符号和其对象并非融为一体？原因在于，我们直接意识到了符号与其对象的同一，可除此之外，我们也必须意识到符号同对象的同一远非完美。这一对立之所以重要，因为一旦失去了符号同其对象之间的矛盾，无论是概念，还是符号都将失去能动性，概念和符号的关系将陷入机械僵化，一切活动将停下脚步，对现实的意识也将烟消云散。（Jakobson 1981：750）

"一个词被感到就是一个词"，这立即令我们想到什克洛夫斯基那句名言"使石头更成其为石头"。符号和对象的同一导致感受的机械化，人们往往超越符号，直奔对象；诗歌加深符号同对象的分裂，提高感受的可触知性，用什克洛夫斯基的话说，就是：

> 那种被称为艺术的东西的存在，正是为了唤回人对生活的感受，使人感受到事物，使石头更成其为石头……艺术的手法是事物的"反常化"手法，是复杂化形式的手法，它增加了感受的难度和时延……艺术是一种体验事物之创造的方式，而被创造物在艺术中已无足轻重。（什克洛夫斯基，1989：6）

什克洛夫斯基的艺术功能观，尤其是感受机械化说，以及艺术凭"反常化"恢复感受力的观点为雅各布森所继承，并用符号学的语言再度表达出来。

三、现代主义激进美学

（一）功能主义抑或形式主义

什克洛夫斯基的艺术理论带有浓厚的功能主义色彩，艺术服务于可称之为"人生"的社会系统，这种功能主义艺术观为雅各布森所接受。在雅各布森和尤里·蒂尼亚诺夫（Juri Tynjanov）合作起草的纲领性文章《语言和文学研究诸问题》中，二人指出，文学之内部规律的研究虽然具有解释有效性，却无法达到前瞻性，无法预测文学演化的具体路径。因此，文学研究无法成为完全的"内在"研究，必须考虑到文学同其他社会符号系统之间的关系：

"只有在分析了文学系列同其他历史系列的相互结合之后,具体路径问题,至少说主导路径问题才能得到解决。这种结合(它是由系统构成的系统)本身也有其结构规律,也在应调查研究之列。"(Jakobson & Tynjanov,1981:5)雅各布森在《何谓诗歌》中的一段话把他艺术观中的功能主义色彩表现得淋漓尽致:

> 无论是蒂尼亚诺夫、穆卡若夫斯基、什克洛夫斯基,还是我本人,都从未奢言过艺术的自足性。我们竭尽己能要表达的是:艺术是社会结构的有机成分,同社会结构中的其他所有成分处于互动之中,并且自身也处于流变之中,因为无论是艺术领域自身,还是它同社会结构其他成分之间的关系,都恒久处于辩证流动之中。我们所支持的并非艺术的孤立,而是审美功能的自律。(Jakobson,1981:750)

雅各布森艺术观中的功能主义色彩同他在《语言学和诗学》中对诗功能的界说隐隐有不合之音。功能主义艺术观视艺术为社会系统的一部分,而在《语言学和诗学》中,诗功能被界定为"趋向信息自身,以信息自身之故关注自身"。回顾他所列出的语言六功能,其余五者皆可融入话语交往中,从而融入更为广阔的社会行为系统中,唯独诗功能似乎形成了封闭的回路,返诸自身。从严格意义上说,完全封闭、返诸自身的诗功能已经不再是"功能",而成为一个自律自足、自在自为的实体,成为一种纯粹的形式和闭合的结构。

雅各布森在《语言学和诗学》中对诗功能的界说难免引发种种形式本体论联想,也招致后人的不满。乔弗里·里奇(Geoffrey Leech)表示,总体而言,雅各布森的六功能说为人们提供了一个以功能为核心的语言研究模式。然而,他的诗功能是个例外,诗功能中,话语返诸自身,没有自身以外的功能。因此,"可对诗功能作如下阐释:在同其他语言功能的关系中,信息/文本被视为实现目的的手段;在同诗功能的关系中,信息/文本被视为自身的目的,是一种自我功能,或者用术语表达,具有自目的性。不仅如此,功能涉及价值。在同语言其他功能的关系中,对信息/文本的评价取决于外在目标的实现有效与否;在同诗功能的关系中,信息/文本的评价取决于自身的内在标准。"(Leech,1987:77)最后,里奇得出结论,尽管雅各布森在普通语言学

问题上采取了功能主义的立场,"他对诗功能的界定要求他在面对诗歌语言时采取形式主义方法"。(Leech,1987:85)

对于里奇的观点,可做两点回应。首先,《语言学同诗学》这篇完成于20世纪50年代末的讲演稿同雅各布森布拉格时期的文章相比,其功能主义立场确实有所松动,尤其在对诗功能的界说中表现出某些形式本体论的迹象,这也反映出雅各布森移居美国后美国的学术环境尤其是"新批评"派对雅各布森的影响。20世纪50年代正是"新批评"派在美国学术界声望如日中天的时代,雅各布森在文学上的观点很难不受其影响。《语言学和诗学》中,雅各布森就多次引用威姆塞特、比尔兹莱、兰瑟姆等"新批评"派巨擘的文章。❶ 相较于俄国形式主义和布拉格学派,"新批评"派的文学观点更偏向于形式本体论,视文学为封闭、自足的系统,强调形式的自为价值。在如此的学术环境中,《语言学和诗学》流露出某些形式本体论的迹象不足为奇。

其次,形式本体论终究是特定历史条件下的功能论。文学终究要执行特定的社会功能,不可能是完全自在、自为的"无用之物"。正如雅各布森在《何谓诗歌》中表示,文学自律而非自足。文学之自律与他律、自为与他为的关系恰好呈现出以无用为大用、由无为求有为的辩证转化。论及艺术同社会之间的关系时,扬·穆卡若夫斯基(Jan Mukarovsky)指出,称艺术作品为自律的符号并不意味着割断了艺术同社会之间的联系:

> 即便不依附于任何可辨现实的符号有可能存在,符号依旧要有所指向,原因很简单,必须确保发送者和接收者对符号的理解方式相同。只不过对于"自律"符号而言,其指向不是那么明晰。那么,艺术作品究竟指向什么样的灰暗现实呢?那就是由所有可称为"社会"的现象所构成的总体环境,例如哲学、政治、宗教、经济,等等。也正因如此,艺术描绘现实、再现时代的能力超过其他任何社会现象。(Mukarovsky,

---

❶ 详细引用情况如下:W. K. Wimsatt and M. C. Beardsley, "The Concept of Meter: An Exercise in Abstraction",引用位置:第30、36页;W. K. Wimsatt, "On the Relation of Rhyme to Reason", *The Verbal Icon*,引用位置:第39页;J. C. Ransom, *The New Criticism*,引用位置:第40页;Ransom, *The World's Body*,引用位置:第50页;W. Empson, *Seven Types of Ambiguity*,引用位置:第42页。

1977:48)

时代之总体环境构成艺术作品的所指,穆卡若夫斯基指出,艺术作品同其所指之间的关系绝非都是直白外露,也可以曲折隐蔽,甚至以退为进,由否定实现肯定。因此,"艺术作品的符号性质决定,在将其视为历史或社会文献并加以利用之前,首先必须对其文献价值进行阐释,也就是说,首先必须对该作品同社会现象所形成的特定环境之间的联系加以阐释。"(Mukarovsky, 1977:18~19)

(二)雅各布森、阿多诺、现代主义

艺术作品以时代之总体环境为其所指,艺术同特定社会现实之间的联系不仅体现于艺术符号之中,也时常体现于对艺术符号的阐释中。雅各布森在《语言学和诗学》中对诗功能的界说不仅是文学艺术之一般理论,更是现代主义文化语境下对于艺术符号的美学阐释。把雅各布森诗功能说同阿多诺的审美理论做一番对比,会有不菲的收获。

雅各布森和阿多诺都同现代主义先锋艺术有着密切联系。许多学者都注意到了雅各布森早年对现代主义先锋艺术的热情对他整个学术生涯的巨大影响。埃尔默·霍伦斯坦因(Elmar Holenstein)认为,雅各布森一生所有的重要学术思想,诸如系统的动态关系、整体和局部的关系、对立双方的相互依存关系、变量和常量的关系,以及多层次、多功能的系统观都源于他早年对诗歌的热情。(Holenstein, 1987:25)布朗也指出,雅各布森早年关于现代主义先锋派艺术的看法奠定了他全部诗学和语言学理论的基础。(Brown, 1987:233)这些观点也得到了雅各布森本人的印证。在他与泼墨斯卡合著的学术自传《对话录》中,他回忆:"对赫列勃尼科夫的诗歌肌理的语音分析促使我把语言学数据用于话语的分析上。另一方面,这位诗人极具创新性的诗歌作品也向语言的语音投去一道崭新的光线,引导我质疑语言学中关于语音材料的种种习惯思维,对它们做出根本修正。"(Jakobson & Pomorska, 1983:21)

阿多诺在现代主义中发现了具有抗争力量的形式,他所心仪的艺术是卡夫卡的变形噩梦、乔伊斯的断裂话语、勋伯格的无调音乐,以及贝克特近乎沉默的低鸣。现代主义艺术以变形、非人化、拼贴、意识流等手段顽强地抵抗着可通约、可转译的"常规"语言和公众趣味，从公共交往之网中挣脱出来，在对交往的拒绝中执行艺术的功能，以表面的无意义刻画出资本主义社会中的深刻现实。在交换和普遍性已几乎淹没一切之时，现代主义艺术犹如星星点点的岛屿，为不可交换的特殊性提供最后的避难所。"我们必须颠倒现实主义美学的模仿理论：在一种微妙的意义上说，不是艺术作品应模仿现实，而是现实应模仿艺术作品。艺术作品在其呈现中昭示了不存在的事物的可能性，非现实、不可能的东西也能实现；艺术就是要成为其证言，这就是艺术的现实……所以，柏格森和普鲁斯特的理论出现了，他们是真正的理想主义者，因为他们把想要救赎的东西归于现实，这正是艺术而非现实的作用。"（Adorno，1984：194）现代主义艺术成为真正的乌托邦，在现代主义艺术中，资本主义的现实得到救赎。

　　雅各布森诗学和阿多诺审美理论的核心都是对社会交往的抗拒，雅各布森提出返诸自身的诗功能，阿多诺则提出艺术的非通约性，以之为基础构建起他的审美理论。在阿多诺看来，在一个交换无所不容、无处不在的社会中，艺术就是要打断交换之链（哪怕只是暂时），令人们看到不可通约、不可交换之物的可能："现实世界中，一切独特的事物都是可替代的。但是，如果说艺术要从现实强加给它的同一模式中解脱出来，那么，它就通过展示和现实相像的形象来抗拒可替代性。基于同样的道理，艺术——不可交换的形象——同意识形态连接，因为它使我们相信，世界上存在着不可交换的事物。为了这种不可交换性，艺术必须培养一种对可交换世界的批判意识。"（Adorno，1984：122–123）艺术由"言说"走向"沉默"，由交往走向拒绝交往；当商品交换的大幕已沉重落下，当人们日日沉浸在商品交换之中而无处走避，艺术只有通过自恋、沉默、空白，以扭曲、断裂、破碎的形式，才能（暂时）打断交换之链，为心灵提供一个庇护的场所。这正是形式所应当具有的抗争力量。

　　（三）小结

　　阿多诺的《审美理论》，提供了一套现代主义激进美学；同《审美理论》相比，雅各布森对诗功能的界说多了一些技术色彩，少了一些哲学锋芒。但二者在核心处有着广泛的一致：以自律的艺术话语对抗资本主义物化进程，二者都是现代主义文化语境中产生的激进美学。

【参考文献】

[1] Adorno, T. Aesthetic Theory [M]. London: Routledge and Kegan Paul, 1984.

[2] Brown, E. Roman Jakobson: The Unity of His Thought on Verbal Art [M] //Language, Poetry and Poetics. eds., Krystyna Pomorska, et al. Berlin and New York: Mouton de Gruyter, 1987.

[3] Culler, Jonathan. Structural Poetics [M]. Ithaca: Cornell University Press, 1975.

[4] Holenstein, E. Jakobson's and Trubetzkoy's Philosophical Background [M] //Language, Poetry and Poetics. eds., Krystyna Pomorska, et al. Berlin and New York: Mouton de Gruyter, 1987.

[5] Jakobson, R. Linguistics and Poetics [M] //Selected Writings Volume 3. Hague and Paris: Mouton, 1981.

[6] Jakobson, R. What Is Poetry [M] //Selected Writings Volume 3. Hague and Paris: Mouton, 1981.

[7] Jakobson, R. and Juri Tynjanov. Problems in the Study of Language and Literature [M] //Selected Writings Volume 3. Hague and Paris: Mouton, 1981.

[8] Jakobson, R. and Krystyna Pomorska. Dialogues. [M]. Cambridge, Mass.: MIT Press, 1983.

[9] Leech, G. Stylistics and Functionalism [M] // Linguistics of Writing. eds., Nigel Fabb et al. Manchester: Manchester University Press, 1987.

[10] Mukarovsky, J. Art as Semiotic Fact [M] // Semiotics of Art: Prague School Contributions. eds., Ladislav Matejka and Irwin R. Titunik. Cambridge, Mass.: MIT Press, Second priting, 1977.

[11] 什克洛夫斯基. 故事和小说的结构 [M] //俄国形式主义文论选. 方珊，等译. 北京：生活·读书·新知三联书店，1989.

[12] 什克洛夫斯基. 作为手法的艺术 [M] // 俄国形式主义文论选. 方珊，等译. 北京：生活·读书·新知三联书店，1989.

论功能

■ ［德］汉斯·君特 著
　朱　涛 译

　　功能是"现代文化的一条基本工作假设"，❶ 它源于自然科学，并渗透至人文与社会科学、建筑、造型艺术等领域。从系统理论角度看，功能，简而言之，乃是系统或与周围环境相关的总体系统中各要素的表现；从数学角度看，功能则是彼此相互制约的各变量间的规律。虽不能说功能——在不同的领域语义不尽相同——仅为先锋艺术家所专有，但在研究先锋艺术家时，对这一术语的关注却不可或缺。这首先是因为它触及先锋艺术家之间的共性，以及现代思想的基本趋向；其次，是因为它在先锋艺术圈，特别是在文学、语言及建筑理论中，扮演着十分重要的角色。

　　以下，我们将平行地考察功能思维的三个领域：形式论学派的语言学理论，尤里·蒂尼亚诺夫的文学学术语学，以及捷克结构主义理论家扬·穆卡若夫斯基对功能的美学、哲学阐释。

　　形式论学派对语言功能的研究，特别是诗性语和实用语之区分，建立在决定、目的论基础之上。在这层意义上，罗曼·雅各布森将诗界定为"具有诗性功能的语言"，"以表达为旨归的表述"。❷ 由于交际功能在此被降至最低，因而诗歌是以自身为目的的，或如赫列勃尼科夫所言，乃是一些自为目

---

❶ 扬·穆卡若夫斯基："论建筑中的功能问题"，见扬·穆卡若夫斯基：《美学研究》，布拉格：1966，第196页。
❷ 罗曼·雅各布森："最新俄诗·初编·维克多·赫列勃尼科夫"，见 W.－D. 斯坦贝尔主编：《俄罗斯形式主义者的文本（第2卷）》，慕尼黑：1972，第30页。

的的词语。在这之前,列夫·雅库宾斯基实则已经对语言进行了所谓的功能研究,如他在《论诗歌语言的语音》一文中曾这样写道:"语言现象应当从目的的角度,从说话者在每个当下的场合如何使用语言来进行分类。"❶ 随后,他又对实用语进行了界定,认为在实用语中"语言的表达(语音、词法等)并不具有独立价值,只是交流手段",而在诗性语中"实用目的退至背景(虽然可能并未全部消失),语言的表达获得了自在价值"。❷ 在稍后的一篇文章《论对话》中,雅库宾斯基进一步发展了语言的目的论分类原则,对自己的观点进行了修正,弱化了诗歌语言的情感性标准,而这一标准在1916年时对他来说乃是最重要的。然而,更重要的是,他摒弃了由洪堡特和库尔德内发展起来的诗性语与实用语之二分,提出了语言的功能多样性,并允许"'实用语'这一术语涵盖整个多样的语言现象",❸ 如日常交流或科学逻辑语。

蒂尼亚诺夫和雅各布森写于1928年的那篇论述研究文学和语言问题的纲领性文献奠定了功能思想之雏形,此后,这一思想在1929年布拉格语言学小组的论纲中得到进一步发展,在该论纲中语言被界定为"目的手段之系统"。❹ 鲍·哈夫拉奈克以此为基础进一步区分了四种语言功能(交谈的、事务的、科学的及诗性的功能),❺ 雅各布森也在1960年的文章《语言学与诗学》❻ 中提出了语言的六功能说。

但不能忘记的是,形式论学派对实用语和诗性语所做的功能区分主要不是从语言学视角出发,而是为立体未来派的无意义诗奠定理论依据。❼ 一如在艺术中自立体主义始,拒绝描摹、模仿被视为从物性中摆脱一样,无意义的词也被视为从主题、逻辑联系中的解脱,它成为自为目的词的典范,极端地

---

❶ 列夫·雅库宾斯基:"论诗歌语言的语音",见《诗歌语言理论选》,彼得格勒:1916,第16页。
❷ 同上。
❸ 列夫·雅库宾斯基:"论对话",见列夫·谢尔巴编选:《俄罗斯语言》,彼得格勒:1923,第115页。
❹ 《布拉格语言学派基础》,布拉格:1970,第35页。
❺ "标准语言的任务及其文化",见《标准捷克语及其语言文化》,布拉格:1932,第32~84页。
❻ "语言学与诗学",见 Th. E. 西比奥克:《语言中的风格》,纽约:1960,第350~377页。
❼ 参见 A. A. 汉森-廖夫:《俄罗斯形式主义》,维也纳:1978,第105页。

指向诗性功能。将诗性语理解为对实用、交际目的之否定，视之为对实用语的"背反"和"寄生"，❶ 流露出一种强烈的纯功能主义倾向，这尤其明显地反映在早期先锋建筑的单功能主义中。❷

这一观念最终演变成机器单功能主义。雅各布森在30年代论"主导"的讲座（1935）中对之进行了批判，后来扬·穆卡若夫斯基从语言的多功能性、审美与非审美功能的对话关系角度入手，也对其进行了更为全面的批判。❸ 穆卡若夫斯基的结构主义方法与鲍加蒂廖夫研究民间故事的方法如出一辙，两人都从复杂的功能层次出发，且都使用主导之变换这一术语来描述发展的过程。

功能理念在蒂尼亚诺夫的系统—功能研究中得到了广泛应用，这一研究明显受到来自现代语言学，尤其是索绪尔所建立的组合与联想（聚合）关系之区分的影响。根据蒂尼亚诺夫的理论，文学作品乃是一个系统，其中个别的要素，如情节、风格、节奏、句法等彼此相关，并处于相互关联中。蒂尼亚诺夫将作品每个要素与其他要素，以及整个系统的相关性称为该要素的结构功能。结构功能或共主功能反映出要素在共时作品系统中的结构意义。与之不同的是自主功能，它指的是要素的聚合参数，也就是说，一要素在历时截面与类似要素的对比。较之共主功能，自主功能仅扮演着次要角色，它是共主功能的条件，而非一个自足的量。❹

功能方法不仅被蒂尼亚诺夫用来描述文本的内部结构，也被应用于更高级的系统单元。文学功能将个别作品依附于文学系列（如体裁）。最终，那种与社会功能最近的、将文学与生活联系起来的功能，被称为言语功能。

如果注意到蒂尼亚诺夫的"定向"概念在内容上与功能多有交叉的话，那么我们对其理论思考之独特性的认识就会愈发清晰。在分析颂诗这一定位于社会演说的文学体裁时，蒂尼亚诺夫曾这样写道："定向不仅是作品（或体

---

❶ 参见 П. Н. 梅德韦杰夫：《文学学中的形式方法》，列宁格勒：1928，第123页。

❷ 参见 E. 霍伦斯坦为《雅各布森：诗学·1921～1971年文选》所作之序，美茵河畔法兰克福：1979，第25页。

❸ 比如"诗歌概念与语言的审美功能"，见扬·穆卡若夫斯基：《美学研究》，布拉格：1966，第153～157页。

❹ В. В. 维诺格拉多夫在"论散文"中批评了将语言学概念挪用到文学研究中的做法。参见 В. В. 维诺格拉多夫：《论散文语言》，莫斯科：1980，第87～90页。

裁）的主导因素，在功能上渲染从属要素，也是与文学外——言语系列最近的作品（或体裁）功能。"❶ 他强调必须排除定向中的目的论色彩："功能概念排斥目的论。"❷ 然而，蒂尼亚诺夫所批判的只是与"创作必要性"相对立的"创作意图"意义上的目的论。定向这一概念很大程度上促使蒂尼亚诺夫将功能理解为一种关系性，并且证实了这样一种假设：功能（但仅限于共时功能）很可能与数学中使用的功能概念接近。❸ 为了论证这一假设，还要提及文学事实这一概念，其存在取决于自身的"某种差异性（与文学的差别，或与非文学的差别），换句话说，取决于它的功能"。❹ 将差异性等同于功能补充说明了蒂尼亚诺夫思想的相对论特点。❺

然而，我们不能因此认为蒂尼亚诺夫功能方法中的相对论倾向与绝对论倾向是全然对立的，在其理论中还时有目的论倾向（比如在对自主功能的理解中）存在。此外，若离开了一定的相关性，实用语和诗性语之区分也是没有意义的。上述两种倾向在不同的阐释者那里差别非常明显。在蒂尼亚诺夫那里，功能或定向包含着一种系统取向，对诗性语的功能研究总是要结合读者的统觉背景，这一观点延续了亚·波捷布尼亚、安·别雷等人的传统。

在20世纪20年代还存在其他一些平行的功能思想，这值得我们关注，比如弗拉基米尔·普罗普引入神话故事研究的功能，与蒂尼亚诺夫的观点较为近似。在此，功能被定义为一种典型的"当事人行为，这一行为由其自身之于行为过程的意义被规定"。❻ 在内容层面上，功能指不变的行为动机，且具有拉丁词"functio" = "实现、运作"的基本含义。因此，功能乃是句法链的一环，不能"外在于自身在叙事进程中所处的位置"而被界定。❼

维克多·日尔蒙斯基的《诗学的任务》和《论形式派方法论问题》这两

---

❶ "作为一种演说体裁的颂诗"，见尤·蒂尼亚诺夫：《拟古者与革新者》，列宁格勒：1929，第49页。

❷ 同上。

❸ 参见注释，尤·蒂尼亚诺夫：《诗学·文学史·电影》，莫斯科：1977，第528页。

❹ "论文学之演化"，贝尤·蒂尼亚诺夫：《拟古者与革新者》，列宁格勒：1929，第35页。

❺ 参见 A. A. 汉森-廖夫：《俄国形式主义》，维也纳：1978，第379页。

❻ 《神话故事形态学》，莫斯科：1969，第25页。

❼ 同上书，第24页。

篇文章因功能视角，或者准确些说，因目的论视角而闻名，它们反映了作者对早期形式论派的批判态度。从作为手法之总和或"艺术表现手法之系统"❶的风格这一概念出发，日尔蒙斯基拒斥了早期形式主义对手法的那种分类式理解，而将其界定为"艺术的目的论事实"。❷ 在他看来，唯有定向于作品的整体风格，手法才能获得自身的意义和美学上的合法性。日尔蒙斯基的目的论方法不仅在方法论上没有蒂尼亚诺夫深入，且在自身的倾向上也与后者截然不同，这是因为对他而言，重要的不是系统的相关性，而是将手法隶属于总体的艺术任务、作品和谐的风格—情感整体。

在对俄罗斯先锋艺术家们的功能思维进行总结前，我们还要稍稍检阅一下20世纪20年代的文学批评界的一些提法。《列夫》杂志就很能说明问题，该杂志的编辑们一方面认可了蒂尼亚诺夫和雅各布森1928年那份纲领中的功能观，另一方面又对其进行了修正。让我们来关注杂志导言中的这句话，文学研究应当"不仅涵盖不同体裁的文学内部功能，同时也涵盖不同时期的文学系列的社会功能"。❸ 在同一期杂志中，谢尔盖·特里季亚科夫这样写道："我们国家的整体目标在于，使艺术工作者最大程度地坚定自己的工作，并认可其社会功能。"❹ 类似的话也经常出现在《文学事实》这本集子中，作者努力强调形式与其社会角色是分不开的。许多左翼先锋主义作家并不满意蒂尼亚诺夫将文学系列与日常生活联系起来的做法，因为在他们看来，从对接受者的紧张作用意义上来看，文学和艺术显然是具有直接社会性的。

几乎与蒂尼亚诺夫在"文学的关系学"❺ 中将重点落在内部文本的结构功能的同时，扬·穆卡若夫斯基从一个新的方向来研究功能问题。功能方法不再只是分析诗歌的工具，而应从审美—哲学层面加以研究。让我们先来看两个角度：（1）审美功能及其社会学；（2）不同功能的辩证关系及其人类学基础。

---

❶ "诗学之任务"，见维·日尔蒙斯基：《文学理论·诗学·风格学》，列宁格勒：1977，第38页。
❷ 同上书，第35页。
❸ 《新列夫》1928年第12期，第36页。
❹ 同上书，第1页。
❺ "作为一种演说体裁的颂诗"，见尤·蒂尼亚诺夫：《拟古者与革新者》，列宁格勒：1929，第50页（注释1）。

在穆卡若夫斯基《作为社会事实的审美功能、规范及价值》一文中，审美功能的独特性在于：它能够离析一事物，将注意力最大程度地聚焦于其上，并使之变得陌生，迫使"人们从他人的立场看待世界"。❶ 审美功能可以将人从实际需求的直接压力下解放，并更新他对周围世界的认识，这一能力源于其与人的人类学常量之间的密切关系。审美功能引发人对现实的完整反映，也就是说，审美符号不仅意指现实的各部分，也意指其整体。

在穆卡若夫斯基看来，审美功能研究也涵盖广阔的社会现象。这一功能扎根于集体意识之中，它作为社会分层的一种因素，或作为实用行为的伴随因素，在社会生活中扮演着重要角色。从所有这些论述，可以得出结论：审美领域要远远广于艺术。但这时，在艺术之外的领域，审美功能一般占据辅助、次要的位置，而在艺术中它占据主导地位。有鉴于此，自然会产生主导的审美功能与艺术作品中其他功能之间的关系问题。

这一问题已然触及穆卡若夫斯基关注的核心——功能的辩证性。在1942年的《审美功能在其他功能中的地位》一文中，穆卡若夫斯基就这一问题进行了探讨，并发展出一套基于人类学的功能分类。虽然，毫无疑问，该文中现象学方法的痕迹非常明显，但穆卡若夫斯基的独特解决方案建立于对建筑结构主义的批判性再思考基础上，他主要是通过卡雷尔·泰格❷的著作熟悉这一思想的。穆卡若夫斯基认为原始结构主义的不足在于，将现代建筑中的单功能主义倾向与人的行为中的多功能性，以及功能的无处不在性相对立。此外，他还反对将功能单向地投射至客体，论证了主体乃是其真正源头。相应地，功能被穆卡若夫斯基定义为："主体相对于外部世界的自我表达方式。"❸

以主客体之间可能的关系为基础，功能在类型上可分为两种直接功能（实用功能和理论功能）与两种符号功能（象征功能和审美功能）。在穆卡若夫斯基看来，审美功能乃是其他功能神奇运作与完美协作的结果。因此，艺

---

❶ "美学的意义"，见扬·穆卡若夫斯基：《美学研究》，布拉格：1966，第57页。
❷ 参见R. 卡利沃达：《扬·穆卡若夫斯基的审美思想之路》（打字机稿），1983年，第16页。
❸ "审美功能在其他功能中的地位"，见扬·穆卡若夫斯基：《美学研究》，布拉格：1966，第69页。

术作品归根结底是"非审美功能及其附属价值的联合"。❶ 毫无疑问,穆卡若夫斯基将审美功能理解为"对总体功能性的辩证否定"❷ 的灵感来源于现代建筑理论。

穆卡若夫斯基解决这一问题的方案之本质在于:撇开在艺术作品中的主导地位不谈,审美功能并不挤压其他功能,而是将其组织成一个新的整体。正是由于自身的这种透明性,审美"提升、强化、异化"❸作品内涵的、人类学的品质。审美功能之主导,不应从量上来理解,而应当被视为艺术不言自明的基础。这与艺术史中公认的一个事实,即非审美功能时常占据首要位置,并不矛盾。"自足的"审美功能保障着艺术的恒等,同时作为一种"异质"功能,它为与其他文化系列之间的积极关系奠定了基础。❹

毫无疑问,穆卡若夫斯基对艺术作品,对作为社会现象的艺术中的功能辩证关系的看法,力求"在所谓艺术社会学与艺术的结构研究之间达成紧密联系",❺换句话说,力求达成一种理念,既涵盖内部文本功能,也涵盖外部文本功能。这一倾向在他写于 20 世纪 40 年代中期的一些文章中表现得尤为典型,在那里,功能概念首先与"艺术作品和接受者及社会的关系"相关,与"艺术在社会中承担的多种使命"相关。❻

穆卡若夫斯基的功能思维 20 世纪一二十年代的先锋功能主义关系密切,但在自身发展中却走向了另一个方向。如果将穆卡若夫斯基的观点与俄罗斯形式论学派那种狭隘的、工具性的方法论相比,或与纯建筑结构主义比较的话,那么,显然穆氏的美学—哲学方法在一定程度上已然是一种自省,对早期"纯"先锋功能主义的一种反思。

---

❶ "建筑学中的功能问题",见扬·穆卡若夫斯基:《美学研究》,布拉格:1966,第 203 页。
❷ "捷克斯洛伐克艺术理论中的词语概念问题",见扬·穆卡若夫斯基:《美学研究》,第 123 页,同时可参见第 200 页。
❸ K. 齐瓦提克:《结构主义和先锋派》,慕尼黑:1970,第 90 页。
❹ 参见扬·穆卡若夫斯基:"诗歌结构的哲学",载《维也纳斯拉夫学年鉴》1981 年 8 月,第 86、98 页。
❺ "捷克斯洛伐克艺术理论中的词语概念问题",见扬·穆卡若夫斯基:《美学研究》,第 123 页。
❻ "论结构主义",见扬·穆卡若夫斯基:《美学研究》,布拉格:1966,第 113 页。

《玛莉雅·玛格达莲娜》前言
——戏剧艺术与时代的关系及其他相关的几个问题

[德] 弗里德里希·赫贝尔 著

王庆余 胡君亶 译

我为《格诺菲娃》[1]写的简短前言，引起许多误解和争论，我不得不就其中论及的主要问题再次表明我的看法。不过，我认为需要有一个前提条件，即一个美学基础，尤其要有把握我的重要思想的良好愿望。如果人们不能看到文字表述总有不足之处，从而忽略了语言的辩证法，那么人们对每一句话都可以随心所欲地做各式各样的解释，毕竟语言的全部力量恰恰是建筑在对立基础上的，只要人们简单地赞成所强调的某一方面，就可以以沉默的方式否定了所有其他方面。

戏剧作为各种艺术的顶峰，其任务始终应该是形象地表现它那个时代**世界现状**和**人类现状**与**思想**之间的关系，这个问题是决定一切的道德中心；从世界有机体自我保持这一点来看，我们必须有这样一个中心。戏剧，我指的是最高的，划时代的戏剧，因为除此之外还有**二流、三流**的戏剧，还有**各民族**的和**主观个人**的戏剧。这些戏剧同最高戏剧之间的关系犹如各幕、各场和各个人物同全剧的关系一样，在一个体现整体的精神出现之前，这些戏剧仅仅是最高戏剧的代表，如果根本没有这种精神出现，它们就会成为诗人部分

---

[1] 《格诺菲娃》（Genoveva）是赫贝尔的第二个剧本，1843年于汉堡出版。——译者注

成就❶的替代物。只有当世界和人类所处的现状发生重大**变革**时，最高戏剧才**有可能**产生。因此完全可以说，最高戏剧是时代的产物，这意思当然只能是说，这个时代本身也是所有以往时代的产物，它把许多完整的世纪之间的链条衔接起来，并开始一个新世纪的链条。

迄今为止，历史上出现过两次危机，与此相适应地也产生过两次最高戏剧：一次是在**古代**，即古代人的世界观从原始的朴素状态过渡到所谓反省状态的时候，始则是生动活泼的，后来则是起破坏作用的；另一次是在**近代**，即基督教发生了类似自我分裂的时候。古代希腊的戏剧是在偶像崇拜已经过时的情况下发展起来的，它把奥林匹斯山❷中诸神形象的精神精髓揭示出来，并且清除了这种偶像崇拜，换句话说，这种戏剧表现的是命运。因此，当个性与这些道德势力出于一种并非偶然，而是必然的斗争状态时，就出现了个性受到无限压抑的现象，这在《**俄狄浦斯**》❸ 中达到了令人头晕目眩的高度。莎士比亚的戏剧是借助新教教义发展起来的，从而解放了个性。由此他的人物性格具有令人惊异的辩证性：一方面，当他们是行为的主宰时，他们会最大限度地压制周围所有的人，把自己突出出来；另一方面，当他们像哈姆莱特那样最大限度地深入到自己的内心世界时，他们会通过极其勇敢的、令人惊诧的发问，把上帝从世界上赶出去，像赶走一个敷衍了事的人一样。

莎士比亚之后，首先是**歌德**在《**浮士德**》中，在被人称之为戏剧的《**亲和力**》❹ 中，又为一种伟大的戏剧奠定了基础。他已经做到了，或者确切地说，他开始做了前人不曾做过的事业。这就是说，他把辩证法直接变成作品的主题思想，把莎士比亚仅仅在"我"身上所表现的矛盾，置于"我"活动的中心位置来表现，即把与"我"有关的那一部分矛盾表现出来，把似乎会产生曲线的那个点分成两半。有人一定会感到惊奇，为什么我忽略了卡尔德

---

❶ 诗人的部分成就，原文是拉丁文，引自贺拉斯。——译者注
❷ 奥林匹斯山（Olymp）坐落在希腊北部，相传是古代希腊诸神隐居的地方。——译者注
❸ 俄狄浦斯（Oedip），希腊神话中的人物。——译者注
❹ 《亲和力》（die Wahlverwandschaften）是德国大诗人歌德的一部长篇小说，完成于1809年。——译者注

龙，❶有些人认为他应该享有同等声誉。我没有提到他，是因为他的戏剧尽管从其不断完美这个角度来看是令人敬佩的，而且在《人生如梦》这个剧本中，给世界文学留下了一个永不磨灭的象征，但是他的戏剧只有对过去的描写，而没有对未来的表述。由于他的戏剧从一开始，就未能脱离僵化的教条，因此，即使抛开形式不论，从内容来判断，它们也只能占据次要地位。其实，歌德也只是指明了道路，甚至不能说他已经迈出了第一步，因为他在《浮士德》里攀登到了极高的高峰，到了连血液都要开始凝固的严寒区时，他又退了回来；在《亲和力》里像卡尔德龙一样，要求读者具备有关他所证明的或所要表现的问题的知识。令人感到不可理解的是，像歌德这样一位艺术家，一位伟大的艺术家，怎么竟敢在《亲和力》中如此大胆地违背❷内在的形式，以致人们不能不说，他像一个粗枝大叶的解剖学家，不是将一个真正的有机体，而是把一台自动机器搬上了解剖手术台，从一开始就把一种虚构的、甚至可以说是不符合道德标准的婚姻关系，如杜阿特和莎洛苔之间的婚姻，作为自己作品的中心内容来表现，而且把这种关系处理成仿佛是一种不同凡俗、完全合情合理的关系。使我感到同样不可理解的是，他没有更深一步地去探讨这部长篇小说中的主要问题。在《浮士德》里也是一样，当他需要在广阔视野和画着宗教人物的壁板之间做出选择时，他总是选择后者。我们在第一部里正确地看到人类为新的形式而奋斗的**分娩阵痛**，在第二部里却被贬低成为简单的个人**病态**，这种病态后来是用任意的、缺乏心理学依据的办法治愈的。当然，这种病态是从他本人独特的复杂个性中产生出来的。关于这种个性，我这里不想作进一步的分析，我只想指出他走得多么远。不言而喻，对《浮士德》和《亲和力》这两部具有世界历史意义的作品所作的上述说理的批评，丝毫不意味着贬低它们不可估量的价值，只是想说明它们的作者同这些作品所表现的思想之间的关系，并指出其美中不足之处。

---

❶ 卡尔德龙（Calderon de la Barca Pedro, 1600~1681），西班牙著名戏剧家，著有200余部剧本，特别是其喜剧，充满对社会的批评和细腻的人物心理描写。——译者注

❷ 赫贝尔在1848年1月20日的日记中这样写道："在歌德的《亲和力》中，有一个方面是抽象的，这就是关于婚姻对于国家和人类具有的无可估量的意义，只做了一般性的暗示，而没有更透彻地加以说明，而这样做本来是完全可能的，而且会大大加深作品给予人的印象。"——译者注

由此可见，用歌德自己的话说，他虽然**接受**了时代的伟大遗产，但是没有加以**消化**；他虽然认识到人类的思想在力图扩大自己的认识范围，竭力再次冲破一切束缚，但是他没有充分信赖历史，而且，由于他不知道怎样才能解决过渡状态——他本人在青年时期就曾深深地陷入了这种状态——所导致的不和谐现象，于是他就毅然地甚至是满怀愤懑和厌烦地对这些现象采取了不闻不问的态度。然而，这些不和谐现象并未因此而消失，相反却一直继续存在到今天，而且不和谐的程度有过之而无不及。今天，我们的公共生活和个人生活中的一切动荡和分歧都渊源于此，它们并不像某些人描绘的那样，那么不合情理，那么危险，**因为本世纪的人并不像人们所指责的那样，一味追求前所未有的新制度，他只是希望现存制度有一个良好基础，他希望它们除了依靠道德和必要性（这两者是一致的）以外，不再依赖任何东西，他希望把迄今为止束缚自己的那些外在东西，转换成可以充分依赖的内在重点。**在我看来，这就是我们当今时代正在进行的世界历史性进程；哲学，从康德，❶ 实际上从斯宾诺莎❷起，就对这个进程进行了破坏性和解体性的准备，在这方面，戏剧艺术是应该有所作为的。现在的戏剧界已是穷途末路，劣质作品泛滥成灾，这些东西并不能列入文学范围，戏剧艺术应该协助人们结束这个过程。在一场类似的危机中，短期内先后涌现出埃斯库罗斯、❸ 索福克勒斯、❹ 欧里庇德斯❺和阿里斯托芬❻等人，他们不是偶然出现的，也不是不经意间出现的，更不是因为命运特别眷顾雅典人的戏剧。戏剧艺术应该像上述剧作家们做过的那样，用高大而孔武有力的形象来说明，戏剧艺术迄今为止不完全是在生机勃勃的机体中经过良好孕育产生出来的；戏剧艺术应该描写的是，在一个虚构体中部分变得僵化了的、通过最后一次伟大历史运动才获得解放的那些要素。戏剧艺术应该描写它们是怎样在潮涌般争先恐后、互相

---

❶ 康德（I·Kant，1724~1804），德国哲学家。——译者注
❷ 斯宾诺莎（B·de Spinoza，1632~1677），荷兰唯物主义哲学家，无神论者。——译者注
❸ 埃斯库罗斯（Aeschylos，公元前525~前456），古希腊悲剧作家。——译者注
❹ 索福克勒斯（Sophokles，公元前496~前406），古希腊悲剧作家。——译者注
❺ 欧里庇德斯（Euripdes，公元前480~前460），希腊三大古典悲剧作家之一。——译者注
❻ 阿里斯托芬（Aristophanes，公元前445~前386），古希腊戏剧作家。——译者注

斗争中产生的，描写使一切复又恢复常态的人类的新形式是如何产生的，妻子是如何复又回到丈夫身旁的，这种社会新形式和理想社会是怎样产生出来的。由此，自然会带来某种弊端，即戏剧艺术一定会遇到困难，甚至遇到极大的困难，因为世界状况的破碎只能通过个人状况的破碎表现出来，犹如地震只能通过教堂和房屋倒塌、通过汹涌澎湃而来的海潮表现出来一样。我之所以谨慎地称这是一种弊端，是因为有些好心人会无意识地贬低悲剧，认为悲剧和纸牌游戏追求的是同样目标；在他们看来，如果王牌不再是王牌，那简直是不可思议的。尽管他们希望在游戏中能有新的搭配玩法，但是不希望有新的规则，同样也厌恶那个强迫他们接受新规则，或者那个告诉他们应该施行新规则的魔术师。他们有时也看看身旁的洗牌工匠，他洗牌的方法尽管不同，有时为了有所变化也改换一下王牌，但是总的来说，还是像遵循自然法则一样，墨守祖先的古老发明。

在这里，我们有必要从半开玩笑的说法过渡到严肃认真的论述。不负责任和不成熟的，有时甚至是不严肃的文艺批评，为了适应目前这种可怜的戏剧状况和许多人目光短浅的需要，会把戏剧艺术那些简明扼要的基本概念混淆到多么混乱的程度，这是毋庸赘述的。人们应该相信这些基本概念，它们的效力和真实性经历了四千年的考验，像九九口诀一样是不可更改的。一个画家，在那块可以用来做口袋的亚麻布上画画的时候，他是不会受人责难的，他应该感谢上帝，人们并不嘲笑他在自己的油画草图上孜孜不倦地用功，也不嘲笑他把那些本来讨人喜欢的颜色涂到形象上，更不嘲笑他把形象置于一个对外行观众来说根本不存在的中心点上；他不单单是把那些在调色板上搅拌好的蓝、黄、红等颜色涂到画面上，描绘出色彩鲜艳、栩栩如生的形象。作为最高艺术的戏剧艺术，只有完全做到它应该做到的地步，才能有所成就，所以它必须像一个大智若愚的人一样鞭策自己，永远记住自己唯一的、始终不渝的使命，不应该随便捡个**石子**冒充**红宝石**，不应该用生活中极浅显的谜，冒充生活中具有无比深邃意义的**象征**。生活中的这种谜一旦被人猜中，就会像气球破裂一样消失得无影无踪，它们不但无法满足人们最起码的精神需求，而且只能引起一些啼饥号寒般的喊叫："来点新奇的吧！来点新奇的吧！"我要告诉你们这些自诩为戏剧诗人的人：如果你们满足于把一些历史上的抑或是其他方面的轶事趣闻编写成剧本，或者进一步对一个人物的性格进行心理学的分析，像拆散一个齿轮联动装置一样，那么，你们尽可以挤出几滴眼泪，或者抖动面部发笑的肌肉，不管怎样，你们是不会比我们熟知的、在手推车上耍木偶的忒斯庇斯❶老兄更高明的。凡是存在问题的地方，你们的艺术就会有所作为；当你们发现这类问题，看到生活处于破碎状态，并同时出现在你们头脑里的时候，也就是只有两者同时发生的时候，才能形成主题动机，重新找回已经丧失的同一性；这时你们要抓住这个主题动机，而且无须顾及广大观众向往在病态中表现健康的美学愿望，因为你们只能表现如何过渡到健康的道路。你们不研究体温升高的原因，是无法治愈高烧症的。观众会追究你们表演的这些症候，好像它们就发生在你们身上。如果他们掌握确切的结论，就应该像法官拷问犯人的罪行一样，查明他对待法律的态度，甚至责备那个听过忏悔的牧师，他自己也干了不正当的事情。你们不需要对任何事情负责任，你们只需把自己的自由的主观独立性从题材中突出出来，把你们个人与题材的不可混淆性突出出来；你们只需对最后的结论负责，即使这个最后的结论也无须像矛的锋那样，成为你们作品的尖端，它可以作为一种性格的出发点，同样也可以作为全剧的出发点。当然，如果是作为全剧的出发点，从形式来看剧本就必须有更高的内在完整性。

　　如果你认为有必要谈论一些事物，而没有亲身体验的人又不能完全理解它，你自己也没有足够能力反对他们的误解，这个时候我要特别强调指出，你在这里不应该考虑对思想进行寓意性的修饰，尤其不应该考虑进行哲学性的修饰，而是必须考虑生活本身的辩证法。如果在一个过程当中，像在任何创造性的过程当中一样，所有要素都受同一个必然性的制约，并以同一个必然性为前提，前因和后果成了到处谈论的问题，那么，诗人（自称诗人的人，应该根据这一点来检验自己！）首先意识到的一定是人物形象，而不是思想，或者人物形象与思想的关系。不过如前所述，这样一套观察问题的方法，不

---

　　❶　忒斯庇斯（Thespis），生活在公元前530年左右，被称为古希腊戏剧的创始人。贺拉斯所说的他在手推车上耍木偶的传说，未必确切。——译者注

管它传播得多么广泛，都是不可靠的，由此只能产生这样的后果，即使最明智的人也会同诗人就其题材选择进行无休止的争论，以此来表明，他们始终把创作想象成为一种制作，甚至是高尚的制作。这种创作的第一阶段，即感受阶段，是深深植根于意识之中的，有时甚至追溯到十分模糊而遥远的幼年时期。他们认为精神生产有一种体力生产所没有的自由，因为谁都知道，体力生产是离不开大自然的。我在前面提到的那位手工匠人，❶ 如果他做的某些事情不能令智慧丰富的先生们感到满意，人们一定会骂他一通，这个诚实的人既能提供这样的东西，也能提供另一样的东西，只不过他在选择故事的时候，错误地估计了效果，计算错误是每个人都可能犯的。相反，人们应该原谅诗人在这方面所犯的失误，他没有选择的余地，甚至连是否创作某部作品的选择余地都没有，因为在他的思想里一旦孕育成熟的东西是不可能消失的，它不可能再化成血液，它必然要表现为自由独立的东西。被迫的或者不合时宜的精神分娩，不管是通过死亡还是神经错乱，都会像肉体分娩一样带来毁灭性的后果。大家想想歌德青年时期的朋友棱茨、❷ 荷尔德林❸和格拉贝。❹

我说过：戏剧艺术应该协助完成我们时代的世界历史过程。这个过程不是推翻人类社会现存的政治、宗教和道德体制，而是深刻地说明它存在的理由，使它们不至于遭到毁坏。就这个意义来讲，戏剧艺术应该合乎**时代精神**，像所有不局限于美丽辞藻的诗歌一样，而且只有在**这个**意义上，不是在其他任何意义上，戏剧艺术才是真正的戏剧艺术。也就是在这个意义上，我在《格诺菲娃》的前言中把我的剧作称为**时代的牺牲品**，因为我自己意识到了，我所描写的和将要描写的个人生活过程，是与上述当代悬而未决的、带有普遍意义的原则问题有着非常密切联系的；批评界迄今一直只注意我的人物形象，却忽视了这些人物所体现的思想。我在这里看到的是真实的、生动活泼

---

❶ 指上文提到的"洗牌的手工匠"。——译者注

❷ 棱茨（Lenz，1751~1792），德国狂飙突进运动代表人物之一，才华出众的诗人和剧作家，但由于疾病和贫困的折磨，41岁即结束了一生。——译者注

❸ 荷尔德林（Hoelderlin，1770~1845），德国资产阶级革命作家，抒情诗人，法国大革命的热情讴歌者。1806年起患神经错乱症，使其才能没有得到充分发挥。——译者注

❹ 格拉贝（Grabbe，1801~1836），当时德国的著名剧作家。终生的失业、贫穷和疾病使他在35岁就结束了短暂的一生。——译者注

的人物形象的最好证明，这是毫无疑问的，不过我仍然希望这种情况宣告结束，希望人们对我的作品的第二个因素也给予一定的评价；如果只从处理故事的角度来观察作品，对作品的结构和描写所得出的判断，自然会完全不同于根据作品所表达的思想核心来衡量这些作品所得出的判断，这是因为对于故事来说是多余的东西，对于这种思想核心却可能是必不可少的。我的《格诺菲娃》所遇到的第一个评论者❶认为，我把自己的剧作称为时代的艺术牺牲品，是对诗的威严的不尊重，是把它贬低成了我们时代的新闻诗；他质问我，在我剧本的什么地方能够找到符合时代精神的警句和内容。对于他的指责，我没有什么好答复的，我只是觉得他所说的时代概念和新闻概念，与我的理解并不一致；他那奇怪的指责，是另有所指的，其实是要迫使我像现在一样，把那些表达得过分简短的思想进行详细的阐述。然而，我却非常清楚地知道，当今的德国确实流行着另外一种时代艺术，这种艺术只热衷于眼前；尽管它实际上混淆了皮疹和发炎，混淆了皮肤病和血液病，但是，只要这种艺术确实是为眼前的现实服务的，不是为了责骂现实，它就是无可为非议的。不过，我们不能满足于只是宽容、袒护和鼓励它那靠不住的警句式的修辞术；如果它愿意独自存在，甚至妄自尊大地宣称自己是蔑视某些事物的，对此，他们至少应该证明，他们是能够接近这些事物的。这些人恰好在抒情诗里占有自己的地盘，你翻开任何一本诗集，都会读到反对吟诵美酒、爱情和春天的歌手的激烈言论；那些歌手有的已经死了，有的还活着。这些先生们不是克制自己不去写歌颂春天和爱情的诗，就是当他们作为抒情诗人出现时，制作出来一些毫无价值的东西；人们读到这些东西，不禁会想到一个粗野的人，由于他演奏钢琴时出了丑，于是就用斧子将钢琴砸碎。亲爱的人们，当有人用力敲响报火警的大钟时，我们大家都会从音乐厅里蜂拥出来，跑到广场上去看哪里着了火，然而这个敲钟的人无论如何都不应该以为自己比莫扎特和贝多芬还高明。由此可见，你们用粉笔在熟人背上写的讽刺格言，可能比尤

---

❶ 指卡尔·古茨柯夫（Karl Gutzkow, 1811~1878）在《德意志电讯报》第 203、204 号（1842 年 12 月）上发表的评论。本文作者认为这个评论是不正确的。——译者注

《玛莉雅·玛格达莲娜》前言

维纳利斯❶的讽刺诗更容易为人们所理解，更迅速地流传开来，可是你们却不应该由此得出结论，以为自己远远超过了尤维纳利斯；一旦你们的这些熟人转过身来，或者只是另换一件上衣，人们就会把你们写的这些东西忘得一干二净，即使这里不会提到尤维纳利斯的诗，甚至数千年后不再读他的诗，人们也会把你们忘记的。歌德在心绪不佳的时候，对他以后出现的最美好的歌曲诗，即乌兰德❷的歌曲诗进行了指责，他说，其中没有"任何激动人心和扣人心弦的东西"。❸ 他的话是有道理的，因为百合花的浓郁芳香不等于火药，即使《魔王》和《渔人》❹ 堪与鼓手的千万根鼓槌媲美，在战争中恐怕还比不上一个号手。艺术有**其自己的形式**，它有**叙述形式**和**戏剧形式**，精神就是在这样的形式中进行搏斗的；艺术有**其自己的形式**，心灵就是把自己的抒情财富存放进这样的形式里；天才表现为善于**恰如其分**地运用每一种形式，那些只有**一半天才的人**，尽管没有足够的才能去运用较大的形式，却极力**冲破那些比较局限**的形式，就像一个贫穷的人假装富有一样。歌德从一种完全错误的角度得出的论断，在同爱克曼❺的谈话中作了修正。❻ 这个论断在评论界引起一场认真的争论。在这场争论中，乌兰德同那个追随他吱吱乱叫的耗

---

❶ 尤维纳利斯（Juvenalis，60~约127），罗马著名讽刺作家。他非常巧妙地运用过去时代的一些不良现象作为题材，严厉地鞭笞自己时代的一些坏现象。——译者注

❷ 乌兰德（Ludwig Uhland，1787~1862），德国浪漫主义诗人，著名的文学研究家，政治活动家。——译者注

❸ 歌德1831年10月4日在致蔡勒特的信中写道："从那个领域里不会有任何激动人心的东西、任何美好的东西、任何扣人心弦的东西产生出来。"——译者注

❹ 这两首诗都是歌德的著名歌谣体诗，在德国人民中间广为流传。——译者注

❺ 爱克曼（Johann Peter Eckerman，1792~1854），自1823年起任歌德的私人秘书，他的《歌德谈话录》一书是了解和研究歌德的重要文献。——译者注

❻ 爱克曼1823年10月21日写道："我们谈到了乌兰德，'当我看到重大的效果出现时'，歌德说，'我总是相信其中一定有重大的动机，而乌兰德之所以能够享有如此广泛的爱戴，其中必然有其独到之处。不过，我对他的'诗'几乎无法评论。尽管我是怀着极良好的愿望拜读他的诗集的，但是我所看到的不外是这样一些软弱无力的和悲伤抑郁的诗，以致我简直无法读下去。后来，我读了他的歌谣体诗，在这里我自然感触到了他的杰出才能，并看出他所享受的荣誉是有一定根据的。'"后来，歌德逝世前不久，爱克曼又写道："歌德再一次指责被很多人称赞备至的乌兰德的政治倾向。'请您注意'，他说，'这位政治家将埋没这位诗人。做一名政治家整天生活在争论和激动之中，这不是一个抒情诗人该做的事情，诗歌，他是写不出来了，而这在某种程度上当然是令人痛惜的。施瓦本有足够多的消息灵通、心地善良和精明强干的人物可以从事政治活动，而像乌兰德这样的诗人却只有一个。'"——译者注

259

子王,即"**施瓦本派**",划清了界线,因为促使歌德做出这个论断的不是乌兰德,而是一位施瓦本诗人,歌德一时疏忽把他当成了这一派的成员。为这样一场争论花些气力是值得的,只要遵循基本原则,就会发现庸俗的激情诗和庸俗的自省诗同样都是空洞无内容的。关于"人类之树"在"各民族春天"的"阳光哺育"下开放出"自由的花朵"这样的突发奇想,的确表达不了更多的东西,它表现的只不过是果园主人在繁花盛开的苹果树下流露的一种感情而已。这里不是争论的地方,可我不能不立即提醒人们注意这种区别,免得遭人怀疑,仿佛我在为那些胸无点墨的人进行辩护;他们把自己的日常感受,或者在篱笆后面从老太婆口里听来的故事拼凑成拙劣的诗句,就以为自己是在写诗了。从修辞学角度来说,它们永远不会成为诗歌,因为它具有明显的片面性,但是也许可能成为有助于说明思想的东西;如果能够做到这一点,也许能够成为有助于刻画性格的东西。人们不应该依据木柴来贬低笛子,虽然必要时用木柴可以燃起人们所预言的世界大火,但是普通的木柴却不应该自以为与笛子关系密切,就妄自尊大起来。不言而喻,我并不会把所有的施瓦本人,都视为施瓦本派,更不待说普通的施瓦布人,尽管克尔纳❶也是一个施瓦本人。

也许有人会说:这些都是一些尽人皆知、早有定论的老生常谈。是的,倘若不是这样,我倒要感到奇怪了。根据我的看法,在美学上像在伦理学上一样,人们不应该去**发明第十一项训诫**,而是应该履行现有的**十项**训诫。尽管如此,对于那些用海绵将刻有古老法规的石碑洗刷一新、消除了对这些基本法规所作的不正当解释的人来说,这毕竟是他们的微薄贡献。他们甚至还搜集了一部可疑的解释性语录。诗不应该停留在过去或者现在的样子,做一面世纪的镜子或者做一面在一般意义上反映人类运动的镜子,它应该成为反映每时每刻的镜子。最糟糕的是戏剧成了没用的东西,这倒不是因为人们对它的要求过分或者相反,而是因为人们对它**根本没有什么要求**。戏剧的任务仅仅是使人获得娱乐消遣,表现一个吸引人的故事,或者为了引人入胜,刻

---

❶ 克尔纳(Justinus Kerner,1786~1863),施瓦本诗人和医生,一般被认为是施瓦本派。——译者注

《玛莉雅·玛格达莲娜》前言

画一些在心理学上惹人注目的性格,但是无论如何它不可能做得更多。莎士比亚(有人竟敢从他那里找证据!)作品中那些不能使人得到娱乐消遣的东西,当然是不好的,人们只要仔细考察就会发现,这些东西其实都是评论家强加于他的,他自己从来不想写这类东西。他是个可爱的人,每当他用不寻常的、梦幻般的故事吸引更多观众时,他就感到高兴,因为这样他从剧院经理那里得到的报酬每月就会多一个先令,为此他甚至会得到人们的祝贺。他的朋友曾经告诉他,一位已故的著名演员,❶ 曾经为"新约全书"增添了一种实际用途;他非常认真地要求"诗人"只需为"表演艺术家"提供一个提纲,然后演员便可以即兴式地完成表演。这个结论不管在什么地方,都会得到赞许,不过人们会看到,娱乐原则会导致什么样的结果,很可惜,事情的真相就是如此。**一种自称为戏剧的诗,必须是可以表演的,之所以必须如此,是因为艺术家无法表演的东西,诗人本身并未表现出来,仅仅停留在胚胎和思想雏形的地步**。可表演的只是情节,而不是思想和感受;思想和感受不是孤立的,只要它们能够直接变成情节,就属于剧本范畴;反之,如果没有支撑情节的思想,没有伴随情节的感受,只是一些零零散散的自然事件,它就不能成其为情节,至少不能成为戏剧性情节,否则,悄悄拔出一把宝剑也会成为一切行动的高潮。不过,人们也不应忽视,行动与痛苦之间的**差别并非像语言的差别那样大**,因为一切行动都会变成命运,即在世界意志面前变成某种痛苦;这一点在悲剧中表现得最为明显,各种痛苦在个人身上都是一种内心的行动。我们感兴趣的是人,我们的兴趣在人身上才会得到极大的满足;当人对自己、对遭受打击的个人那些永恒的东西进行反省,并借此重现在痛苦中发生的事情时,这一切都是可以表演的。当他对束缚个性的、永恒的东西进行反抗,并因此而遭到严厉谴责时,这种情况**同样是可以表演的**,同样要求**有才能**的艺术家来表演。这种永恒的东西就像我们的思想支配我们的手脚一样支配着一切,即使在人们不违背它的情况下,在自己身上也会遇到阻挠。我再重复一遍,自称是戏剧艺术的诗,必须是可表演的;演员无法表演

---

❶ 指卡尔·赛德曼(Karl Seydelmann,1793~1843)。——译者注

的东西，一定是诗人自己没有表现出来，它们仍然停留在胚胎和思想雏形的地步。这个内在的基础同时也是唯一的基础，肢体性的表演是检验表演艺术唯一可靠的标准，这是诗人永远不能忽视的。不过，人们不能根据**习惯**和"千变万化"的**时髦观点**来衡量这种**可表演性**。如果它的标准是从戏剧实践中产生的，那么它应该是从各个时代的戏剧中产生的，而不是由这个或者那个特殊的舞台规定的。天晓得在这样的舞台上会不会有一群年轻女人领着自己的孩子走出来，对他们说，好孩子，不要折磨这个小动物，拿它来开心；或者说，小黑熊，你还是这么美丽，等等。有些人认为，戏剧的思想就不应该超出这个水平。几经思考，人们自然会认识到，诗人不应该像浅薄趣味和不完善的、早熟的审美概念那样，不敢接受完美的真理，人们应该要求他同时提供一个世界形象，从构成世界的**要素**中剔除**那些难以驾驭的东西**；诗人应该满足一切正当要求，把这些要素中的每一种都置于**正当的地位**，让那些像无数细小、纵横交错的神经和血管一样的**从属要素**在这个有机体中**找到自己合适的位置**。这样，人们就会追求更高的需求。有人认为，一部**剧本的价值和意义**是由成千上万偶然事件决定的，也就是说，剧本能否得到演出，取决于其**外在的命运**。我不能苟同这种看法，因为剧院作为诗歌与观众之间的媒介，极受人们的尊重，若想具有这种神奇力量，首先必须使那些剧院竭尽全力创作的剧目保持生机勃勃的活力；可是，成百上千部"适于舞台演出""在无数次重复演出中受到观众欢迎的"剧目在哪里？除了那些平庸的大路货之外，剧院里演出的还有莎士比亚和卡尔德隆，他们不仅是伟大诗人，而且也是真正的剧作家，剧院不可能把他们长期排斥在外；这表明，剧院里保留的既有优秀剧目也有拙劣剧目。可见，事情并不像一知半解的人所想的那样；他们认为事情的关键不在于演出机会，不论诗人的影响有多大，演出迟早是要结束的。我从形式里推导出来的**可表演性**，是绝对必不可少的，是符合戏剧的真正本质的，它是决定一部剧作的价值和意义的。就这样，塞德曼的天真观点遭到了驳斥，我在前面曾经提到这种观点，其实它的结论应该是：一种富于诗意的虚构，不论艺术家赋予它怎样的形式，都比原来的形式更容易识别；与演员必须严格遵循的那种富有诗意的东西相比，天才演员可以得到

《玛莉雅·玛格达莲娜》前言

更自由的表演空间。不仅如此,而且连那些我所能想象到的其他无稽之谈也都遭到了驳斥,显示出它们是缺乏真实根据的;同时也说明,真正的戏剧创作过程是不必考虑舞台的,完全可以自行把一些具有**精神内容的东西**加以形象化,把**二元论的思想因素**(点燃整个艺术作品的创造性火花,就是从这些因素的相互撞击中迸发出来的)变成人物性格,使**内在的**事件按照它的各个发展阶段展开成为一段**外在的**历史,即一个故事,这个故事要按照形式的发展规律发展成为**高潮**。也就是说,要把这个故事描写得**扣人心弦**和**引人入胜**,使那些对真正的故事情节一无所知的读者和观众从中得到**消遣**和**满足**。

有一个问题是我不能回避的:哲学已经取得了如此巨大进步,它不能单独解决时代的伟大任务吗?艺术的地位不是已经过时或者即将过时吗?❶ 倘若像大多数人那样,把艺术视为一种梦幻的东西,偶尔用关于自己的所谓反讽式的突发奇想来断断续续地**编造**现象世界,仿佛是把喜剧人物从剧院外面移到了剧院里面,在这种喜剧中,隐蔽的思想始终要同自己进行捉迷藏游戏,这样,人们必须对上述问题做出肯定的回答,让喜剧以主动的死亡来抵消那合理地存在了四千年的罪过;不过,永久的安息并非是用今天看来显得多余的活动所换来的报酬,而是恩赐给人类的有益的消遣,这说明人类在童年时期创造的那些形象和文字,不是毫无意义的。不过,艺术并不只是无限的,相反,它是某种完全不同的东西,它是现实化的哲学,❷ 如同世界是现实化的观念;一种哲学如果不想同艺术结合,不想用艺术表现自己,不想借此最大限度地证明自己的存在,它是不需要与世界打交道的。至于它否定的是生活过程的起始阶段还是最后阶段,这是无关紧要的;它错误地以为自己一定要

---

❶ 这句话是针对黑格尔的提法讲的,赫贝尔在1845年1月8日的日记中写道:"认为艺术可能变得过时,这是黑格尔一个莫大的错误。不过,当艺术达到最高和最后阶段时,这倒也是可能的。"他在1847年1月28日致古斯塔夫·屈内的信中写道:"……坚持了这个既简单又明确的思想,并驳斥了黑格尔认为艺术的立场已过时或即将过时的提法。"——译者注

❷ 赫贝尔在1838年3月7日的日记中曾写过这样几句话:"在艺术领域里,如果问题真的仅仅在于说明一个丰富的思想和通过色彩鲜艳的画面使自己的语言生动活泼,而不是在于如何去表现这一思想,那么像希腊悲剧又怎能享有它所享有的声誉和意义呢?作为希腊悲剧基础的思想,已经被哲学家们阐述得无法再明晰了,甚至连它们的神经和心脏都被剖析过了。为什么人们不去抓住这个真正的核心,而宁愿在表皮上啃来啃去呢?而其中的核心早已被埃斯库罗斯、索福克勒斯和欧里庇得斯揭示出来了。"——译者注

脱离生活过程，认为自己没有表演也能存在。其实，哲学如果不同这样一种表演发生关系，不同艺术相结合，是不能还原为世界的，因为世界只有在艺术当中才能成为整体。富有创造性的、真正的哲学，即使从来没有做过这样的事情，它也始终是知道，自己不应该回避表演；这种表演与它直接模仿的思想是密不可分的，所以它在艺术中看到的不仅是单纯的地位，而且还有艺术的最终目标和顶峰。相反，每一种形式主义哲学，出于近似的原因，还有其他哲学的追随者，都有一个共同特点，当它们已经变成或者即将变成生动的人物形象时，它们仍然在不断地进行分析，像一个对人类学一知半解的人那样：为了使自己相信自己也确实具有一个人所应有的一切，而把自己的头、胸和腹部都解剖一番，通过这种野蛮的自杀性行动，把精神与自然互相拥抱的所有现象的高峰都破坏殆尽。这样一种哲学在高级的艺术密码中再也无法认识自己，当它发现世界是由它经过千辛万苦肢解得七零八落的自然密码构成的时候，它对此感到可疑了。它不知道应该怎么办。不过幸运的是，它在艺术作品中会遇到个别角色（哪怕只是一幅油画下面的注册签名！），它们的表达方式是符合自己的思想和感受的：要么整个精神没有找到真正合适的形式，要么只是把它与一个不匹配的形式嫁接在了一起。可是，这种哲学却认为这种表达方式是重要的，是进行表演的结果；人物形象的所有其他修饰成分都要以这个结果为中心，差不多就像商业汇票上的花纹、财神像和交换关系一样，都是以金钱的确切数额为中心。这种表达方式热心而又诚恳地把所有其他起修饰作用的珍珠、警句、格言等串联在一起，并对它们的价值进行评估；当然，这种哲学的结论由于像这种哲学本身的生命力和现实性一样有限得可怜，所以这种哲学就十分自信地做出最后的判断，说艺术无非是一种儿戏而已。不过，有时倒也有这样的事例，譬如有人拾到一枚富人偶尔丢失在马路上的金币，并重新将它投入流通。如果有人认为这种描述过于夸张，

《玛莉雅·玛格达莲娜》前言

那就请他回忆一下康德在**人类学**中那个著名的提法;❶ 这位山上老人❷非常庄重地声称,诗从荷马起,无非证明自己没有进行缜密思维的能力,可是他却没有按照必然性的逻辑推论指出,整个世界在其复杂、不完善的活动中无非证明了**上帝连进行一次独白的能力都不具备**。

不过,如果戏剧的使命不是无足轻重的,而是要帮助解决世界历史性任务,是在思想与世界和人之间发挥一种媒介作用,那么是否由此就可以得出结论说,戏剧必须献身于历史,戏剧必须是历史性的?关于这个重要问题,我在其他地方,即《关于戏剧的一点看法》❸(汉堡:霍夫曼·卡姆波出版社,1843)中已经说清楚了,让我在这里再重复一遍:戏剧本来就没有什么专门倾向是历史性的(这种倾向其实是从历史中产生出来的,为了成为真正历史倾向,它还要剪断同充满生机的现代有着密切联系的脐带,用一条线把它同毫无生机的过去牢固地联结在一起),艺术就是对历史的最精彩描述。对这个提法,任何懂得瞻前顾后的人都不会提出质疑,因为他会记得,只有古代世界那些擅长艺术的民族才给我们留下了一幅图画,他们用坚定不移的形式表现了他们的存在和影响,这里面首先就有永远不可轻视的现实的证明。人们还会认识到,❹ 现在正在进行着一个严峻的历史筛选过程,它要把重要的东西从不重要的东西中分离出来;这些不重要的东西,对于我们来说是彻底灭亡的东西,不管它们自身多么重要,都要把它们同正在过渡为历史有机体的东西分离开来。这个筛选过程将不断得到加强,对各个时期的人物,甚至

---

❶ 赫贝尔在日记(1841年2月2日)中写道:"我刚刚读了康德的《人类学》。当我读到下面这句话时我不禁失声大笑:'从荷马到我相,或者从奥尔弗斯到希腊的预言家的古代诗歌,仅仅是由于缺乏表达自己思想的手段才变得光彩夺目。'"——译者注

❷ 康德出生于格尼斯贝格(Koenigsberg,又译哥尼斯堡),"贝格"在德语里是"山"的意思。这里"山上老人"是指晚年的康德。——译者注

❸ 这篇文章的确切题目是:《我对戏剧的一点看法》。——译者注

❹ 赫贝尔在1840年4月26日的日记中写道:"历史对人类是否有益,这的确是个问题。如果不会出现一阵暴风雨将涂有防腐香料的过去同风沙一起吹走的话,那么传统的经验就会替代人们和各个民族自己的经验,使他们不再可能积累自己的经验;思想越来越走在生活的前面,所有的客观存在都会消失在概念之中。从可消逝的东西中,不可能、也不允许有不朽的东西产生出来,伟大的诗人和威名赫赫的英雄的影响可能延续几千年,不过,如果他们不愿使喷泉的源头被堵塞,那他们就必须满足自己时代的要求。莎士比亚、歌德,一切都被遗忘了——这真是一个可怕而又起着破坏作用的思想!"——译者注

连亚历山大和拿破仑都进行鉴别；到头来，被记载下来的只有各民族的相貌和各时期的宗教、哲学所决定的各个历史阶段的最普遍的人性，或者说，在这里自然而然地就会产生幽默，所以人们能够宽容它。那些不与任何人交往的德国诗人，从前人家并不认为他们是不朽的，只是无情地任其自生自灭而已。艺术的伟大成就比一般成就罕见的多，理由很简单，这是因为伟大的成就是在一般成就的基础上产生的，而伟大成就是逐步积累起来的；可见，**艺术**还可以在波涛汹涌的浩瀚海洋里设置高大的**航标**，给后世留下具有普遍意义的，因而也是永不消失的历史内容，因为它是穿着特殊时代的外衣，直接为生活服务的，历史在不同的阶段形成了特殊时代的巅峰。也就是说，艺术为后世表演的尽管不是一部全面记载那些辛勤栽培了树木的园丁的名册，却还是能够向后世表演有核有肉的果实，这一点是极其重要的；除此之外，还能够表演这些果实得以生长和成熟的气候条件。最终我们的论述达到了一个显而易见的要点，即莎士比亚超过了希腊人，而继莎士比亚之后出现的人又将超过莎士比亚，开始一个新的循环。换句话说，如果人类居住的星球不能尽可能地产生创造性的力量，艺术和历史将会停滞不前，世界将会失掉对过去事物的理解，也不可能创造出新的东西。按照这个观点推论下去，必然会得出这样的结论：如果历史既不能表现人类在完成其使命过程中所取得的缓慢进步，又不能以管家婆的准确性开列出杰出人物的贡献，那么它确实无异于一个大墓地，❶ 这里有不能战胜死亡，却给死亡增加新的负担的纪念品、墓碑石、十字架和碑文。天晓得，为什么人的有意识和无意识的行为动机，会如此纠缠不清，结成死结，尽管这些碑文是死者生前选择的，是要表达其诚挚而善良的愿望的，他仍会对这些碑文的真实性产生怀疑。这样看来，历史的物质基础本来就是通往四面八方的，也是能够通往四面八方的；即使如此，戏剧的使命也不可能是借这个基础对具有故事提纲和人物公式的混合物进行

---

❶ 作者在剧本《尤蒂特》（Judith）的第一版前言中说过类似的话："诗不同于历史，诗要完成的不是装饰坟墓和送葬这一任务，而是另有使命。"——译者注

靠不住的镀金试验。莱辛❶在剧评❷中所提出的客观见解将保持其全部有效性，按照他的观点，戏剧诗人根据具体情况，可以利用历史，也可以不利用历史。如果对他的提法不持否定态度，你就会发现，戏剧能够而且应该容纳历史的最精华的内容；如此说来，后者既不该遭到责备，前者也不该受到特别的表扬。即使用莎士比亚这个例子，也很难驳倒他的观点。在莎士比亚的历史剧中，像在他的别的剧本当中一样，你会偶尔遇到别有风趣的东西，会突然发现某些沉湎于浪漫情调的东西；由于它们具有更广阔的历史视野，无疑都是更高水平的剧本。莎士比亚并不是把那些铸有征服者威廉❸头像或埃瑟瑞德国王❹头像的"古老纪念币"磨得重放光彩，而是用他那具有远见卓识的目光，发现真正生动活泼的东西。正是这种具有远见卓识的目光，使他成了一个无与伦比的人物。他所表现的是仍然活在人民意识中的东西，是人民仍在承受和缅怀的东西；他所表现的是红玫瑰与白玫瑰的战争，❺是这场争斗里的可怕怪物以及人们对最后和平的渴望。里士满❻这个人物之所以如此"虔诚和小心翼翼"，这是因为在他身上正萌生着这种和平愿望。如果说这一点适用于所有国家的历史，像上面所说的那样，那么它尤其适用于德国历史。使我感到十分遗憾的是，尽管在我们这里已经有过很多惨痛教训，可人们还

---

❶ 莱辛（G·E·Lessing，1729~1781），德国启蒙运动的主要代表，著名的戏剧家。——译者注

❷ 指莱辛的戏剧理论集《汉堡剧评》。赫贝尔在1839年2月19日的日记中从莱辛的第24篇中摘录了这样一句话："直截了当地说：悲剧不是编成对话的历史；对于悲剧来说，历史无非是姓名汇编，而我们则习惯于把某些性格同它们联系起来。如果作家在历史当中发现许多情节对于他的题材的润饰和个性化是有益的，他尽管利用就是。人们既不该认为这是他的一件功劳，也不必认为这是一桩犯罪！"（莱辛语）"不过，我认为，历史同悲剧的关系变得更密切些是可能的。"（赫贝尔）——译者注

❸ 征服者威廉（1027~1087），法国诺曼底的公爵，1066年征服英国，统治英国到1087年。——译者注

❹ 埃瑟瑞德国王是指埃瑟瑞德一世（866~871）和埃瑟瑞德二世（978~1016）。前者曾是维塞克斯和肯特的国王，同丹麦处于不间断的战争之中，后者曾试图在国内根除丹麦人。——译者注

❺ 15世纪中叶统治英国的是完全依附于大封建领主的**兰开斯特家族**，随着畜牧业和羊毛贩卖的发展而兴起的新贵族和资产阶级，都支持**约克（York）家族**争夺王位。于是，在这两大家族之间爆发了一场持续30年之久的战争（1455~1485），史称**红白玫瑰战争**。这场战争的名称来自这两大家族的族徽，前者是一朵红玫瑰，后者是一朵白玫瑰。在这场战争中，绝大部分旧式贵族遭到毁灭。——译者注

❻ 里士满（Richmond）是莎士比亚剧本《理查三世》中的一个人物。——译者注

是一而再地将我们那些没头没尾、毫无价值的皇家历史编写成剧本,并且形成了一种时髦风尚。德国民族迄今的历史不是一部健康的历史,而是一部病态的历史,难道要认识到这一点竟是如此困难吗?或者,人们真的以为把那些蛀毁了历史内脏的**霍亨施陶芬**❶**绦虫放到酒精里保存起来**就可以医治好这种病吗?假如我不珍惜那些天才人物,眼睁睁看着他们把自己的精力浪费在一条道路上,却又达不到极其重要并可以实现的目标,我是不会提出这样的问题来的。为此这里有另外一种形式,当然这是次要的形式,它不像戏剧形式那样离不开集中和展开,它能够采用自己特有的细节描写唤起读者的兴趣;这种兴趣在民众中是不存在的,民众也不会因此而受到指责,这种形式就是瓦尔特·斯哥特❷首创的长篇历史小说形式。在德国,没有任何人像维利巴德·阿莱克西斯❸那样,在他的最后一部长篇小说《虚伪的沃尔德玛》中充分运用了这种形式,甚至发展了这种形式。这部小说结合勃兰登堡的历史,生动地表现了德国各个重要时期的社会状况;这段历史一方面没有湮没在众多的故事情节之中,另一方面也没有因为采用历史题材而牺牲丰富多彩的生活和人物形象。我在这里提到这部小说,是为了清楚地阐述我的思想。

有关一般性的问题,就此止笔。现在,就摆在读者面前的这部剧本,再简单地写几句。伊默尔曼❹害怕那班在集市上卖唱的艺人,是有道理的,我也讨厌他们,因此我不想涉及我的剧本及其结构问题(尽管我有一定的理由和权力来讨论这个问题,因为人们完全歪曲了我的《尤蒂特》和《格诺菲娃》。有人指责我在第一个剧本中,把女主人公的行为动机搞乱了,其实,这正是

---

❶ 霍亨施陶芬(Hohenstaufen),德国贵族,自1079年起是施瓦本的公爵,自1138~1254年是德国的国王和皇帝,1268年彻底灭亡。——译者注

❷ 瓦尔特·斯哥特(Walter Scott,1771~1832),苏格兰作家,他的第一部长篇历史小说《威弗利》于1814年匿名出版,后来连续写了很多以苏格兰和英格兰历史为题材的长篇小说。——译者注

❸ 维利巴德·阿莱克西斯(Willibald Alexis)是德国作家威廉·海灵(Wilhelm Haering,1798~1871)的假名,他写过很多长篇历史小说。《虚伪的沃尔德玛》于1842年在柏林出版。赫贝尔很欣赏这部作品,认为是长篇历史小说中最杰出的一部。——译者注

❹ 卡·勒·伊默尔曼(Karl Lebrecht Immermann,1796~1840),德国诗人,剧作家,早年是浪漫主义者,在晚年的作品中才更多地反映了德国的现实。赫贝尔这句话是根据伊默尔曼在其剧本《梯罗尔的悲剧》前言中这样几句话说的:"但是,如果他(诗人——编者注)站在观众面前用指挥棒指手画脚地指挥,那么根据我的感觉,他同那些在集市上卖唱的人很少有差别。"——译者注

《玛莉雅·玛格达莲娜》前言

这个剧本的全部成功之处：没有这个动机，女主人公就会变成或者只能成为一只小猫，如果你愿意，也可以称它是一只勇敢的小猫；女主人公的行为正是由这种混乱引起的，而且只有这种混乱才能使她的行为变成一种悲剧性行动。这就是说，这种混乱是不可小觑的，从世界历史的目的来说，它是**必然的**；但同时，由于采取这种行动的个人违背了某种道德准则，这种行动有可能成为**毁灭性**的行动。由此可见，人们确实是把我的功绩颠倒成了过错）。在这里，我只讨论我这个剧本所属的剧种问题，这就是市民悲剧。❶

市民悲剧在德国之所以信誉不佳，主要是由两种弊病造成的。首先是由于剧作家不以悲剧**内在**的特有因素、不以严谨的完整性来构建悲剧的故事，以便那些不懂辩证法的人物借此应对狭隘的环境，以及由此而产生的片面的可怕的生活羁绊，❷ 而是以各种各样的表面因素，来编织悲剧的故事。例如以贫穷和饥饿，特别是以第三等级的人与第二和第一等级的人在爱情方面发生的冲突来编织故事。不可否认的是，由此可以产生很多悲惨事件，但产生不了悲剧性的东西，因为悲剧性的东西只能是由必然性决定的，是一种与生俱来的，甚至是无法避免的东西，就像死亡那样。一旦人们说：**假如他**（有30个铜板，甚至极为伤感地补充说：假如他能到我这儿来一趟，我就住在32号），或者说：**假如她**（曾经是一位小姐云云），这些话本来应该给人留下感动的印象，这样一来却变得平淡无奇；其效果即使不会完全化为乌有，也只能是收到这样的效果：观众在第二天会比平时更甘心情愿地去缴纳贫民救济税，或者以更宽容的态度对待自己的女儿。对此，人们应该感谢的是那些可敬的救济会员和女儿，而不是戏剧艺术。市民悲剧在德国声誉不佳的另一个

---

❶ 作者在1843年12月4日的日记中写道："我早就有意使市民悲剧复兴起来，并说明，即使在最狭隘的人中间也可能发生令人痛心的悲剧，如果人们善于根据那些属于这个阶层所特有的真正因素来安排这种悲剧的话。然而，通常发生的情况是，当诗人们决定降低自己的身份写市民悲剧时，他们往往错误地认为，有必要时他们所描写的耿直而又健壮的人物具有一种伤感的情绪，或者带有极大的愚昧，而这些东西对他们说来，实际上就如具有两栖性的混合体一样，是格格不入的。"——译者注

❷ 在1833年5月1日的日记中，赫贝尔写过这样几句话："大多数人根本没有认清自己处境的愿望，他们只想忍受，就像忍受疾病一样。这种人在生活中得不出结论，他们连一点经验也得不到，他们的整个生活，就像不断在牢狱中东躲西藏一样；他们习惯于躲在随便一间牢房里，因为在这里他们可以得到一个立足点，从这里观察世界的善与恶。"——译者注

原因是，我们的诗人有朝一日会把自己降低为普通民众，因为他们觉得，为了得到一种经历，在某种情况下甚至是不幸的经历，或许得把自己变成一个赤裸裸的人。他们在这种令人失望的时刻研究这些普通人，总是采用从自己的词汇中挑选出来的那些华丽辞藻；他们以为可以借此把他们变得高雅，或者通过呆板的狭隘性把他们降低到世界上存在的真实水平以下。这样一来，他们笔下的人物，在我们看来，部分地像中了邪的太子和公主，连恶意的魔术家也不会把他们变成龙和狮子，或者变成动物世界里其他有尊严的名贵物种，而是只能把他们描绘成下贱的面包铺女工和裁缝铺里的伙计；其中一部分甚至是有生命的木头疙瘩，如果能说出个"是"或"不是"来，我们一定会惊讶无比。事情到了这一步，还可能出现更糟糕的情况，那就是给这种平淡无奇增添荒诞和可笑的成分，并且还是以非常引人注目的方式。人人皆知，市民和农民也擅长运用比喻，像沙龙里的人和在林荫道上散步的人一样，他们的比喻既不是从星空中捕捉来的，也不是从大海里捕捞来的，而是手工匠人在作坊里、农夫在其犁耙后面捡拾来的。有些人也许有这样的经验，即这些纯朴的人虽然不善于滔滔不绝地高谈阔论，但却十分懂得使用生动的语言，懂得把自己的思想组织起来，加以生动地表述。

鉴于上述两种弊端，人们对市民悲剧持有成见，这是可以理解的，但不能说这些弊端是正当的，它们不能归咎于市民悲剧，它们是那些滥用这个剧种的拙劣作家制造出来的。一只钟表的指针是金质的或者是铜质的，这其实是无关紧要的，问题的关键不在于一个重要的象征性故事究竟是发生在一个低贱的还是高尚的社会环境里。如果说在英雄悲剧中，**重大的题材**和直接反映重大题材的分量可以在一定程度上弥补**悲剧形式**的**不足**，那么在市民悲剧中，则一切都取决于悲剧**形式**的**圆环**是否**完整**。也就是说，能否做到：一方面不再要求我们对诗人随便拉过来的人物的**个人命运**表示勉强的同情，而是把它熔化成**普遍人性的东西**，即使是在极端特殊的情况下才能明显地突出出来；另一方面，还要看能否让我们摆脱我们的美学家主张的那种**妥协**。他们习惯于在**真正的**悲剧中发现这种妥协，可真正的悲剧要表现的却是完全**不可和解的东西**，是借助想象清除掉那些原本就多余的故事情节；他们习惯于在真正的悲剧中发现不可能出现的、建立在传统误会基础上的但却是信手拈来的灾难结局。而真正悲剧的结局，从一开始就表现为生与死的不可调和的冲突，表现出泾渭分明的斗争结果，同时也是必然性的结果；只有在这条道路上，而不是在别的道路上，才能创作出真正的悲剧。为便于理解，这里需要指出，在后面这一点上，❶《亲和力》中的奥蒂莉❷也许是一个对各个时代来说都令人望尘莫及的样板；恰恰是在这里，而且也仅仅是在这里，歌德运用艺术家的权利，描写了一场如此可怕的遭遇，它能令人联想到俄狄浦斯无意识之中所做的事情，因为一个如此含蓄的人物的天仙一般的美丽，是无法在宁静状态下而是只能在急剧动乱状态下才能揭示出来的。由此可见，假如是在我的剧本中，首先应该考虑的是故事同在这个背景下从事积极和消极活动的各种习惯势力，如家庭、荣誉和道德的关系，而不应考虑所谓"美丽动听的台词"；这只不过是一块可怜兮兮的印花布，❸木偶借它来装腔作势，或者炫耀那些漂亮图画，悦耳的格言警句、生动的描写和其他次要美。这些方面的贫乏，恰恰是富有的首要特征。市民阶级悲剧的先天不足，我在前面想到了，可我却避开了；我知道，毫无疑问，为此我犯下了别的错误。至于这是一些什么样的错误？我宁愿听听那些在《祖国》和《文学欣赏报》上讨论我的《格诺菲娃》的评论家们的高见。❹ 在此我要对他们那些明晰透彻、富有思想内容的评论公开表示我的谢意。

写于 1844 年

---

❶ 在后面这一点上——赫贝尔在其 1838 年 12 月 6 日的日记中写道："在《亲和力》中，这一点挽救了世界法则的神圣性；奥蒂莉内心世界的深处只有通过其不幸遭遇才得以揭示出来。"——译者注

❷ 奥蒂莉（Ottili）是歌德长篇小说《亲和力》中的人物。——译者注

❸ 可怜兮兮的印花布——1836 年 12 月 23 日，赫贝尔在慕尼黑针对哈勒姆的《葛莉塞勒蒂斯》一剧（Griseldis）在其日记中写道："让那些人们当今奉为美丽语言的东西见鬼去吧；戏剧中的这种东西，无异于生活中的漂亮空话。印花布，印花布，还是印花布——飘扬起来很好看，但不能保暖！"——译者注

❹ 指的是埃·杜勒（Eduard Duller）在达姆施塔德出版的《祖国》杂志和维利巴德·阿莱克西斯（Willibad Alexis）在莱比锡出版的《文学欣赏报》上发表的评论文章。——译者注

【后记】

弗里德里希·赫贝尔在德国文学史上被称为毕希纳与豪普特曼之间唯一最重要的剧作家,也是19世纪德国文学中少见的集作家与批评家于一身的人。他的剧作《玛莉雅·玛格达莲娜》在我国已有译本。这篇《前言》是赫贝尔文学批评的代表作。赫贝尔在创作和理论上对德国古典文学,特别是对席勒作品中的乌托邦思想持否定态度,认为个人与社会的尖锐对立才是人们最深刻的生存体验。他相信黑格尔的"泛悲剧"说,认为人类任何企图发展自己的尝试都不可避免地陷于个人与世界的悲剧性对立。生活就是个人与世界的搏斗。赫贝尔戏剧理论的主导思想就是从这个公式引申出来的。个人为了保存自己,必然与世界发生冲突,最后走向毁灭。这就是他主张的市民悲剧的规律。在这篇前言里,赫贝尔提出戏剧的使命是协助实现当代正在进行的世界历史性进程,不是推翻它的现存政治、宗教和道德体制,而是使它有一个更牢固的基础,不致遭到毁坏。实现这种使命的途径是,作家根据自己的体验,把一切具有精神内容的东西加以形象化,把个人与世界的冲突(他称之为"二元论思想")加以艺术地提炼,变成人物的性格,使故事情节变得引人入胜,让观众从中得到消遣和满足。赫贝尔特别强调思想在戏剧中的作用。他认为戏剧艺术是现实化了的哲学,说这是戏剧艺术的真正核心,是古希腊戏剧流传久远的基础。关于戏剧与历史的关系,他认为戏剧艺术本身就具有历史性,是历史最精彩的描述。在这个问题上,他与莱辛达成了极为相似的认识。赫贝尔的现实主义倾向主要表现为问题的提出,而不在于题材的选择。当然,《玛莉雅·玛格达莲娜》除外,这是他唯一取材于现实的剧作。

本文译自汉斯·马耶尔编《德国文学批评论文选》第2卷,法兰克福费舍尔袖珍图书出版社1978年版。

外国文艺理论重点学科结项报告

■ 任 昕

中国社会科学院外国文艺理论重点学科的主体是外国文学研究所文艺理论研究室。理论室成立于1981年，是在国家粉碎"四人帮"、实行改革开放之际，为适应国家繁荣学术、加强对国外学术思潮的译介、加强理论研究的新形势而设立的。理论室的成立，受到了冯至先生等老一辈学者的悉心关怀。经过30年来几代学者的奋斗，理论室目前已成为国内外国文论研究的重镇，主要从事多语种多区域的文艺理论研究，尤其在欧陆文论、斯拉夫文论、英美文论和比较诗学及多语种文论的综合研究、会通合作方面具有相对明显的优势。本学科拥有如吴元迈、叶廷芳、章国锋、吴岳添、郭宏安等在学界享有很高威望的著名专家。本学科的多数专家都先后承担过国家社科基金项目和院重点、所重点项目，且有一些高质量的成果面世，整体研究水平在国内文学理论界处于领先位置。2003年，在外文所领导与有关研究室的大力支持下，正式组建了外国文艺理论学科。经院务会议批准，外国文艺理论学科被设立为中国社会科学院"重点学科建设项目"。在2008年重点学科结项验收时，本学科获得了评审组一致好评。2009年，外国文艺理论学科再次申报重点学科项目并获得批准，这对学科全体同仁来说，既是一种鼓励，也是一种鞭策。在2009~2015年为期5年的责任期内，本学科全体同仁认真履行院"重点学科建设工程"协议，在原有学科项目发展的基础上，努力开拓学术视野和发展空间，稳健扎实地推进各项工作，基本完成了预期的建设目标。

一、学科近年总体发展态势、发展方向与研究规划

进入新世纪以来，理论室在学科发展建设上实现了两个大的战略调整和突破：一是在学术研究方向上，面对文学理论发展的新趋势、新问题和文学理论研究的新情况、新任务，调整思路，积极拓展学术视野和发展空间，确立了在深化国别文论研究的基础上转向"跨文化的文学理论研究"的主攻方向；二是在行动上积极实践"跨文化的文学理论研究"的治学理念，在学术整体发展规划、学术创新、科研活动的开展、课题论证和申报、个人科研方向调整、学术资源和人才资源的整合等多方面，不遗余力地推进这一学术理念，力求使本学科不仅在自身发展上有所突破，也为中国外国文论研究的发展做出应有的贡献。

这5年来，本学科建设主要突出了两个中心工作。

一是紧紧围绕"跨文化的文学理论研究"的学术思路展开各项工作。本学科一直秉承钱锺书等前辈提倡并践行的跨文化研究的基本治学理念，始终坚持基础理论与前沿追踪并重、区域研究与汇通研究并举的方向，充分利用外文所的语言、区位优势，同时注重资源整合。近年来，本学科将学术专注点放在以"跨文化"的视界检阅当代国外文论，提出了对外国文论核心话语进行反思的总体学术理路，致力于对当代欧陆文论、斯拉夫文论、英美文论前沿问题的研究与核心话语的反思，对国外文学理论名家名说在当代中国的传播与影响进行清理，分析其差异性与多形态性、互动性与共通性。以此为基点，我们还将探讨文学理论作为人文科学、文学理论作为话语实践等思路与文学理论作为跨文化旅行等一些核心课题结合起来进行研究，将文学理论研究的跨文化性和实践性作为我们治学的两大立足点。

二是以创新工程项目为新契机，寻求学科发展的新突破。2013年，理论室进入外文所"跨国资本语境下的外国文学研究"创新工程下设项目"外国文学理论核心话语反思"项目；至2014年，理论室全体成员均进入不同创新工程项目。创新工程的实施，为重点学科的发展开辟了新的空间。结合重点

学科这几年的发展和已取得的成绩，在学科原有学术成果和人才资源的基础上，我们以创新工程带动各项工作，进一步推进文艺理论学科建设，拓展学科发展的新视野和新空间，努力探索学术创新之路。

通过这些方面的工作，本学科目前已初步实现由国别文论的研究向比较诗学和理论诗学两个界面联动的结构性转换，在"跨文化的文学理论研究"领域发挥着积极的领先作用；同时，继续保持着在多语种、多地区、多形态的国外文论研究领域，尤其是欧陆文论、斯拉夫文论、英美文论方面的相对优势；在国外文论研究的会通合作方面努力发挥学术牵引作用，有效地提升了本学科对国内高校文学理论教学与研究的影响力。通过这些努力，我们正在稳健扎实地发挥着本学科作为国家级研究队伍在全国外国文论界的学术影响力。

二、以创新工程推进学科建设，为学科持续发展开拓新空间和新视野

"外国文学理论核心话语反思"为外文所"跨国资本语境下的外国文学研究"创新工程项目下设课题，课题组成员主要为本学科部分成员及外聘成员。项目自2013年1月经社科院批准正式启动，2014年，又以"外国文学重要思潮研究"的课题名称继续展开研究。项目自启动至今已是第二个年头。两年来，项目组全体同仁以创新工程为契机，辛勤耕耘，务实进取，不仅出色地完成了课题任务，也初步形成了以创新工程项目推动学科发展和研究室建设的工作格局。

（一）本课题的创新性及对学科建设的意义

在当代中国对外国文学重要思潮的引介与接受中，在当代中国文学研究话语实践中，国外文论大家的一些核心"话语"已然留下了深深的痕迹。清理这些核心话语的原点意义，反思这些核心话语在当代中国的旅行轨迹，既有助于审视外国文学理论重要思潮对当代中国的影响及所具有的学术史价值，更有助于反思当代中国文学研究话语实践中的现实问题。对外国文论重要思

潮中的一些核心话语的研究是我们在"跨文化的文学理论研究"这一路向上所开辟的新领域，既是对学术创新的不懈追求，也是持续推进研究的一种稳健扎实的努力。我们希望藉此一种探索，真正实现外国文论研究创新、外国文学理论学科建设创新以及外文所理论室建设的创新。

本项目下设三大研究内容："外国文论核心话语反思"创新课题、《外国文论与比较诗学》学刊及"外国文论大家论文学"的编选翻译。我们希望通过三大板块的设立，使专题研究、学刊编辑、文论编选翻译这三项工作互相关联、互为支撑，以研究来带动文论译介，以研究的眼光来推进文论翻译。希望经过研究、编辑、翻译这样三位一体的历练，外国文论研究这一重点学科的发展也会出现新的起色，理论室的建设也可得到切实加强。

专题课题研究下设五个子课题：苏联学者巴赫金的"对话"与"狂欢"（周启超）、法国学者巴尔特的"文本"与"作品"（钱翰）、德国学者伊瑟尔的文本"召唤结构"与阅读的"审美效果"（贺骥）、英国学者伊格尔顿的"审美意识形态"（马海良）、美国学者爱默生的"超验"和"自我信赖"（任昉）。以上课题将关注视点锁定在对当代中国文论研究话语实践中已经发生较大影响，但由于种种缘故国内学界对之依然是"若明若暗"的若干位外国文学理论大家的核心话语，以进入外国文学重要思潮在当代中国的影响的深度梳理和反思。

编辑出版《外国文论与比较诗学》学刊，则满足了当代中国尚无一份以"外国文论与比较诗学"为专题的学刊的现实需求，既是向当代中国文学研究界打开了一扇窗口，也是为大力拓展"外国文论"与"比较诗学"研究，推进"文艺学"和"世界文学与比较文学"学科建设。学刊将及时刊发跨文化的文学理论研究的最新学术成果，及时传递外国文论、比较诗学领域的学术信息和研究动态，集中展示课题组的阶段性成果。

文论编选翻译是为回应国内文论界对外国文论大家名著直译本的现实需求，发挥本学科作为外国文论研究"国家队"应有的作用，发扬外文所自钱锺书、冯至、袁可嘉、陈燊等老前辈开创的精选精译外国文学理论名著的学术传统而设立的内容，对一些文论大家经典名篇的转译进行重译，并对一些一直没有汉译的经典名篇进行补充。

（二）精心规划方案，认真落实细节

项目组自进入创新工程以来，围绕创新工程工作规划和三大板块的任务，多次召开学术研讨会和工作座谈会，商定工作，认真落实各项具体事宜。一方面，在围绕工作的基础上展开学术研讨，保持对文论前沿状况的及时跟踪，保持对热点问题的敏锐把握，在学术上切磋砥砺，另一方面，在学术研究的同时，扎扎实实做好工作，不说空话，不做空事，形成了务实进取、有所创新、有所守成的良好的学术作风和工作作风。

2013年2月26日，项目组召开"作为人文科学的文学理论"学术研讨会，这也是项目组自启动以来的第一次会议。会议围绕"文学理论是不是人文科学"这一看来不证自明却又始终若明若暗的问题展开热烈讨论，对文学理论作为人文科学的归属问题进行学理上的追问。这种对文学理论所进行的原道性的探讨不仅是对文学理论学科的定义、性质、身份、社会实践意义等所进行的一次深度质询，也同时表明了文学理论人对自身专业、志业的定位。理论室以此务实的方式拉开了创新工程项目的序幕。

同年4月7~8日，项目组召开"外国文学理论核心话语反思"创新工程项目座谈会暨理论室建设工作会。会上，项目组成员就《外国文论与比较诗学》学刊的筹稿工作进行了阶段性汇报和讨论，通报了《跨文化的文学理论研究》第6辑论文选题及图书资料建设最新进展情况。11月17~18日，项目组及理论室举办了"外国文艺理论重点学科"建立十周年工作座谈会暨创新工程工作会。来自北京主要高校的学者、出版界人士及项目组和理论室全体成员出席了会议。会议以"外国文艺理论重点学科"建立十周年为契机，一方面回顾、总结了近几年的工作业绩，一方面广泛听取同行意见和建议，为更好地推进今后工作做准备。会上，项目组及理论室成员介绍了外国文论与比较诗学研究会成立及召开年会的情况、《跨文化的文学理论研究》学刊编辑出版情况以及理论室信息资料库建设情况。与会学者对重点学科十年来辛勤耕耘的实绩给予了充分肯定，也提出了许多中肯的建议。

2014年2月18日，项目组召开工作会议，结合院对2014年创新工程的最新要求，强调要针对当代中国文学研究的问题，积极而有效地介入到文学研究的实践中去。会议还布置了项目组 2014 年度工作任务，对项目进度、课题调整、经费使用规定和注意事项等具体问题进行了说明。会议还着重谈论了《外国文论与比较诗学》学刊第 2 辑选题及组稿工作。在延续第 1 辑内容和风格、吸纳第 1 辑经验和不足的基础上，将第 2 辑的主要内容进行重新编排，争取在前沿性和问题意识等方面更加突出自身的特点，办出自己的特色。在同年 11 月 26～28 日召开的年度工作总结会上，项目组成员逐一汇报各自承担工作的落实情况，并通报了项目组当年的成果之一《外国文论与比较诗学》第 2 辑及本学科保持了多年的论文集《跨文化的文学理论研究》第 7 辑的编辑出版情况。

两年勤奋的耕耘，使本学科成员在创新工程项目中均按计划完成了任务，各项工作也在有序进行。

(三) 编辑出版《外国文论与比较诗学》学刊

《外国文论与比较诗学》学刊是项目组设定的三大工作内容之一，一直受到项目组特别重视。自 2012 年上半年起，我们即开始策划筹备。2012 年 5 月 4 日在外文所举办的"国外文论现状研究座谈会"上，来自北京大学、北京外国语大学、北京师范大学的法语、德语、俄语、英语文论研究一线专家与《国外文学》《外国文学》《俄罗斯文艺》以及《外国文学评论》《外国文学动态》《世界文学》六大知名外国文学刊物主编汇聚一堂，对建立外国文论研究这一专门平台的必要性与可行性进行了充分论证。

学刊创立伊始，项目组成员共同努力，克服了稿源筹集困难、资金不足、人手不够等诸多压力和难题，使学刊出版终于得以成行。2013 年 3 月 19 日，项目组召开《外国文论与比较诗学》学刊初次筹稿会。会议邀请到在北京的知名外国文论学刊负责人及高校部分同行与会，就学刊栏目设置及其他细节问题出谋献策。会议确立了学刊栏目稿件的基本方向、主要稿源及编辑日程。会议之后，学刊筹稿编辑工作正式启动。

2013 年 6 月 20～22 日，《外国文论与比较诗学》学刊定稿会在北京召开。会议将学刊所设 7 个栏目中的大部分稿件及译者、作者逐一落实确定，并议定在当年7月底全部文稿齐、清、定,同时筹备学刊的出版申报工作。

目前,学刊第1辑已由知识产权出版社于2014年5月出版发行。学刊设"前沿视窗""经典名篇""学人专论""佳作评点""名家访谈""学刊钩沉"等7个栏目,共32.2万字,着力在外国文论研究的前沿性、权威性上下功夫,力求突出学术高度和问题意识。

2014年5月22日,项目组召开了学刊第1辑出版发布会。来自北京大学、北京师范大学、中国人民大学、北京外国语大学、北京第二外国语大学等高校的学者,来自知识产权出版社、《中国社会科学院》院报、《文艺报》等新闻出版机构的嘉宾以及来自文学所、外文所的相关学者30余人出席了会议。学刊的出版,得到了专家同行的一致祝贺与肯定。不少专家指出,学刊的出版令人振奋,是今年外国文论界的重要事件。学刊兼顾理论前沿的探索和大范围信息搜索收集,做出了自己的特色;目标定位明确,与当下的学界需求相吻合;栏目设计具有科学性和学术价值,如书评、新书简介都是国外学术刊物常见而国内刊物难得一见的栏目,学刊钩沉的史料价值也不容忽视,"名家访谈"栏目把学术问题和学术史结合在一起,轻松有趣,很有特色。

学刊第2辑的编辑工作于今年2月开始。目前,第2辑的稿件选题已经确定,组稿工作正在进行,全书预计30万字,预计于2014年12月底由知识产权出版社出版。

三、联合国内学界力量,加强交流,整合学术资源,实现文论研究的三重会通

(一) 外国文论与比较诗学研究会的成立及其活动

全国"外国文论与比较诗学研究会"系中国社会科学院外文所"外国文学学会"下设分会,承办主体为外文所理论室。为推动中国外国文论和比较诗学研究的发展,推动外文所外国文艺理论学科的进步,充分发挥外文所文艺理论学科在全国学界的引领作用,外文所领导亲自倡议成立"外国文论与比较诗学研究会"并给予了大力支持。学会成立之前曾召开过两次全国性学

术研讨会，即 2008 年 12 月 5~7 日在北京朝阳楼梓庄召开的"改革开放与外国文论研究三十年座谈会"以及在 2009 年 9 月 17~20 日在北京第二外国语学院召开的"外国文论六十年研讨会"。在这两次会议上，我们提出了成立学会的构想，并广泛征求学界意见；几经论证，反复推敲，这一提议很快得到与会学者的广泛支持。

全国外国文论与比较诗学研究会于 2010 年成立，会长为周启超。学会一直积极致力于中国外国文论研究的资源整合和学术交流，迄今已举办 6 届年会，在学术界产生了良好影响。许多学者称赞学会务实而精当，问题意识突出，值得其他研讨会学习。迄今为止，学会已召开 6 次年会，每届会议设立一个主题，尽量突出大家所关注的重要问题和热点问题，既注重当下关怀和理论实践，也注重对外国文论研究历程的回顾与总结；既注重深度挖掘和批判，也注重跨文化、跨领域、跨学科的会通研究。第 1 届年会于 2010 年 1 月 9~11 日在深圳大学召开，会议主题为"理论的旅行与视界的会通"，参加会议的共有 75 人。与会学者就文学理论研究中理论在不同文化地域中的旅行情况进行了热烈交流，探讨了理论会通的可能性与意义。

第 2 届年会于 2010 年 10 月 8~10 日在复旦大学召开，会议主题为"当代马克思主义文论"，66 位来自全国各地的学者出席了会议。会议以当代马克思主义文论研究为主要讨论内容，反思其历程与实绩，探讨其发展路向与存在的问题。

第 3 届年会于 2011 年 10 月 28 日~11 月 1 日在西安召开，会议主题为"文学理论：跨文化与跨学科的对话"，来自全国各地高校及中国社会科学院等研究机构的 90 余名学者与会。学者们围绕"文学理论：跨文化与跨学科对话"展开了交流，大家一致认为，吸纳和开采多元文化和多种学科的资源与智慧，找到会通点，形成有自己话语特色、观念特征、思想取向与批评风格的当代文学理论范式，是摆在我们面前的一个更长远、更重要的任务。

第 4 届年会以"斯拉夫文论与比较诗学：新空间、新课题、新路径"为主题于 2012 年 5 月 25~28 日在北京外国语大学举行。这次会议旨在为斯拉夫文论领域的专家学者提供一个多方位交流的学术平台。来自北京大学、复旦大学、中国人民大学、南京大学、北京师范大学、北京外国语大学及中国社会科学院的50多位学者与来自莫斯科大学、圣彼得堡国立赫尔岑师范大学、俄罗斯科学院俄罗斯文学研究所、乌克兰顿涅茨克大学、爱沙尼亚塔林大学、波兰华沙大学、捷克查理大学的7位专家,相聚于外语教学与研究出版社。作为外国文论与比较诗学领域一次重要的国际性学术盛会,本届年会集中探讨了20世纪以来广受学界关注的现代斯拉夫文论,有深度地交流了俄罗斯斯拉夫文论在世界各国的研究成果。这样的以斯拉夫文论为主题的国际交流,在当代中国还是第一次,将对斯拉夫文论与比较诗学研究产生深远影响。

第5届年会于2012年8月15~18日在哈尔滨召开,会议主题为"外国文论的当代形态:实绩与问题"。来自北京大学、复旦大学、南京大学、黑龙江大学等全国各地高等院校,《求是学刊》《学习与探索》杂志社及中国社会科学院外国文学所和文学所的外国文论与比较诗学专家学者共80余人出席了此次会议,研究领域涵盖英美文论、欧陆文论、俄罗斯斯拉夫文论、东方文论等,从中国外国文论的建构、外国文论动态考察、外国文论在中国的旅行及文论话语关键词的演变等方面,全方位地对外国文论与比较诗学前沿动态和当下问题进行了异彩纷呈的学术探讨。

2013年8月19~21日,"比较诗学与当代文论"学术研讨会暨第6届全国"外国文论与比较诗学研究会"年会在安徽芜湖召开,来自全国近40所高校、研究机构、出版单位的专家学者80余人出席了会议。此次会议就"文学理论研究的学科定位之反思""文学理论研究的文化功能之反思""当代中国主要刊物上外国文论译介与评论历程之反思""中国诗学的现代转换研究""中西诗学比较研究"等议题进行了广泛的交流,与会学者的发言及会议收到的论文体现出反思与深入建设并重的问题意识;"元理论"研究、核心概念的深入剖析及贴近文本的理论分析成为本次会议的重要议题,表现出强烈的争鸣意识。会议讨论、论文质量以及较强的交流性受到与会者的好评。

2014年4月18~22日,外国文论与比较诗学研究会第7届年会于四川大学举行。本届年会的主题为"当代外国文论及其跨文化旅行",来自伦敦大学、北京大学、复旦大学、南京大学、四川大学、武汉大学、中国社会科学院文学研究所、外国文学研究所以及北京大学出版社、《外国文学》《俄罗斯文艺》《中国人民大学学报》等 40 余所高等院校、科研出版机构的 98 位专家学者出席了这次研讨会。这次年会研讨的关键词为理论旅行、文本/作品、形式/意义、文学性、互文性、跨文化性等,大会报告议题涉及在当代中国文学研究话语实践中已然产生重要影响的外国文论大家,也涉及近年来国内研究较少的外国文论家,同时涉及叙事学、符号学、现象学等多个领域。此次年会对于正在进行的创新工程是一个有力的推进,对于今后的外国文论与比较诗学研究亦将产生积极影响。

(二)"文学理论研究中心"在学术交流和会通研究中的作用

"文学理论研究中心"由中国社会科学院外文所理论室与文学所理论室共同创立,旨在加强同行间的交流与合作,加强中外文论的会通研究。中心于 2004 年成立。几年来,外文所理论室与文学所理论室密切合作,组织全国性与国际性学术研讨会,编选翻译新世纪国外文学理论教材精品丛书,参与国内高校的文学理论教学与研究,为当代中国文学理论的建设与发展做出了积极的贡献,积极发挥了"国家队"应有的学术引领作用,也得到了学界的普遍认可。自 2010 年以来召开的"外国文论与比较诗学研究会"历届年会,文学理论中心均是主办方之一,在沟通同行之间联系、交流学术信息、整合外国文论与中国文论研究资源等方面发挥了积极的作用。

除此之外,文学理论中心还以研讨会、座谈会、讲座等形式开展了多次活动,形式多样,气氛活跃。2012 年 12 月 11 日,中国社会科学院外文所理论室与文学所理论室成员以国内文学理论研究的现状与前景为议题展开讨论。大家从文学理论的危机现象出发,讨论了文学理论进一步发展的路径。大家从体制和理论内部两方面探讨了理论危机的原因,并建议以强烈的问题意识在更高层面规划、策划研究课题。与会学者强调文学理论是人文学科,而不是社会学科,同时文学理论研究必须在一个跨文化的语境中进行。

2014 年 3 月 25 日,由文学理论中心策划的"新世纪文艺学建设丛书"座谈会暨文学理论现状研讨会在中国社科院文学所召开。来自北京大学、北京师范大学、中国人民大学、清华大学等高校的学者与来自河北大学出版社、

《中国社会科学报》等新闻出版机构的嘉宾以及来自文学所理论室、外文所理论室的相关学者出席了会议。"新世纪文艺学建设丛书"由钱中文、高建平和刘方喜主编，由河北大学出版社于2013年10月出版。丛书共四种，分别是：周启超《开放与恪守：当代文论研究态势之反思》、高建平《美学的当代转型：文化、城市、艺术》、刘方喜《批判的文化经济学：马克思理论的当代重构》和金元浦《文学，走向文化的变革》。与会学者对这套丛书给予了高度肯定。学者们一致认为，这套丛书能够站在美学前沿思考当今中国文论研究问题，其内容基本构成当今中国文论研究包括变革、转型、重构、反思等基本主题在内的各个侧面，体现出强烈的问题意识和理论意识。这次会议也是中国社科院文学理论研究中心的一次学术活动。以丛书为契机，与会学者们就当前文论研究现状和问题提出了许多真知灼见。《中国社科院院报》也跟踪报道了此次会议。

（三）举办讲座，加强学术交流

自2009年开始，理论室举办多次"理论前沿"系列学术讲座。2013年4月9日，理论室邀请北京大学比较文学与比较文化研究所严绍璗教授举办以"关于文化变异体与文化发生学的学理思考"为题的学术讲座。4月23日，邀请台湾大学外文系终身名誉教授、复旦大学中文系特聘讲座教授张汉良来所主讲"从'能指'／'所指'的翻译谈'轴心话语'"的讲座。讲座均取得了热烈的反响。

2014年4月8日，应"外国文学重要思潮研究"项目组之邀，英国伦敦大学比较文学系主任加林·蒂汉诺夫教授来中国社会科学院外国文学研究所作了题为"巴赫金与伊格尔顿"的讲座。来自北京语言大学、中国社会科学院文学所、民文所、外文所理论室、英美室、俄罗斯室、中北欧室、东南欧室、东方室等单位的学者听取了讲座。蒂汉诺夫教授系欧洲科学院院士、国际比较文学学会理论委员会荣誉主席。为建立长期的学术合作，中国社科院外文所与文学所"文学理论研究中心"聘请蒂汉诺夫教授为学术顾问。讲座以英美世界对巴赫金的接受为背景，陈述巴赫金思想近20年来在英国的接受状况，并谈及伊格尔顿对巴赫金的接受研究。讲座引起了与会学者的热烈响应。此次讲座与交流涉及的话题相当广泛，触及文学理论、文化研究等领域的问题，对于正在进行的创新工程项目也很有助益。

四、坚持跨文化的学术追求，探索学术创新之路

（一）《跨文化的文学理论研究》的编辑出版

《跨文化的文学理论研究》是由理论室主编、以理论室同仁近年来在各自学科领域和课题研究中的阶段性成果为主要内容的一部学科论文集，是理论室及中国社会科学院从事外国文论研究的学者们承接钱锺书先生的遗训，努力践行"跨文化的文学理论研究"的一个重要成果，集中记录和展示了理论室这些年来在跨文化的研究实践中坚守耕耘、勤勉探索、开拓不辍的足迹。论文集以"跨文化"的视界检阅当代国外文论，分析其差异性与多形态性、互动性与共通性；专注于对当代欧陆文论、斯拉夫文论、英美文论前沿问题的研究与对核心话语的反思，专注于法、德、俄苏、英、美、意、日等文学理论名家名说在当代中国的传播与影响的清理，专注于探讨文学理论作为人文学科、文学理论作为话语实践以及文学理论作为跨文化旅行等一些核心课题的研究。

文集至今已出版 6 辑，在学术界和社会上产生了良好影响。第 6 辑收录论文 12 篇（其中项目组成员提交 6 篇），约 30 万字，新增《文学评论》《外国文学评论》《外国文学研究》《国外文学》《外国文学》自创刊以来的学刊综述 6 篇（其中项目组成员提交 1 篇）、会议综述 1 篇，已由知识产权出版社于 2014 年 5 月出版。第 7 辑已于 2014 年开始征稿工作，并于 2014 年 10 月完成全部稿件，预计于 2015 年年初由知识产权出版社出版。

（二）科研工作和课题完成情况

1. 课题完成情况

自 2012 年起，本学科成员相继进入创新工程项目；至 2014 年，已全部进入各自创新团队。2012 年，徐德林、庄焰进入"跨国资本主义时代的外国文学研究与国家认同"项目，王涛进入"马克思主义文艺理论与外国文

学批评：文学史体现的资本语境与诗性资源"创新项目。2013 年，理论室以"外国文论核心话语反思"为名称设立了创新工程课题，并在同年经院里批准进入创新工程项目。周启超为项目组首席研究员，外文所党委书记党圣元为首席管理，任昉为执行研究员，特聘所外学者北京外国语大学马海良教授、北京师范大学钱翰副教授为兼职研究员，理论室成员萧莎，本学科成员、外文所中北欧室贺骥以及外文所南欧拉美室杜常婧为助理研究员。2014 年，理论室成员金成玉也进入创新工程项目。目前，各成员均在各自创新项目组勤奋扎实地从事着各项工作和科研研究，项目写作均按计划进行。

2. 科研成果

本学科 5 年来共发表专著 9 部，约 282.9 万字；发表论文 140 篇，约 166.9 万字；发表译著 7 种，约 137.3 万字；发表译文约 15 篇，约 14.96 万字。

本学科近年来发表的主要学术成果有：党圣元著《返本与开新——中国传统文论的当代阐释》（45 万字；河南大学出版社，2011 年 11 月）、《在传统与现代之间——古代文论的现代遭际》（26 万字；山东教育出版社，2009 年 1 月），党圣元选编并撰写《生态批评与生态美学》（与刘瑞弘合作；第一作者；《新世纪文论读本》系列之一；26.8 万字；中国社会科学出版社，2011 年 1 月），选编《文学史理论》（与夏静合作；第一作者；《新世纪文论读本》系列之一；北京大学出版社，2011 年 10 月），主编、编撰《中华古文论释林·清代卷（上下册）》（86 万字；中国社会科学出版社，2011 年 1 月），主编、编撰《新世纪文论读本》（8 种；28.3 万字；中国社会科学出版社，2011 年 1 月）以及《全球化语境中的中国文学研究——全国第一届中国文学研究博士后论坛论文集》（87 万字；知识产权出版社，2009 年 7 月）；周启超著《现代斯拉夫文论导引》（34.8 万字；河南大学出版社，2011 年 12 月）、《跨文化视界中的文学文本/作品理论——当代欧陆文论与斯拉夫文论的一个轴心》（46.3 万字；中国社会科学出版社，2012 年 10 月），贺骥著《〈歌德谈话录〉与歌德文艺美学》（33 万字；中国社会科学出版社，2009 年 7 月），徐德林著《重返伯明翰:英国文化研究的系谱学考察》(41.4万字;北京大学出版社,2013年),王涛著《书写——碎片化语境下他者的痕迹》(22万字;北京大学出版社,2013年5月),金成玉著《崔曙海小说研究》(韩文;24万字;[韩国]知识与教育出版社,2012年11月)。

"当代外国文论及其跨文化旅行"学术研讨会暨第七届全国"外国文论与比较诗学研究会"年会综述

■ 赵渭绒　戴　珂*

2014年4月19~20日,"当代外国文论及其跨文化旅行"学术研讨会暨第七届全国"外国文论与比较诗学研究会"年会在四川大学召开。此次会议由外国文论与比较诗学研究会、四川大学文学与新闻学院联合主办,由中国社会科学院文学理论研究中心协办。本次会议隆重热烈,来自英国伦敦大学、中国社会科学院、北京大学、复旦大学、南京大学、北京师范大学、北京外国语大学、首都师范大学、深圳大学、四川大学在内的高校、研究所、杂志社近120名学者参加了本次会议。会议由四川大学文学与新闻学院文艺学国家重点学科带头人冯宪光教授主持,四川大学副校长晏世经教授致辞,四川大学文科杰出教授、文学与新闻学院院长曹顺庆教授,中国社会科学院文学研究所所长、中国中外文艺理论学会会长、国际美学协会主席高建平教授,中国社会科学院外国文学研究所副所长、中国外国文学学会秘书长吴晓都教授先后致辞。全国外国文论与比较诗学研究会会长周启超教授作开幕式发言。

本次会议与以往的学术会议在形式上有所区别。会议全部采取大会发言

---

* 赵渭绒、戴珂:四川大学文学与新闻学院。

的方式,每位学者发言8分钟,在会议主题"当代外国文论及其跨文化旅行"的统领下,就当代语境下的外国文论、比较诗学、理论的旅行、符号学和叙事学等论题深入讨论、对话,对当前我国外国文论与比较诗学的建设起到了推进作用。

一、当代语境下的外国文论研究及其他文艺流派

当代语境下外国文论的研究是本次研讨会的主体部分,与会学者从不同学派,不同原理入手,对外国文论进行了严密的梳理和精巧的阐发。来自伦敦大学的加林·吉哈诺夫(Galin Tihanov)从以下两点入手来谈巴赫金在英国左翼世界的译介与接受问题:围绕其关于拉伯雷的书展开讨论;探讨其对话理论中的意识形态价值,即对话理论究竟是政治立场中立的现象,还是在对抗极权主义方面有着特殊的意义。他指出,20世纪60年代与资本主义的对立情绪使得关于拉伯雷的书变得意义重大,因为它为抵制官方意识形态、重新考量官方文化、反抗权威对真理的垄断等方面制造了舆论,受到英国左翼世界的推崇。同时,英国左派对对话理论中的道德维度非常感兴趣。他认为强制的意识形态与看似平等的对话共存是一个关于方法和世界观的矛盾,这一点需要深入研究。高建平认为理论是有依附性的,是在文学的实践中生长出来的,因此不同意"我们可以直接从古代文论中生长出现代理论"这一说法。他反对将中国文论与西方文论二元对立,也反对把对西方文论的译介作为研究本身;他主张对西方文论采取"拿来主义"的态度并且强调自主创新,也主张在中国的社会实践和文学实践的基础上,建立当代的文学理论。冯宪光就西方马克思主义理论研究中的"问题意识"展开论述,着重介绍了法国学者阿尔都塞的研究成果;他尝试利用阿尔都塞归纳的西方认识理论史上的三种基本理论形态将广义的西方马克思主义文论基于问题意识的不同而分为三个阶段,创新了马克思的主义的研究模式。刘象愚认为不论是西方还是东方,当代文论较传统文论而言已经发生了很大的变化,文学理论已经拓展到了文化研究的层面。他主张将"文学的理论"和"文化的理论"用"小文论"和

"大文论"的概念区分开来。同时，他还指出讨论当代文论的跨文化性问题，不仅要讨论其中体现的文论的"旅行"、碰撞与融合，而且要讨论文论家自身的素养与其跨文化意识。张弛指出，后现代主义的"文本"观取代传统的"作品"观，虽然扩大了文学研究的范围，扩展了文学理论阐发的自由度，却模糊了边界，使"文本"成为漫无边际的所指。他认为应该重新倡导回归诗学的理想和常识，重建古典时代真善美的人生理想。胡志红指出，美国以白人为主流的生态批评存在肤色歧视、性别歧视和阶级偏见等诸多缺陷；他希望以此引起国内学者对后起的美国少数族裔生态批评的关注，探寻兼容社会公正议题和生态议题的多元文化路径。江宁康对英国文论家特里·伊格尔顿的《文学诸事论稿》进行了解读，着重讨论了伊格尔顿在21世纪的第二个十年开始时对过去文学理论论争的回顾。钱翰系统梳理了法国学者罗兰·巴尔特的学术思想嬗变：巴尔特曾作为先锋派的旗手，主张用"文本"取代"作品"，试图建立新的"文学科学"，但是进入晚年的巴尔特却又重新发现了古典作品的价值，从"文本"回到"作品"，成为反现代派的一员。钱翰认为，正是巴尔特的转变展示了法国战后文学批评论争的关键之所在。马海良回顾了英国文论家特里·伊格尔顿的学术著作，指出伊格尔顿的理论总体上可以概括为一种文化理论。他还分析了伊格尔顿所谓"文化危机"的三种表现：文化内涵庞杂，导致意义混乱；文化呈现出泛政治化特征；文化脱离现实。同时，他也指明伊格尔顿的文化主张，即文化回归其本意，具有历史性、物质性、实践性和政治性。段吉方介绍了英国文论家特里·伊格尔顿对于审美形式问题的研究，同时他还介绍了伊格尔顿对于形式主义的反思——形式主义文学批评理解的"形式"只是一种作为"技巧"的形式，会使文学评判失去意义阐释的根基——而这种反思也为其马克思主义文学批评理论奠定了重要的理论基础，调和了社会历史批评的"历史决定论"和形式主义批评的"方法优先权"之间的矛盾，深化了传统的文学社会学研究观念。傅其林认为，布达佩斯学派学者阿格妮丝·赫勒的新马克思主义美学以"此在"的日常生活的个体性建构和时间意识的人类条件为基础，逐渐摆脱了卢卡奇的存在美学之框架，形成了不同于西方马克思主义的意识哲学和阿尔都塞的结构主义这两种模式的第三条马克思主义美学的可能性路径；因此，在成熟的社会主义社会，个体日常生活的审美结构的建构或者说"此在"与美学的关系的建构是社会政治及其文化生产的不可或缺的维度。郑文东介绍了苏联学者洛特曼的文化符号学："符号域"是洛特曼文化符号学的核心概念和理论基础，描绘出了一个处在动态变化中的文化体系，而对话机制是其中的重要内容；因此，在每一个文化文本中，都可以观察到接受他者文化的痕迹。任昕探讨了海德格尔的诗学研究，认为"诗性"这一线索是贯穿海德格尔诗学始终的，可以串联起其诗学内容的各个方面；她以"诗性"将海德格尔诗学归结为三个方面，即使存在得以显现的诗性、诗意地栖居和诗性之思。她指出，海德格尔正是通过诗性的思来超越形而上学的思，试图以此解决形而上学的本质缺陷。王晓华分析了英国文论家特里·伊格尔顿在"理论之后"的"身体转向"：伊格尔顿企图通过不断回到身体，从而诊治当代文化理论的问题；主张建构一种根植于身体—主体的文化，推动理论走上归家之旅。他也指出了伊格尔顿这一建构的局限所在：对身体本身的思考并不连贯，同时，对人和身体的关系论述也不彻底。张冰通过解读20世纪俄国文论家尤·尼·蒂尼亚诺夫的《诗歌语言问题》和《文学与语言学的研究问题》，探讨了其以"诗歌语言中结构因素、词的意义"为基点的诗学观。张文初按照从海德格尔到梅洛-庞蒂、再到巴尔特的顺序梳理了"非对象化"诗学：海德格尔奠定了"非对象化"作为诗学、美学的基本观念，梅洛-庞蒂将"身体的灵化"引入"非对象化"的范畴，巴尔特则将"非对象化"作为文本自发性的否定形式。他认为，"非对象化"诗学在整体上呼应了20世纪哲学思潮、文化思潮对于主客体二元范式的颠覆。

梳理外国文论的学术渊源和发展脉络，分析外国文论历史长河中的文论大师及其理论固然重要，对当今文学理论生存现状的研究也不容忽视。北京大学的凌建候概述了他对当代俄罗斯文艺状态的研究思路，提出引入政治学、社会学、文化学的公共领域概念，立足艺术的外部研究，用当代俄罗斯艺术公共领域这个范畴来统摄对美术、戏剧、电影三个艺术门类以及新型的公共艺术在当代俄罗斯生存状态的考察，从人才培养和艺术交流两方面探讨当代俄罗斯艺术新特征的成因并与中国进行比较。夏忠宪将巴赫金的人文研究置于当代语境下进行考察,指出巴赫金的人文研究揭示了现代性的代价和双重性,进一步深化了对工具理性、技术理性批判的力度,启发我们把工具理性批判扩大到对人类的启蒙和文明的检讨,是当代反省的武器和当代人文建设的重要参照系。王晓路提出了"新与旧""理论之后"和"理论化与非理论化"等问题,认为学界对"理论之后"存在望文生义的误解,因此需要从不同的角度来加以看待和分析;同时,他认为文学研究范式理性化和材料使用规范性问题也应引起学界足够的关注。张怡探讨了日常生活的趣味与审美问题,指出趣味之争常常被概括为雅俗之间或者精英对大众的文化之争,其中蕴含着某种决定论的倾向;不过也有人试图建立起新的感知体系,使得旧的感知方式不再能呈现,使得最下层的乞儿也可以有高贵的感知经验。但同时,她也探讨了感知趣味的等级区分问题,认为只要一种艺术门类能激活审美的目光,它就能建立起新的感知空间,让那些失语者发言,让被遮蔽的呈现,让未被感知的被体验和感知。王宁川介绍了西方立足于奇幻文学创作的奇幻文论的发展现状:奇幻文论历史并不长,却形成了一套较为完整的话语体系。他希望通过借鉴西方文论界对奇幻文学的诠释与界定来填补国内相关领域的空白并将其话语范式拓展至影视及网络奇幻作品等相关领域。萧莎从内在时间意识和异延的角度探讨了现象学和解构主义之间的关系:解构主义大师德里达针对现象学进行了批判,他指出胡塞尔要建立纯粹的、绝对的意识建构理论,就无法顾及现象学方法进行的时间还原,因此现象学的绝对基础不应是绝对意识,而应当是时间本体论。但萧莎认为,德里达的"异延"是跟进胡塞尔对"内在时间意识"的考察,将其推到自洽状态的产物。邹赞介绍了英国学者理查德·霍加特的文化研究理论,指出霍加特倡导一种语境化的叙述策略,强调文学批评应当逸出文本内部的象牙塔,充分关注文学文本与社会情境之间的关联;霍加特关注工人阶级文化,将英国精英主义的文学文化与大众文化之间的对立转变为对大多数人日常生活经验的体察和关注。杜常婧梳理了布拉格学派的核心人物穆卡若夫斯基的诗学体系,指出穆卡若夫斯基的诗学成形于20世纪三四十年代,他考察文学发展的根本原理,思考审美功能、规范和价值的问题，确立起结构主义之捷克支脉所特有的研究旨趣，并且将对文本本身的关注拓展到文本的创造与接受问题上。王涛探讨了后结构主义和犹太思想的关联性，从三个方面论证了当代"书写"理论中存在的犹太思想痕迹：犹太思想书写观中的碎片性与当代西方思想的精神吻合；两者共同带有的"弑父"理论色彩是变更的特殊方式，可以使传统在更新中得以传承；两种理论都受到对方的影响，共同形成了书写"面向他者"的特性。

二、对当代视野下的理论之旅行的探讨

随着全球化时代的降临，中西方文化的交流日益密切，外国文论对中国当代文论的影响也日益深刻。文论进入新的语境自然会发生这样那样的变化，在植入目标文化中也有这样或那样的"不适"，因此，注重对"理论的跨文化旅行"进行研究显得极为重要。周启超概述了巴赫金文论在中国的研究现状，指出中国学界引进巴赫金文论的35年来，将巴赫金的"复调理论""对话理论"和"狂欢化理论"积极加以阐发，运用于外国文学文本与中国文学文本的解读，运用于文学、美学、哲学等人文学科方法论反思，成果丰硕。他认为巴赫金学说对于当代中国最重要的价值在于人文研究方法论上的启示，他希望中国学界将对巴赫金学说的引介、阐发和运用推向纵深。曼彻斯特大学的阿古谢娃－吉哈诺夫（Angusheva-Tihanov）分析了从地理以及文化层面区分出东欧和西欧对于斯拉夫研究和东欧中世纪研究的必要性。在此基础上，她比较分析了东西欧中世纪研究的主要内容和受西方影响的东欧中世纪研究的内容及其不足；同时，她也提出，真正意义上的东欧研究是在20世纪以后。丁国旗介绍了苏联美学家卢那察尔斯基的文艺思想，指出卢那察尔斯基的研究主要集中在艺术社会学批评方面；卢氏与列宁共同构建了俄苏文论，对中国文论产生了直接的影响，但国内对他的研究却不多。丁国旗从真实性、阶级性、马恩文论的体系和美学批评四个方面阐述了目前卢那察尔斯基对中国的影响处于矛盾、纠结之中。吴兴明探讨了"理论之后"该何去何从的问题，指出今天的文学理论不可能是全新起始的"新"，而应是基于知识积累的

考虑，切实有据地推进，同时要兼顾中国本土语境的需求；因此，他主张低调地重建和谨慎地推进。他先明确了西方文论的回归方向在于，既要追求文学理论以文学研究为核心的规范性知识积累，又要保持对社会现实的开放性和现代性批判的思想力量；随后他指出，广义意义论的文学理论最有可能成为中国文论的回归方向。胡燕春介绍了21世纪以来美国文论在中国学界的翻译、评介、传播、接受与影响的发展脉络与流变历程，探讨了两国文论在该领域的交流媒介与模式；同时，她也指出了其中存在的盲视、误识和缺乏有效甄别的完全照搬的现象。徐德林指出，英国学者雷蒙德·威廉斯被同时作为理论资源和研究对象译介到中国，其"情感结构""关键词""文化唯物主义"等术语给中国学界提供了丰富的理论和方法论遗产，在中国的马克思主义文论建设、文化研究形塑等方面发挥了不可或缺的作用；同时，他发现中国学者虽然深入考察和研究了威廉斯的文化理论，却未能全方位阐释其"作为整体生活方式的文化"这一概念，因此，他认为应该重视威廉斯的电影理论。许晓琴首先简要介绍了后殖民理论家爱德华·赛义德的学说，随后梳理了其在中国的传播与研究现状；她指出，从20世纪90年代至今，赛义德研究已然成为中国学界一个持久的学术热点，为中国学界的西方文论跨界研究提供了全新视野，同时为中国文论与批评的多维度研究提供了参照系。

三、对当代语境下的比较诗学研究

比较诗学历来是比较文学学科及中西文论的重要研究领域，在本次会议中也吸引了众多与会学者的研究目光。曹顺庆教授以"英语世界的中西比较诗学"为题进行了发言，他首先介绍了比较诗学产生的学术背景：1958年的国际比较文学学会上，美国学派尖锐批评法国学派，要求拓宽比较文学研究的领域，将研究的范围扩大到无事实联系的国际文学现象之间，甚至可以将文学与其他知识领域加以比较研究，其重点是研究人类文学发展与文学审美的规律；在这种观念的支持下，比较诗学的产生才成为比较文学发展的必然结果。他表示，自20世纪60年代以降，比较诗学成为西方学者在比较文学研究中的重点，而在当代则以美国学者厄尔·迈纳和宇文所安的成就最为突出；与此同时，华裔学者也作出了巨大贡献，其中最突出的是刘若愚、叶维廉等学者。然而曹顺庆教授也指出，这些学者往往用西方理论阐发中国文论，在一定程度上曲解了中国文论，形成了诗学相互阐发中的变异现象。曹教授援引法国学者弗朗索瓦·朱利安的观点表明了这种倾向的弊端：朱利安认为"这是一个要害问题，我们正处在一个西方概念模式标准化的时代。这使得中国人无法读懂中国文化，日本人无法读懂日本文化，因为一切都被重新解构了。中国古代思想正在逐渐变成各种西方概念，其实中国思想有它自身的逻辑。在中国古文中，引发思考的往往是词与词之间的相关性、对称性、网络性，是它们相互作用的方式。如果忽视了这些，中国思想的精华就丢掉了"。因此，曹教授认为中西诗学或者东西方文学与文化既有可通约的一面，也有不可通约的一面，我们在引进西方理论的时候，不应该把它当做绝对真理，而应该注意它的异质性；只有在充分认识到不同文明之间的异质性基础上，平行研究才能在一种"对话"视野下展开，才能实现不同文明间的互证、互释、互补，才有利于不同文化间的融合与汇通。

方维规描述了当今社会文学以及文学批评的尴尬处境，指出新的文化生活，例如流行歌曲，已经剥夺了文学曾经拥有的特权地位；文学批评的任务在于甄选、评价文学作品，然而各种文化产品并存的当今，人们已经无暇根据权威的观点去选择和品鉴文学作品。他还从媒介与机制、专业化程度、论者与其考察对象的时间距离以及读者等方面区分了文学批评和文学研究这两个概念，同时也指出二者可以相辅相成而不是各自为政。汪洪章认为，兰色姆的"肌质"（texture）与翁方纲的"肌理"存在相似性，关于二者异同的比较、研究要回归到哲学层面进行。兰色姆的"肌质"类似"纹理"，这是相对于作品的结构（structure）而言的，但这里的"结构"是指"逻辑的理据"，是使作品的意义得以连贯的逻辑线索；而桐城派的翁方纲提到的"肌理"则综合了明代学者的观点，实际上是王士祯神韵说和沈德潜格调说的调和与修正。汪洪章指出，"肌质"和"肌理"的异同，是东西方文化差异的表现。华明尝试将人类的全部知识划分为有关自然的、有关社会或者人的与有关文艺的三个领域。他将文艺理论归结为人学的一部分，拒绝将其与文艺创作相提并论，否认文艺理论对真正经典文学作品的指导作用；他指出，文艺具有主观性和历史性，而美是文艺的本质要素。代迅分析了中国美学西化的两种类型：中国美学在中国本土范围内的西化，中国美学在异域的西化；与此同时，西方美学在进入中国之后也产生了存在于西方的西语西方美学和存在于中国的汉译西方美学两种分野。两种美学范式的双向逆行展示了中西美学经过冲突走向融通，进而建立普遍性美学话语的现实途径。张晓东认为，绣像版《金瓶梅》是一部被低估而且被严重误解的优秀作品；他从晚明思想文化尤其是佛教思想兴盛的角度指出，《金瓶梅》具有巴赫金所说的多声部的、充满肉体享乐欲望的"对话性"，各种声音在一种狂欢氛围中共生共存。马睿指出，西学中译属于文献和事实基础，是跨文化旅行研究的前提；她认为，中西跨文化的传播有西方对中国的输出和中国对西方的主动输入两种途径。在西学中译的过程中需要从以下三个方面考察具体的路径、方式和立场：对比译著和西方经典著作；考察外来理论和本土经验是如何对接的；把西学中译的具体事实放到这个空间和时间的坐标上。黄玫指出，当今中西诗学的谈论多集中在中国与西方的比较上，而俄罗斯诗学研究及其与中国诗学之间的比较研究与对话实况却没有得到普遍关注。她认为中俄诗学原理上有相通之处，呈互补态势，其比较和对话的成果可以延伸到现代诗歌理论的建设中。陈涛将钱钟书的"化境"说与巴赫金的对话美学进行了对比研究，指出巴赫金的对话美学为我们重新认识文学翻译"化境"说的活动规律提供了方法论上的启示，避免了二元对立、非此即彼的思维模式，丰富了"化境"说这一译学理论建构。

四、对符号学与叙事学的研究及讨论

符号学与叙事学作为文学理论研究的重要领域也引起了广大学者的兴趣。赵毅衡教授作了题为"论形式直观：符号现象学的一个基本问题"的发言，指出符号学和现象学有相当大的结合部，两个学派都以意义为核心问题，其异同构成一门符号现象学必须面对的诸难题；它们的基本分歧在于，现象学要求对事物做"本质直观"，而符号学的获意意向求得是"形式直观"，因此它们在一系列要点上都异中有同，例如意向投射、悬隔事实性、观相与对象、意向的给予性、意义对主体形成的作用等。傅修延指出，叙事学是一个由众人"接着讲"构成的薪火相传的理论。他梳理了中国叙事学以及叙事学研究的发展脉络并指出，由于外来影响，特别是西方的影响，中国学者急于建立针对中国叙事传统的研究体系，然而建设中国叙事学可以吸取西方的经验，但不能走与西方叙事学完全相同的道路，更不能因为学习别人而将自己的传统视为"他者"。李育红分析了当代西方形式主义叙事文本理论的推进，认为外国的形式主义是技术层面的工作，是现象学范畴的理论；同时，还具体分析了热奈特、罗兰·巴特、保罗·德曼的叙事理论组成了从形式主义到后结构主义、后现代的过渡，厘清了西方文论的发展脉络。唐小林认为，当代中国文化发生了大规模的"诗性转向"，即诗性符号上升、诗意下降，意义生活正在丧失，旅游业特别是"农家乐"等诗性符号正在掠夺着中国乡村的诗意，而"诗性转向"后的意义生态问题，是当今中国文化必须面对的课题。江守义分析了美国学者詹姆斯·费伦叙事研究的修辞指向，指出费伦从修辞学的视角来界定叙事，从修辞的手段、沟通性和目的性三个角度来进行具体分析：聚焦和不可靠叙述等叙事技巧成为修辞手段，对叙事进程和读者的关注体现出修辞的交际特征，对叙事伦理的强调体现出修辞的目的性。他认为叙事学和修辞学的有机结合使费伦的叙事研究体现出鲜明的修辞特征。张静介绍了法国学者罗兰·巴尔特的符号学理论，着重讲解了其著作《神话学》和《图像的修辞》涉及的符号理论与视觉传播的关系，认为视觉传播中图像符号比文字符号更深入人心；同时，还依据巴尔特的观点指出了同为图像符号的照片、影视和绘画的区别。董小英从书画同源的角度分析了视觉艺术叙事的起源，认为岩画是书画同源的源头，其后岩画朝两个不同的方向发展：绘画、雕塑等具象叙事和象形文字、文字等抽象叙事。她还介绍了符号化图标、书法、文字画、插画以及题诗等多种书画融合的艺术形式。金雯指出，小说的娱乐功能是任何"严肃"的研究者都无法回避的问题；她从阅读中读者的反应梳理了西方叙事理论的发展,同时也尝试通过对阅读体验的研究厘清叙事学中叙事与"现实"的关系。陆正兰回顾了历史上有关音乐符号意义的争论,指出从音乐符号学的角度来看,所谓自律论和他律论之争,争论的并不完全是音乐有没有内容,而是音乐符号的所指究竟是什么。她提出,如果放弃索绪尔的能指所指二元论走向皮尔斯的符号分析法则可以解决这一难题:音乐作为艺术符号,可以跳过对象,指向可以无限衍义的解释项。李建春从符号自我的角度论述了禅宗公案的美学意味,指出禅宗公案中的符号自我往往不能确定或不能指认,因此打破了和现实的关联,试验中超越功利的忘我境界,因此也具有了审美的意义。此外,他还分析了禅宗公案的符号特性。

*

本次大会立足当今中外文论研究的实际情况,以敏锐的学术眼光和广阔的学术视野探讨了关涉到外国文论和比较诗学研究方面的多种论题,是中国学者在文论研究方面的重要推进。会议期间的学术交流与对话具有前沿性和现实性,对于中国文论界的阶段性反思及未来发展具有重要意义。在为期两天的会议中,与会学者就上述重要论题展开充分对话,从研究实际出发阐述了各自独到而深刻的见解,其中不断闪现的思想火花展示了我国当代外国文论与比较诗学研究的勃勃生机。会议所取得的丰硕学术成果将对我国当代文学理论研究起到巨大的示范和推进作用。